UMA CRENÇA SILENCIOSA EM ANJOS

R. J. ELLORY

Uma crença silenciosa em anjos

TRADUÇÃO DE
Adalgisa Campos da Silva

intrínseca

Publicado originalmente por Orion Books, Londres, Inglaterra

TÍTULO ORIGINAL
A Quiet Belief in Angels

CAPA
Retina 78

DIAGRAMAÇÃO
Abreu's System

REVISÃO
Umberto Figueiredo Pinto
Antônio dos Prazeres

IMAGEM DA CAPA
Miguel Salmeron/Getty Images

CIP-BRASIL. CATALOGAÇÃO-NA-FONTE
SINDICATO NACIONAL DOS EDITORES DE LIVROS, RJ

E43c

Ellory, Roger Jan
Uma crença silenciosa em anjos / R. J. Ellory; tradução de Adalgisa Campos da Silva. – Rio de Janeiro: Intrínseca, 2009.

Tradução de: A Quiet Belief in Angels
ISBN 978-85-98078-45-8

1. Homicídios em série – Ficção. 2. Ingleses – Nova York (Estados Unidos) – Ficção. 3. Ficção inglesa. I. Silva, Adalgisa Campos da. II. Título.

09-0323. CDD: 823
CDU: 821.111-3

[2009]

EDITORA INTRÍNSECA LTDA.
Rua dos Oitis, 50
22451-050 - Gávea
Rio de Janeiro - RJ
Telefone: (21) 3874-0914
Fax: (21) 3874-0578
www.intrinseca.com.br

Dedicado a Truman Capote
(1924–84)

Agradecimentos

Talvez, em algum lugar, haja obras criativas realizadas por uma pessoa só. Esta não foi uma delas. Como sempre, meu eterno agradecimento a Jon, a Genevieve, Juliet, Euan e Robyn. A Paul Blezard, Ali Karim e Steve Warne, sou grato pelo apoio constante. A Guy. A Victoria e a Ryan.

As lembranças da infância são eternas — fantasmas permanentes, selados, assinados, impressos, sempre visíveis.

CYNTHIA OZICK

Prólogo

Tiros, como ossos estalando.

Nova York: seu alvoroço constante, ásperos ritmos metálicos e percussão de passos, em *staccato* e ininterruptos; seus metrôs e engraxates, seus cruzamentos engarrafados e seus táxis amarelos; suas brigas de namorados; sua história e sua paixão, sua promessa e suas orações.

Nova York engoliu sem esforço o espocar dos tiros, como se não fosse um ruído mais significativo do que a batida isolada de um coração solitário.

Ninguém ouviu em meio a tanta vida.

Talvez por causa de todos esses outros barulhos.

Talvez porque ninguém estivesse escutando.

Até a poeira, surpreendida num raio de luar que entrava pela janela do hotel de três andares, deslocada subitamente pela reverberação dos tiros, retomou seu caminho ao léu, mas progressivo.

Nada aconteceu, pois aquela era Nova York, e tais fatalidades solitárias e abafadas eram incontáveis, quase naturais, lembradas por pouco tempo e facilmente esquecidas.

A cidade seguia sua rotina. Um novo dia logo começaria, e nada tão banal como a morte tinha o poder de retardá-lo.

Era só uma vida, afinal de contas; nem mais nem menos que isso.

Sou um exilado.

Aproveito um instante para recordar toda a minha vida, e tento vê-la pelo que foi. Em meio à loucura que encontrei, à correria e ao choque, e à brutalidade das colisões da humanidade que presenciei, houve momentos. Amor. Paixão. Promessa. A esperança de algo melhor. Isso tudo. Mas defronto com uma visão, e para onde quer que me volte agora, tenho essa visão. Eu era o "Apanhador" de Salinger, ali parado à beira de um campo alto de centeio, consciente da algazarra de crianças que eu não via brincando entre as ondulações e o balanço da cor, ouvindo suas risadas no pega-pega, suas brincadeiras — sua infância, digamos —, e prestando atenção à hora em que poderiam chegar muito perto do limite do campo. Pois o campo flutuava livre e solto, como se estivesse no espaço, e se elas chegassem à beira não daria tempo de segurá-las antes que caíssem. Por isso eu vigiava, esperava, escutava e procurava tão intensamente aparecer antes que elas caíssem no precipício. Pois, então, já não daria para resgatá-las. Desapareceriam. Desapareceriam, mas não seriam esquecidas.

Essa foi minha vida.

Uma vida desenrolada como um fio, de resistência incerta, comprimento desconhecido; quer termine de chofre, quer corra indefinidamente, ligando mais vidas no seu curso; num caso, não mais que algodão, apenas suficiente para unir uma camisa nas costuras; no outro, uma corda — de três fios, nós de cabeça de turco, todos os fios e todas as fibras alcatroados e torcidos para repelir água, sangue, suor e lágrimas; uma corda para levantar celeiro, fazer bolina portuguesa e tirar criança quase afogada da enxurrada, segurar égua alazã e domá-la, amarrar homem em árvore e espancá-lo por seus crimes, içar vela, enforcar pecador.

Uma vida para segurar, ou para ver escorrer pela palma de mãos indiferentes e desatentas, mas sempre uma vida.

E quando uma nos é dada, desejamos ter duas, ou três, ou mais, esquecendo-nos com a maior facilidade da que tivemos e gastamos sem critério.

O tempo corre reto como uma linha de pesca auspiciosa, as semanas formando meses, formando anos; mas, com esse tempo todo, um instante de dúvida, e lá se vai o prêmio.

Momentos especiais — esporádicos, como nós apertados, espaçados irregularmente como corvos num fio de telégrafo —, esses lembramos e não nos atrevemos a esquecê-los, pois muitas vezes são tudo o que resta para mostrar.

Recordo todos eles, e muitos outros mais, e em algumas ocasiões me pergunto se a imaginação não influiu no desenho da minha vida.

Pois é isso que foi, e sempre será: uma vida.

Agora que chegou o capítulo final, acho que é hora de contar tudo o que aconteceu. Pois este é quem fui, quem sempre serei... nada mais que o contador de histórias, o contador de lendas, e se é para ser feito um julgamento de quem sou ou do que fiz, então, que seja.

Pelo menos isso representará a verdade — um testamento, digamos, até mesmo uma confissão.

Estou sentado em silêncio. Sinto a quentura do meu sangue nas mãos, e quero saber por quanto tempo continuarei respirando. Olho para o corpo de um homem morto diante de mim e sei que, de alguma forma, a justiça foi feita.

Voltemos agora ao começo. Venha comigo, se quiser, pois nada mais posso pedir, e embora tenha cometido tantos erros creio que o que fiz de certo é suficiente para merecer esse tempo.

Encha o peito de ar. Prenda. Solte. Tudo tem de estar em silêncio, pois quando eles vierem, quando finalmente vierem me buscar, precisaremos estar bem quietos para ouvi-los.

Um

Rumores, boatos, folclore. Fosse qual fosse a forma como uma pluma branca pousasse ou descansasse, diziam que indicava a visita de um anjo.

Na manhã de quarta-feira, 12 de julho de 1939, eu vi uma. Era comprida e fina, diferente de qualquer tipo de pluma que eu já tivesse visto. Rodeou a quina da porta quando abri, quase como se tivesse aguardado pacientemente para entrar, e a correnteza do corredor a carregou para o meu quarto. Peguei-a, segurei-a com cuidado, depois a mostrei a minha mãe. Ela disse que era de um travesseiro. Fiquei um bom tempo pensando naquilo. Fazia sentido travesseiro ser recheado de plumas de anjos. Era daí que vinham os sonhos — das lembranças dos anjos se infiltrando na cabeça da gente quando dormimos. A pluma me deixou pensando nessas coisas. Coisas como Deus. Coisas como Jesus morrendo na cruz por nossos pecados, sobre as quais ela tantas vezes me contava. Jamais gostei da idéia, nunca fui um garoto religioso. Mais tarde, anos depois, eu entenderia a hipocrisia. Era como se minha infância fosse infestada de gente que dizia uma coisa e fazia outra. Até nosso ministro, que percorria a paróquia a cavalo para fazer suas pregações, o reverendo Benedict Rousseau, era hipócrita, um charlatão, uma fraude: uma das mãos indicando o Caminho dos Livros Sagrados, a outra, perdida nas pregas sem fim da saia da irmã. Naquela época, quando eu era criança, nunca via realmente essas coisas. As crianças, embora perspicazes, têm visão seletiva. Vêem tudo, não se discute, mas escolhem interpretar o que vêem de uma forma que convenha às suas sensibilidades. E assim foi com a pluma: nada demais, mas, de alguma forma, um presságio, um agouro. Meu anjo viera me visitar. Eu estava plenamente convencido, então os acontecimentos do dia pareceram, todos, ainda mais disparatados e incongruentes. Pois esse foi um dia em que tudo mudou.

A morte chegou naquele dia. Profissional, metódica, indiferente aos costumes e às conveniências; sem respeitar Páscoa, Natal, práticas religiosas ou qualquer tradição. A morte chegou — fria e insensível, a coletora dos impostos da vida, o pagamento devido pelo ato de respirar. E quando a Morte chegou eu estava no quintal no meio da terra solta e seca, cercado de molugos, cerástios e gaulthérias. Ela veio pela High Road, acho eu, acompanhando a divisa entre a terra do meu pai e a dos Kruger. Acho que caminhava, porque mais tarde, quando olhei, não havia rastro de cavalo, nem marca de bicicleta, e a menos que a Morte pudesse andar sem tocar o chão, presumi que tivesse vindo a pé.

A morte veio para buscar meu pai.

O nome do meu pai era Earl Theodore Vaughan. Ele nasceu em 27 de setembro de 1901, em Augusta Falls, Geórgia, quando Roosevelt era presidente — daí seu nome do meio. Ele fez o mesmo comigo, deu-me o nome de Coolidge em 1927, e lá estava eu — Joseph Calvin Vaughan, filho de meu pai —, parado no meio dos molugos, quando a morte veio fazer uma visita no verão de 39. Mais tarde, depois do choro, do funeral e do velório sulino, amarramos a camisa de algodão dele a um galho de sassafrás e tocamos fogo. Ficamos vendo aquilo se consumir totalmente, a fumaça representando a alma dele passando desta terra mortal para um plano mais elevado, mais justo e mais eqüitativo. Então, minha mãe me pegou de lado, e com seus olhos inchados e marcados de olheiras contou-me que meu pai morrera de reumatismo no coração.

— A febre o levou — disse, a voz embargada de emoção. — A febre chegou aqui, no inverno de 29. Você era só um bebezinho, Joseph, e seu pai tinha muco e saliva suficiente para irrigar meio hectare de terra boa. Quando a febre agarra o coração da gente, ele enfraquece, não consegue mais se recuperar, e houve uma época, talvez um mês ou mais, em que só estávamos apostando quantas horas faltavam para ele morrer. Mas ele não foi nessa ocasião, Joseph. O Senhor achou por bem deixá-lo aqui por mais alguns anos; quem sabe o Senhor estivesse imaginando que ele deveria esperar até você começar a virar adulto. — Tirou um trapo cinzento do bolso do avental e enxugou os olhos, borrando de *kohl* metade do rosto; tinha o jeito abatido de um lutador de boxe sem luvas, desanimado e derrotado numa noite de sábado. — A febre estava no coração dele — murmurou —, e foi sorte a gente ficar com ele esses anos todos.

Mas eu sabia que o reumatismo não o tinha levado. A Morte o levou, chegando pela High Road, voltando pelo mesmo caminho, deixando somente seu rastro na terra junto à cerca.

Mais tarde, minhas lembranças de meu pai ficariam fragmentadas e ampliadas com a dor; mais tarde, eu pensaria nele como Juan Gallardo, talvez, corajoso como aquele personagem de *Sangue e Areia,* mas nunca inconstante, e sem a beleza de Valentino.

Ele foi sepultado num caixão largo, de pinho simples e empenado, e os fazendeiros das glebas vizinhas, Kruger, o alemão, entre eles, levaram seu corpo pela estrada do interior numa picape de carroceria aberta. Mais tarde reuniram-se, tristes e paramentados, em nossa cozinha, em meio ao cheiro de cebola frita em gordura de frango, ao aroma de bolo, ao perfume da água de lavanda num jarro de cerâmica ao lado da pia. E falaram de meu pai, expondo suas reminiscências, suas histórias, contando lendas dentro de narrativas mais amplas, cada uma enfeitada e embelezada com fatos que eram ficção.

Minha mãe estava sentada muda e vigilante, com uma expressão simples e ingênua, os olhos delineados com *kohl* mais fundos que poços, as pupilas dilatadas negras como piche.

— Uma vez o vi a noite toda com a égua — disse Kruger. — Ficou ali deitado até o sol nascer alimentando a pobrezinha com punhados de alétris para parar a cólica.

— Vou contar uma história sobre Earl Vaughan e Kempner Tzanck — disse Reilly Hawkins.

Inclinou-se à frente, as mãos vermelhas calejadas como pencas de alguma fruta seca exótica, movendo os olhos para cá e para lá como se sempre à cata de algo que tivesse o objetivo de evitá-lo. Reilly Hawkins cultivava uma gleba ao sul da nossa, e já lá estava bem antes de nossa chegada. Recebeu-nos logo no primeiro dia como amigos que havia muito não encontrava, levantou um celeiro com meu pai, e não aceitou nada além de uma jarra de leite pelo trabalho. A vida lhe deixara uma pátina, feições gretadas com rugas finas, escleras feito madrepérola, o tipo dos olhos lavados pelas lágrimas derramadas por amigos falecidos. Familiares também, todos mortos havia muito, e quase esquecidos; uns em guerras, incêndios ou inundações, outros em acidentes ou em fatalidades bobas. Não deixava de ser irônico o fato de momentos impulsivos — em si mesmos nada mais que esforços para animar e dar vida à existência — terminarem em morte. Como com o irmão caçula de Reilly, Levin, aos dezenove anos, na Feira Estadual da Geórgia. Havia um piloto acrobático meio bêbado e falador que tinha um Stearman ou um Curtiss Jenny e fazia fumigações quando era a época; saía para assustar a copa das árvores e dar rasantes nos telhados dos celeiros, com suas piruetas malucas e arrogantes, e Reilly tinha desafiado e seduzido Levin a voar com o homem. O diálogo entre os irmãos foi um *pas de deux*, uma dança a dois precisa, um tango de desafios e provocações, cada frase um passo, um pé esticado, uma inclinação do tronco, um ombro agressivo. Levin não queria ir, disse que tinha a cabeça e o coração feitos para observar do chão, mas Reilly ficou insistindo, apelou para o lado fraternal, apesar da experiência que tinha, apesar da aura de malte que envolvia o piloto, apesar do fim da luz do poente. Levin cedeu, subiu rezando para dar tudo certo por um quarto de dólar, e o piloto, bem mais corajoso do que capaz, tentou uma parabólica descendente seguida de uma manobra acrobática: um estol *hammerhead*. O motor morreu no ápice. Longo silêncio sem respirar, lufada de vento, depois um estrondo de choque de trator em muro. Morreram os dois. O piloto e Levin Hawkins chamuscados feito dois bichos atropelados na estrada. Espiral de fumaça de cem metros de altura e uma sombra dela persistindo até o raiar do dia. O pau para toda a obra que trabalhava com o piloto, um garoto entre dezesseis e dezessete anos, no máximo, ficou rondando horas com cara de morto, e aí também sumiu.

Os pais de Reilly Hawkins morreram logo depois. Ele tentou manter a fazendinha depois da morte deles, os dois arrasados com a perda de Levin, mas até os porcos pareciam olhá-lo de esguelha, como se entendessem sua culpa. Nenhuma palavra para recriminar Reilly, mas o velho Hawkins, mascando sem cessar seu fumo Heidsieck sabor champanhe, observava o irmão mais velho como se houvesse uma dívida a ser paga, e ele estivesse esperando Reilly se imolar. Contraía os olhos como ex-fumante em loja de charuto. Nenhuma palavra dita, mas a palavra sempre presente.

Reilly Hawkins nunca se casara, segundo alguns, porque não podia ter filhos, e não se envergonhava de admitir isso. Acho que Reilly nunca se casou porque teve um desgosto amoroso, e achou que um segundo o mataria. Diziam que era uma garota do condado de Berrien, bonitinha como um bebê chinês. Ele preferiu não se aventurar, pois tinha outras razões para viver. Poderia ter escolhido uma garota falastrona de uma família muito numerosa, uma garota que usasse vestido de chita, enrolasse os próprios cigarros e bebesse direto da garrafa — isso, ou a solidão. Parece que optara pela última, mas nunca falara disso abertamente, e eu nunca perguntara abertamente também. Esse era Reilly Hawkins, o pouco que eu sabia dele na época, e não dava para adivinhar seu objetivo nem seu rumo, pois em geral parecia um homem cuja teimosia superava a sensatez.

— Earl foi um lutador — disse Reilly naquele dia lá na cozinha, o dia do enterro.

Olhou para minha mãe. Ela não se mexeu muito, mas sua expressão e a forma como retribuiu o olhar dele eram uma autorização para que prosseguisse.

— Earl e Kempner foram para lá de Race Pond, até Hickox, no condado de Brantley. Foram lá falar com um homem chamado Einhorn, se não me falha a memória, um homem chamado Einhorn que tinha um alazão para vender. Pararam num lugar no caminho só para beber alguma coisa, e quando estavam descansando um brutamontes entrou e começou a gritar, como uma *banshee** de cocar. Era um sujeito que perturbava, perturbou os dois e irritou e enfezou o pessoal, aí Earl sugeriu que ele fosse gritar no mato, onde ninguém o ouvisse.

Reilly tornou a olhar para minha mãe, depois para mim. Não me mexi, queria ouvir o que meu pai tinha feito para acalmar aquele brutamontes perto de Hickox, no condado de Brantley. Minha mãe não levantou a mão nem a voz, e Reilly sorriu.

— Para encurtar a história, aquele brutamontes tentou derrubar Earl com um soco. Earl se esquivou e o cara voou porta afora e se estatelou na terra. Fui atrás dele, tentei chamá-lo à razão, mas o homem tinha um coração

* Espírito feminino do folclore gaélico cujos gritos anunciam uma morte na família. (*N. da T.*)

e uma cabeça agressivos e não dava para dialogar com ele. Kempner foi lá fora bem na hora em que o homem se levantou de novo e partiu para cima de Earl com uma tábua. Earl era como um daqueles acrobatas chineses de circo, dançando e rodando, os punhos parecendo pistões, e um desses pistões pegou o nariz do grandão, e deu para ouvir o osso quebrando em dez lugares. Cascata de sangue, o homem com a camisa toda ensopada, ajoelhado ali na terra gritando feito um porco ferido.

Reilly Hawkins inclinou-se para trás e sorriu.

— Ouvi dizer que o nariz do garotão nunca mais parou de sangrar... ficou escorrendo até ele se esvair todo...

— Reilly Hawkins — disse minha mãe. — Essa história nunca foi verdade, e você sabe.

Hawkins ficou encabulado.

— Não quis ofender, minha senhora — disse, e inclinou a cabeça com deferência. — Longe de mim querer irritar a senhora num dia desses.

— A única coisa que me irrita são inverdades, meias-verdades e mentiras deslavadas, Reilly Hawkins. Você está aqui para se despedir do meu marido, que parte ao encontro do Senhor, e eu agradeceria se tomasse cuidado com seu palavreado, com seus modos, e não abrisse a boca para contar balela, especialmente na frente do menino.

Olhou para mim. Eu estava ali sentado, de olhos arregalados, admirado, mais curioso ainda para saber os detalhes sangrentos relacionados com meu pai: um homem capaz de quebrar o nariz de um brutamontes com um gancho de direita e provocar a morte por sangria.

Mais tarde eu me lembraria do enterro de meu pai. Lembraria aquele dia em Augusta Falls, condado de Charlton — uma excrescência de antes da guerra civil às margens do rio Okefenokee —, me lembraria de uma gleba que era mais pântano que terra; da maneira como a terra simplesmente sugava tudo, sempre com fome, insaciável. Aquela terra inchada absorveu meu pai, e eu o vi partir; eu com onze anos, ele apenas com trinta e sete, e minha mãe em pé com um grupo de fazendeiros ignorantes e solidários dos quatro cantos do mundo, as mangas dos paletós lhes cobrindo todo o dorso da mão, as calças de sarja grosseira deixando à mostra um bom pedaço das meias puídas. Toscos, talvez, mais simplórios que afetados, mas fortes de coração, saudáveis e generosos. Minha mãe segurou minha mão com um pouco de força demais, mas eu não disse nada nem retirei a mão. Eu era seu filho único, porque — a acreditar nas histórias, e eu não tinha motivo para duvidar delas — fora um filho difícil, resistente à expulsão, e o esforço do parto estragou os aparelhos internos que ensejariam uma família maior.

— Só você e eu, Joseph — murmurou ela depois. As pessoas haviam ido embora (Kruger e Reilly Hawkins, outros com caras conhecidas e nomes incertos) e estávamos parados lado a lado olhando pela porta da frente de nossa casa, uma casa erguida à mão à custa de suor e boa madeira. — Só você e eu de agora em diante — disse mais uma vez, e aí entramos e fechamos a porta para a noite.

Mais tarde, deitado na cama, o sono me fugindo, pensei na pluma. Quem sabe, pensei, havia anjos que entregavam e anjos que levavam.

Gunther Kruger, um homem que apareceria mais na minha vida com o passar do tempo, me disse que o Homem vinha da terra, que se não voltasse para a terra haveria um desequilíbrio universal. Reilly Hawkins disse que Gunther era alemão, e que os alemães não conseguiam ter uma visão maior das coisas. Disse que as pessoas eram espíritos.

— Espíritos? — perguntei. — Você quer dizer fantasmas?

Reilly sorriu, balançou a cabeça.

— Não, Joseph — murmurou. — Não como fantasmas... mais como anjos.

— Então meu pai virou anjo?

Hawkins ficou calado um instante, a cabeça inclinada, olhando de forma estranha.

— Seu pai, anjo? — disse, e deu um sorriso esquisito, como se um músculo tivesse se contraído num lado do seu rosto e não pudesse ser relaxado com muita facilidade. — Talvez um dia... acho que tem que trabalhar um pouco, mas, sim, talvez um dia ele vire anjo.

Dois

No litoral da Geórgia — em Crooked River, Jekyll Island, Gray's Reef e Dover Bluff — as estradas não passavam de arremedos de pontes e elevados com a pretensão de ser estradas, a toda hora pulando trechos de água como pedras chatas lançadas com efeito por mãos de crianças; uma sucessão alagada de ilhas, regatos, lagos, marismas e braços de rio, árvores envoltas em barba-de-velho, troncos unidos formando passarelas sobre os pântanos mais fundos, ao passo que as planícies no sudeste se elevavam gradualmente pelo estado afora até os Apalaches. Os georgianos cultivavam arroz, e aí Eli Whitney inventou a descaroçadora de algodão, e os bóias-frias colhiam amendoim, e os colonos extraíam a resina dos pinheiros para encerar cordas, calafetar as costuras das velas com piche e terebintina para tinta. Cem mil quilômetros quadrados de história, uma história que aprendi, uma história em que eu acreditava.

Uma cadeira com apoio lateral; uma escola de uma sala só; uma professora chamada srta. Alexandra Webber. Uma cara larga que era uma campina aberta, olhos de um tom azul de centáurea, simples e descomplicados. Seu cabelo era cor de linho cru, e ela sempre cheirava a alcaçuz e hortelã, e um leve traço de gengibre ou salsaparrilha. Não tinha pena de ninguém, nem esperava que tivessem pena dela, e o tamanho de sua paciência só se equiparava à força de sua raiva, se ela sentisse que você a desobedecera de propósito.

Eu me sentava ao lado de Alice Ruth Van Horne, uma menina estranha e meiga, de quem descobri que gostava de uma forma inexplicável. Havia algo simples e comovente na maneira como ela enrolava a franja quando se concentrava, toda hora me olhando como se eu tivesse a resposta que ela não conseguia achar. Talvez eu lhe desse a impressão de entender aquilo que ela buscava, talvez só para valorizar a atenção dela, mas quando ela estava ausente eu tinha consciência dessa ausência de uma outra maneira além da presença física. Eu tinha onze anos, perto de completar doze, e às vezes pensava em coisas que não ficaria bem dividir com terceiros. Alice representava algo que eu não entendia completamente, algo que eu sabia que seria dificílimo de explicar. Nos quatro anos que eu freqüentara a escola, Alice esteve presente, à minha frente, ao meu lado, por um trimestre sentada atrás de mim. Quando olhava para ela, ela sorria, às vezes corava, e aí desviava os olhos, só para esperar um pouco e me olhar de novo. Eu achava que o sentimento dela era descomplicado e puro, e que um dia, quem sabe, nós dois poderíamos recordar isso como uma lembrança perfeita de quem havíamos sido em criança.

A srta. Webber, porém, representava algo totalmente diferente. Eu amava a srta. Alexandra Webber. Meu amor era claro como suas feições e definido com a mesma simplicidade. A srta. Webber conduzia suas aulas seguindo as regras de Robert,* e sua voz, seu silêncio, tudo que ela era e tudo que eu imaginei que ela algum dia seria foram um paliativo, uma panacéia depois da morte de meu pai.

— Cavalheiro Johnny Burgoyne... quem já ouviu falar no cavalheiro Johnny Burgoyne?

Silêncio. Nada além do barulho do meu coração enquanto eu a observava.

Éramos dezessete, espremidos naquela sala estreita de tábuas de madeira, e ninguém levantou a mão.

— Estou decepcionada — disse ela, e sorriu com compreensão. Ao que parecia, a srta. Webber tinha vindo de Syracuse para ser nossa professora. As pessoas de Syracuse respiravam um ar diferente, um ar que deixava a cabeça

* Regras criadas em 1876 por um general aposentado regulamentando como um grupo de pessoas deve se comportar numa reunião. (*N. da T.*)

mais esclarecida, a mente mais aguçada; as pessoas de Syracuse eram uma raça diferente.

— O cavalheiro Johnny Burgoyne nasceu em 1722 e morreu em 1792. Foi um general britânico na Revolução. Viu-se cercado por nossas tropas em Saratoga em 17 de outubro de 1777. Foi a primeira grande vitória americana e uma batalha verdadeiramente decisiva da guerra.

Fez uma pausa. Meu coração disparou.

— Joseph Vaughan?

Quase engoli a língua.

— Aonde você foi, Joseph Vaughan... imagino que não esteja neste mundo...

— Estou, professora... estou sim, claro.

Risos abafados, como os fantasmas de crianças na brincadeira "gostosura ou travessura" de Halloween. Crianças que eu conhecia do condado de Liberty e McIntosh, outras de Silco e Meridan. Alice estava entre elas. Alice Ruth Van Horne. Laverna Stowell. Sheralyn Williams. Elas vinham dos arredores para aprender sobre a vida com a srta. Alexandra Webber.

— Bem, fico muito satisfeita em ouvir isso, Joseph Calvin Vaughan. Agora, para demonstrar o quanto estava prestando atenção hoje à tarde, pode se pôr de pé atrás de sua carteira e nos explicar o que aconteceu em Brandywine, no sudeste da Pensilvânia, naquele mesmo ano.

Meu resumo foi sem graça e sem substância. Fui instruído a ficar até mais tarde e lavar os apagadores.

Ela ficou me vigiando. A princípio, achei que fosse para ver se eu me esquivaria da obrigação, talvez para me repreender mais por minha falta de concentração.

— Joseph Vaughan — começou.

A sala de aula estava vazia. Era de tarde. Meu pai já tinha morrido havia quase três meses. Eu faria doze anos dali a cinco dias.

— Nossa aula de hoje... tive a nítida impressão de que você estava entediado.

Fiz que não com a cabeça.

— Mas você não estava prestando atenção, Joseph.

— Desculpe, professora... eu estava pensando em outra coisa.

— E em que seria?

— Eu estava pensando na guerra, professora.

— Já ouviu falar sobre a guerra na Europa? — perguntou ela. Parecia admirada, mas eu não sabia por quê.

Fiz que sim.

— Quem lhe contou?

— Minha mãe, professora... minha mãe me contou.

— Ela é uma mulher culta e inteligente, não é?

— Não sei, professora.

— Esteja certo disso, Joseph Vaughan, qualquer americana moradora da Geórgia que saiba sobre Adolf Hitler e a guerra na Europa eu já lhe digo que essa mulher é uma pessoa culta e inteligente.

— Sim, professora.

— Venha cá, Joseph — disse a srta. Webber.

Olhei para ela. Eu era alguns anos mais moço e talvez uns quinze centímetros mais baixo.

Ela indicou sua mesa, na frente da sala de aula.

— Venha — disse. — Sente aqui e converse um pouco comigo antes de ir embora.

Obedeci. Tinha a sensação de ter pele demais para a minha estrutura. Sentia o esqueleto lutando enquanto lidava com aquela flexibilidade e aquele desconjuntamento todo.

— Diga-me outra palavra que signifique cor — disse ela.

Olhei para ela visivelmente perplexo.

Ela sorriu.

— Não é uma prova, Joseph, é só uma pergunta. Sabe alguma outra palavra para cor?

Assenti.

— Diga.

— Tom, professora.

— Ótimo — disse ela, e abriu um sorriso. Seus olhos de centáurea floresceram ao sol de Syracuse.

— E mais outra?

— Outra?

— Sim, Joseph, outra palavra para cor.

— Matiz, talvez, tonalidade... algo assim?

Ela assentiu.

— E consegue pensar em outra palavra que signifique muitos?

— Muitos? Uma quantidade, uma infinidade?

A srta. Webber inclinou a cabeça para um lado.

— Uma infinidade?

Fiz que sim.

— Onde encontrou uma palavra como essa, Joseph Vaughan?

— Na Bíblia, srta. Webber.

— Sua mãe faz você ler a Bíblia?

Fiz que não.

— Você lê por sua conta?

— Um pouco.

— Por quê? — perguntou ela.

— Eu queria... — Eu sentia o rubor colorindo minhas faces. *Quantas palavras para um sentimento desses?*, pensei.

— Você queria o que, Joseph?

— Eu queria aprender sobre os anjos.

— Os anjos?

Concordei.

— Os serafins e os querubins, a hierarquia celeste.

A srta. Webber riu, e depois se controlou.

— Desculpe, Joseph. Eu não tinha a intenção de rir. Você simplesmente me surpreendeu.

Fiquei calado. Minha cara ardia; feito o verão de 33, quando o rio secou.

— Fale-me sobre a hierarquia celeste.

Mexi-me sem jeito na cadeira. Estava meio encabulado. Não queria que a srta. Webber perguntasse sobre meu pai.

— Há nove ordens de anjos — disse eu, a voz pegando no fundo da garganta como se tivesse encontrado um puçá. — Os serafins... criaturas ardentes de seis asas que guardam o trono de Deus. São conhecidos como o Ardor Sagrado. Depois há os querubins, que têm asas grandes e cabeça humana. São os servos de Deus e os Guardiões dos Lugares Sagrados. Depois há os tronos, dominações, virtudes, potestades, principados, e depois vêm os arcanjos, como Gabriel e Miguel. Finalmente, há os próprios anjos, os intermediários divinos que protegem as pessoas e as nações.

Fiz uma pausa. Tinha a boca e a garganta secas.

— Miguel lutou contra Lúcifer, que o lançou na Geena.

— Geena? — perguntou a srta. Webber.

— Sim — disse eu. — Geena.

— E por que Miguel lutou contra Lúcifer?

— Ele era o portador da luz — disse eu. — É isso que seu nome quer dizer... *Lux* significa luz e *fere* significa portar. Alguns o chamam de estrela da manhã, outros o chamam de portador da luz. Ele era um anjo. Deveria levar sua luz adiante e mostrar a Deus onde o homem tinha pecado.

Dei uma olhada para a porta. Senti-me idiota, como se eu estivesse sendo engambelado para ficar falando. Olhei para a srta. Webber e ela apenas sorria. Com uma expressão de interesse e curiosidade.

— Ele trazia sua luz e mostrava a Deus onde o homem tinha pecado, e colhia provas, mais ou menos como um policial colheria. Então, contava para Deus, e Deus punia as pessoas pelo que elas tinham feito.

— Então, o que há de errado nisso? — perguntou a srta. Webber. — Parece que ele estava só fazendo o trabalho dele.

Fiz que não com a cabeça.

— No começo, sim, mas depois achou mais interessante agradar a Deus do que dizer a verdade. Começou a induzir as pessoas a fazer coisas ruins para poder contar tudo para Deus. Trouxe a tentação para o Homem, e ele próprio foi tentado. Começou a mentir, e Deus ficou muito irritado com ele. Então, Lúcifer tentou iniciar um motim entre os anjos, e Miguel o combateu e ele foi lançado na Geena.

Parei de falar. Minha boca tinha se deixado levar por ela mesma. Quando percebi aonde ia, ela já havia atravessado o horizonte. A poeira deixada em seu rastro ressecava minha garganta e me fazia tossir.

— Quer beber um pouco d'água, Joseph? — perguntou a srta. Webber.

Fiz que não.

Ela tornou a sorrir.

— Estou impressionada, Joseph. Impressionada com o muito que você sabe sobre a Bíblia.

— Não sei muito sobre a Bíblia — retruquei. — Só um pouquinho sobre os anjos.

— Você acredita em anjos? — perguntou ela.

Assenti.

— Claro que sim. — Achei estranho ela fazer uma pergunta daquelas.

— E por que quis aprender sobre os anjos, Joseph?

Engoli meu medo ruidosamente. Restou um nó do tamanho de uma noz na minha garganta.

— Por causa do meu pai.

— Ele queria que você aprendesse sobre os anjos?

— Não, professora... porque Reilly Hawkins me contou que se meu pai se esforçasse para valer, ele poderia virar um.

Ela parou um instante. Olhou para mim, talvez com mais atenção do que antes, mas não deu sequer um esboço de sorriso.

— Ele morreu, não?

— Morreu, professora.

— Quando ele morreu, Joseph?

— No dia 12 de julho.

— Não faz muito tempo.

— É, professora, faz uns três meses.

— E quantos anos você tem, Joseph?

Sorri.

— Faço doze daqui a cinco dias.

— Cinco dias, hein? E você tem irmãos?

Fiz que não.

— Só você e sua mãe?

— Sim, professora.

— E quem ensinou você a ler?

— Minha mãe e meu pai... Meu pai me dizia que era uma das coisas mais importantes para se fazer. Dizia que a gente podia passar a vida toda num barracão de um quarto numa cidade minúscula, mas podia ver todos os lugares do mundo na imaginação desde que soubesse ler.

— Era um homem sábio.

— Com um coração doente — disse eu.

Por um momento ela pareceu desconcertada, como se eu tivesse dito algo errado.

— Desculpe — comecei.

Ela levantou a mão.

— Tudo bem.

— Acho que já está na hora de eu ir embora, srta. Webber.

Ela concordou.

— É, acho que sim. Prendi você por muito tempo.

Contornei a cadeira e fiquei em pé ao lado da mesa. Segurei meu coração, frágil como um passarinho numa gaiola de palha.

— Foi bom conversar com a senhora, professora — disse eu —, e me desculpe por não ter prestado atenção a Brandwyne.

Ela sorriu. Esticou a mão e tocou meu rosto. Só por um átimo, uma fração de segundo. Senti uma energia me percorrendo, uma energia que me enchia o peito, me inchava a barriga, me dava a sensação de precisar mijar.

— Não tem importância, Joseph... Acho que você estava num lugar muito mais importante. — Deu uma piscadela. — Vá — disse. — Pode ir agora, e fique com o olho da inteligência aberto.

Meu aniversário foi num sábado. Acordei com negros cantando no campo de Gunther Kruger. Na varanda estava um embrulho de papel pardo com meu nome escrito com letras claras e inconfundíveis — JOSEPH CALVIN VAUGHAN. Levei-o para dentro e mostrei-o a minha mãe.

— Então abra, menino — insistiu ela. — Deve ser um presente, talvez dos Kruger.

O vale sem fim, de John Steinbeck

Dentro, trazia a dedicatória: *Viva a vida com coragem, Joseph Vaughan, pois a vida é muito pequena para detê-lo. Tudo de bom pelo seu décimo segundo aniversário, sua professora, srta. Alexandra Webber.*

— É da minha professora — disse eu. — É um livro.

— Estou vendo que é um livro, filho — disse minha mãe, e secando as mãos na frente do avental tomou-o de mim. A capa era dura, as páginas cheiravam a tinta fresca, e ao me ser devolvido o livro trazia o apelo para que eu cuidasse bem dele.

Segurei-o e me abracei com ele, quase com medo de deixá-lo cair, e então esperei um pouco antes de abri-lo. Fechei os olhos e agradeci o que quer que tivesse inspirado a srta. Webber a demonstrar tamanha generosidade.

O CRISÂNTEMO

A neblina alta de sarja cinza do inverno isolou o vale de Salinas do céu e do resto do mundo. Em todos os lados, assentava-se como uma tampa em cima das montanhas e transformou o grande vale numa panela tampada.

Levei o livro para a varanda, sentei na escada, envolvido pelo barulho dos negros nos campos, pelo cheiro das panquecas e pela nova manhã, e li — página após página, passando voando por palavras que não entendia nem estava interessado em entender, porque ali encontrei algo que me desafiava e me assustava, que me entusiasmava com uma onda de febre e paixão indescritível.

Mais tarde, contei à minha mãe que eu queria escrever.

— Escrever para quem? — perguntou ela.

— Não — disse eu. — Quero escrever... um livro, escrever vários livros. Quero ser escritor.

Ela se debruçou sobre mim, puxou os lençóis para me cobrir o pescoço e me deu um beijo na testa.

— Escritor, é? — disse ela, e riu. — Então acho melhor você começar a andar sempre com um lápis.

Sexta-feira, 3 de novembro de 1939, o corpo de Alice Ruth Van Horne foi encontrado. Eu a conhecia melhor do que qualquer um dos meus colegas de sala. Alice tinha olhos verdes, e um cabelo que não era nem louro nem ruivo nem castanho, mas tinha a profusão de tons de mil folhas mortas. Quando ria, parecia uma ave exótica entrando por engano pela nossa janela. Na merendeira, trazia sanduíches que eu sabia terem sido feitos por ela mesma. A casca do pão era cortada e embrulhada à parte.

— Por que você faz isso? — perguntei-lhe uma vez.

— Quer um? — Ela me ofereceu um pauzinho marrom.

Fiz que não com a cabeça.

— Prove — disse ela.

Peguei aquilo com muito cuidado.

Ela riu.

— Prove — repetiu.

Tinha gosto de uma coisa quente, como canela, eu não conhecia nada igual. Tinha um gosto maravilhoso.

Ela pôs a cabeça de lado.

— Bom, hein?

Assenti.

— Bom mesmo.

— Por isso estão separadas. Não dá para sentir tão bem o gosto se a gente deixa as casquinhas no sanduíche.

Alice foi encontrada morta num campo no fim da High Road, onde a Morte deve ter começado sua jornada quando veio buscar meu pai. Tudo indicava que a Morte não viera para buscá-la; Alice lhe poupara esse incômodo indo até lá ao seu encontro. A merendeira foi encontrada ao seu lado. Era de tardinha, bem depois da escola, e na merendeira só havia papel de embrulho e o cheiro das cascas.

Alice tinha onze anos. Ao que parecia, alguém a tinha despido e espancado, feito coisas com ela "que nenhum ser humano normal faria com um cachorro, muito menos com uma garotinha", Reilly Hawkins disse isso; disse em nossa cozinha, sentado ali ao lado de Gunther Kruger, que havia trazido uma jarra de barro de limonada enviada pela sra. Kruger, e minha mãe lhe dissera:

— Psiu, Reilly, não quero falar dessas coisas na frente do menino.

Mais tarde o menino em questão foi para a cama. Esperei até a casa ter parado de ranger e estalar, saí furtivamente do quarto e me postei como um fantasma em meio às sombras e às lembranças no alto da escada.

— Ela foi estuprada — ouvi Reilly dizer. — Garotinha, sem nada... e foi estuprada, espancada e esganada por um animal até morrer, e depois largada no campo no alto da High Road.

— Desconfio que foi um daqueles crioulos — disse Gunther Kruger.

Minha mãe se voltou contra ele, com palavras firmes e implacáveis.

— Chega dessa conversa, Gunther Kruger. Agora mesmo os seus conterrâneos estão deixando um tirano empurrá-los para a guerra que todos nós rezamos para que nunca acontecesse. O governo polonês está exilado em Paris; até ouvi dizer que Roosevelt vai ter que ajudar os britânicos a comprar armas e bombas dos Estados Unidos. Milhares, centenas de milhares, talvez milhões de pessoas vão morrer... tudo por causa do povo alemão.

— É um ponto de vista injusto, sra. Vaughan... nem todos os alemães...

— E nem *todos* os negros, sr. Kruger.

Kruger ficou calado. O vento virara e desenfunara suas velas. Ele deixou que a água o levasse para o baixio do constrangimento sem olhar para a embarcação contrária.

— E não permito esse tipo de conversa na minha casa — disse minha mãe. — Não estamos na Idade Média. Não somos pessoas ignorantes. Adolf Hitler é branco, da mesma maneira como Gengis Khan era mongol e Calígula era romano. Não é a nacionalidade, nem a cor, nem a religião... é sempre só o homem.

— Ela tem razão — disse Reilly Hawkins. — Ela tem razão, Gunther Kruger.

Kruger perguntou se Reilly ou minha mãe queriam mais limonada.

Fui de fininho para minha cama e pensei em Alice Ruth Van Horne. Eu me lembrava do som de sua voz, de seu jeito de sorrir das coisas mais bobas. Recordava-me de uma brincadeira que fizemos uma vez no campo com a cerca quebrada, uma brincadeira em que ela caiu e ralou o cotovelo, e eu a acompanhei até em casa ao encontro da mãe.

Era uma menina meiga, sempre alegre, ao que parecia.

Eu me lembrava do seu jeito de me olhar, do seu jeito de sorrir, de virar as costas, de me olhar mais uma vez... sempre esperando uma resposta que nunca dei.

Chorei por ela.

Percebi que minha lembrança de Alice, uma lembrança que, imaginei, seria sempre perfeita, agora não passaria de uma sombra em meu coração.

Tentei imaginar o tipo de ser humano que faria uma coisa daquelas com Alice Ruth. Se é que uma pessoa dessas fosse um ser *humano* de alguma espécie.

Quando acordei, meu travesseiro estava molhado. Achei que devia ter chorado dormindo.

Imaginei que Deus tinha transformado Alice imediatamente em um anjo.

Na manhã seguinte, recortei um artigo do jornal, e escondi-o numa caixa embaixo da cama.

DIÁRIO DO CONDADO DE CHARLTON

Sábado, 4 de novembro de 1939

Menina da região encontrada morta

Na manhã de sexta-feira, 3 de novembro, o corpo de uma menina da região, Alice Ruth Van Horne (11), foi encontrado em Augusta Falls. Alice, aluna da Escola Primária de Augusta Falls, foi achada por um morador da região. O xerife Haynes Dearing teria dito: "Estamos atentos à presença de qualquer vagabundo ou desconhecido na área. Declaramos estado de emergência em todo o condado, para vigorar imediatamente, o que nos permite prender quaisquer suspeitos. O assassinato de uma menina, de nossa própria comunidade, de forma tão brutal, deu a todos nós motivo para estar conscientes de qualquer ocorrência incomum ou que chame a atenção em nosso meio. Peço a todos os cidadãos que não entrem em pânico, mas que fiquem sempre atentos ao paradeiro de seus filhos." Quando lhe perguntaram mais detalhes da investigação desse assassinato hediondo, o xerife Dearing se absteve de fazer outros comentários. Arthur e Madeline Van Horne, pais da menina assassinada, moram em Augusta Falls há dezoito anos. Freqüentam a Igreja Metodista do condado de Charlton. O sr. Van Horne administra sua propriedade dentro dos limites urbanos de Augusta Falls.

Tentei não pensar na sensação de ser espancado e esganado até morrer, mas, quanto mais tentava não pensar, mais isso enchia minha imaginação. Depois de alguns dias, parei de me preocupar, o que parecia ser o que todo mundo em Augusta Falls queria fazer.

E há épocas de que eu me lembro — dias de verão, sobretudo; enevoados, abafados e ensolarados, e o sr. Tomczak arrastando seu gramofone Victrola para o quintal, e discos de baquelita pesados como pratos; e os adultos ficavam, de certo modo, descontraídos, e apesar de ninguém ter dinheiro nenhum, e muito provavelmente nunca fosse ter, não tinha importância, porque havia riqueza na amizade e na comunidade.

E as crianças nos campos brincando de pega-pega-com-beijo, e uma pessoa tinha um engradado de cerveja para os pais, e outra fazia coquetel de melancia para as senhoras.

Minha mãe botava uma bata de verão, e uma vez dançou valsa com meu pai, e ele ostentava um sorriso como uma medalha: por coragem, por fidelidade, por amor.

E os dias de que me lembro são dias idos. Escoaram silenciosamente para um passado indistinto. Não só idos, mas também esquecidos. São dias que, acho, não tornaremos a ver. Não aqui, não em Augusta Falls, nem em lugar nenhum. Tudo inundado do delírio animado da celebração espontânea, uma celebração sem outro motivo senão estar vivo. E o som de algo familiar, mas distante — um jogo de beisebol no rádio, o barulho das tampinhas verdes de Coca-Cola sendo abertas —, e de repente o passado está aí. Em tecnicolor e com sistema de som que faz vibrar as cadeiras: Cecil B. DeMille, King Vidor. Então, um silêncio bem-vindo após um barulho sem fim.

E espetadas entre essas lembranças, como dentes de metal enferrujados, há outras lembranças...

As meninas.

Sempre as meninas.

Meninas como Alice Ruth Van Horne, a quem amei como só uma criança pode amar alguém — de forma simples, tranqüila, perfeita.

Suas vidas como papel molhado torcido, bem amassado e jogado fora.

Então algo aconteceria — algo silencioso e lindo — e eu começaria a achar que havia esperança de que o mundo pudesse ser posto em ordem.

Não aconteceu. Não àquela altura.

Talvez, de alguma forma, o que fiz agora restitua o equilíbrio.

Talvez agora os fantasmas que me assombraram esses anos todos desapareçam.

Suas vozes se calarão — finalmente, pacificamente, irrevogavelmente.

Tenho em mãos um pedaço de jornal. Levanto-o e através do papel fino, agora manchado com meu sangue, vejo a luz da janela, a silhueta do homem morto à minha frente.

"Está vendo?", digo. "Está vendo o que você fez?"

E aí sorrio. Estou ficando mais fraco. Tenho uma sensação de encerramento.

"Nunca mais", murmuro. "Nunca mais."

TRÊS

— Pegue uma palavra — disse a srta. Webber. — Pegue uma palavra e pense no maior número de palavras com significado igual ou parecido. São chamadas sinônimos essas palavras que têm um significado igual ou parecido. Escreva-as em seu caderno, Joseph, e quando quiser formar uma frase, procure no caderno e use as palavras mais interessantes ou adequadas que encontrar.

Assenti.

Ela contornou a escrivaninha e sentou-se na cadeira com apoio lateral ao lado da minha. A sala de aula estava vazia. Eu ficara depois da hora, por instruções dela. Estávamos a duas semanas do Natal e nos últimos dias de aula.

— Já ouviu falar no Julgamento do Macaco? — perguntou.

Fiz que não.

— Há alguns anos, em 1925, acho eu, houve um professor de biologia chamado John T. Scopes, de uma cidade chamada Dayton, no Tennessee, que ensinava aos alunos uma coisa chamada evolução. Sabe o que é evolução, Joseph?

— Sei, professora... é mais ou menos a idéia de que éramos todos macacos nas árvores muito tempo atrás e, antes, éramos peixes ou coisa assim.

Ela riu.

— O sr. Scopes ensinava aos alunos dele a teoria da evolução, em vez da teoria da Criação como está na Bíblia. Ele foi processado pelo estado do Tennessee, e o advogado de acusação era um homem chamado William Jennings Bryan, um orador muito conhecido e três vezes candidato à presidência. O defensor do sr. John Scopes foi Clarence Darrow, um criminalista americano muito famoso. O sr. Scopes perdeu a batalha e teve que pagar uma multa de cem dólares, mas em nenhum momento abriu mão da posição dele. — A srta. Webber aproximou-se mais um pouco de mim. — Em nenhum momento, Joseph Vaughan, ele disse o que achava que as pessoas desejavam ouvir. Disse o que considerava certo.

Recostou-se na cadeira.

— Você quer saber por que estou lhe contando isso?

Fiquei calado, apenas olhei para ela e esperei que falasse mais.

— Estou lhe contando isso porque temos uma Constituição e a Constituição diz que devemos dizer o que pensamos, e sustenta nosso direito de falar a verdade da forma como a vemos. Isso, Joseph Vaughan, é o que você deve fazer com sua escrita. Se quer escrever, deve escrever, mas lembre-se sempre de escrever a verdade da forma como a vê, não como os outros querem que seja vista. Entende?

— Entendo — respondi, achando que o fazia.

— Então, nas suas férias de Natal, quero que me escreva um conto.

— Sobre o quê?

Ela sorriu.

— Isso é uma coisa que você tem que decidir. Escolha algo que tenha um significado para você, algo que sinta que provoque uma emoção, um sentimento... algo que deixe você zangado, com ódio, ou algo que o faça vibrar, quem sabe. Escreva uma história real, Joseph. Não precisa ser longa, mas tem que ser sobre algo em que você acredite.

A srta. Webber se levantou e ficou em pé ao meu lado. Mais uma vez, encostou a mão em meu rosto.

— Bom Natal, Joseph, e vejo você no início de 1940.

Gunther Kruger era o homem mais rico do condado de Charlton. A casa dos Kruger era duas vezes maior que a nossa. Na sala, eles tinham um rádio de cristal Atwater Kent, e a família Kruger — Gunther, a mulher, os dois filhos e uma filha — sentava diante do rádio com fones de ouvido e escutava música e conversas que vinham de Savannah, passando por Hinesville e Townsend, Hortense e Nahunta. Aqueles sons atravessavam não sei como o pântano de Okefenokee sem afundar. Era mágico e estranho, uma janela para um mundo que eu não conseguia entender. Na cozinha, eles tinham uma máquina de lavar Maytag e uma batedeira Sunbeam, e a sra. Kruger, que usava saias de lã grossa, fazia salsichas de Viena e salada de batata, e falava comigo com seu sotaque de inglês macarrônico.

— Você é um esbandalho — dizia ela.

Eu franzia a testa, inclinava a cabeça e dizia:

— Esbandalho?

— Para esbandar afes — explicava ela. — Como se vosse veido te baus e roubas felhas, sim?

— Paus e roupas velhas — eu repetia, e aí abria um sorriso. — Um espantalho.

— Sim — concordava ela. — Como xá tisse, um esbandalho! Acora coma antes que as afes chequem, senão focê fai assustá-las. Há, há!

Comecei a ir à casa dos Kruger mais ou menos uma semana antes do Natal. Em geral, o sr. Kruger não estava, e minha mãe me dizia para só ficar lá até que ele voltasse do serviço em que estivesse envolvido.

— O homem já tem muita criança em volta — dizia. — Ele chega e você agradece e volta para casa, entendeu?

Eu entendia; não queria abusar da hospitalidade deles. Além disso, Elena Kruger, de nove anos, com uma boca muito cheia de dentes, orelhas como velas de fortuna à espera de uma corrente do golfo, parecia determinada a me provocar até eu ficar violento sempre que eu lá estava.

Eu precisava ter uma paciência de Jó para não chicotear Elena Kruger por suas provocações e suas maldades. Seus irmãos, Hans e Walter, pareciam alheios ao seu comportamento invasivo, mas ela estava lá — implicando e desejando, atormentando e aborrecendo — desde a hora em que eu chegava até quando ouvia as sonoras boas-vindas do sr. Kruger, ao entrar em casa pela cozinha.

Ela era uma criança bastante meiga, tenho certeza, mas para um garoto de doze anos, uma menina de nove parece uma harpia da pior espécie. Sua voz era fina, como um espeto enferrujado me ferindo os ouvidos, e embora mais tarde ela tivesse ficado doce e suave, e os seus modos, muito sensíveis e bonitos, na época era como um remédio amargo para uma doença debelada havia muito. Elena Kruger era tão bem-vinda como uma jarra de leite espumante, que não acaba nunca, provocando arrotos cada vez mais azedos.

Só uma vez vi suas equimoses. Era de tardinha, dias antes do Natal, e o sr. Kruger ainda não tinha voltado dos campos com Walter. A sra. Kruger chamou a filha para ajudá-la na cozinha, e Elena foi. Fiquei no corredor que separava a sala da parte dos fundos da casa, e dali dava para eu ver pelo vão da porta.

A mãe mandou Elena arregaçar as mangas da blusa, e ela o fez, até os ombros, e ali, de várias cores — roxo, marrom-avermelhado, amarelo e carmim —, equimoses lhe marcavam os dois braços do cotovelo para cima. A impressão que dava era a de ter sido agarrada com muita força, mãos grandes segurando-a pelos braços, talvez a sacudissem, talvez apenas a imobilizassem.

— Epilepsia — disse minha mãe quando lhe contei o que vira.

— Você não deve dizer uma palavra, lembre-se — frisou ela. — Elena Kruger tem crises epilépticas, ataques do grande mal, como são chamados, e os pais dela, às vezes, têm que imobilizá-la com força na cama ou no chão para que não se machucasse.

Perguntei por que tinha crises; minha mãe riu e deu de ombros.

— Por que uma pessoa tem uma perna torta ou um olho que não enxerga direito? Quem vai saber, Joseph... é a natureza das coisas.

Imaginei mãos fortes segurando Elena deitada, mãos que impediriam que ela se debatesse no chão, como sua saia ficaria suja, como ela morderia uma correia de couro toscamente lavrado de quinze centímetros para impedir que cortasse a própria língua.

Depois disso, as implicâncias e os xingamentos de Elena nunca mais me incomodaram tanto. Bastava eu imaginar a terrível violência de um sofrimento físico daqueles e meu coração, embora pequeno e frágil, percebia sua dor. Ela já sofria mais do que poderia me fazer sofrer, e eu achava que se tirasse um pouco desse sofrimento talvez ela melhorasse. Eu era ingênuo, tolo talvez, mas isso me parecia fazer sentido na época. Acho que foi então que comecei a vê-la por um prisma diferente, e embora ela tivesse dois irmãos mais velhos — Hans tinha doze, e Walter, dezesseis, quase homem feito — senti uma atração fraternal por ela. Ela parecia frágil e desconsolada, à deriva num mundo onde as palavras do pai, dos irmãos, pareciam prevalecer.

Eu a imaginava como uma alma delicada e solitária, uma alma sem amarras nem âncora, e me determinei a tentar — de alguma forma — tornar sua vida mais feliz.

O Natal chegou e passou. Escrevi minha história. Chamava-se "A corrida com dribles", e era sobre Red Grange, como ele agarrava a bola e corria campo afora como um *dachshund* atrás de um coelho. Eu o vira no cinema uma vez, numa matinê de sábado, com meu pai: um noticiário da RKO Radio Pictures, meia hora de Pete Smith Specialty, depois um curta, antes da atração principal. Red Grange, talvez o maior corredor da história do futebol americano, pernas se movendo como pistões a vapor. Usei palavras como *ligeiro* e *mercurial*, *atlético* e *hercúleo*. A srta. Webber substituiu-as por palavras que, na sua opinião, todos entenderiam, e depois se postou na frente da turma e mandou todo mundo fechar os olhos.

— Isso mesmo — disse ela baixinho. — Fechem os olhos... e não os abram até eu terminar.

Leu minha história para a turma. Quem dera não tivesse feito isso. Meu coração, batendo como um motor de tração, poderia ter propulsionado um barco a vapor de Minnesota até o golfo do México. Foi um sentimento que nunca esquecerei, e quase serviu para me dissuadir de perseguir o sonho de escrever.

Quando ela terminou, parecia haver um pequeno abismo de silêncio no qual caí. Ninguém dizia palavra. A srta. Webber esticou a mão metafórica e me resgatou daquele abismo.

Ela não elogiou nem contestou a história. Não a pegou como uma espécie de exemplo para as outras crianças da turma. Simplesmente perguntou se alguém havia conseguido enxergar Red Grange e sua corrida.

Ronnie Duggan levantou a mão.

E também Laverna Stowell. Virginia Grace Perlman. Catherine McRae, seu irmão Daniel.

Mantive a cabeça ereta e o olhar fixo. Minha cara se ruborizava.

Logo havia mais crianças com as mãos levantadas do que abaixadas.

Então a srta. Webber disse:

— Ótimo... ótimo mesmo. Isso se chama *imaginar*, e imaginar é um dom vital e necessário neste mundo. Todas as grandes invenções aconteceram porque houve gente capaz de *imaginar* coisas. Vocês devem alimentar e cultivar seu dom de imaginar. Cada um deve deixar a cabeça se encher de imagens das coisas sobre as quais pensa e descrevê-las para si mesmo. Deve *fazer de conta...*

Eu a ouvia. Eu a amava. Anos depois, uma época muito diferente, eu pensava em interromper meu trabalho, depois me lembrava de Alexandra Webber e deixava minha cabeça se encher de imagens.

Eu fazia de conta, só isso, e de alguma forma as coisas pareciam menos sombrias.

Fevereiro chegou. O tempo virou. Gunther Kruger foi visitar minha mãe, disse-lhe que iam fazer um passeio de carro margeando o rio de St. Mary e passar o dia na praia Fernandina.

— Gostaríamos muito que vocês viessem conosco — disse ele, e minha mãe, mal olhando para mim, explicou ao sr. Kruger que agradecia muito, mas infelizmente não poderia ir.

— Mas Joseph adoraria — disse ela. — Prometi à sra. Amundsen que eu bateria a manteiga com ela, e se não fizermos isso hoje o leite vai talhar...

O sr. Kruger, sempre cavalheiro, fez um gesto com a mão e deu um sorriso largo. Poupou a minha mãe o constrangimento de explicar sua recusa.

— Quem sabe da próxima vez — ajudou ele, e depois me disse que sairiam de casa às seis da manhã.

— Não mande comida — disse o sr. Kruger a minha mãe. — A sra. Kruger vai fazer o suficiente para alimentar um batalhão.

Na manhã seguinte, chovia. Uma chuva fina, a princípio, depois mais forte. Assim mesmo, fomos margeando o rio de St. Mary até a praia Fernandina, e quando chegamos o sol tinha saído e o céu estava limpo.

Foi um dia raro. Observei a família Kruger — a sra. Kruger, Walter, os dois filhos menores — e ela parecia a representação de um idílio, um padrão pelo qual todas as famílias deveriam ter sido julgadas. Não brigavam, não discutiam; viviam rindo, sem nenhum motivo óbvio; e me pareciam um símbolo de perfeição num mundo indiscriminadamente imperfeito.

Quando voltamos, o sol estava mais suave e já pensava em se retirar. A névoa do entardecer pairava como um fantasma de calor à nossa volta, os braços largos e envolventes, e quando levamos os cestos e as mantas para o carro, o sr. Kruger emparelhou comigo e me perguntou se eu tinha gostado do dia.

— Gostei sim, senhor, muito — disse eu.

— Ótimo — disse ele baixinho. — Até você, Joseph Vaughan... até você deve ter algumas lembranças para guardar com carinho quando for mais velho.

Não entendi o que ele quis dizer, nem perguntei.

— E Elena — disse ele.

Virei-me e olhei para ele.

Ele sorriu.

— Eu queria agradecer sua paciência com ela. Ela é uma criança delicada, e sei que você fica com ela quando talvez preferisse brincar com Hans e Walter.

Fiquei sem jeito e encabulado.

— Tudo bem, sr. Kruger, não tem problema algum.

— Você significa muito para ela — prosseguiu ele. — Ela fala sempre de você, Joseph. Tem dificuldade de fazer amigos, e eu agradeço o apoio que lhe dá.

— Sim senhor — respondi, e fiquei olhando para a estrada à frente.

Durante mais de nove meses eu observara a ferida sarar. Achava que sempre haveria uma cicatriz, bem ali, embaixo da minha pele, visível só para mim, e a cicatriz me lembraria o que acontecera com Alice naquele inverno de 1939 — as coisas que eu tinha entreouvido do patamar da escada enquanto Reilly e minha mãe conversavam na cozinha...

Durante mais de nove meses os moradores de Augusta Falls tinham feito de conta que o ocorrido era um sonho tenebroso e esquisito. Algo acontecera em outro lugar, não ali, em sua própria cidade, e eles ouviram falar naquela barbaridade e davam graças a Deus por não ter acontecido com eles. Foi assim que lidaram com aquilo, e tinham sobrevivido. Conseguiram atravessar as sombras, e saíram do outro lado.

Durante nove meses dizia-se que tudo ficaria bem.

Mas não ficou.

Laverna Stowell foi encontrada morta no fim do verão de 1940. Tinha nove anos e faria dez em 12 de agosto, três dias após a descoberta de seu corpo num campo na periferia de Silco, condado de Camden. Foi encontrada numa sexta-feira, como Alice Ruth Van Horne. Estava nua, só de meias e um sapato no pé direito. Eu soube disso porque li uma reportagem no jornal na quarta-feira seguinte. Recortei o retrato dela e o artigo que estava abaixo.

DIÁRIO DO CONDADO DE CHARLTON

Sexta-feira, 9 de abril de 1940

Segunda menina encontrada morta

Na manhã de sexta-feira, 9 de agosto, os cidadãos de Augusta Falls assistiram a mais uma terrível descoberta. O corpo de Laverna Stowell, filha do casal Leonard e Martha Stowell, residente em Silco, foi encontrado totalmente despido exceto pelas meias e o pé direito do sapato. O segundo assassinato se segue à morte de Alice Ruth Van Horne, em novembro. O xerife Ford Ruby, do condado de Camden, não quis fazer comentários, mas admitiu que daria início a uma operação conjunta com o xerife do condado de Charlton, Haynes Dearing. A srta. Alexandra Webber, professora da Escola de Augusta Falls, onde Laverna Stowell estudava, disse que Laverna era uma menina inteligente e extrovertida, que não tinha dificuldade de fazer amizades. Disse que as crianças foram informadas da situação, e que durante toda a próxima semana seriam feitas orações pela manhã, na hora da chamada. Cidadãos de Augusta Falls e de Silco já se encontraram e será marcada uma assembléia municipal para discutir a possibilidade de uma ação conjunta. O xerife Haynes Dearing ressaltou mais uma vez a importância de os cidadãos de ambas as cidades e seus arredores manterem a calma. "Não há nada pior do que pânico nessas situações. Estou aqui para reafirmar a todos que há um procedimento policial empregado na investigação de cada assassinato, e que é dever da polícia estabelecer e levar a cabo esse procedimento. Se desejarem ajudar, as pessoas podem ficar atentas para quaisquer indivíduos estranhos ou desconhecidos, e também ter o cuidado de sempre garantir a segurança e o bem-estar de seus próprios filhos." Quando indagado se houve algum progresso na investigação do assassinato de Alice Ruth Van Horne, o xerife Dearing se recusou a comentar, declarando que "todos os detalhes de uma investigação em andamento precisam permanecer confidenciais até que o assassino tenha sido preso e processado".

Segurei o recorte nas mãos e meus olhos se encheram d'água. Imaginei como me sentiria se tivesse sido Elena. Chorei de novo, mas dessa vez havia algo mais subjacente à sensação de perda: medo. Um medo cortante e profundo, que me transpassava, envolvido numa sensação de raiva, quase de ódio por quem quer que tivesse feito aquilo. Laverna vinha todos os dias de Silco, no condado de Camden, e, embora não tivesse trocado mais que uma dúzia de palavras com ela fora da sala de aula da srta. Webber, eu estava convicto de que deixara de fazer alguma coisa por ela. Por que, eu não sabia, mas achava que tanto Alice Ruth como Laverna estavam sob minha responsabilidade.

— Você não pode se culpar — disse-me minha mãe quando expliquei meus sentimentos. — Tem gente por aí, Joseph, que não vê a vida como nós a vemos. Eles não dão importância nem valor à vida, e são quase incapazes de se controlar quando se trata dessas coisas terríveis.

— Deve haver alguma coisa que a gente possa fazer...

— Podemos ficar atentos — disse ela. Chegou mais perto de mim, como se para me contar um segredo que não deveria ser dividido com ninguém. — Devemos nos acostumar a ficar atentos a nós mesmos e a qualquer um. Sei que você se sente responsável, Joseph, é do seu feitio, mas responsabilidade e culpa não são a mesma coisa. Você deve se responsabilizar se sentir que é seu dever, mas nunca deve se culpar. Não pode se punir pelos crimes de outra pessoa.

Ouvi. Entendi. Eu queria fazer algo, mas não sabia o quê.

Vieram dois homens. Vestiam ternos escuros e chapéu. Minha mãe me disse que eram do Departamento de Investigação da Geórgia, que haviam sido designados para assessorar o xerife Dearing. Eles percorreram o estado todo fazendo perguntas diretas e indelicadas, e, pelo que entreouvi da cozinha, as pessoas logo começaram a reclamar de sua presença. Ao que parecia, Dearing havia pedido que os acompanhassem, mas os agentes Leon Carver e Henry Oates não permitiram, alegando que era um assunto federal, que a objetividade era fundamental. Vi Carver uma vez, um homem alto e imponente, cujo nariz parecia um punho fechado listrado de veias roxas. Com olhos fundos sob sobrancelhas pesadas, parecia estar sempre olhando de uma sombra permanente. Não falei com ele, nem ele comigo. Ele me observou como se eu não fosse de confiança, e virou as costas. A dupla ficou três dias em Augusta Falls, depois rumou para o sul, fez um circuito amplo no sentido horário pelas cidades vizinhas, depois sumiu. Não tivemos mais notícias dos agentes, e nunca se falava neles.

Mais tarde, conversei com Hans Kruger.

— Um bicho-papão — disse. — Tem um bicho-papão por aí e ele vem para comer criança.

Fiquei indignado.

— Quem lhe contou isso?

— Walter — disse na defensiva. — Walter me disse que foi um bicho-papão, alguém que ressuscitou dos mortos e precisa se alimentar de gente viva para ficar vivo.

— E você acredita nessas bobagens?

Hans hesitou um pouco.

— E ele diz essas coisas para Elena? — perguntei.

Hans balançou a cabeça.

— Não, ele não diz essas coisas para Elena. Eu tenho que contar a Elena para ela saber...

Agarrei-o de repente pelo colarinho. Ele tentou recuar, mas segurei firme.

— Não diga nada a Elena! — falei bruscamente. — Deixe Elena em paz. Ela já está bastante assustada sem você lhe contar histórias bobas sobre coisas que nem existem!

Walter apareceu na esquina da casa.

— Ei! O que é isso aí? Vocês não devem brigar!

Hans esquivou-se, desvencilhou-se de mim e voltou correndo para a frente da casa.

Fiquei ali, envergonhado, meio assustado com Walter.

— O que está acontecendo aqui? — perguntou ele.

— Falei para ele não contar histórias de bicho-papão para Elena — disse eu. — Não quero que ela se assuste. Hans disse que ia contar a Elena sobre o bicho-papão.

Walter riu.

— Disse, foi? Vou botar isso em pratos limpos.

— Não o machuque, Walter.

Walter pôs a mão no meu ombro.

— Não vou machucar, Joseph. Só vou lhe dar uma lição.

— Não é um bicho-papão... é uma pessoa que está fazendo essas coisas, uma pessoa terrível.

Walter sorriu com compreensão.

— Eu sei, Joseph, eu sei. Deixe a polícia cuidar disso, sim? A polícia vai descobrir quem está fazendo essas coisas e detê-lo. Deixe que eu cuido de Hans e Elena.

Fiquei calado.

— Tudo bem? — ele me animou.

Fiz que sim.

— Tudo bem — disse, mas só da boca para fora. Walter passava o dia fora, com o pai, trabalhando na fazenda, ganhando o sustento da família. Eu tinha decidido cuidar de Elena, e nada me faria mudar de idéia.

— Agora vá — disse ele. — Vá para casa. Vou falar com Hans e garantir que ele não assuste a irmã.

Fui correndo para casa. Não disse nada a minha mãe. Fiquei na janela do meu quarto e olhei para a casa dos Kruger em frente. Achava que se acontecesse alguma coisa com Elena eu nunca conseguiria me perdoar.

Depois que os federais foram embora, os xerifes de cada condado — Haynes Dearing, um homem de trinta e muitos anos, já com cara de velho para sua idade, e Ford Ruby — tiveram uma reunião no restaurante Quinn Cumberland, um estabelecimento respeitável e asseado na zona norte de Augusta Falls, de propriedade de duas viúvas, que o administravam.

Haynes Dearing era metodista, freqüentava a Igreja Metodista do Condado de Charlton. O xerife Ford Ruby era episcopalista e freqüentava a Communion Church of God em Woodbine. Apesar das diferenças em relação a John Wesley e à interpretação das escrituras, consideravam que a morte de uma menina era mais importante que as divergências religiosas.

A morte de uma segunda menina os uniu, e eles juntaram seus recursos. Falou-se até num homem vindo de Valdosta, um homem do governo com um detector de mentiras e uma assessora, mas ninguém jamais apareceu. Os xerifes Dearing e Ruby, comissionando quase todo homem capaz de andar em linha reta sem ajuda, vasculharam as matas e os barrancos nos arredores de Silco, e até voltaram e vasculharam o final da High Road mais uma vez, só para ver, para ter certeza. De que, eu não sabia, nem perguntei, pois mais uma vez ouvia conversas sussurradas na cozinha da minha casa.

As buscas não deram em nada, e por fim, como não podia deixar de ser, Haynes Dearing e Ford Ruby voltaram ao debate sobre John Wesley e as escrituras e continuaram discutindo até chegar à conclusão de que havia sido um erro trabalharem juntos, terem sequer cogitado que poderiam trabalhar juntos, e juraram que aquilo jamais se repetiria. No fim de agosto, eu já não ouvia mais falar em Laverna Stowell. Talvez ela fosse um anjo também, ela e Alice Ruth Van Horne, e talvez meu pai, se tivesse conseguido manter as mãos limpas e se empenhado bastante para merecer o privilégio, estaria sentado ao lado delas. Talvez eu tivesse me convencido de que o pesadelo realmente já tivesse acabado. Talvez eu achasse que um vagabundo, louco, violento e perverso havia passado por nossas vidas e já tivesse desaparecido. Por uma razão qualquer, ele fizera duas visitas, mas isso eu não levava em conta. A verdade e o que eu imaginava ser a verdade não eram a mesma coisa. Eu me perguntava se algum outro país, algum outro estado, estava agora perdendo suas crianças para aquele bicho-papão. Mantinha os olhos abertos e os ouvidos atentos, mesmo à noite; o barulho de animais andando entre a nossa casa e a dos Kruger às vezes me acordava, e eu ficava deitado na cama, gelado e com medo. Depois de algum tempo, preparando-me para o que poderia ver, eu me esgueirava de debaixo das cobertas e ia titubeando até a janela. Não via nada. A noite se abria à minha frente numa monocromia serena e estática, e eu me perguntava se minha imaginação não estava alimentando minhas idéias com mentirinhas frágeis. Torcia com todas as forças para que o pesadelo tivesse passado, mas no fundo, no fundo do coração, eu sabia que não tinha.

Quatro

— Um concurso — disse a srta. Alexandra Webber.

Cinco meses haviam se passado desde a morte da menina Stowell, cinco meses e mais um Natal.

O Natal fora duro para minha mãe. Ela e a sra. Kruger, cujo nome eu agora entendia ser Mathilde, haviam se oferecido como voluntárias para dar assistência num surto de gripe que começara entre as famílias negras. Minha mãe passou muitos dias chegando em casa tarde e saindo cedo, e eu ficava a maior parte do tempo na casa dos Kruger. Eu tinha treze anos, era alguns meses mais velho que Hans Kruger e alguns anos mais moço do que Walter. Mesmo assim, apesar de sermos quase da mesma idade, pouco tínhamos em comum. Cada um tinha uma opinião sobre a guerra; diziam que Adolf Hitler era louco, que os Estados Unidos seriam arrastados para o conflito. Roosevelt tomou posse pela terceira vez, e já se falava em os britânicos usarem armas e equipamentos americanos, cujo pagamento só seria solicitado após o término do conflito. Alguns — Reilly Hawkins em particular — diziam ser aquilo o primeiro passo para a colaboração.

— Vão nos convocar — dissera ele. — Convocar para lutar na Europa.

— E você iria? — perguntou minha mãe.

— Sem dúvida — disse Reilly. — Temos que morrer por alguma coisa, certo? Acho melhor morrer num campo na Europa, lutando por algo em que se acredita, do que aqui nesses pântanos, de gripe negra.

— Reilly — advertiu minha mãe.

— Sim, minha senhora — disse ele encabulado. — Me desculpe, minha senhora.

— Em que você acredita? — perguntei a Reilly. — É a favor da guerra?

Reilly riu e fez que não.

— Não, Joseph, não, não sou a favor da guerra. Vou lhe dizer em que acredito... — Parou de repente e olhou para minha mãe como se pedisse licença para falar.

—Vá em frente, Reilly Hawkins, mas lembre-se de que estou ouvindo, e lhe avisarei se tiver ido longe demais.

— Eu acredito — disse Reilly — é na liberdade de pensar e acreditar e dizer o que a gente acha que é certo. Esse homem, esse Adolf Hitler, bem, ele não passa de um fascista e de um ditador. Está deixando todos aqueles alemães inflamados e cheios de ódio contra os judeus, contra os povos nômades, contra quem não tem a mesma aparência ou não fala do mesmo jeito ou não freqüenta as mesmas igrejas. Está impondo suas próprias opiniões a um país, e esse país está enlouquecendo. É o tipo de mentalidade que se propaga pelo ar, como um vírus, e se as pessoas boas, honestas, gente como a gente, se não fizermos o que pudermos para detê-la, vamos encontrá-la em todo canto. Por isso eu vou, se me convocarem.

No dia seguinte, perguntei à srta. Webber sobre a guerra, sobre o que Reilly Hawkins dissera a respeito dos judeus e dos povos nômades.

Por um momento, ela ficou espantada, depois, algo em seu rosto falou de tristeza, de lágrimas contidas, talvez.

Foi aí que mencionou o concurso. Mudou de assunto — de repente — e eu esqueci tudo sobre Adolf Hitler e como ele estava deixando as pessoas inflamadas e cheias de ódio.

— Que concurso?

— Um concurso de contos; um concurso para as pessoas escreverem e apresentarem contos.

Inclinei a cabeça para o lado.

— Não faça isso, Joseph Vaughan — disse ela. — Dá a impressão de que você só tem meio cérebro e sua cabeça está pesando para o lado.

Endireitei a cabeça.

— Então escreva um conto — disse ela. — Pode ser sobre qualquer coisa, mas, como já discutimos antes, é sempre melhor escrever sobre um assunto que nos interesse pessoalmente, ou que tenhamos vivenciado. Não deve ultrapassar duas mil palavras, e se você escrever com uma letra bem caprichada, eu datilografo com as correções na minha Underwood e nós mandamos para Atlanta.

Não falei muito. Não me lembrava muito bem daquele momento. Acho que fiquei com os olhos arregalados e a boca ligeiramente aberta.

— O quê? — perguntou a srta. Webber. — Por que está aí em pé assim?

Um segundo depois, balancei a cabeça.

— Por nada em particular — respondi.

— Você está parecendo aquele tipo de menino que precisa que lhe enxuguem a boca a cada quinze minutos... vá se sentar na sua carteira, Joseph.

— Sim, professora.

— E comece a desenvolver algumas idéias. O prazo para a entrega do conto é daqui a um mês.

Três dias depois topei com uma palavra: "traquinices". Não me lembro como topei com ela, mas topei. Era uma palavra do final do século XVIII, e significava brincadeiras e travessuras, o tipo da coisa que as crianças fazem quando querem perturbar. A palavra me agradou, e me fez sorrir, então a usei como título do meu conto.

Escrevi sobre ser criança, pois era o que eu era. Escrevi sobre ter treze anos e não ter pai, sobre a guerra na Europa e algumas outras coisas que Reilly Hawkins me contara. Paralelamente a isso, escrevi sobre o que eu fazia para manter a mente ocupada, para esquecer que minha mãe estava cansada, que Hitler era um louco e, em algum lugar, a milhares de quilômetros, as pessoas estavam sendo mortas porque pensavam ou falavam de maneira diferente. Escrevi sobre brincadeiras que eu e os garotos Kruger tínhamos feito. Sobre a vez em que encontramos um guaxinim morto e o enterramos. Arrancamos uma madressilva e a plantamos na pequena sepultura, e dissemos algumas palavras, e fizemos votos para que o guaxinim encontrasse Alice Ruth e Laverna e lhes fizesse companhia no céu. Escrevi sobre essas coisas e assinei com letra legível embaixo — Joseph Calvin Vaughan —, e incluí minha idade e minha data de nascimento porque achei que o pessoal em Atlanta poderia querer saber desses detalhes.

Entreguei meu conto à srta. Webber na sexta-feira, 11 de fevereiro. Na segunda, ela me disse que o havia datilografado e enviado para Atlanta, e me mostrou Atlanta no mapa. Parecia muito longe. Fiquei pensando se meu conto estaria diferente quando chegasse lá.

Pensei muito nisso por algum tempo, depois esqueci. Eu tinha a impressão de que escrever as coisas era uma forma de fazê-las se afastar.

— Você pode enxergar dessa maneira — disse-me a srta. Webber. — Ou pelo prisma de que escrever as coisas as faz durar para sempre. Como aquele livro que lhe dei no Natal passado... que foi escrito e ainda está aqui. Há milhares de exemplares daquele livro país afora, mundo afora. Agora mesmo, pode haver alguém na Inglaterra, alguém em Paris, na França, alguém também em Chicago, lendo esse mesmo livro, e a leitura de cada um será muito diferente da que você achou que fazia. Um conto é como uma mensagem com um significado diferente para cada pessoa que a recebe.

Dei ouvidos ao que a srta. Webber disse porque tudo que ela dizia fazia sentido.

Quando a primavera chegou, minha mãe adoeceu. Ficou pálida e anêmica. O dr. Thomas Piper veio vê-la várias vezes, e sempre parecia preocupado e importante. O dr. Piper usava um terno escuro com um colete e um relógio de bolso preso numa corrente de ouro, e levava uma maleta de couro de onde sacava abaixadores de língua e vidros de iodo.

— Quantos anos você tem? — perguntou-me.

— Treze — respondi. — Faço catorze em outubro.

— Bem, muito bem. Você é um homem, ao que me consta. Sua mãe tem o sangue fraco. Fraco em nutrientes, fraco em ferro, fraco em quase tudo em que devia ser forte. Ela precisa fazer repouso no leito e ter sossego, talvez por um mês, e precisa ter uma dieta rica em verduras e carne boa. Se ela não fizer isso, você não terá mãe por muito mais tempo.

Fui até a casa dos Kruger depois que o dr. Thomas Piper saiu.

— Vamos cuidar dela — disse Mathilde Kruger. — Vou mandar Gunther todos os dias com sopa e repolho, e quando ela estiver mais forte vamos lhe dar para comer lingüiça e batata. Não se preocupe, Joseph, você pode ter perdido seu pai, mas não vai perder sua mãe. Deus não é tão cruel assim.

Três semanas depois, no dia em que Reilly Hawkins me contou que o presidente Roosevelt estava enviando soldados para a Groenlândia, a srta. Webber me fez ficar até depois da aula.

— Tenho uma carta — disse ela, e sacou um envelope de dentro da escrivaninha. — É uma carta de Atlanta, Geórgia. Venha sentar aqui e eu a leio para você.

Fui para a frente da sala de aula e me sentei.

— "Prezada srta. Webber" — começou ela. — "É com grande prazer que escrevemos para informá-la dos resultados de nosso concurso. Ficamos bastante impressionados com o padrão do material apresentado este ano, e embora o julgamento de um leque tão amplo de estilos e temas diferentes nunca seja fácil, acreditamos que este ano tenha sido mais difícil do que nunca."

A srta. Webber fez uma pausa e olhou para mim.

— "É com certo pesar que devemos informá-la de que 'Traquinices', de Joseph Vaughan, não chegou ao estágio final da competição, mas assim mesmo queríamos lhe comunicar o prazer coletivo que sentimos com relação a esse trabalho da melhor qualidade. 'Traquinices' provocou mais que algumas lágrimas e muitas risadas entre nossos leitores, e, quando ficou claro que havia sido escrito por um menino de treze anos, a validade da identidade autoral foi seriamente questionada. Tal questionamento foi logo refutado, pois, obviamente, estamos mais do que cientes de sua reputação e credibilidade como professora. Não obstante, não deixou de nos surpreender o fato de uma composição com estilo narrativo tão natural e tão perspicaz ser obra de uma pessoa tão jovem."

A srta. Webber tornou a fazer uma pausa. Tudo o que entendi foi que eu não ganhara nada. Não me emocionei muito, se é que me emocionei, com o assunto.

— "Portanto, para terminar, gostaria de elogiar entusiasticamente o sr. Joseph Vaughan por seu conto, 'Traquinices': uma leitura muito prazerosa, e prova de que temos entre nós, aqui na Geórgia, um jovem autor brilhante e talentosíssimo que, confiamos, continuará se saindo cada vez melhor em suas aventuras literárias. Com os nossos melhores votos. A Comissão Julgadora dos Jovens Contistas."

A srta. Webber virou-se para mim e sorriu. Franziu a testa, depois inclinou a cabeça para um lado. Tive vontade de lhe dizer que ela dava a impressão de estar com metade do cérebro faltando.

— Não está satisfeito, Joseph? — perguntou ela.

Fiquei calado. Eu queria saber com o que ela achava que eu poderia estar satisfeito.

— A Comissão Julgadora lhe escreveu, de Atlanta, para lhe dizer que seu conto recebeu uma menção especial. Eles dizem que você é brilhante e talentosíssimo. Entende isso?

— Entendo que não ganhei, srta. Webber — disse eu.

Ela riu, e era uma profusão de luz despontando.

— Não ganhou? Ganhar não é a *única* razão para se fazer alguma coisa. Às vezes, a gente faz algo pela experiência, ou simplesmente por prazer; outras vezes, para provar a si mesmo que *é capaz* de fazer, a despeito do que os outros achem. Você escreveu um conto, era apenas o segundo conto completo que já escreveu, e a Comissão Julgadora de Atlanta lhe mandou uma menção especial, manifestando seus votos para que se saia cada vez melhor na literatura. Isso, meu caro Joseph Calvin Vaughan, é algo de que se pode ter orgulho.

Fiz que sim e sorri. As aulas haviam terminado fazia quinze minutos e eu queria ir para casa. Ao sair pela manhã, minha mãe parecera particularmente frágil.

A srta. Webber dobrou a carta cuidadosamente e a repôs no envelope.

— Esta carta é para você — disse, e entregou-a a mim. — Você deve guardá-la, e quando achar que sua capacidade está sendo questionada, quando achar que deve fazer outra coisa senão escrever, deve tornar a lê-la e sentir sua firmeza de propósito. Escrever é um dom, sr. Vaughan, e negar sua importância, ou fazer outra coisa senão usar seu gênio, seria um erro grave e importante. — Ela tornou a sorrir. — Agora vá... vá para casa!

Agradeci à srta. Webber e saí da sala. Fui andando depressa, peguei a High Road e me mantive junto à cerca. O sr. Kruger me dissera que depois da chuva a terra ficava muito fofa para agüentar o peso de uma criança, quanto mais o de um jovem como eu, e que se passasse por aquele caminho eu devia me manter junto à cerca e longe das árvores.

Quando cheguei em casa, fiquei alguns minutos na cozinha. Com a perspectiva do tempo, sempre nosso conselheiro mais perspicaz, percebi que não tinha dado importância à carta de Atlanta. Era o meu primeiro reconhecimento verdadeiro, e no entanto parecia não ter significado nenhum. Tirei a carta do bolso e a reli inteira. As palavras eram recebidas, mas não assimiladas.

Mais tarde, a carta passaria a significar muita coisa e, de alguma forma, funcionaria como uma âncora em meio à tempestade de insegurança crítica e mordaz que viria, mas então — ali na cozinha — era apenas uma mensagem de fracasso. A srta. Webber não tinha culpa. A carta me dizia que eu poderia fazer melhor, e de alguma forma talvez eu já houvesse determinado o padrão que almejaria.

Foi então que ouvi vozes, acima de mim, achei, e fiquei intrigado. Minha mãe estava sozinha na casa e doente, e no entanto as vozes pareciam uma conversa. Será que o mal de que sofria a levara à loucura?

Meti a carta no bolso e recuei até o pé da escada. Não ouvi nada. Será que estava imaginando coisas?

Fui subindo pé ante pé, ouvidos atentos e alertas. Quando cheguei ao patamar superior, tornei a ouvir as vozes — minha mãe, sua entonação clara e nítida, inclusive com um vestígio de riso, e outra voz, mais grossa, quem sabe com sotaque.

Fui pelo corredor até a porta dela. Estava bem fechada, mas indiscutivelmente era de detrás daquela porta que vinham as vozes.

Bati uma vez.

— Mãe? — perguntei.

Acho que ouvi um alvoroço, sussurros, outros barulhos, e quando eu ia girando a maçaneta, ela gritou:

— Um segundo, Joseph, um segundo, por favor.

Esperei, perplexo e confuso.

Trinta segundos, talvez mais, depois a porta foi aberta por dentro e Gunther Kruger estava ali parado me olhando, sorrindo de orelha a orelha, as faces coradas.

— Joseph! — exclamou, pronunciando "Iossef", como os Kruger faziam. Ele parecia mais surpreso que contente. — Olá. Que surpresa!

Balancei a cabeça. Surpresa por quê? Eu sempre ia para casa depois da escola.

Olhei em volta dele e vi minha mãe deitada na cama, coberta até o pescoço. Ela tirou um braço de debaixo das cobertas e estendeu a mão na minha direção.

— Entre, Joseph — disse. — Você chegou cedo.

— Não — retruquei. — Sempre chego a essa hora.

Ela franziu a testa.

— Mas e sua aula particular com a srta. Webber...

— É às segundas-feiras — interrompi. — Hoje é sexta.

Ela riu.

— Claro que é. Bobagem minha. O sr. Kruger aqui só estava me trazendo uma sopa.

Olhou para a cômoda, e ali — na panela de barro que a sra. Kruger mandava quase diariamente — estava a sopa. Estava intocada, a julgar pela panela ainda bem tampada.

— Ah! — disse eu.

— Bem — disse o sr. Kruger —, acho que está na hora de eu ir embora. Foi bom ver você, Joseph, como sempre. Devia ir lá em casa mais tarde ver Hans e Walter, sim?

— Sim — disse eu, ainda um pouco desconcertado.

O sr. Kruger pegou o paletó pendurado na cadeira atrás da porta e, sem vesti-lo, passou depressa por mim e desceu a escada. Ouvi seus passos cruzando o chão de cerâmica da cozinha, e depois a porta dos fundos batendo abruptamente. Ele se esquecera de se despedir da minha mãe.

— Venha cá — disse ela. — Venha sentar ao meu lado na cama.

Atravessei o quarto. Tudo recendia a lavanda e canja de galinha.

— Sente aqui — disse ela, dando palmadinhas no colchão. — Como foi seu dia, Joseph?

— Recebi uma carta.

— Uma carta?

Fiz que sim.

— Uma carta de quem?

— Do pessoal que julga o concurso de contos em Atlanta.

Ela sentou, olhos arregalados, uma expressão interessadíssima.

— E então?

Tirei a carta do bolso e mostrei-a.

Ela leu em silêncio, depois olhou para mim com lágrimas nos olhos e esticou o braço. Pousou a mão no meu rosto.

— Meu filho — disse, a voz um sussurro entrecortado. — Parece que você encontrou sua vocação.

Encolhi os ombros.

— Não pare — disse ela. — Nunca pare de escrever. É assim que o mundo vai descobrir quem você é.

Por algum motivo, tive vontade de chorar, mas não chorei.

Eu tinha treze anos, era quase um homem, e embora a srta. Webber e minha mãe tenham dado muito mais importância à carta do que eu, aquilo não era motivo de tristeza.

Cerrei os dentes. Deitei-me ao lado de minha mãe, ali mesmo em cima da colcha de retalhos, e fechei os olhos.

Ela tirou meu cabelo da testa, depois me deu um beijo.

— Seu pai ficaria muito orgulhoso — disse. — O filho dele, escritor.

Cinco

A terceira menina tinha sete anos. Foi encontrada no sábado, 7 de junho de 1941. Assim como Alice Ruth Van Horne e Laverna Stowell, acharam-na nua e espancada. Seu nome era Ellen May Levine. Havia uma incisão larga e profunda no meio do seu corpo, como se tivessem tentado cortá-la em duas. Quem sabe começaram a fazer uma coisa dessas e não tiveram coragem de terminar.

Eu a conhecia havia menos de três meses. Ela viera de Fargo, perto do rio Suwannee, no condado de Clinch, para estudar com a srta. Webber, em março daquele ano. Foi encontrada numa cova rasa a menos de seiscentos metros da nossa casa, lá nas árvores à beira da divisa de Gunther Kruger.

O xerife Haynes Dearing se reuniu com o xerife Ford Ruby, e os dois foram juntos de carro para se reunir com o xerife Burnett Fermor, do condado de Clinch. Dizem que os três passaram mais de duas horas juntos. Solicitaram mapas detalhados dos três condados e fizeram mais de dois pedidos de café e sanduíches. Quando a reunião terminou, os três não sabiam mais do que quando haviam começado, mas pelo menos não tinham discutido por causa de John Wesley e das escrituras.

Mais de dez homens foram comissionados. Chegaram com picapes e cães e vasculharam o campo de horizonte a horizonte. Havia grupinhos conversando na rua. Parecia que todo dia o jornal tinha algo mais a dizer, sem dizer muito ou coisa alguma. As pessoas até mencionavam os nomes dos agentes Carver e Oates, do Departamento de Investigação da Geórgia, como se, trazendo-os à baila, algo pudesse ser diferente da investigação anterior. Carver e Oates nunca apareceram, nem o homem de Valdosta com um detector de mentiras e uma assistente. O xerife Dearing tinha um ar sempre exausto, como se o sono fosse um colega do assassino e estivesse fugindo dele com grande habilidade. Falava-se em armas assassinas, facas, cutelos e outras suposições do gênero. Eu observava tudo, cada coisa, e me perguntava como achariam alguém cujo objetivo era permanecer oculto. Todo mundo sabia que era inocente, mas todo mundo sabia que era suspeito, e continuaria sendo até o culpado ser identificado.

Não foi, e, não sei por que, achei que continuaria não sendo.

— Isso é ruim, muito ruim — disse Reilly Hawkins. Mais uma vez, ele estava sentado em nossa cozinha. Minha mãe já se restabelecera, embora o sr. Kruger ainda trouxesse sopa e lingüiças da cozinha da mulher duas ou três vezes por semana. Eu sabia que era assim, porque quase sempre, depois da escola, minha mãe mandava que eu fosse à casa dos Kruger com panelas e pratos limpos e os seus agradecimentos.

— Esse negócio com essas crianças...

Minha mãe balançou a cabeça.

— Não é uma coisa que eu queira discutir, Reilly — disse.

— Quero falar sobre isso — disse-lhe eu. — Já tenho idade para saber o que é assassinato, e para saber que existe gente doida. A srta. Webber nos disse que os alemães estão botando os judeus em campos de concentração e que muitos, muitos milhares morreram...

— Ela está dizendo isso? — interrompeu minha mãe. — Não acho que seja matéria adequada para ensinar a crianças pequenas.

— Não tão pequenas — falei. — Sei que a polícia francesa está prendendo judeus em Paris e os entregando aos alemães, mil de cada vez. Sei também que James Joyce morreu na Suíça e que Virginia Woolf se afogou num rio...

— Basta — disse minha mãe. — Então você sabe um monte de coisas, Joseph Vaughan, mas isso não significa que vamos discutir o assassinato de meninas na cozinha aqui de casa.

Olhei para Reilly Hawkins. Ele desviou o olhar.

— Eu conhecia as três — disse eu. A emoção embargava minha voz. Senti as lágrimas chegando. — Eu conhecia todas as três. Sabia o nome delas, conhecia o rosto delas. Era colega de sala delas na turma da srta. Webber, e às vezes a srta. Webber me fazia ler um conto para todo mundo, e Ellen May vinha se sentar bem perto como se quisesse escutar cada palavra que eu dizia. — Não consegui me segurar. Levantei-me. — Quero falar sobre isso! Quero saber o que está acontecendo e por que não podemos fazer nada a respeito dessas coisas terríveis!

— Já chega! — disse ela bruscamente. — Você tem tarefas para fazer. Vá limpar a janela do seu quarto, depois pode ir à casa dos Kruger se quiser.

A raiva cresceu no meu peito. Fuzilei minha mãe com o olhar, e por um momento vi o que havia por trás de sua expressão determinada. Ela estava com medo, tanto quanto eu; ela não sabia o que dizer para tornar aquilo um pouco melhor.

Senti que devia tentar me aproximar dela. Achava que seria certo pedir desculpas, dizer-lhe que eu estava confuso e com medo, e precisava dizer a alguém como me sentia. Mas isso, em minha visão pequena e estreita, seria o mesmo que admitir a derrota diante da autoridade. Fiz a cena de ir batendo os pés escadas acima e corredor afora. Quando cheguei à porta do meu quarto, eu a abri e bati, como se tivesse entrado, depois voltei pelo mesmo caminho e fui de fininho para o topo da escada.

— ... teimoso ele é, mas raramente desobediente — estava dizendo minha mãe. — Tem uma mente brilhante e curiosa como o pai, e quando segura alguma coisa, não larga.

— Não sou de fazer julgamentos — disse Reilly. — Ele é o único menino de quem já me aproximei, e gosto muito dele. Essas coisas recentes... esses assassinatos... são terríveis. Quando uma coisa dessas acontece, bem, não se pode nem começar a imaginar como os pais devem se sentir.

— Conheço os pais da segunda menina, mas não temos maiores relações, veja bem — disse minha mãe. — Leonard e Martha Stowell. Gente boa. Não conheci a filha deles. Era a caçula, parece. Acho que me lembro de que havia mais três, dois meninos e uma menina.

— Uma tragédia, uma tragédia terrível. E pensar que uma barbaridade dessas é obra de um ser humano.

— Ser humano é modo de dizer. Na verdade, não chega a ser isso, acho.

Reilly pigarreou.

— Não sei, Mary, parece que o mundo está se tornando um lugar horrível, com essa guerra na Europa, as coisas terríveis que estamos ouvindo sobre os poloneses e os judeus. Ouvi dizer que os alemães estão procurando e matando todos os intelectuais: músicos, artistas, escritores e poetas, até catedráticos e professores, qualquer um que de algum modo seja contra as opiniões deles. Estão procurando essas pessoas e às vezes simplesmente as executam no meio da rua.

— Esse não é o mundo, Reilly. São só alguns loucos usando seu poder sobre os ignorantes. Essa propaganda contra os judeus começou há uns vinte anos, no mínimo. Adolf Hitler anda envenenando lentamente a mente e o coração do povo alemão, e já fazia isso bem antes de ir para a guerra. Só espero que essa guerra acabe antes de sermos mais arrastados para ela.

— Não me consta que se possa evitar uma coisa dessas — disse Reilly. — Na condição de povo livre e democrático, é nossa responsabilidade nos insurgir contra esse tipo de perseguição.

— Pois é — disse ela —, mas primeiro é nosso dever proteger nossos vizinhos e nossos amigos do monstro que está entre nós.

Mais tarde, voltei de fininho para o meu quarto. Da minha janela, fiquei vendo Elena Kruger ajudando a mãe a pendurar a roupa no quintal.

Três dias depois, Elena Kruger começou a freqüentar as aulas da srta. Webber. Sentava na fileira à minha esquerda, uma carteira à frente.

Sentava onde Ellen May Levine sentara, antes de ter sido cortada ao meio.

Para mim, era uma injustiça a doença de que Elena Kruger sofria. Nunca presenciei nenhum de seus episódios do grande mal, mas as equimoses em seus braços e nos ombros estavam nitidamente visíveis quando fomos nadar num dos pequenos afluentes do Okefenokee. Junho foi quente, mas em julho fez um calor de rachar, e quando as férias afinal começaram, na primeira semana de agosto, nadar era a única coisa que podíamos fazer para suportar aquela temperatura violenta. O sol brilhava com intensidade total, duro como um soco, sem dar trégua até entardecer, quando ia repousar para ganhar força para o dia seguinte. Reilly disse que foi o verão mais quente de que se tinha registro; Gunther Kruger disse que Reilly não tinha acesso a esse tipo de registro, e duvidou que ele soubesse de uma coisa dessas. Não estava nem um pouco interessado em saber como tinha sido qualquer outro verão, aquele já era mais que suficiente. Walter Kruger trabalhava quase o dia inteiro com o pai, e assim nós três, eu, Hans e Elena, nos acostumamos a nos meter embaixo da casa Kruger para fugir do calor. Lá embaixo era fresco e úmido, quase um outro mundo, e apesar dos insetos e da sensação de estarmos sempre com a pele melada, a sombra que aquele lugar nos proporcionava era muito mais tolerável que o sol violento e inclemente.

"Acho... acho que se continuar assim por mais três semanas os pântanos vão ficar tão secos que a gente vai poder andar em cima deles", dissera Hans.

Eu achava Hans meio lerdo — bem-intencionado, sim, mas um pouquinho obtuso, como se todos os seus pensamentos tivessem uma hora determinada para chegar, e mesmo assim conseguissem se atrasar. Mas ele idolatrava Walter, olhava-o como se ele fosse a fonte de toda sabedoria e de toda verdade. A palavra de Walter era sagrada. Um pouco disso foi passado de Hans para Elena, e mais tarde me senti na obrigação de defendê-la das brincadeiras e das peças que eles pregavam. Uma ocasião, anos antes, Hans tinha mandado Elena comer uma minhoca. Disse que Walter lhe tinha mandado o recado, que era uma instrução categórica de Walter que ela comesse uma minhoca. Inteira. Ela não fez nenhuma pergunta; passou uns quatro ou cinco minutos catando uma até que o próprio Walter apareceu e por acaso lhe perguntou o que estava fazendo. Talvez aquilo fosse coisa de alemão, a visão de que sempre se devia obedecer aos mais velhos. Se alguém me dissesse que Walter tinha me mandado comer uma minhoca, bem, eu o teria mandado enfiar aquela minhoca onde o sol não brilhava, e não era embaixo da casa Kruger que eu queria dizer...

O calor não continuou por mais três semanas, continuou até a última quinzena de setembro, e a essa altura o Okefenokee estava fazendo força para chegar até a divisa do condado. Nunca descobrimos se os pântanos estavam bastante secos para se andar em cima deles. A encefalite eqüina chegou como um presságio de morte e contaminou cavalos de Winokur, ao norte, a St. Georges, ao sul. Traçavam-se linhas em mapas, e esses mapas eram distribuídos em assembléias municipais por todo o estado. As linhas eram as divisas territoriais, e as pessoas eram proibidas de cruzá-las para não transmitir a doença em novas áreas. O inacreditável é que, apesar de sermos vizinhos, uma linha passava bem entre o nosso terreno e o dos Kruger. Só pude visitá-los perto do Natal, mas toda semana minha mãe me mandava ir até o fim da High Road e ali, embrulhado num pano e escondido embaixo da mesma pedra, havia um pacote deixado pelo sr. Kruger. Inúmeras vezes fui buscar esse pacote, nada mais que um pedaço de couro enrolado e amarrado com um barbante, e eu sempre o entregava a minha mãe sem fazer perguntas. Acabei sendo vencido pela curiosidade. Peguei o couro embaixo da pedra e fiquei ajoelhado ali no chão um instante. Pensei no que meu pai poderia achar; se ele tinha se esforçado o suficiente para virar anjo e se poderia ler meus pensamentos. A curiosidade em minha mente era maior que a ameaça de censura, e desamarrei aquele barbante, prestando atenção em cada volta para poder amarrá-lo de novo depois de ter olhado o que havia dentro.

Sete dólares.

Uma nota de cinco e duas de um.

Achei estranho Gunther Kruger mandar sete dólares todas as semanas para minha mãe.

Meti as notas no mesmo lugar; enrolei o couro em volta delas; amarrei-o de tal maneira que só eu saberia, e fui correndo para casa.

Dei o dinheiro a minha mãe e nunca disse uma palavra.

Não sei por quê, mas eu me sentia como Judas.

Dezembro de 1941.

Em outubro, tínhamos ouvido que Adolf Hitler estava às portas de Moscou; que um navio de guerra americano — o USS *Reuben James* — havia sido atacado quando acompanhava um comboio a oeste da Islândia. Setenta marinheiros morreram, quarenta e sete foram resgatados. Prendemos a respiração, talvez com medo de nos mexer. Reilly Hawkins disse que alguma coisa ruim iria acontecer, que tivera um pressentimento quando fazia um serviço para alguém em White Oak.

O pressentimento de Reilly Hawkins se realizou.

Em 7 de dezembro os japoneses bombardearam Pearl Harbour. Trezentos e sessenta aviões de guerra japoneses atacaram a frota americana do Pacífico no Havaí. Atacaram também bases americanas nas Filipinas, em Guam e em Wake. Duas mil e quatrocentas pessoas morreram.

Quatro dias depois, Hitler e Mussolini, o ditador fascista da Itália, declararam guerra aos Estados Unidos.

Em seis semanas, tropas americanas desembarcariam no norte da Irlanda. Foram as primeiras a pôr os pés na Europa desde o desembarque das Forças Expedicionárias na França na Grande Guerra de 1914–1918.

Reilly Hawkins foi até Fort Stewart, que ficava ao lado de Savannah, mas o Exército lhe disse que ele tinha pé chato e não podia carregar um fuzil para Roosevelt. Nunca vi um homem tão arrasado e abatido; passou três dias sem sair de casa, e quando apareceu não tinha feito a barba nem trocado de camisa. Minha mãe disse que nada era capaz de deixar um homem tão acabrunhado quanto lhe dizer que ele não poderia ajudar.

Quatro dias antes do Natal Gunther Kruger veio ver minha mãe. Hans estava doente — elevações bruscas de temperatura, febre recorrente, dores musculares, delírio. Minha mãe chamou o dr. Piper e ele examinou o menino.

— *Streptobacillus moniliformus* — sentenciou solenemente.

— Traduza — disse minha mãe.

— Febre do rato — disse-lhe o dr. Piper. — O menino foi mordido por um rato. Está vendo aqui — disse ele, indicando uma marca supurada no tornozelo de Hans. — Mordida de rato.

— O senhor pode tratar isso? — perguntou ela.

— Claro que sim — disse o dr. Piper —, mas é necessário que haja um programa para eliminar e destruir os ratos.

Minha mãe sorriu e fez que sim. Virou-se para mim.

— Vá correndo à casa de Reilly e lhe diga que o dr. Piper precisa dele na casa dos Kruger.

Reilly começou trabalhando sozinho, mas no fim da semana seguinte havia sete homens ao todo. A Unidade de Combate a Pragas de Augusta Falls. Foi o nome que minha mãe lhes deu, e o dr. Piper lhes disse que se os ratos contaminados não fossem encontrados todas as crianças de Augusta Falls estariam correndo perigo. Era necessário para o moral, para o bem-estar das famílias, que aquela tarefa fosse levada a cabo com eficiência, disciplina militar e rapidez. Reilly era o chefe. Deveria ser tratado como tal. Deveria haver rifles calibre .25 com a munição paga integralmente pela municipalidade; havia ratoeiras, redes, botas pesadas, outros itens secundários e exigências, tudo oficial, tudo, à sua maneira, vital para o esforço de guerra.

O chefe Hawkins da Unidade de Combate a Pragas se barbeava diariamente, vestia-se com uma camisa limpa, patrulhava os caminhos que as crianças usavam para ir à escola. Levava um rifle no ombro, os bolsos cheios de balas, e trabalhava conscienciosamente para livrar Augusta Falls dos ratos.

— Sempre haverá ratos — disse o dr. Piper a minha mãe. — Não se pode achar que Reilly Hawkins vá de algum modo eliminar os ratos do condado inteiro... e, mesmo se fizer isso, ouvi dizer que os ratos de Clinch e Brantley são muito maiores e muito mais feios do que qualquer um que possamos ter em Charlton.

Minha mãe sorriu para ele.

— Eu nunca disse que uma coisa dessas era possível, Thomas, mas vá falar com Reilly Hawkins quando tiver tempo, e me diga se a auto-estima dele não está maior do que nunca.

O dr. Piper riu.

— Quem dera que todas as mulheres de Augusta Falls tivessem a sua perspicácia, sra. Vaughan.

Minha mãe inclinou ligeiramente a cabeça.

— Quem dera que todos os homens fossem orientados com tanta facilidade para ações construtivas, hein, dr. Piper?

Nada mais foi dito. Reilly Hawkins e sua Unidade de Combate a Pragas continuaram encontrando e destruindo ratos. Mantinham um registro, detalhado e preciso. Em fevereiro de 1942, quando os japoneses invadiram um lugar chamado Sumatra, a Unidade de Combate a Pragas afirmava ter sido responsável pela morte de mais de quatrocentos e trinta ratos. Nenhum foi poupado. Não houve prisioneiros de guerra. Fez-se um buraco de dois metros e meio de profundidade no meio de um bosque de choupos e nissas no limite do campo mais ao sul de Gunther Kruger, e os ratos mortos eram não só jogados ali aos baldes como também incinerados.

Foi a última vez que Gunther Kruger e Reilly Hawkins concordaram a respeito de alguma coisa, porque, quando passou o Natal e entramos em 42, a cor e o tom de tudo em Augusta Falls pareceram mudar.

Foi a guerra que provocou a mudança; talvez nem tanto a guerra, mas o que a guerra passou a representar. Essa mudança nos dizia que havia uma diferença entre as pessoas; que em algum lugar a milhares de quilômetros nossa gente estava morrendo por algo que nem sequer tínhamos começado. Dizia que não se podia confiar nos alemães, que os Estados Unidos tinham sido manipulados de alguma forma para entrar num conflito que não era criação sua.

"Intolerância religiosa", dissera-nos a srta. Alexandra Webber. "Preconceito, intolerância religiosa, uma verdadeira caça às bruxas se quiserem... é o que está sendo cometido contra os judeus. É um desafio a tudo em que os Estados Unidos da América acreditam, um desafio à Constituição. Não há como não querer se envolver. Não se trata de uma guerra entre a Inglaterra e a Alemanha, nem entre os Estados Unidos e o Japão. É uma guerra entre os Aliados e as potências do Eixo, e o Eixo representa tudo o que abominamos e condenamos. Trata-se de uma guerra pela liberdade, pelo livre-arbítrio, pela tolerância religiosa. Pode acreditar, se eu fosse homem, estaria lá no setor de recrutamento."

Direta, ela poderia ser, mas Alexandra Webber era honesta. O consenso se voltou contra os estrangeiros — contra os italianos, os alemães, até alguns imigrantes do Leste europeu que haviam colonizado fazendas perto de Race Pond. Havia uma tensão em assembléias municipais, algo intangível, mas óbvio. Os estrangeiros passaram a não se expor em público. Até Gunther Kruger mantinha os filhos em casa. Era evidente assim.

A tensão foi quebrada na quarta-feira, 11 de março de 1942, com a descoberta da quarta menina morta.

Seu nome era Catherine Wilhemina McRae. Tinha oito anos. A cabeça decapitada foi descoberta por crianças que brincavam perto do mesmo bosque de choupos e nissas onde estivera o buraco dos ratos. Não havia razão para supor que o assassino de Catherine McRae não fosse a mesma pessoa que matara Alice Ruth Van Horne, Laverna Stowell e Ellen May Levine, e assim a suposição foi feita.

Eu conhecia mais o irmão de Catherine, Daniel, do que ela. Daniel era um mês mais jovem que eu. Eu estava na sala quando o pai dele veio buscá-lo na aula da srta. Webber. Ficamos em silêncio vendo-o ir embora. O pai estava com a cara vermelha de tanto chorar. Daniel estava branco como cera e aparvalhado.

Os três xerifes — Dearing, de Charlton, Ruby, de Camden, e Fermor, de Clinch — voltaram a se reunir. Dessa vez não havia mapas, sanduíches nem café; dessa vez havia uma força-tarefa de três condados mobilizada para vasculhar os campos e seus arredores à procura de qualquer coisa que pudesse ter relação com o assassinato da menina McRae.

A Unidade de Combate a Pragas de Reilly Hawkins foi instituída com um nome diferente. Veio gente de Folkston, Silco, Hickox, Winokur. Vieram gêmeos de Statenville, no condado de Echols, parentes do xerife

Fermor pelo lado da mãe; dirigiram mais de cento e sessenta quilômetros num caminhão caquético para se unir à fileira. Essa fileira era constituída por mais de setenta homens na manhã de quinta-feira, dia 12, e sem uma palavra, sem nenhuma declaração ou edital, a ausência dos estrangeiros era visível. Não havia nenhum alemão, nenhum italiano; até os poloneses e os franceses ficaram em casa. Eram só americanos, irlando-americanos, dois escoceses e um canadense caolho chamado Lowell Shaner. Talvez tenha sido aí que o problema começou de fato. Talvez tenha sido nesse momento que a maledicência e os boatos se tornaram combustível de um violento incêndio de acusações, a princípio não mais que uma centelha, uma brasa, mas, depois de dois dias vasculhando campos e abismos à cata de alguma pequena pista do assassino da menina McRae, a conversa que se espalhava se tornou incendiária.

— Um americano não faria uma coisa dessas.

— Quem pode ter matado quatro meninas? Certamente, tem de ser alguém sem o respeito pela vida que nós temos.

— O homem capaz de fazer isso não é um homem que freqüenta a igreja, podem estar certos.

Então, à sua maneira tacanha, o povo de Augusta Falls começou sua própria linha de interrogatório. Havia falatórios, boatos, rumores, disse-me-disse — em parte caluniosos, em parte ficção, em parte gerados pelo tipo de gente cujo maior prazer era incitar a maledicência e os maus sentimentos entre pessoas que antes tinham uma relação neutra.

Falava-se tanto nas mortes que eu achava difícil evitar esse tema. Talvez tenha sido a primeira vez em que tive medo do mundo. A guerra me assustava — ainda que fosse apenas da perspectiva proposta pela srta. Webber.

— Sabemos, como seres humanos que somos, que estamos numa situação difícil quando a guerra se torna simplesmente uma questão de lançar bombas de aviões e matar centenas se não milhares de pessoas. A história nos mostrou uma coisa: que quanto mais a tecnologia avança mais gente podemos matar sem jamais ver seus rostos. Um dia, tenho certeza, vão inventar uma bomba capaz de destruir uma cidade inteira, se não um condado. E isso, seguramente, marcará o ponto em que esta civilização iniciará sua lenta e inevitável decadência.

Isso disse a srta. Webber, mas apesar de sua previsão perturbadora a guerra ainda era algo que nem sequer estava sendo travado em meu país, algo que existia a muitos milhares de quilômetros dali. Até o ataque a Pearl Harbour levara os soldados americanos a deixar os Estados Unidos. A guerra não estava sendo travada em território americano, portanto, de certa forma, conseguíamos nos convencer de que era algo que não nos envolvia.

Os assassinatos eram diferentes. O assassinato de quatro meninas acontecia ali entre nós. Elas eram crianças que eu conhecia, o que, apesar da insignificância dessa realidade diante do *front* europeu, era mais apavorante ainda.

Um dia, mais um em que fiquei depois da aula para lavar os apagadores, falei dos meus temores com a srta. Webber.

Ela sorriu e balançou a cabeça.

"Então escreva para desabafar", dissera. "Escrever é um exorcismo do medo e do ódio; pode ser uma forma de superar o preconceito e a dor. Se puder escrever, você pelo menos tem uma chance de se expressar... pode expor seus pensamentos ao mundo, e mesmo se ninguém de fato os ler ou os compreender, eles já não estarão presos dentro de você. Sufoque... sufoque seus pensamentos, Joseph Vaughan, e um dia é provável que você exploda!"

Mais tarde, muitos anos depois, como suas palavras se mostrariam precisas. Mas naquela época, aos catorze anos, eu só queria entender por que aquelas coisas me assustavam tanto. Achava que se pudesse entender o homem eu não teria mais medo dele. O homem que havia feito barbaridades com as meninas. Tentei imaginar que tipo de vida ele teria tido, como veria o mundo, aparentemente o mesmo mundo que eu via, mas de alguma forma diferente. Quando eu via a luz do sol, será que ele só via sombras? Quando eu acordava de um pesadelo, todo suado e aliviado, será que ele tentava voltar ao pesadelo para experimentá-lo mais um pouco?

Cerrei os dentes. Cerrei os punhos. Fechei os olhos e tentei imaginar como a pessoa tinha de ser louca para matar alguém. Para matar uma criança. E escrevi:

> Os olhos dele estavam inchados de tanto chorar, ou talvez de olhar para algo. Ou talvez estivessem inchados porque ele era louco, o tipo de homem cujo retrato se guardaria para assustar crianças quando elas fossem más.
>
> Batendo com força no lado ruim da vida. Batendo com força nas quinas, nos ângulos mais duros, nos ângulos que deveriam ter sido suavizados por coisas como amor, tolerância e paciência.

E as pessoas olhariam para ele de soslaio, e se perguntariam o que seria necessário para tornar um homem tão sinistro e tão louco. Cabelo ralo, olhos aguçados, boca ameaçadora, queixo forte — mas forte com ódio e paixão, não com força de caráter e determinação. Um homem assim conheceria a escuridão, pensariam. Um homem assim conheceria sombras e esconderijos, porões, masmorras e catacumbas, e conheceria muito bem as correntes tilintantes arrastadas pelos cavaleiros sem cabeça quando entravam a galope nos sonhos.

Com um homem assim não se falava, não se estabelecia contato visual, nem sequer se cogitava registrar sua presença quando ele passava por nós. Caso se pensasse nele, ele veria os pensamentos, saberia que alguém estava pensando nele, e isso o atrairia como um ímã. E uma vez que ele pegasse você, bem, ele pegava. Não dava para fugir, entende?

Mas ninguém sabia de fato o que ele pensava, porque ninguém jamais lhe havia perguntado. Ele simplesmente estava presente, sempre estivera; era a intimidade mais estranha nas trilhas e atalhos, abrigando-se embaixo das árvores quando começava a chover, talvez fumasse um cigarro e falasse em outras línguas com os fantasmas que andavam com ele, ao lado dele, dentro dele até.

Ele faz parte da nossa cidade, parte da nossa casa, e talvez todo mundo ache que se não levar isso em conta, se não pensar no assunto, ele vai embora. Vai desaparecer nas sombras no meio dos barracos caindo aos pedaços na Cooper's Row. Sumir. Evaporar-se e ser esquecido para sempre.

Quem dera, amigos e vizinhos.

O nome dele era desconhecido, o rosto, também. Na primavera, quando as pessoas acreditavam na bondade básica de todas as coisas na terra verde de Deus, ele chegou em casa para o povo de Augusta Falls, Geórgia, de várias maneiras.

As coisas não desaparecem se a gente finge que elas não existem; uma lição aprendida.

Talvez, às vezes, as lições tenham que doer para entrar na cabeça.

Mostrei à srta. Webber o que eu havia escrito. Ela leu em silêncio, a expressão impassível, depois fechou meu caderno e o empurrou para mim.

— Não é um conto para a Comissão Julgadora dos Jovens Contistas de Atlanta — disse baixinho, e depois sorriu, mas só com a boca e não com os olhos.

De alguma forma eu soube, talvez apenas por intuição, que eu a perturbara. Eu não tinha coragem de lhe perguntar diretamente, e portanto fiquei calado.

— Sei que é segunda-feira, Joseph — disse ela —, mas estou com muita dor de cabeça, e estava pensando que talvez você não se incomodasse de ficar até mais tarde amanhã para sua aula particular.

— Não tem problema — disse eu. Recolhi minhas coisas.

Olhei para ela.

Ela sorriu.

— Não é nada — disse. — Vá. Vá para casa. Amanhã vamos falar de James Fenimore Cooper e os moicanos.

No fim da rua da escola, olhei para trás. A srta. Webber tinha saído junto comigo e parado ali na varanda na frente do prédio. Olhava para o horizonte, os olhos fixos em algum ponto distante e indistinto. Parecia pensativa, quase perdida. Eu queria voltar e lhe perguntar o que havia de errado. Não fiz isso. Dei meia-volta e fui para casa.

Agora vejo e entendo que só poderia terminar assim.

Talvez sim.

O que dizia a Bíblia?

"Todo aquele que derramar o sangue humano terá seu próprio sangue derramado pelo homem."

Olho por olho.

Uma vida em troca de trinta.

Tento me lembrar de quando percebi a verdade, quando entendi que só o homem à minha frente poderia ter feito aquelas coisas.

Mas as lembranças se cruzam e saem da seqüência.

São como reflexos no mercúrio, sempre procurando o caminho de menor resistência. Gravitam como ímãs. Fundem-se e se unem.

Tudo o que sobra é um reflexo de mim mesmo. Vejo a imagem distante da criança que fui, a realidade do homem que me tornei.

Fecho os olhos.

Tento respirar profundamente, mas dói.

Sei que estou morrendo.

Seis

Era segunda-feira — segunda-feira, 23 de março de 1942 —, doze dias após a descoberta da cabeça decapitada de Catherine McRae; doze dias durante os quais os homens de Augusta Falls e Folkston, Silco e Winokur não haviam encontrado coisa alguma que os levasse à identidade do assassino de crianças em seu meio... foi nesse dia que tudo mudou.

E começou lá em casa, a casa onde eu morava, onde nasci e cresci, onde perdera meu pai quando a Morte chegou pela High Road e só deixou o rastro e uma perda irreparável; começou quando voltei da escola, deixando a srta. Webber com sua dor de cabeça e seu olhar distante...

Começou com as risadas no andar de cima da casa, as mesmas vozes que eu havia ouvido uma vez, e comigo me esgueirando pelo patamar, o coração na boca, o pulso disparado, a testa coberta de suor — a tensão de um medo indescritível me impelindo adiante.

Minha mão na maçaneta da porta do quarto de minha mãe.

O barulho lá dentro.

Uma intuição, a idéia, talvez, de onde vinha o dinheiro toda semana, o dinheiro embrulhado num pedaço de couro e enfiado embaixo de uma pedra pesada. Estivera lá em cima, junto à cerca que corria ao lado da High Road. A estrada na qual a Morte andara.

Mesmo agora, passados esses anos todos, vejo o rosto dela.

Abri a porta e os vi ali — ela de quatro na cama, nua como veio ao mundo, e ele, Gunther Kruger, bem ali por trás dela, também nu, mãos nos ombros dela, a cara afogueada e suada, as roupas de ambos espalhadas pelo chão como se nada valessem.

Ninguém falou.

Três pessoas e ninguém falou.

Empurrei a porta. Bati a porta, acho eu. Dei meia-volta e saí correndo — desci a escada e saí pelos fundos para o quintal. Continuei correndo.

Ouvi uma história uma vez. Era sobre um menino cujo pai vivia ameaçando bater nele. O menino não era maior que um mourão de cerca, e tinha medo de apanhar. Não se via agüentando uma surra tão generosa, pois seu pai parecia uma árvore, daquelas que nem furacão derruba. Então, o menino começou a correr. Diariamente. Ia correndo para a escola, voltava para casa correndo, antes do jantar, dava três voltas correndo no campo perto de casa. A mãe achou que ele tivesse ficado maluco, os irmãos e as irmãs caçoavam dele. Mas o menino continuava correndo, correndo e driblando como Red Grange. Mais tarde o médico disse que ele tinha um "coração de atleta", dilatado por causa do exercício constante. Mais tarde, disseram um monte de coisas. O coração do menino arrebentou, ao que tudo indica. Quase explodiu. Correr da coisa que mais o apavorava finalmente o matou. É irônico, mas é verdade.

Fugi de casa correndo assim. Corri pela cerca que margeava a High Road, cortei caminho pelo bosque de nissas e atravessei o canto do alqueive de Kruger até chegar à casa de Reilly Hawkins.

Reilly não estava, talvez estivesse atrás dos ratos, ou do matador de crianças, e aguardei no silêncio refrescante de sua casa mais de duas horas.

— Jesus, Maria Mãe de Deus! — gritou ele quando surgi do canto escuro de sua cozinha. E depois: — Jesus, Joseph, o que aconteceu? Parece que alguém andou em cima da sua tumba.

Contei-lhe o que vi.

Ele ficou calado um bom tempo. Balançou a cabeça e suspirou. Parecia pensar, não sobre o que dizer, mas como dizer de forma que eu entendesse.

— As pessoas são complicadas — começou. — As pessoas se sentem sozinhas, ficam com medo, e às vezes só conseguem se sentir melhor quando estão com outra pessoa, no sentido bíblico.

— Eles estavam fazendo sexo, não? — perguntei.

— Sim, pelo que você me diz, certamente parece que estavam.

— E isso não está na Bíblia.

Reilly sorriu.

— Claro que está...

— Eu sei — interrompi. — Eu sei que o sexo está na Bíblia, mas não esse tipo de sexo... não o tipo de sexo que um homem faz com uma mulher que não é a esposa dele.

Reilly assentiu com um gesto.

— Você me pegou em cheio nessa, Joseph. A Bíblia diz que *esse* tipo de sexo é exatamente o que deixa a pessoa em pecado.

Ficamos algum tempo calados.

— Ela vai ficar doente de preocupação, sabe? — disse Reilly por fim. — Vai procurar você pelos campos.

Encolhi os ombros.

— Você vai ficar aqui, Joseph — disse ele. — Vou lá na sua casa dizer a ela onde você está. Vou dizer que você vai dormir aqui esta noite.

Tornei a encolher os ombros.

— Tem leite fresco e uns pedaços de frango frito na geladeira — disse Reilly. — Nessas horas é bom comer. Coma. Vou achar sua mãe, depois volto e lhe mostro onde você pode dormir.

— Não quero que você vá, Reilly — disse eu.

Reilly atravessou a cozinha e veio se sentar ao meu lado.

— Tenho que dizer a ela, Joseph... ela deve estar quase louca de preocupação, sabe?

— Não quero saber.

Ele sorriu, compreensivo.

— Você diz isso agora, mas de manhã vai se arrepender de ter pensado uma coisa dessas.

— Pensar e fazer não são a mesma coisa.

— Não, não são, mas assim mesmo não é bom pensar nem fazer algo de que a gente se arrependa depois.

Deixei Reilly ir. Uma boa meia hora depois ele estava de volta, trazendo minha mãe junto. Ela estava com cara de quem andara chorando, e quando entrou na cozinha controlei-me para não olhar para ela. Não diretamente. Eu queria chorar também, mas não me atrevia. Sabia que se chorasse de manhã estaria arrependido.

— Joseph — disse ela, sua voz macia como uma brisa, como a sensação de um lençol limpo de algodão ondulando em cima da gente quando nos deitamos para dormir. — Meu Deus, Joseph, não sei o que você está pensando agora, mas garanto que boa coisa não pode ser.

Virei mais ainda a cabeça. Senti os músculos se alongando em meu pescoço. Eu queria cobrir a cabeça com alguma coisa. Estava furioso com Reilly por tê-la levado com ele. Achava que tinha me traído.

Minha mãe sentou-se diante de mim, ali à mesa da cozinha. Ela estendeu o braço na minha direção e tentei me afastar mais ainda, embora não tivesse para onde ir.

— Quer me dizer o que está pensando?

Fiz que não com a cabeça. Fechei os olhos e torci para ela desaparecer.

— Joseph... estou falando com você. É falta de respeito não fazer caso de quem fala com a gente.

Virei-me de repente, os olhos arregalados.

— Falta de respeito é tirar a roupa e fazer essas coisas com o marido de outra!

Ela ficou aturdida, desconcertada. Piscou várias vezes. Em seguida, levantou-se da cadeira e ficou ali parada me olhando.

Reilly também estava ali. Eu sentia a presença dele à porta da cozinha.

— O dinheiro era para isso? — perguntei. — Os sete dólares por semana eram para isso? Para ele poder ir fazer essas coisas?

Minha mãe baixou a cabeça, não de vergonha; ela era muito orgulhosa para se envergonhar. Baixou a cabeça como se reconhecendo uma pequena derrota, o início de uma guerra que ela sabia não poder vencer numa hora daquelas.

— Quando estiver pronto para falar comigo... para falar comigo como um adulto, como um rapaz, então eu ouço — disse ela. — Pode ficar aqui enquanto Reilly Hawkins estiver disposto a ficar com você, e quando estiver pronto para ir para casa, a porta estará aberta. Não vou lhe pedir desculpas, Joseph Calvin Vaughan, porque você não tem o direito de me julgar. Sinto muito ter perturbado você, mas é *só* por isso que sinto muito.

Fez um cumprimento de cabeça e saiu da cozinha. Ouvi-a trocar umas palavras com Reilly Hawkins, e quando a porta dos fundos bateu percebi que ela havia ido embora.

Reilly apareceu à porta da cozinha.

— Tenho um quarto vago lá em cima — disse, num tom compassivo, de uma compreensão infinita. — Pode dormir aqui hoje, e depois a gente vê o que vai fazer amanhã. — Fez uma pausa, sacudindo a cabeça. — Ou talvez depois de amanhã.

Três dias depois — quinta-feira, 26 de março, o mesmo dia em que os nazistas começaram a deportar uma enorme quantidade de judeus para um lugar chamado Auschwitz, na Polônia — falei com a srta. Webber.

— Quanto pesa? — perguntou ela.

Olhei-a com o canto do olho.

— A carga que você anda carregando — respondeu ela. — Quanto pesa?

Sorri e balancei a cabeça.

— Tanto quanto uma casa — respondi.

Ela me olhou de um jeito que, como eu veria nos próximos anos, só mulher olha para a gente: os olhos dela, toda a sua expressão trazendo mais mensagens complexas do que as palavras jamais seriam capazes de transmitir.

— Nessas horas, é bom falar.

— Reilly disse que era bom comer.

— Imagino que Reilly Hawkins esteja bastante certo, mas neste momento ele está muito mais bem-informado do que eu. — Ela pegou a pasta e começou a enchê-la com nossos cadernos, os precários trabalhos de imprecisão literária que apresentamos para sua avaliação. Não disse mais nada, mas eu ouvia o mecanismo de sua mente ligado.

— É pessoal.

Ela assentiu.

— Me parece que qualquer coisa que tenha a ver com a vida de uma pessoa é pessoal, Joseph.

— Quero dizer... quero dizer que isso é pessoal *mesmo*.

— Não quero me intrometer, Joseph, só estou manifestando minha preocupação, como sua professora e sua amiga, com o seu bem-estar.

Fechou a pasta e afivelou-a. Pegou-a da mesa e a colocou no chão. Ficou em pé imóvel, imóvel a não ser pelas voltas que sua mente dava.

Eu sentia que ela estava me atraindo. Sabia o que ela estava fazendo. Acho que não conhecia nem jamais conheceria alguém que tivesse o seu cuidado e a sua delicadeza para tentar conseguir uma comunicação. Havia algo em sua voz, algo direto e sedutor. Mesmo no meio de um grupo, quando ela comandava a resposta das tabuadas, a conjugação dos verbos perfeitos, dava para ouvir seu tom de voz singular, mais alto, e ao mesmo tempo mais baixo do que o coro da turma. Quando ela lia contos, a gente ouvia os sons que ela descrevia, sentia o cheiro da fumaça dos incêndios de rancheiros embaixo da montanha Red Top ou das cataratas do Amicalola, ouvia as ondas intermináveis do milharal, sentia o sol bruto e inclemente amaldiçoando a nuca... essas coisas todas estavam presentes. Faziam a gente querer ouvir, e quando ela perguntava, a gente tinha vontade de falar.

— Minha mãe... — comecei. Olhei para ela, os olhos arregalados quando as lágrimas se insinuavam por trás deles, ameaçando romper a superfície e escorrer pelo meu rosto. — Minha mãe foi infiel, srta. Webber.

Olhei para o chão.

A srta. Webber deu um passo à frente. Senti a segurança calorosa de sua mão em meu ombro.

Eu tinha a sensação de que minha mente era um campo seco, árido e rachado, e minha consciência, uma árvore idosa, as raízes se agarrando desesperadamente ao pó ressequido, sem perder a esperança de permanecer. A consciência escorregava, escapulia, e logo levaria um tombo. Nas frondes dessa árvore já haviam florescido a lealdade, a fé, a confiança e o dever, tudo o que antes representava a família. Ao falar, eu quebrara um pacto de silêncio, um consentimento tácito em não tocar no assunto fora de casa.

— Não entendo — disse a srta. Webber. — Sua mãe é viúva...

— Com o marido de outra mulher — interrompi, e depois que as palavras saíram de minha boca fez-se um silêncio sepulcral.

A srta. Webber expirou lentamente e sentou-se.

Olhei para ela; estava embaçada e etérea através das minhas lágrimas.

— Ninguém é perfeito — disse ela baixinho. — Nem todo mundo pode estar à altura do que a gente espera, Joseph. O ser humano é *humano*. Todos nós caímos em desgraça em algum momento.

Fiz que sim lentamente. Minha respiração saiu curta e acelerada.

— Eu sei — murmurei. — Eu sei, srta. Webber... mas uma coisa dessas nunca seria perdoada, e isso significa que ela nunca será anjo... o que significa que ela nunca tornará a ver meu pai... e... a senhora não tem idéia de como isso vai magoá-lo.

Fiquei mais um dia com Reilly Hawkins. Ele falou comigo sobre coisas sem importância. Deu-me um livro chamado *The Life and Times of Archy and Mehitabel.* Archy era um poeta reencarnado como barata que datilografava cartas para o autor do livro. Sendo uma barata, ele não alcançava a tecla *shift*, e assim tudo o que escrevia saía em letra minúscula. Mehitabel era um gato vira-lata, vivido e sarcástico. Archy era filosófico, mais tolerante e misericordioso, e juntos eles botavam ordem no mundo à sua maneira inimitável. Li o livro, que me fez rir, e por algum tempo não pensei em minha mãe.

À noite, Reilly me contou histórias de sua família, principalmente de seu irmão Lucius.

— Achei que você só tivesse um irmão — disse eu.

— Levin? Sim, tinha o Levin. Mas Lucius era mais velho que nós dois.

— O que aconteceu com ele?

— Lucius era um homem com uma chama interior. Trabalhava na firma de Daly & Hearst, a Companhia Anaconda de Mineração de Cobre, e aí ouviu falar da guerra na Espanha. Deixou os Estados Unidos em 36 para lutar ao lado dos legalistas contra Franco. Foi morto por um dos próprios companheiros, pisoteado por um cavalo com o cavaleiro fugindo de um celeiro em chamas. Lucius era louco e lindo, moreno com olhos que eram como safiras iluminadas. Meu pai costumava dizer que ele era um gênio ou um tolo, e nunca conseguiu decidir qual dos dois. Mas afinal de contas meu pai também era louco. — Reilly riu; parecia uma rã num balde descendo num poço. — Sabe o que é laxante?

Fiz que sim com a cabeça.

— Havia um preparado laxante chamado Serutan. Tinha um bordão... dizia: "Serutan é *natures* ao contrário." Entendeu? Bem, meu pai tomava isso porque achava gostoso, depois soltava gases até a casa ficar com cheiro de ovo frito em enxofre. Eu, Lucius e Levin, minha mãe também... a gente saía de casa e ficava em pé no quintal até o ar limpar e podermos voltar para dentro. — Reilly balançou a cabeça. — Ele parecia quase normal, e o que falava também, até a gente começar a prestar atenção às palavras e perceber que John Hawkins era doido como uma lebre de março em novembro. Tinha os olhos baixos, um modo de crispar o lábio que lhe conferia o aspecto de uma caricatura louca de um homem mais louco ainda, e quando se irritava e gritava conosco, fios de saliva ficavam balançando para lá e para cá em cima dos dentes dele como se houvesse uma aranha ali, criando defesas para o inverno. — Reilly balançou de novo a cabeça. — Era louco, ele e provavelmente cada um dos antepassados dele. Loucos de pedra.

— O que aconteceu com ele? — perguntei

— Teve câncer, sabe? Comeu ele por dentro. Ele vivia fumando aqueles cigarros pretos imundos que vinham só Deus sabe de onde. Enfim, o câncer atacou os pulmões e a garganta dele. Era para ter morrido logo, mas claro que adiou. Viu alguma paisagem ao sair, quem sabe, e pegou o caminho mais comprido para o cemitério. Ficava na varanda, sentado na cadeira de balanço, fumando aqueles cigarros pretos nojentos, um chiado de furacão no peito encatarrado, só olhando para o horizonte. Não havia nada lá, quase nada senão o mau tempo e a distância — e na certa uma tempestade adicional mais adiante —, mas mesmo assim ele ficava lá como se estivesse esperando alguma coisa.

— Estava esperando a Morte vir buscá-lo — disse eu. — Da mesma forma que a Morte veio pela High Road buscar meu pai.

Experiente, Reilly concordou com a cabeça e piscou um olho para mim.

— Acho que nesse ponto você está certo, sr. Joseph Vaughan... acho que você tem razão.

Sábado de manhã Reilly fez filé de frango frito, disse-me que seria minha última refeição em sua casa daquela vez, que eu deveria mastigá-la bem, filé tem muitos nutrientes bons, sabe, e depois eu deveria ir para o quintal onde eu estava cortando lenha na véspera. Deveria terminar e amarrar a pilha, e quando tudo estivesse varrido e lavado, deveria ir para casa. Não para a de Reilly, mas sim para aquela onde nasci.

— Você já viu flores na beira da estrada? — perguntou.

Fiz que sim com a cabeça.

— Sabe para que estão lá?

— Um idiota que se embebedou e bateu com o carro numa árvore, imagino.

Reilly concordou.

— O luto deve durar o mesmo tempo que as flores, e acabou-se. A vida continua. Verdade? Vou lhe dizer uma verdade. Há mais conversa sobre a guerra atualmente. Antes era sobre a Depressão. Seja para que lado for, tem gente morrendo a cada minuto de cada dia. Não importa se de fome, de frio, de doença ou das balas de Adolf Hitler. Morto é morto não importa como morra. Em tempos assim é que as pessoas trabalham na cama. Gente nova é feita quase com a mesma velocidade com que os velhos morrem. Gente nova é feita com mais facilidade e menos complicação do que panqueca de cereja. Parece o jeito que a natureza tem de limpar o passado e arrumar o futuro. Você me entende, Joseph Vaughan?

Fiz um sinal positivo.

— Então deixe o passado ser o que foi, o presente, o que é, e o futuro, o melhor possível. Lá está o Diabo vestido de anjo, se algum dia você quiser vê-lo.

Ri. Não entendi muito bem o que ele quis dizer, mas àquela altura não importava. Eu já tinha decidido ir para casa naquele dia.

Minha amargura, minha sensação de ter sido traído foram tão passageiras quanto as estreitas coroas de flores secas à beira da estrada, flores para um bêbado, um apressado ou simplesmente um distraído; alguém que perdeu a vida e tudo o que vinha com ela numa fração de segundo. O jeito que a natureza tem de podar os fracos, os doentes, os frágeis. Talvez não. Talvez só o Diabo vestido de anjo: branco por fora, preto por dentro.

Minha mãe e eu nunca falamos no episódio com Gunther Kruger. O que eu poderia ter dito? O que ela poderia ter retrucado?

As coisas foram entrando na rotina e se normalizando. Eu não me opus a esse movimento. Só uma vez minha mãe disse algo que pareceu relevante. Naquele sábado à tarde, debruçada sobre mim, beijando minha testa quando eu virava a cabeça para o travesseiro, ela murmurou:

— Reze por mim, sim, Joseph... reze por mim também.

Sorri, disse que rezaria, segurei a mão dela um instante, e também o olhar.

Senti-a relaxar por dentro, como se, ao confirmar seu pedido, eu lhe tivesse concedido a absolvição e o perdão. Eu não possuía tal autoridade, mas então reconheci que a autoridade auto-atribuída não era nada comparada àquela conferida por terceiros. Minha mãe me conferiu a dose que necessitava que eu tivesse, depois aceitou minha bênção tácita.

Eu decidira nunca mais ver Gunther Kruger, nem sua mulher enganada, mas sentia por Elena. Não conseguia largá-la. Observava-a na aula, e pensava nas meninas que haviam morrido, e depois pensava no pai dela e em minha mãe, e no modo como os encontrara. Talvez eu tenha decidido acreditar em outra coisa, que fora um engano, que eu não havia presenciado nenhum incidente daqueles. Empurrei a sombra para o fundo da memória, e lá ela ficou, cada dia mais fraca, desejando luz, desejando atenção e nada recebendo.

Alguns dias depois de ter voltado para casa acompanhei Elena até o fim da rua. Ali, ela se virou para ir para casa, mas estiquei a mão e toquei em seu braço. Ela hesitou, sem saber por que eu a havia detido, e embora meu sorriso fosse o mais sincero possível, ela parecia nervosa.

— Vá um pouco mais devagar — disse eu.

Ela franziu a testa.

— Está com pressa?

Ela fez que não.

— Não. Por que está perguntando?

Baixei os olhos. Por um momento, fiquei sem jeito.

— Eu só queria... — olhei para ela. Ela parecia muito frágil.

— O que, Joseph? Queria o quê?

Balancei a cabeça.

— Eu só queria... queria que você soubesse que estarei sempre aqui se você precisar de alguma coisa.

Elena não disse uma palavra em resposta. Sua expressão quase não mudou. Ela desviou a vista e olhou em direção à sua casa. Pareceu distante por um bom tempo, depois tornou a olhar para mim e sorriu.

— Eu sei — disse ela, tão baixinho que mal ouvi. — Sei, Joseph. — Esticou a mão e tocou em meu braço. — Obrigada — murmurou, e antes de acabar de falar, já ia embora, quase correndo.

Observei-a ir. Eu dissera o que queria dizer. Torcia para que fosse suficiente.

Anos mais tarde, depois que todas as barbaridades pareciam ter terminado, achei que foi nesse momento que a escuridão começou. Um halo, um peso, um véu, uma sombra no fundo da minha memória encontrando alimento suficiente para crescer.

Eu não sabia, e talvez jamais soubesse.

Continuei escrevendo: escrevia até desabafar e ficar com a mão doendo. Mas escrever não exorcizou meu medo, minha raiva, meu sentimento de responsabilidade pelo que acontecera. Foi então que resolvi fazer alguma coisa. Foi então que resolvi fazer tudo o que pudesse para garantir que não morreria mais nenhuma menina.

Falei com Daniel McRae, com Hans Kruger; falei em voz baixa com outros garotos da turma — Ronald Duggan, Michael Wiltsey, Maurice Fricker. Seis de nós ao todo. Faltavam sete meses para eu fazer quinze anos, e nossa diferença de idade era de menos de um ano. Concordamos em nos reunir depois da aula, no bosque no fim do campo da cerca quebrada, e uma hora antes do fim das aulas eu já estava suando nas mãos.

Fui correndo para casa e peguei os recortes de jornal na caixa embaixo da cama. Alice, Laverna, Ellen May e Catherine. Reunimo-nos ali, nós seis, e mostrei as tiras de papel, com os cantos virados como folhas de outono amareladas.

Observei Daniel quando ele viu o nome da irmã no jornal à sua frente. Senti que se contraiu, como se sua alma tivesse encostado numa cerca eletrificada. Por alguma razão, olhou para os sapatos; pequeno furo no dedão, pele tão preta por baixo que não se notaria o furo se não se olhasse bem. Talvez seus pais — envolvidos demais pela dor — também não tivessem visto aquele furo. Disse tudo o que precisava ser dito. Deu a impressão de que ia começar a chorar, mas os músculos em seu queixo tremeram, e deu para sentir que ele se segurava.

Ninguém disse uma palavra. A tensão como uma respiração presa.

— Então... então, o que vamos fazer? — disse por fim Ronald Duggan.

Ali em pé, a franja nos olhos, uma cabeça mais baixo que eu, a palidez de quem tinha sido criado comendo sobras, uma fina camada de suor brilhando na testa. Estava nervoso. Droga, todos eles estavam nervosos, mas eu sentia o espírito, o sentimento de solidariedade que vinha quando eu estava com um, dois, três deles, e sabia que eles queriam fazer algo para ajudar.

— Alguma coisa — disse Hans Kruger. — Temos que fazer alguma coisa.

— Acho que a gente deve deixar o xerife Dearing fazer o que ele é pago para fazer — disse Maurice Fricker.

— Mas ele não está fazendo nada — disse Hans.

— Coisa alguma — disse Daniel. — Ele não está fazendo *coisa alguma*.

— É aquela cuco clã — disse Michael Wiltsey. — Eles é que estão fazendo essas coisas. Não consigo pensar em mais ninguém tão mau a ponto de fazer aquilo com meninas pequenas.

— Ku Klux Klan — disse eu —, e eles não se interessam por meninas brancas, Michael. Só se interessam por negros... eles simplesmente odeiam os negros, sem motivo nenhum. Não tem nada a ver com eles.

— Então quem é? — perguntou Daniel. — Se você é tão esperto diga para a gente quem está fazendo essas coisas.

Fiz que não com a cabeça. Perguntei-me se era um erro discutir aquilo, como se ao falar levássemos o pesadelo cada vez mais para perto.

— Não sei quem está fazendo isso, Daniel, nem o xerife Dearing, nem Ford Ruby. Esse é o problema. Alguma coisa está acontecendo e ninguém sabe por que, e ninguém sabe o que fazer a respeito.

— E você acha que podemos fazer alguma coisa a respeito? — perguntou Michael.

— Droga, Michael, acho que podíamos pelo menos tentar. — Tornei a mostrar os recortes de jornal, de modo que todo mundo pudesse ver com clareza. — Não quero ler essas coisas sobre conhecidos nossos. Olhem o Daniel...

Todos olharam, um por um, timidamente — quase como se estivessem com medo de enxergar.

Daniel McRae ficou imóvel. Dava a impressão de ter se retirado em espírito, deixando o corpo ali em pé.

— Daniel perdeu a irmã. Vocês têm alguma idéia do que deve ser isso?

Daniel parecia a ponto de explodir. Seus olhos lacrimejavam.

— Eu não... eu não quero... — começou ele, mas segurei seu ombro. Ele inclinou a cabeça, e do fundo do seu peito eu ouvia os pequenos espasmos de seus soluços contidos.

— Temos que fazer alguma coisa — disse eu. — Alguma coisa é muito mais do que nada. Já temos idade para ficar de olho nessas crianças, não?

— Então é isso que vamos fazer? — perguntou Hans. — Vamos... vamos vigiar as meninas?

— Vamos ser guardiões — disse eu.

— Como um clube secreto — disse Ronald Duggan com uma voz esganiçada. — Podemos nos chamar assim. Podemos nos chamar de os Guardiões.

— O nome não quer dizer nada — disse Daniel. Sua voz ficou embargada no meio da frase. — O nome não tem importância. O importante é o que vocês fazem... só isso.

— Os Guardiões — disse Michael. — É isso que somos... e devemos fazer um juramento. Devemos fazer aquela coisa onde se... onde se... vocês sabem aquela coisa?

— De que diabo você está falando? — perguntou Maurice.

Ele franziu o cenho fazendo uma cara de nojo; parecia que tinham emendado as sobrancelhas dele em cima do nariz.

— Aquela coisa de irmãos de sangue — respondeu Michael. — Em que a gente dá um talho na mão e junta as palmas, e aí faz um juramento sobre o que vai fazer.

— Ninguém vai dar talho na mão de ninguém — disse eu.

— A gente devia — disse Daniel. Falou baixinho, a voz quase sumida no fundo da garganta. — A gente devia fazer isso porque tem um significado, e porque é importante, Joseph. Minha irmã foi morta por esse... esse bicho-papão.

— Santo Deus, você andou falando com Hans Kruger — disse eu. — Não existe bicho-papão nenhum.

— É só um nome — retrucou Daniel. — O nome não significa nada. A gente se intitula os Guardiões e chama ele de bicho-papão. Quer dizer que sabemos do que estamos falando, mais nada. E temos que fazer alguma coisa para mostrar que estamos juntos. Acho que devemos fazer isso, e devemos fazer um juramento, e depois devemos planejar o que vamos fazer para aquilo não voltar a acontecer.

Hans Kruger tinha um canivete. A lâmina não tinha mais que três dedos.

— Tenho uma pedra, e passo a lâmina ali até dar para cortar um papel ao comprido — disse.

Estendeu a mão, e quando passou o fio da lâmina na carne macia embaixo do polegar, gemeu. O sangue acompanhou a linha da faca, e em segundos se insinuava pelas linhas da palma de sua mão.

Peguei o canivete. Segurei-o por um segundo. Pressionei a lâmina na palma, fechei os olhos, cerrei os dentes. A princípio, não senti nada, depois uma fisgada fina me transpassou. Vi sangue, e senti uma fraqueza momentânea.

Um de cada vez, um após o outro, e então cada um colou a mão na mão do outro.

— Vamos morrer de envenenamento de sangue — disse Maurice Fricker. — Vocês são um bando de malucos. — Mas quando estendemos a mão à frente, cada um de nós sangrando, havia uma determinação implacável em sua expressão que me disse que ele acreditava no que estávamos fazendo.

— Juramos — disse eu. — Juramos proteger as meninas...

— Elena — disse Hans Kruger.

Michael Duggan ergueu os olhos.

— E Sheralyn Williams... e Mary.

— E minha irmã — acrescentou Ronald Duggan.

— Sua irmã? — disse Daniel. — Sua irmã tem dezenove anos. Mora num sobrado e trabalha nos correios em Race Pond.

— Vamos tomar conta de todas elas — disse eu. — Nós, os Guardiões, por esse pacto prometemos tomar conta de todas elas, e prometemos manter nossos olhos e nossos ouvidos sempre atentos, e prometemos ficar acordados até tarde e vigiar as estradas e os campos e...

— E nos reunir todas as noites aqui — disse Hans. — Depois saímos e patrulhamos a cidade e garantimos que nada aconteça...

— Do que você está falando? — perguntei. — Que diabo deu em você? Essas meninas não foram tiradas da cama. Foram levadas em plena luz do dia, levadas bem nas nossas barbas e mortas onde qualquer um poderia ter visto.

— O que significa que deve ter sido alguém que elas conheciam, certo? — disse Ronald. — Do contrário teriam fugido. Todas sabem que não devem se aproximar de estranhos.

Houve um silêncio sereno. Todo mundo se entreolhou. Era como se um fantasma tivesse passado por cima de mim.

— Ninguém vai a nenhum lugar sozinho — disse eu. — E vamos fazer a promessa de manter os olhos e os ouvidos atentos, e se virmos alguma coisa suspeita, vamos avisar ao xerife Dearing, certo?

— É o que vamos fazer — disse Maurice.

— Concordo — disse Daniel.

— Então está combinado. Os Guardiões foram instituídos. Ninguém fala sobre isso — disse eu. — Se for alguém conhecido, não vamos querer que todo mundo fique falando no assunto. Não queremos dar a esse... bicho-papão nenhuma chance de descobrir que estamos à espera dele.

Minutos depois, fui embora, os recortes dobrados e guardados no bolso da calça. Minha mão doía, e antes de entrar em casa lavei-a no reservatório de água da chuva no fundo do quintal.

Senti-me uma criança. Pela primeira vez, talvez, eu tenha realmente sentido que enfrentávamos alguma coisa que nem sonhávamos entender. Estava assustado. Todos estávamos. O que quer que estivesse por ali era muito mais apavorante do que uma guerra em outro país. Mas havia algo mais, uma coisa insignificante e todavia importante. Custei um pouco a detectar o que era, mas quando detectei, vi logo.

Era a primeira vez que me sentia parte de alguma coisa. Foi só isso, mas me parecia importante e especial. A primeira vez que eu estava no lugar certo.

Três dias depois nos encontramos depois da aula e decidimos o local da nossa primeira reunião.

— No fim do campo de Gunther Kruger — disse eu. — O mais afastado da rua em direção à curva do rio.

— Não sei onde é — disse Daniel McRae, e por um momento me perguntei se era simplesmente medo que provocava aquilo. Tive a impressão de que ele não queria ir, que tinha jurado fazer tudo o que pudesse e agora estava com medo.

— Sabe onde a rua da sua casa encontra a da escola? — disse Hans Kruger.

Daniel fez que sim com a cabeça; não havia como ele dizer que não sabia onde era.

— Encontro você ali — disse Hans. — Encontro você ali e lhe mostro o caminho.

Os olhos de Daniel brilhavam de nervoso. Ele olhou para mim. Dei um sorriso tranqüilizador. Ele não sorriu de volta.

Depois da escola, cada um foi para o seu lado, para jantar em casa. Minha mãe planejava passar a maior parte da noite fora. Perguntou o que eu iria fazer.

— Ler um pouco — disse eu. — Também tenho trabalho para fazer.

— Se tiver fome, tem leite e fiambrada na geladeira.

Minha mãe saiu pouco depois das sete. Esperei até as oito, sentindo um nervoso na boca do estômago, e aí vesti uma jaqueta escura, peguei uma caixa de fósforos no fogão e, debaixo da cama, peguei uma faca de dez centímetros com uma bainha, que meu pai tinha me dado mais ou menos um ano antes de morrer.

— Você não pode dar isso a ele — dissera minha mãe.

— Pelo amor de Deus, Mary, ele já é grande. De qualquer maneira, a faca é tão afiada como uma folha de alface. Com muita sorte, talvez ele possa dar um arranhão letal em alguém.

Os dois discutiram mais um pouco. Tive que devolver a faca. Mais tarde, meu pai tomou meu partido, disse que a havia escondido embaixo da minha cama, que eu não deveria dizer uma palavra. Nosso segredo.

Meti a bainha no cós das calças, enfiei a camisa por cima. Olhei mais uma vez para a cozinha, saí pelos fundos e atravessei o quintal em direção aos campos.

No fim da rua, Hans e Daniel se encontraram comigo. Eles haviam vindo pelo caminho mais longo. Não dissemos nada, seguimos reto, com passos confiantes, como se tentássemos nos convencer de que sabíamos o que estávamos fazendo.

Quando chegamos ao final do campo dos Kruger, todo mundo estava lá, menos Michael Wiltsey. Ninguém disse uma palavra. Simplesmente nos cumprimentamos com um gesto de cabeça, tentamos sorrir, cada qual esperando que alguém dissesse algo significativo. Dez minutos se passaram. Maurice Fricker sugeriu que procurássemos Michael, mas eu lhes disse que ficassem a postos, que ele logo apareceria.

Quando ele chegou, já passava das nove. Ronnie Duggan havia trazido o relógio de bolso do pai e uma lanterna. Sugeriu que a acendêssemos. Eu disse que acender uma lanterna era o mesmo que anunciar quem éramos e o que estávamos fazendo. Mesmo assim, ele insistiu em levá-la consigo.

— Então, aonde estamos indo? — perguntou.

— Vamos contornar este campo e descer para a igreja — disse eu. — Atrás da igreja a gente vira na direção da escola, mas antes de chegar à rua cortamos por trás da minha casa e rumamos para a delegacia...

— A delegacia — perguntou Michael Wiltsey.

— Não vamos *para* a delegacia — disse eu —, só naquela direção, só até a curva, e aí voltamos pelo mesmo caminho.

— Diabo, Joseph, são quase cinco quilômetros — protestou Daniel. — É quase o contorno de Augusta Falls...

— Não é esse o objetivo? — perguntou Hans. — Não é esse o objetivo... tentar vasculhar o máximo possível da cidade?

Todos ficaram em silêncio até Maurice Fricker se adiantar, olhos arregalados, branco como cera, e dizer:

— Fizemos um juramento. Prometemos que íamos fazer isso. Então vamos fazer, ahn? Ou algum de vocês vai amarelar e dar no pé?

Ninguém amarelou. Fui andando. Hans atrás de mim, e os outros acompanhando em silêncio.

Menos de uma hora. O ar estava gelado, o céu, de um azul-meia-noite que deixava nosso rosto e nossas mãos com um brilho quase branco. Eu via como Daniel McRae estava apavorado, sobressaltando-se com cada barulho, o menor farfalhar da sebe na beira da estrada, das asas de um pássaro decolando de uma árvore. A certa altura, percebi o medo dele, e me perguntei se ele achava que o assassino o encontraria pelo cheiro, o reconheceria como um McRae. Viria terminar o trabalho que começara com a irmã dele. Eu queria lhe dizer para não se preocupar, que o assassino só queria saber de garotinhas, mas não estava muito convencido disso para que minhas palavras soassem verdadeiras. Ensaiei as frases mentalmente, mas elas não funcionaram. Fiquei calado. Observei Daniel, e quando chegamos à curva e começamos a voltar pelo mesmo caminho nossos olhos se encontraram por um momento. Eu sabia que ele queria ir embora. Sabia que ele queria voltar correndo para casa, trancar a porta, esconder-se no quarto, meter-se embaixo das cobertas e fazer de conta que nada daquilo tinha acontecido. Mas ele não podia pedir. Não podia quebrar o juramento, então, facilitei a coisa para ele.

— Daniel — disse eu.

Daniel estremeceu.

Seus olhos se arregalaram.

— O que está havendo? — perguntou Hans Kruger.

Os outros nos rodearam. Já estávamos andando aos tropeções no escuro havia mais de uma hora. Não tínhamos visto nada, já achávamos que não havia nada para ver, e talvez todos os meninos esperassem que tivesse sido concedida uma espécie de dispensa, que seriam mandados para casa.

— Preciso que Daniel volte para a casa dele — disse eu.

— Por quê? — perguntou Maurice Fricker. — Por que ele deveria ter licença para ir para casa?

Olhei para Maurice, para cada um deles.

— Daniel é o único que perdeu uma pessoa da família — disse eu. — Estou preocupado que o homem que assassinou a irmã dele possa estar vigiando o resto da família. Preciso que Daniel vá ver se está todo mundo bem.

Era uma razão tola e superficial. Todos sabiam disso, mas ninguém se atreveu a desafiar Daniel McRae, porque ele *havia* perdido a irmã, era o único a ter perdido uma pessoa da família, e eu sabia que seriam tolerantes com ele por causa disso.

Os olhos de Daniel estavam mais arregalados do que nunca. Pelo rosto, ele estava prendendo a respiração.

— Sim — disse Hans Kruger. — Ele deve ir.

Olhei para Hans. Pela maneira como ele retribuiu meu olhar deu para ver que entendia o que eu estava fazendo.

— Vá — disse Hans. — Vá correndo, e no caminho, pode dar uma olhada lá em casa para ver se não tem ninguém atrás da minha irmã.

Daniel deu no pé — de repente, inesperadamente. Tentou sorrir para mim, tentou dizer alguma coisa, mas parecia que todos os músculos do seu corpo estavam preparados para correr e nada além disso. Foi embora — Red Grange driblando todo mundo —, e ficamos ali olhando enquanto ele ia sumindo de vista em direção ao fim da rua até finalmente desaparecer.

Algum tempo depois, ouvimos o barulho.

Vinha das árvores à minha direita. Hans também ouviu, Maurice Fricker, Michael Wiltsey, também. Ficamos sem respirar e calados, e aí — quase como uma inferência — vi algo piscando nas árvores.

Meu coração parou. Meu corpo inteiro ficou paralisado um segundo depois.

Fiquei pensando se estaria imaginando alguma coisa, se a força do meu medo havia projetado algo no escuro, algo que só existia na minha imaginação.

— Viu isso? — sibilou alguém, com uma voz desesperada.

Perguntei-me quantas crianças assustadas eram necessárias para criar um fantasma.

A luz de novo, e dessa vez com certeza. Respirei fundo. Senti meus olhos se arregalarem. Uma sensação de pavor abjeto veio chegando do fundo das minhas entranhas, estremecendo todo o meu corpo.

Ouvi a voz de Ronnie Duggan então, não mais que um sussurro petrificado.

— Minha nossa... é ele...

Recuei. Hans estava ao meu lado. Dei meia-volta e fui em direção à mureta que marcava o limite do campo. Toquei no cabo da faca que levava na cintura, agarrei-o com firmeza, perguntei-me se teria alguma chance de causar algum dano aquela coisa se ela viesse para cima de nós.

Ronnie largou a lanterna. Ouvi o vidro quebrando. O barulho pareceu altíssimo.

— Merda — disse ele, e eu sabia que não era por causa da lanterna do pai, mas sim porque agora ele tinha deixado mais do que claro onde estávamos.

— Atrás do muro — sussurrou Hans, a voz como o chiado do vapor que escapa de uma panela bem tampada.

Cinco de nós, tropeçando nos próprios pés, cada um tentando desesperadamente alcançar o muro.

Olhei para trás, e no lugar onde tínhamos ouvido alguma coisa — lá nas árvores — vi uma luz piscar. Meu coração batia violentamente no peito, e enquanto alcançávamos a mureta de pedra, eu já tinha sacado a faca cega da bainha. Agachei-me ali com o coração aos pulos, suando frio. Tudo o que eu ouvia era o barulho de cinco crianças procurando com todas as forças prender a respiração.

Tentei fingir que o assassino não nos havia visto, que pararia um instante, olharia a rua, não veria nada e voltaria pelo mesmo caminho que viera.

Em menos de um minuto vi que não era esse o caso. Vi o facho de luz balançar ao longo das árvores e vir pousar na rua a uns quinze metros de onde estávamos agachados, encostados no muro.

Comecei a rezar, e aí vi que não adiantava. Todas elas tinham rezado. Cada uma tinha rezado, se não por si mesma então pelas outras. A srta. Webber nos fizera rezar por Alice Ruth Van Horne, por Laverna Stowell. Ela nos fez pedir a Deus que achasse por bem impedir aquele assassino de levar mais crianças. E de que adiantara? De nada. Em vez de rezar, agarrei a faca. Olhei para Hans, e vi nos seus olhos esbugalhados que ele estava com tanto medo quanto eu.

Ouvi passos. O brilho da lanterna iluminou a rua a uns dez metros de onde estávamos escondidos. Atrás do muro, cinco garotos assustadíssimos, e um assassino na estrada, lanterna na mão, à espreita para ver se avistava qualquer um de nós... talvez nos farejasse, talvez conseguisse correr mais do que nós, fosse forte o suficiente para envolver todos nós num abraço e nos esmagar.

Ronnie Duggan deixou escapar um grito. Um choramingo apavorado, mas foi a conta.

A luz da lanterna ficou imóvel. Os passos pararam.

Dava para ouvir a respiração dele, áspera, como alguma coisa enorme com sangue borbulhando no peito...

Dava para sentir o cheiro ruim e envenenado do seu bafo, o cheiro de couro, de um cutelo de metal enferrujado... dava para ouvir seus pensamentos, sentir o que ele queria, me ver pendurado de cabeça para baixo numa árvore e esfolado vivo, todo em carne viva... eu levaria horas para morrer, e cada segundo seria um inferno...

Quando ele falou... quando aquelas primeiras palavras foram pronunciadas pelo assassino na estrada, Michael Wiltsey deu um grito tão alto que daria para ouvir no condado de Camden.

Penso nos Guardiões.

Uma grata recordação, como um silêncio sereno após um barulho interminável.

Lembro-me da cara deles. Ronnie Duggan com uma franja que a mãe nunca achava por bem cortar. Michael Wiltsey, o rei do bicho-carpinteiro. Maurice Fricker, a cara do pai, e como conseguia envesgar os olhos e depois botar um para cada lado como se estivesse olhando ao mesmo tampo para a esquerda e para a direita. Garotos assustados, éramos todos. E aí tinha Hans. É a primeira vez que me lembro de pensar em Hans. Parece que o tirei da cabeça, porque pensar nos Kruger era muito doloroso. Um pouco doloroso demais. A noite em que fomos pegos pelo xerife Dearing, a forma como achamos que tínhamos sido encurralados pelo assassino. O rastro da lanterna dele balançando ao longo do muro onde estávamos agachados, cada um de nós branco de medo, suando frio, batendo queixo. Todos arrepiados, os nervos mais tensos do que um torniquete para estancar um sangramento. Eu agarrado a minha faca cega como se ela fosse servir para alguma coisa.

"Quem está aí?", gritara ele.

Michael tinha dado um grito, tão alto que podia ser ouvido em outro condado.

Ninguém se atrevia a se mexer, a fazer qualquer movimento.

E não achei a voz do xerife Dearing parecida com a de ninguém que eu conhecesse.

Mas sabíamos de uma coisa... uma coisa, com certeza. Sabíamos que estávamos liquidados. Mais que liquidados.

Ele nos pegou escondidos ali atrás do muro, sua lanterna iluminando nossos rostos apavorados, a sensação momentânea de alívio que parecia lavar suas feições como água lavando tinta, como se ele também estivesse com medo, mesmo, tanto quanto nós, e depois ficou furioso, danado da vida, gritando a plenos pulmões na escuridão, esbravejando sobre como íamos ficar todos de castigo, que nossos pais estariam à nossa espera para nos dar uma boa surra... o tipo da surra que nunca esqueceríamos.

Botou-nos, os cinco, no banco de trás do carro, levou meia hora para deixar todo mundo em casa, e minha mãe, quando me viu saltando daquele carro de polícia, começou a chorar. Chorar como no enterro do meu pai, mas um pouco diferente.

Estava furiosa como eu nunca a tinha visto, mas sem querer me largar, me apertando tanto que eu não conseguia respirar, dizendo que eu era a pior espécie de filho que uma mãe poderia ter — teimoso, desobediente, turrão, até cruel. Mas ainda me abraçando, me abraçando e chorando, dizendo meu nome sem parar.

"Oh, Joseph... Joseph... Joseph..."

O xerife Dearing foi à escola no dia seguinte. Não nos identificou pelo nome, mas falou olhando para cada um de nós, prendeu-nos com um olhar inflexível ali na cadeira e disse que tinha havido um problema, que as coisas estavam fugindo do controle, e como ele impunha um toque de recolher para nós crianças.

Em casa às seis horas, no máximo. Em casa e trancados, onde não poderíamos causar nenhum problema. Para nosso próprio bem, disse, e aí ficou ali parado em silêncio, enquanto a srta. Webber fazia um gesto de assentimento com a cabeça.

Reunimo-nos depois da aula, nós, os Guardiões. Juntamo-nos e tentamos fingir uns para os outros que não tínhamos ficado tão assustados, que se tivesse sido o assassino nós o teríamos sobrepujado, derrubado, chutado de tudo quanto era lado. A gente lhe teria dado um chute que o faria parar no inferno para sempre.

Sabíamos que estávamos nos enganando. Sabíamos exatamente como estávamos apavorados naquela noite.

Apavorados feito garotinhas.

Sete

Nós lutamos contra os japoneses na Batalha do Mar de Coral, depois em Midwaw. Um homem chamado Churchill veio da Inglaterra e falou com Roosevelt. Eisenhower foi para Londres como comandante-em-chefe das forças americanas na Europa. Cada vez mais o rádio dava notícias da guerra. Toda semana a srta. Webber contava para a turma sobre outro pai de aluno, outro filho tendo que ir para a luta. Alguns deles voltariam alquebrados, derrotados. Outros jamais voltariam.

O tempo, de algum modo, pareceu acabar com a distância existente entre mim e minha mãe. Voltei a ir à casa dos Kruger. Até aprendi a olhar nos olhos da sra. Kruger sem pensar no marido dela e em minha mãe da maneira bíblica. A rotina e a previsibilidade trouxeram não só aceitação mas também esquecimento. Algumas das coisas que escrevi na época, coisas que eu analisaria mais tarde, até sugeriam que havia um sentimento de felicidade em mim. Eu estava com quase quinze anos. Olhava para as meninas de um jeito diferente. Pensava na srta. Webber, e alguns dos pensamentos encabulavam até a mim. Mas isso parecia não ter importância. Nada parecia ter importância. De tanto ouvir falar da guerra, percebíamos que qualquer dissabor ou constrangimento que pudéssemos sofrer era insignificante e irrelevante diante do sofrimento real que estava acontecendo. A srta. Webber nos disse que já tínhamos idade para entender o que estava acontecendo de verdade. Falou que havia mais de meio milhão de judeus nos guetos de Varsóvia, que se negavam provisões médicas para menores de cinco anos ou maiores de cinqüenta; que todas as crianças judias eram obrigadas a usar a estrela-de-davi na lapela; que os nazistas haviam assassinado setecentos mil poloneses, cento e vinte e cinco mil na Romênia e mais de um quarto de milhão na Holanda, na Bélgica e na França. Mostrou-nos onde ficavam esses lugares no globo. Olhávamos em silêncio. Algumas meninas choravam, entre elas Elena Kruger. Estendi o braço para dar a mão a Elena, mas ela sorriu encabulada e enxugou os olhos com a manga do vestido. Disse que estava bem. A srta. Webber disse que com freqüência os homens da aldeia eram obrigados a cavar muitas valas, e depois esses mesmos homens, suas mulheres e seus filhos também, eram executados por pelotões de soldados alemães. Eu pensava nas meninas que haviam sido assassinadas aqui em Augusta Falls. Pensava no quanto os homens podiam ser maus. Às vezes, pegava os recortes de jornal e os estudava com atenção, tentando fazer aqueles rostos em preto-e-branco ganharem vida em minha mente. Mas nunca consegui isso. Sentia que aquelas meninas tinham ido para um além vago, indefinível. Talvez aguardassem a redenção, a salvação do seu sofrimento. Na verdade, eu esperava que elas fossem anjos, mas parecia que minha fé era tão frágil quanto a lembrança delas.

No fim daquele mês, cheguei em casa e comecei a escrever um conto. Não tinha título — eu achava que não precisava de título até estar terminado. Senti-me mal com o conto, pois me pus na pele de uma criança judia em Paris usando a estrela-de-davi, com um olhar pesaroso e abatido. Ficava sentado na janela do meu quarto, o queixo quase encostando no peitoril, e olhava a noite. O céu duro como pedra, as nuvens velozes, finas e frágeis, como se bastasse um peteleco para dissipá-las, mas tudo de uma beleza fragmentada e aleatória; fantasmas das nuvens diurnas, idéias tardias iluminadas com uma luz de fundo para nos lembrar da manhã. A manhã passada, a manhã vindoura... não importava qual. No ar, a vivacidade fresca do pinheiro e do junípero tornava o sabor da respiração ácido e agitado. As estrelas me olhavam, talvez os anjos também — Alice Van Horne, Laverna Stowell, Ellen May Levine. Lembrei-me da menina McRae, de como sua cabeça foi encontrada no meio dos choupos e das nissas, seu corpo, no barranco do rio.

Homens de quatro condados procuraram com afinco durante muito tempo qualquer sinal do assassino, durante o dia e depois à noite com lanternas. Veio gente com cães — cães com tanto faro quanto um gato —, mas as pessoas os traziam, e a algazarra dava para levantar um defunto da sepultura, mas não encontraram nada.

Essas pessoas tinham casa e emprego, tinham filhos, todo tipo de ganha-pão, mas largaram seus ganha-pães como batatas quentes e vieram correndo. Será que vieram por medo? Medo de que o próximo pudesse ser um de seus filhos? Não, eu achava que não, porque muitos deles deixaram os filhos sozinhos em casa, mesmo depois de ter anoitecido, para poderem vir ajudar. Não, não era tanto o medo que os impelia, era um sentimento muito mais generoso e piedoso.

Sentimos medo na época. Todos nós. Pelo menos achávamos que era o que estávamos sentindo. Na verdade, ainda não tínhamos visto nada. A bem da verdade, não tínhamos idéia de como ficaria ruim. O medo real veio com a quinta menina. Foi aí que veio. Veio como a Morte pela High Road. Como o carteiro, como o vendedor de bombas para moinho, como qualquer um que entrasse em Augusta Falls com mercadorias para vender, fórmulas mágicas ou equipamentos autolubrificantes para tratores, pronto para pegar quem não devia cair nessa. E só para afastar esse vendedor da porta de suas casas as pessoas compravam o que quer que fosse oferecido, só para lhes sobrar mais tempo para se amaldiçoar depois. Mas aí o vendedor já tinha ido embora. Como os redemoinhos que surgiam no horizonte, com força suficiente para dar sumiço numa vaca — não um animal doente ou um bezerro de pernas bambas, mas um boi feito, com chifres, baba e maus modos. Tornados, redemoinhos, o que quer que fossem — a gente os via, e eles já desapareciam.

Mas o medo real era diferente. Vinha com a mesma rapidez, mas entrava direto como se tivesse recebido um convite para visitar a família. Às vezes, parecia que a Morte tinha vindo buscar cada um de nós, os coitados, e simplesmente começara pelas crianças porque as crianças não tinham a mentalidade de contra-atacar.

A quinta menina era a que se sentava ao meu lado na sala da srta. Alexandra Webber. Sentava tão perto que eu sabia o nome dela, como ela escrevia o número cinco ao contrário. Que diabo, sentava tão perto que eu conhecia o cheiro dela.

Encontraram-na segunda-feira, 3 de agosto de 1942.

Encontraram a maior parte dela, para ser preciso.

Os pesadelos chegaram. Durante algum tempo, era toda noite. Sempre os mesmos, talvez pequenas variações de tempo e lugar, mas sempre os mesmos.

Começavam com um barulho.

Bangue!

Bangue!

Bangue!

Como um bastão pesado arrastado por uma cerca de madeira ou pelos degraus da escada, porém mais pesado que isso, como alguém dando uma paulada em alguma coisa, uma paulada para valer. E um barulho voltando, chegando perto, mas sem dúvida voltando, quase como um eco, mas não um eco, porque não era o mesmo barulho, porque o barulho que acompanhava o *Bangue*! era um barulho fraco, como algo explodindo, talvez uma melancia, mas uma passada, passada e macia, e madura demais, o tipo da melancia que a gente joga da varanda só de brincadeira, só para se divertir, só de... *traquinice*!

E aí eu a via. Ela estava deitada.

Deitada como se estivesse tirando um cochilo.

Um longo cochilo. Um cochilo tão longo como sua própria vida.

Eu via as solas dos seus sapatos.

Subindo o morro, só um morrinho, podia ter no máximo sete metros, e bem ali no topo via as solas dos seus sapatos. Novos. Solas novas de sapatos novos. Solas de sapatos de frente para mim, e por um momento sentia uma sombra de constrangimento perturbando meu rosto porque imaginava que, se podia ver as solas de seus sapatos, eu poderia ver por baixo do vestido até a...

Tentava não pensar em nada, senão: *Por que ela está deitada?*

Por que uma garotinha iria lá em cima e se deitaria no morro, ficaria ali deitada para qualquer um poder chegar e ver as solas brancas dos seus sapatos?

Não parecia haver nenhum tipo de resposta para uma pergunta como aquela.

Então ouvia a voz da srta. Webber, e ela dizia: "A amarga contradição de fazer tudo o que se pode para ter sucesso, e depois pedir desculpas quando fez... que tipo de vida é essa?"

No alto, havia folhas de outono engelhadas nos galhos como mãos de crianças, mãos de bebês: um último esforço queixoso para captar os resquícios do verão da própria atmosfera, e segurá-los, segurá-los na pele, pois logo seria difícil recordar qualquer coisa, salvo a intensa umidade ameaçadora que parecia sempre nos envolver. O inverno na Geórgia era *sui generis*; de uma atrocidade marcante e arrogante, como um parente mal-humorado e grosseiro que viesse se instalar de vez e se intrometesse nas intimidades e nas conversas com os punhos cerrados e bafo de uísque, com toda a etiqueta de um pelotão de fuzilamento unionista.

De novo a srta. Webber:

"Isso não é Aristóteles, Joseph Calvin Vaughan. Isso não é preto e branco sem nenhuma sombra de cinza no meio... Isso é a vida, e a vida acontece, e continuará acontecendo não importa o que se faça para acabar com ela..."

E aí, *Quer parar!*, grita a garotinha, mas está escuro, o escuro da Geórgia, e não há uma só luz na terra senão a do caminhão de algum fazendeiro a mil quilômetros dali; ou talvez um incêndio em alguma clareira onde os rancheiros sentam para comer algo fedorento, botas descalçadas e com as solas viradas para cima impedindo a entrada de insetos e aranhas e coisas rastejantes que possam morder seus dedões quando o dia raiar.

Quer parar! Socorro... ai Jesus, socorro!

Uma garota assim, os braços, uns gravetos, as pernas, uns cambitos, cabelo feito linho, cheiro de pêssego, os olhos, duas contas de safira, talvez quartzo, alguma coisa contida num veio no subsolo durante um milhão de anos até aparecer...

E a garotinha, ela escava e esgravata, as mãos como pequenos amarrados de facas esfregando o chão, como se, ao esfregar o chão, uma mensagem profunda, quase subliminar, fosse se transmudar por osmose, absorção, alguma coisa, qualquer coisa... como se a terra fosse capaz de ver o que acontece com ela e transmitir a mensagem através do solo, das raízes e das hastes, através dos olhos e dos ouvidos das minhocas e dos insetos e das coisas que fazem *cricri* de noite quando ninguém consegue vê-las, o tipo de coisa que o olho humano não consegue ver, coisas que os cientistas de insetos pegam e examinam ao microscópio; e quando as vemos nos olhando pelo tubo polido de um ocular, prendemos a respiração, porque elas têm olhos de noite, olhos sábios, olhos que tudo vêem, e as feições delas têm um sorriso cúmplice. Como se soubessem que estão mortas e esmagadas entre placas de vidro, mas isso não tivesse importância, porque toda a sabedoria que se filtrou pelo chão ainda está dentro delas. Essa sabedoria toda é algo que nunca se poderia tirar — nem matando algo com feições daquelas se poderia tirar.

Talvez aquilo levasse uma mensagem?

Então talvez... talvez... talvez fosse para isso que a garotinha torcesse — para que, de tanto esfregar, arranhar, chutar, socar o chão e lutar com ele... de tanto fazer essas coisas, acabasse por se fazer ouvir, e alguém chegasse correndo e visse o homem curvado ali em cima, o homem com o ombro curvado e a testa suada, o homem com a faca enferrujada e pele fedendo a latrina e pântano mefítico, a lama de rio, a peixe cru, e a galinha crua — tão crua e velha que está azul, murcha e com cheiro de podre... o tipo da galinha que a pessoa dá para um cão comer e sabe que vai precisar chamar o veterinário...

Alguém chegaria e veria aquele homem, curvado e trabalhando, dando duro como se esse fosse o *trabalho* dele, e um trabalho *de verdade*, não feito esses burocratas anêmicos com aquelas calças passadas, arquivando coisas, como se arquivar coisas tivesse alguma importância no inferno...

Mas ninguém chegou.

Ninguém.

Eu, porém, cheguei. Cheguei na manhã seguinte, e àquela altura ela já tinha passado a noite toda ali, deitada no bosque no limite do terreno de Gunther Kruger, e quando tropecei nela, ela esquartejada em quatro — não, cinco — pedaços, e cada pedaço atirado para um lado, mas o maior e o melhor era a cabeça, porque *o homem trabalhador* tinha mais ou menos serrado, tirando uma diagonal desde o lado do pescoço até embaixo do braço direito, e lá estava aquilo — a cabeça, o ombro direito, o braço direito, a mão direita sozinha. Uma das mãos que tinham arranhado, raspado e cavado o chão...

E no ar estava a lembrança do grito dela: *Socorro socorro ai Jesus Nossa Senhora Mãe de Deus Pai Nosso que estais no Céu santificado seja o vosso nome venha a nós o vosso reino seja feita...*

Mas aquele barulho só durava algumas frações de segundo, porque o homem trabalhador se ergueu e se abaixou, e com a ponta da sua lâmina enferrujada encontrou um ponto entre as costelas dela e aí empurrou o cabo devagarinho, e sentiu que a lâmina enferrujada não encontrava resistência nenhuma.

Os olhos dela se arregalaram, e por um instante parecia que tudo ia dar certo, porque tinha uma luz, uma luz de verdade como uma estrela caindo, e ela sorriu, um sorriso raro e bonitinho, e se perguntou se viraria anjo imediatamente, ou se aqueles maus pensamentos que tinha tido em relação à avó no Natal passado significavam que tinha umas tarefas para cumprir...

Quando ele começou a *fazer coisas* com ela, ela estava morta, o que provavelmente foi bom.

Chamava-se Virginia Grace Perlman, e seu pai era um homem baixinho que trabalhava no banco na cidade, um banco insignificante, daqueles que um ladrão de banco recusaria se lhe oferecessem, mas mesmo assim um banco. E ele era judeu, e ela era sua filha judia, de oito anos e meio, e alguém lhe cravou uma faca no coração, e depois fez coisas, coisas bíblicas, coisas que fariam um homem suar. E fez essas coisas com ela nas árvores junto ao rio — o mesmo rio que tinha um barranco onde a maior parte de Catherine McRae tinha sido encontrada cinco meses antes —, e quando acabou de fazer essas coisas, cortou-a em cinco pedaços, e um desses era a cabeça e o pescoço com o braço e o ombro direito pendurados, e outro era o resto do tronco — o braço e o ombro esquerdos, quase todo o flanco, mas sem a mão esquerda... e procuraram durante muito, muito tempo, mas nunca encontraram aquela mão esquerda, e outro desses pedaços ainda era quase toda a metade inferior, que estava numa posição tal que a gente só via as solas brancas dos seus sapatos novos quando ia chegando no alto da colina...

E foi isso que encontrei.

Eu ia fazer quinze anos dali a dois meses, e na manhã de 3 de agosto encontrei uma menina morta em cinco pedaços, sem a mão esquerda, a menos de mil e seiscentos metros de onde eu morava.

No dia seguinte, recortei a coluna do jornal e botei numa caixa com as outras. Suei fazendo isso, e não consegui cortar reto.

Durante uma semana, não consegui escrever nada, e depois escrevi sobre outra coisa.

Talvez tivesse sido diferente se ela não fosse judia. Mas era. Eu me lembrava dela da minha sala. Eu gostava dela. Ela não falava muito, nunca tinha falado, e agora não falaria mais.

Talvez tivesse sido diferente se não houvesse uma guerra na Europa. Ou talvez pudesse haver uma guerra, mas sem nenhum americano envolvido.

A guerra era culpa dos alemães.

Os alemães, sem dúvida, definitivamente, eram maus.

Os alemães não gostavam dos judeus, detestavam-nos a ponto de matar mais deles do que alguém poderia imaginar.

Talvez tenha sido assim que tudo começou — a palavra que se propagou, uma palavra sem substância, sem comprovação nem núcleo.

Uma palavra sem valor.

Talvez tivesse alguma coisa a ver com *quem* ela era.

Talvez porque fosse judia.

Uma bonequinha de trapo judia, quebrada e abandonada para morrer.

Os pesadelos chegaram, e eram assim.

Eu via tudo, pelo menos o que imaginava. Como ela lutara e brigara, como sulcara o chão com os dedos, como ele lhe cravara a faca enferrujada no coração para que ela parasse de gritar.

Fechava os olhos e via isso.

Minha mãe entrava quando eu acordava, entrava no meu quarto e sentava comigo, segurando minha cabeça de encontro ao peito, e eu me sentia como um punhado de nada que se dispersaria com menos que um sopro. Era assim que eu me sentia. Como se não houvesse mais nada. Como um fantasma.

Tentei não dar importância ao fato de ter sido eu quem encontrou Virginia Grace Perlman. Tentei não transformar isso no foco da minha atenção, mas era difícil, dificílimo, deixar de lado.

E muitas vezes — ali deitado, tiritando — eu imaginava como poderia ter sido diferente.

Eu fazia de conta que os surpreendia no ato. Foi à noitinha que ele a pegara, pelo menos foi o que presumiu o xerife Dearing. Pegara-a no lusco-fusco, na rua, quando ela ia sozinha para casa. Nós, os Guardiões, estávamos de olhos e ouvidos tapados naquela noite. Eu não conseguia me lembrar do que fazia na hora. Era tão importante que eu nem conseguia lembrar. Eu fazia de conta que estivera lá. Fazia de conta que vira o homem debruçado em cima de Virginia Grace, que a vira lutando e brigando pela vida, e partira para cima deles, e de repente os Guardiões estavam atrás de mim, todos gritando e berrando como *banshees*, e o homem soubera que o serviço ficara por fazer, e saíra disparado como o louco que era, e nós a havíamos levado morro abaixo para a cozinha lá de casa, onde estavam minha mãe e Reilly Hawkins, e a sra. Kruger fora chamada, e alguém fora correndo buscar o xerife Haynes Dearing...

E o pai de Laverna Stowell chegou com dois cachorros — medonhos, mas bons de faro —, que cheiraram a roupa da menina, pegaram o cheiro *dele* e foram embora, e o pai de Laverna Stowell teve que segurar os bichos até alguém trazer uma picape com caçamba, que vinha cheia de homens, homens como William Van Horne, Henry Levine e Garrick McRae, e cada um deles tinha machados e porretes de nogueira, e o caminhão voava atrás dos cachorros, e eles seguiam as barrancas do rio, descendo até cruzar o limite do pasto de Lucas Laundry, e aí viam o homem, correndo como um bicho enlouquecido, como um animal caçado...

Pegavam-no perto da cerca de estacas do dr. Piper, e o xerife Haynes, que estava lá, depois jurou que ninguém podia ter feito nada porque o louco, aquele que tinha matado as meninas, corria muito, as pernas mais ligeiras que o corpo, e quando viram que ele ia entrar pela cerca adentro já não dava para fazer nada para segurá-lo... porque ele corria feito um furacão, sabe, e quando bateu na cerca, caiu em cima dela como uma árvore abatida, a cerca quebrou e uma das estacas encontrou-o como alguém que não o via fazia muito tempo, e entrou pela cintura dele.

E não quiseram removê-lo, embora ele gritasse como um condenado uma coisa qualquer para Deus e o Diabo ao mesmo tempo, ali com uma estaca de cerca enfiada na barriga, e o dr. Piper tinha ido lá fora ver o que havia acontecido mas não pudera fazer nada porque era só um médico de farmácia, não era cirurgião, e alguém teve a idéia de chamar o veterinário de Race Pond, mas todo mundo achou que do jeito como o matador estava espetado, que o sangue inundava a estaca e escorria para o chão, não fazia muito sentido chamar ninguém... que Deus me proteja, essa é a verdade verdadeira, e que um raio me parta se eu tiver dito uma palavra de mentira.

Devia ser verdade, porque havia um médico e um xerife e três testemunhas, uma das quais — William Van Horne — era meirinho do tribunal do condado de Clinch até ouvir que a água corria melhor em Augusta Falls e resolver se mudar para cá com a mulher, os filhos e o gado.

Mas não aconteceu assim.

Cheguei sozinho, e cheguei atrasado. Muitas horas atrasado. Virginia Grace já estava morta.

Droga, não era minha culpa, mas pelo fato de tê-la encontrado eu não conseguia tirar da cabeça que tudo aquilo tinha alguma coisa a ver comigo.

Como a culpa quando não existe crime.

— Quero ajudar você, Joseph — disse minha mãe. Lágrimas nos olhos. — Culpa é uma coisa amarga e indigesta, mesmo quando é feita sob medida para você. — Os olhos dela estavam arregalados e úmidos, e meio perdidos. — Eu fiz umas coisas...

— Mãe...

— Ouça até o fim, Joseph. Você já tem idade para saber a diferença entre o certo e o errado. Já é hora de você encarar uma coisa e vê-la pelo que ela é. Isso que aconteceu entre mim e...

— Mãe, por favor — disse eu. — Já passou, tudo isso já passou. Esse é um assunto sobre o qual eu não preciso saber nada.

— Seu pai dizia que não havia nenhum assunto no mundo, nenhum mesmo, sobre o qual não se devesse saber alguma coisa. Dizia que a ignorância era a defesa do homem burro.

Ela mencionara meu pai; não havia nada que eu pudesse dizer em resposta.

— Isso que aconteceu... que aconteceu entre mim e o sr. Kruger, e o dinheiro que você ia pegar. — Ela se virou para a janela. — A verdade, Joseph? A verdade é que, às vezes, fazemos o que for preciso para manter nossas vidas funcionando no rumo certo. Algumas dessas coisas são feitas para se ter companhia, porque na minha idade a gente pode ficar terrivelmente solitária quando não há nada para se enxergar senão a distância e o tempo. Eu tinha muitas saudades do seu pai, tantas que você não iria acreditar.

— Eu também tenho, mãe... Eu sei o que você quer dizer.

Ela virou, estendeu a mão e tocou no meu rosto.

— Sei que tem, Joseph, mas ter saudades de pai é diferente de ter saudades de marido... Passamos treze anos nos preocupando com os assuntos um do outro e terminando as frases um do outro. — Ela sorriu. — Enfim, ele era um em um milhão, e demorei muito a ao menos cogitar o fato de que a tristeza que eu sentia pela perda dele tinha se transformado na dor da solidão. Aqui — sussurrou ela —, aqui no meio do nada, é difícil ser mulher e mãe. É difícil viver sozinha sem um homem do lado. Dinheiro é difícil. Não se encontra trabalho, e o sr. Gunther é um amigo querido da gente, ele e a mulher dele, e às vezes os adultos têm uma maneira diferente da dos jovens de expressar a gratidão pela bondade dos outros.

Balancei a cabeça.

— Não precisa me dizer, mãe... e não precisa ficar triste nem como se eu a culpasse por alguma coisa. Eu nunca lhe pedi para falar sobre isso, e não pedi porque não era da minha conta. O que passou, passou. Papai morreu. Encontrei uma garotinha no morro. Alguém fez coisas horríveis com ela. Às vezes, não durmo muito bem e não sei quanto tempo vai levar até eu voltar a dormir direito. Tenho quase quinze anos. Penso na srta. Webber de maneira bíblica.

Minha mãe riu.

— O quê?

— Maneira bíblica. Você *sabe.*

Ela assentiu, sorrindo para si mesma.

— Certo — disse. — Maneira bíblica.

— Então as coisas estão nesse pé, e é assim que me sinto, e você é minha mãe e amo você não importa o que tenha acontecido. Droga, mãe, não importa que você saia e se sinta bem com o sr. Kruger domingo sim, domingo não de hoje até o Dia de Ação de Graças. Não sei o que dizer. As coisas estão muito confusas. Tenho pesadelos e gostaria de ter podido fazer alguma coisa para salvar aquela garotinha. Quando os pequenos entravam na aula da srta. Webber, como às quartas e às sextas à tarde para ouvir uma história... bem, aquela menina, a Virginia Grace, sentava ao meu lado. Lembro-me da gargalhada dela. Mãe, eu me lembro do cheiro dela... de morango, morango amargo, uma coisa assim. Foi nisso que pensei quando a vi lá em cima... toda despedaçada e jogada ali como uma coisa sem valor nenhum, nenhum. Foi isso que vi, e acho que quando se vê uma barbaridade dessas, não há nada que se possa fazer para apagar as imagens na cabeça da gente, e elas vão ficar gravadas na minha até eu ser pasto para as minhocas. Isso muda minha visão das coisas. Me faz pensar que não se pode fazer nada com a vida senão vivê-la da melhor forma possível, e se a gente erra, pelo menos erra tentando fazer algo bom, ou tentando fazer algo melhor, ou pelo menos tirando um pouco de conforto e amor de onde pode tirar, embora um padre fosse considerar isso pecado. — Ri, um riso seco e amargo. — Pelo que ouvi dos padres, acho que tudo que é bom faz a gente ir direto para a Geena.

Minha mãe balançou a cabeça.

— Parece mais seu pai falando do que ele mesmo.

Segurei a mão dela. Levantei-a e beijei-a.

— O que passou, passou — disse eu. — Para mim, nada desde que papai morreu é tão importante do que o que aconteceu com essas meninas. Tudo nesse meio-tempo parece... Jesus, mãe, tudo parece sem sentido diante de uma coisa como essa. E tenho certeza de que o sr. Kruger concordaria.

— Tenho certeza que sim — disse ela baixinho.

E aí ficamos calados, e mais tarde pareceria irônico que à luz daquela nossa conversa toda em que falamos de assuntos como culpa, responsabilidade, meu pai e os assassinatos recentes, à luz de tudo aquilo, a palavra final fosse do sr. Kruger. Gunther Kruger, o alemão, o homem mais rico de Augusta Falls, o homem com um rádio de cristal Atwater Kent e uma batedeira Sunbeam na cozinha.

Gunther Kruger, que se relacionara com minha mãe no sentido bíblico, que a ajudara nos tempos difíceis deixando sete dólares num embrulho de couro embaixo de uma pedra junto à cerca.

Gunther Kruger, cujos filhos eram como os sobrinhos do Capitão, cuja mulher era um punhado de massa fermentada enrolada em forma de mulher e se encaixava numa cozinha como uma mão se encaixa numa luva, e a maneira como nada era muito problema para ela, porque a vida dela eram seus filhos, os filhos de qualquer pessoa, e por isso a porta estava sempre aberta para mim...

Gunther Kruger, pai de Elena.

O corpo esfria. A frente da camisa dele está preta de sangue seco. Por alguma razão, estou com fome, e olho o relógio. Há duas horas estou sentado aqui. Duas horas ao todo. Estou cansadíssimo, absolutamente sem energia. Cansado de pensar, de lembrar, de falar com alguém que nunca responde. Nunca responderá. Internamente, estou em silêncio, e a onda de barulho que encheu minha mente por tantos anos parece ter se calado.

Talvez eu possa me obrigar a morrer: limitando-me a ficar ali sentado, freando os batimentos cardíacos até interrompê-los, como os budistas fazem, e aí, afinal, irreversivelmente, o coração parará.

Talvez eu consiga fazer isso, e eles nos encontrem mortos, os dois juntos, e se perguntem o que aconteceu aqui, neste quarto de hotel de um terceiro andar.

Porque ninguém ouviu os tiros. Ninguém gritou. Não se ouviu correria no corredor. Nem socos na porta, nem berros de "O que está acontecendo aqui? Ei! Abra a porta! Abra a porta senão vamos chamar a polícia!".

Só silêncio — dentro e fora.

Eu me mexo um pouco. Minhas pernas estão dormentes. Ponho a arma no chão diante de mim e aproveito para massagear a coxa direita. Sinto a dor do sangue me correndo nas veias, nas artérias, e ao me mexer ouço o roçar dos recortes que me enchem os bolsos.

Paro. Prendo a respiração por apenas um segundo. Chego mais perto do morto. Vejo meu reflexo nos olhos dele.

"De uma coisa eu sei com certeza", murmuro. "Sei que você nunca será anjo."

Oito

O verão grudava na gente, punhos cerrados e tenso; o calor era um soco na cara quando se saía na varanda; a fome era pouca, a sede, implacável, e as pessoas ficavam enfraquecidas e teimosas, apesar de saberem que desidratação e falta de alimentação eram um caminho rápido para a irritabilidade e o rancor.

O sol, belo e impávido, não estranho à paisagem da Geórgia, alvejava o céu como a água em têmpera de albumina, era uma gema inteira e perfeita, o ar branco, esparso e rarefeito. O chão que sublinhava o horizonte era de uma tonalidade ocre, uma mancha de ferrugem no algodão; sombras de cores, imprecisas e indefinidas, e poeira, borrachudos e lagartas por todo canto, a atmosfera aparentemente incapaz de sustentar qualquer peso. Por fim, a gente já não percebia o calor ou — mais precisamente — percebia-o do modo como percebia a respiração ou a claridade: só notava sua ausência.

Eu costumava me sentar à sombra embaixo da escada da varanda e observar uma família de mariposas que tivera a mesma idéia. Ouvia as vozes nos campos e imaginava que eram as garotinhas brincando de pega-pega, suas gargalhadas aliviadas quando alguém lhes dava um banho de mangueira no calor do meio da tarde.

Eu ouvia os barulhos de suas vidas, suas vozes enquanto elas pulavam corda juntas.

"Um dois... feijão com arroz... três, quatro... feijão no prato... cinco, seis... falar francês... sete, oito... comer biscoito..."

"Palma... palma... palma..."

O medo estava instalado em mim como uma bola de músculo, como um coração a mais, um coração que conhecia o medo, a desesperança e o sentimento de que a vida podia atirar alguma coisa na gente, uma tacada certeira vindo da esquerda, sem que houvesse nada no mundo que se pudesse fazer a respeito. Eu roía as unhas e pensava em Virginia Grace Perlman. Fechava os olhos e via as solas brancas dos seus sapatos novos no alto de uma pequena elevação abrupta. Cheiro de pinho no ar, pinho e algo terroso, algo subjacente a tudo, como uma sombra.

Custei um pouco a entender o que era. Sangue, só isso. Era o cheiro metálico de sangue derramado que se entranhava na terra.

Fui até lá em cima algum tempo depois. Fiquei no meio das árvores e olhei na direção da minha casa, da dos Kruger também. Vi Elena na escada dos fundos esfregando alguma coisa nos ombros esfolados para manter a inclemência do sol a distância. Queria acenar para ela. Queria que ela me visse. Eu teria gritado seu nome se houvesse alguma chance de ela ouvir.

Queria lhe dizer que eu estava lá; que podia vê-la e que, desde que eu pudesse vê-la, ela estaria a salvo.

Ninguém vai pegar você enquanto eu estiver aqui, enquanto eu estiver vigiando. Cheguei atrasado da última vez, mas da próxima... se houver uma próxima, os Guardiões vão estar prontos...

Queria dizer a ela que tudo ia dar certo.

Não ia, e eu mais ou menos sabia que estava me enganando. Ouvi as palavras, e as palavras eram amargas e sinistras, e parecia que o calor do alto verão não fazia nada para estimular o crescimento de tais palavras. Era a guerra; eram os alemães e o que eles estavam fazendo com os judeus; era o fato de que cinco meninas haviam morrido num espaço de menos de três anos, e os xerifes de três condados continuavam sem saber mais do que quando Alice Van Horne foi encontrada nua num campo no final da High Road.

Essa era a verdade, e a verdade era azeda como um limão estragado.

Mais tarde naquela mesma noite. Não conseguia dormir. Medo, talvez. Revirando-me na cama como um garotinho sonhando que se afogava. Levantei-me no lusco-fusco fresco da aurora e fiquei em pé junto à janela, olhando para além dos campos.

Observei e esperei, de vez em quando prendendo a respiração o máximo que conseguia. Apertava os olhos, chapando as cores, eliminando a perspectiva. *Caolho vê tudo chapado*, disse-me meu pai certa vez. *Não tem noção de distância. Não avalia bem a proximidade de uma coisa em relação a outra.* Tentei não pensar em meu pai, no som de sua voz, no seu cheiro — maçãs amargas, alcatrão de carvão, às vezes charuto. Não pensei em mais nada. Esperei e observei, e esperei mais um pouco. Tentei respirar fundo, de forma constante e lenta. Tentei não ouvir os insetos e as árvores, o vento e o riacho. Tentei ouvir outras coisas. Coisas que vinham da escuridão.

Tentei ser corajoso. Tentei ser um Guardião.

Estava tudo parado. Como um cemitério, um barracão vazio, um lago de água estagnada dando a impressão de que agüentaria seu peso se você ousasse atravessá-lo.

Um rangido.

Senti o sobressalto, as fisgadas nos rins, o jeito como essas fisgadas foram dançando pela minha coluna até levantar meus cabelos da nuca. Virei para a porta do quarto, e por um momento, uma fração de segundo, imaginei ter visto a maçaneta começar a girar. Um leve som assustado escapou dos meus lábios — um som involuntário, o som do meu corpo reagindo a algo que minha mente não queria entender.

Observei. Aguardei que a porta abrisse devagar, mas nada aconteceu. Fechei os olhos, percebi que cerrara os punhos com tanta força que estava deixando a marca das unhas na palma das mãos.

Abri a mão. Vi a cicatriz fina do corte que nos fizemos no juramento. O juramento de proteger. O juramento de manter os olhos e os ouvidos abertos.

Quem quer que estivesse ali, talvez tivesse nos ouvido, lido nossos pensamentos, percebido o que fazíamos, e ao me ver ali parado no meio dos outros, me assinalado como o líder do grupo, o encrenqueiro.

Vou mostrar a ele, pensara. Vou mostrar a ele como é sentir medo.

E pegara Virginia Perlman e a matara só por mim.

Abri os olhos, virei-me novamente para a janela.

E o vi.

Fiquei gelado. Fechei os olhos com força, obriguei-me a pensar com clareza, a parar de imaginar coisas e só ver o que estivesse à minha frente.

Tornei a abri-los.

Continuava ali. Um vulto escuro parado no fim da rua que saía da nossa casa.

Só ali parado. Sem fazer nada. Talvez ouvindo, vigiando os campos e as trilhas à espreita do sinal de alguém sozinho, outra menina, alguém que ele pudesse subtrair para a escuridão e...

Senti as lágrimas aflorarem, a pura paralisia de não conseguir fazer nada, nem mesmo gritar, as mãos cerradas e prontas para bater na vidraça, e, no entanto, desnecessárias, apavoradas, atadas e incapazes de se mexer...

E aí, ele se virou.

Virou-se como se para me encarar.

Gunther Kruger parou um pouco, depois começou a se afastar, voltando para casa, o casacão balançando em volta das pernas como um manto.

A sensação de alívio era avassaladora.

Comecei a chorar, não de medo ou pavor, mas sim de alívio.

Observei-o desaparecer entre as casas, depois ouvi a porta abrindo e fechando.

Um Guardião, pensei, e por um momento o imaginei como um de nós, parado ali no escuro para garantir que ninguém viesse pela High Road para roubar sua filha para a noite.

Demorei muito a dormir, mas, quando o fiz, dormi sem sonhar.

No dia seguinte, os Guardiões se encontraram nas árvores perto do campo da cerca quebrada.

— Temos um problema — disse-me Hans Kruger. Estava junto de mim, e a distância entre nós e os outros não era grande. — Minha irmã — continuou. — Ela acha que estamos tramando alguma coisa. Acha que estamos envolvidos em alguma coisa, e se eu não disser o que é, vai contar para o meu pai.

— Então diga a ela que você não vai fazer nada...

Hans deu uma gargalhada, inesperada, e eu me perguntei por um momento se ele já não havia lhe contado sobre os Guardiões. Talvez buscasse a aprovação dela; talvez achasse que podia brilhar aos olhos dela como o irmão mais velho. —Você conhece Elena como ninguém — disse. — Ela é louca por coisas assim. Se acha que tem alguma coisa acontecendo, não desgruda até saber tudo a respeito. Lembra-se daquela vez com o guaxinim... aquele que a gente enterrou?

Eu lembrava muito bem, como ela choramingou e nos bajulou e amolou até lhe contarmos o que íamos fazer, e aí ela insistiu em ir junto apesar de ter gritado ao ver o bicho, gritado e chorado porque ele fora atropelado por um caminhão ou coisa assim e tinha perdido grande parte das patas traseiras.

Fiz que sim.

— Lembro — disse eu.

— Então o que vamos fazer? — perguntou Hans, depois deu meia-volta quando alguém veio pelo meio das árvores e apareceu à beira do caminho.

Elena Kruger, de onze anos, marias-chiquinhas no cabelo que balançavam de um lado para o outro como hastes de flor, com um laço de fita amarrado na ponta como um maço de pétalas irregulares, e sorrindo como se soubesse de tudo o que havia para saber no mundo.

— Elena! — disse Hans rispidamente.

—Vi você vir para cá — disse. —Vi vocês todos virem para cá e quero saber o que está havendo... vocês têm que me contar o que estão fazendo senão vou fazer queixa.

Dei um passo à frente de Hans.

— Deixe que eu cuide disso — disse eu com firmeza.

Aproximei-me, de cara fechada, uma expressão de autoridade, e fiquei diante dela, uma cabeça mais alto, e olhei-a de cima do jeito como a srta. Webber às vezes me olhava.

—Você tem que ir para casa — disse eu.

— Não tenho que fazer nada que você diz — disparou ela.

— Elena... é sério. Isso não é coisa para você. Tem que ir para casa e não falar nada para ninguém.

Ela inclinou a cabeça para o lado. Bateu as pálpebras e olhou para mim com uma expressão que me fez corar por dentro.

— Elena, estou falando sério. Isso é um assunto sério.

A essa altura, os outros já vinham se aproximando de nós. Eu sentia os olhos deles nas costas, e aí Maurice Fricker chegou do meu lado e olhou para Elena Kruger.

— Que diabo ela está fazendo aqui?

— Eu podia lhe perguntar a mesma coisa, Maurice Fricker — disse Elena. — Conheço seu irmão, conheço sua mãe e seu pai também, e se você não me contar o que está havendo vou correndo na sua casa contar que vi você fumando cigarro.

Maurice levantou a cabeça.

— Ora, sua...

Interpus-me entre eles, junto de Elena; peguei-a pelo braço e levei-a rapidamente para longe do grupo.

Fomos andando um pouco em direção às árvores, então diminuí o passo e parei.

— Sente aí — disse eu. — Sente aí e me escute.

Contei-lhe quem nós éramos. Contei-lhe sobre os Guardiões. Contei-lhe sobre a promessa que havíamos feito de manter os olhos e os ouvidos atentos para qualquer coisa que acontecesse. Contei-lhe por quê, e depois expliquei como ela nunca poderia participar de uma coisa daquelas. Ela estava ali para *ser* protegida, não para proteger.

— Mas tenho ouvidos e olhos como qualquer um — disse ela, e por um momento ficou com cara de que ia chorar.

Olhei para os cinco meninos. Ronald Duggan estava em pé com as mãos nos quadris, parecendo ter levado um bofetão. Hans só estava sem jeito, como se fosse o único culpado e responsável pela chegada da irmã.

Olhei de novo para ela.

— Elena, estou falando sério. Você não pode se envolver nisso. É perigoso para você.

Ela balançou a cabeça.

— Porque sou menina, não é?

Dei uma gargalhada.

— Não, pelo amor de Deus, Elena, não é porque você é menina.

— Então por quê? Por que não posso participar disso?

Olhei para o grupo. Eles estavam esperando que eu me irritasse com Elena e a mandasse para casa. Esperavam que eu dissesse algo ríspido, direto e significativo. Eu não podia fazer uma coisa daquelas; não com Elena Kruger.

— Elena... o negócio é que... o negócio é que você é muito importante para mim. — Olhei para ela. Havia algo em seu olhar que eu nunca havia visto antes. Eu estava tentando planejar o que dizer, mas não tinha controle;

as palavras mais ou menos escapavam, à minha revelia. — Gosto muito de você, Elena... de verdade. Não posso suportar a idéia de alguma coisa acontecendo com você, não posso mesmo. Você tem que confiar em mim nesse assunto. Tem que entender que garantir que nada aconteça a você é a parte mais importante do meu trabalho. Eu vigio a rua que vai para as nossas casas. Garanto que nada aconteça... *Vou* garantir que nada aconteça com você, e a idéia de você por aí no escuro, não importa com quem esteja... a idéia de você por aí no escuro, onde pode lhe acontecer alguma coisa, simplesmente é insuportável para mim.

Parei de falar. Eu estava olhando para os dedos, torcendo-os, sentindo um frio na barriga.

Virei-me lentamente quando senti sua mão em meu braço.

Elena Kruger, olhos arregalados e lacrimosos, duas marias-chiquinhas no cabelo, uma lembrança remota de uma garotinha magra com equimoses nos braços, empertigou-se e me deu um beijo no rosto.

Olhei para ela. Vi inocência, ingenuidade, uma confiança cega em seus olhos.

— Tudo bem — murmurou, depois se levantou devagar, sacudiu a poeira da saia e sorriu.

— Meu Guardião, certo? — disse, num tom triunfante. — Meu Guardião Joseph Vaughan. — O olhar de quem agora me confiava sua vida.

Senti-me corar e tive que olhar para o outro lado.

— Não vou dizer nada — disse ela, então virou as costas de repente e saiu correndo.

Levantei e fiquei observando enquanto ela desaparecia entre as árvores.

Sim, pensei. *Serei seu Guardião. Aconteça o que acontecer, estarei lá.*

Fim de agosto. Os alemães prenderam mais cinco mil judeus na França; os *marines* desembarcaram em Guadalcanal e nas ilhas Gilbert; alguém jogou uma pedra no pára-brisa do carro de Gunther Kruger. O xerife Haynes Dearing organizou a colocação de cartazes em árvores e portões em volta de Augusta Falls. Os cartazes mostravam a figura de um homem, apenas a silhueta, como uma sombra em pé — e embaixo da sombra havia a legenda: NÃO FALE COM ESTRANHOS. NÃO SAIA COM ESTRANHOS. FIQUE ALERTA. FIQUE SEGURO.

Parecia agravar as coisas, não melhorar. Lembrava a todo mundo que havia alguém entre nós, e se porventura você esquecesse isso, os cartazes estavam ali para fazer lembrar. Se era ou não o bicho-papão, agora parecia mais real do que nunca.

Então, em 27 de agosto, uma quinta-feira, um tiro de espingarda fez um buraco na janela do quarto de Gunther.

Gunther Kruger chamou o xerife Haynes Dearing; o xerife Dearing ficou preocupadíssimo, nunca tinha ouvido nada parecido, pelo menos dirigido a um branco, mas não pôs em dúvida que havia sido um disparo acidental.

Sexta-feira à noite houve um alvoroço perto dos choupos, e quando foi lá de manhã Gunther Kruger viu que tinham matado seu cão, abriram-no do pescoço ao rabo e deixaram-no assar ao sol.

Gunther chamou o xerife Dearing pela segunda vez; Dearing fez perguntas sobre pessoas que Kruger poderia ter chateado, sobre se alguém desejava se vingar de algo. Será que ele invadira o terreno de alguém, passara uma cerca dez metros mais perto do que deveria, deixara seu cão matar uns frangos no quintal de alguém?

— Isso não tem relação com frango nem cerca nem qualquer outra coisa, e você sabe disso!

O xerife Dearing disse como Gunther Kruger devia se comportar quando estivesse falando com um homem da lei.

— Então faça alguma coisa — insistiu Kruger. — Minha mulher e meus filhos estão em perigo por causa desses loucos... Os Estados Unidos são a terra da justiça e da liberdade...

O xerife Dearing disse ao sr. Kruger que ele não devia dizer nada negativo sobre os Estados Unidos e os americanos.

— Mas os americanos... os americanos jogaram uma pedra no pára-brisa do meu carro. Deram um tiro na janela do segundo andar da minha casa, poderia ter acertado em mim ou na minha mulher, ou em algum dos meus filhos, e agora um americano matou meu cachorro, cortou o bicho ao meio e o deixou exposto para todo mundo ver. Sabe o quanto minha filha gostava daquele cachorro?

O xerife Dearing levantou as duas mãos, como se estivesse se rendendo, deu um passo atrás e começou a fazer que não com a cabeça. Disse a Kruger que ele não ganhava nada com aquelas acusações inflamadas, e que se desejasse ver as coisas por aquele ângulo, bem, não adiantava muito o xerife Dearing ficar ali falando. Poderia falar até o sol se pôr e a posição de nenhum deles evoluiria.

— Mas pelo menos se você ficasse até escurecer poderíamos ver outro americano desrespeitar minha casa e minha família — disse Kruger, gaguejando a toda velocidade, moedas despejadas de um caça-níqueis, e não foi preciso mais nada para ver o xerife Dearing entrar no seu carro e partir pela rua de terra para pegar a rodovia sem nem olhar para trás.

Eu quis saber se alguém tinha visto Gunther Kruger fora de casa naquela noite, a noite em que o vi da minha janela. Eu o vira ali e tirava a conclusão errada.

O xerife Dearing não deveria ter dito nada, mas era sábado à noite, e era aniversário de Clement Yates, que uma vez fora comissionado e ajudara Dearing a capturar um menor foragido do abrigo para menores infratores em Folkston. Clement Yates tinha uma cara sem graça e normal, senão pelo olho direito, que era repuxado para cima no canto com uma cicatriz acentuada, como se o tivessem pescado pela testa e depois puxado o anzol para soltá-lo. Mais do que isso, ele era um pouco lerdo, e a inclinação da sua boca, a flacidez do seu queixo, davam a impressão de que ele de fato havia engolido aquele anzol, com a linha e a chumbada, e agora esperava pacientemente para consumir o caniço. Quando Clement tinha uma idéia, raiava uma luz naqueles olhos mortos, uma luz como o fogo-de-santelmo, e certamente a notícia sairia no rádio.

Havia alguns homens no Bar da Queda, que não passava de duas mesas de cerveja, uma bomba, uma mesa de canto para casais, uma mesa de madeira para sentar e comer, um chão coberto de serragem e cuspe e a cabeça de um alce caolho na parede. O nome do lugar era um jogo de palavras. O dono se chamava Frank Turow, e no dia da inauguração da casa ele caiu na escada da adega e quase quebrou a coluna. Frank tinha um rosto estranho, como se o seu crânio nunca tivesse endurecido; como se um empurrão brusco, uma briga na porta de casa ou coisa assim tivesse amassado sua cara. As feições cederam e ficaram para sempre daquele jeito. Nem bonito nem feio, mas sim na zona intermediária indecisa habitada por todos aqueles que são alvo de um olhar espantado ou intrigado.

Presentes ao aniversário de Yates, além do xerife Dearing e do próprio Yates, estavam Leonard Stowell e Garrick McRae, Lowell Shaner — o canadense caolho que integrou a fileira dos setenta homens em março após o assassinato da filha de Garrick McRae, Frank Turow, que tinha sessenta e oito anos e era forte como um touro, um metro e oitenta de músculos rijos e agilidade para enterrar qualquer um que se atrevesse a desafiá-lo, e por fim Gene Fricker, pai de Maurice, colega Guardião. Gene Fricker trabalhava na loja de grãos e tinha cheiro de saco de semente molhada; era parrudo, lerdo como Yates, mas lerdo de uma forma metódica e diligente, nunca tolo, e sim seletivamente ignorante do que não lhe interessava. Sete homens, dois barris de cerveja tosca que tinha gosto de fermento dissolvido em mijo de guaxinim, e línguas destravadas pela camaradagem, pelo desejo de se mostrar superior aos demais e, sobretudo, desequilibradas por uma garrafa de Calvert que Turow conservara para a ocasião.

— Não é americano — disse Yates.

— O quê? — perguntou Leonar Stowell.

— Esse que está fazendo essas coisas com essas meninas.

Haynes Dearing levantou a mão.

— Já chega. Eu ainda sou a lei e vou baixar uma aqui. Isso é uma festa de aniversário para Clement Yates, e assim vai ser. Não vamos ficar falando dessas coisas agora. Temos Leonard Stowell e Garrick McRae aqui, que perderam suas filhinhas. — Dearing ergueu os olhos e depois acenou com a cabeça para cada um deles. — Uma notícia diferente para um dia diferente, concordam?

— Não vim aqui para falar de nada — disse McRae —, mas enquanto esse bolo estiver na mesa, eu corto um pedaço... Concordo com Clement, aniversário ou não, ele não é americano.

— A última menina era judia — observou Frank Turow.

— Não importa o que ela era — disse Lowell Shaner. — O negócio é que era filha de alguém, e eu estava lá na fila depois que a filha do Garrick foi assassinada... Estava lá observando homens adultos que nunca a tinham visto antes, e eu vi esses homens quase chorarem. Eles foram lá porque queriam ajudar... e vou lhe dizer uma coisa agora, xerife...

Dearing inclinou-se à frente, a cabeça metida entre os ombros encurvados como um cão de briga.

— E o que você vai me dizer, Lowell Shaner?

Por uma fração de segundo Shaner deu a impressão de estar em dúvida, mas olhou para Garrick McRae, viu o ríctus severo da boca do homem, a dureza de seus olhos, e a obtusidade daquela expressão foi a conta para fazê-lo se decidir.

— Que se nada for feito imediatamente...

— Aí vocês vão se encharcar de aguardente e formar um grupo de linchamento, vão se meter na carroceria de uma picape e partir a toda para St. George ou Moniac e enforcar um pobre crioulo indefeso. Digam que estou errado e dou um dólar a cada um.

Um silêncio constrangido entrou na festa.

— Os crioulos são americanos — disse baixinho Clement Yates.

— Bem, correto — disse Dearing. — Sinto muito, não entendi o sentido. Vocês estão falando é de achar um assassino de crianças *estrangeiro*... como um irlandês, talvez, ou talvez um daqueles suecos que passaram por aqui a caminho dos campos madeireiros... ou, que diabo, um alemão? Tem muito alemão aqui. Os alemães estão causando toda essa confusão de guerra, matando nossos filhos na Itália e só Deus sabe onde, e estão matando judeus lá também, e a última menina que foi morta era judia. Como pudemos esquecer disso? Isso quer dizer que deve ser um alemão. *Tem* que ser um alemão.

— Haynes — Gene Fricker falou alto. — Você está ficando irritado e magoado à toa. Ninguém está dizendo...

— Qualquer coisa que faça sentido, Gene — disse Dearing com objetividade. — Isso, meu amigo, é o que ninguém está dizendo.

Recostou-se na cadeira e endireitou o nó do cinturão. Era um ato insignificante, teria passado despercebido em qualquer outra ocasião, mas àquela altura parecia ter um objetivo; lembrava a todos os presentes que Dearing era a lei, que era o único a estar armado, e estava porque a lei o autorizava.

— Não vamos ter problema nenhum aqui em Augusta Falls — disse ele baixinho. Inclinou-se à frente mais uma vez e pousou as mãos na mesa, as palmas para baixo. — Não vamos ter nenhum problema aqui, e não vai ser porque eu disse não, vai ser porque o que temos aqui são cidadãos honrados, sensatos, todos vocês mais do que capazes de juntar palavras para formar uma frase, todos com experiência de vida, todos sofrendo um pouco com o calor, a safra ruim, talvez... mas nenhum de vocês sofrendo da doença violenta e tola chamada caça às bruxas. Estamos de acordo quanto a isso?

Houve um momento de hesitação enquanto os homens se entreolhavam.

— Nós estamos de acordo quanto a isso? — Dearing perguntou uma segunda vez.

Um murmúrio de assentimento cruzou da esquerda para a direita.

— Ouvi dizer que criaram problema para Gunther Kruger — disse Dearing. — Garanto que vocês não têm nada a ver com isso, e não estou pedindo que ninguém venha confessar ou negar. Estou dizendo a vocês que qualquer problema que tenha sido criado para Gunther Kruger já é um caso encerrado, e quem não der o recado para os vizinhos que encontrar por aí é imprudente e tolo. Posso ser muito conservador, um pouco convencional demais e teimoso, mas não vou gostar de baixar gente enforcada em árvore este verão.

— Entendemos tudo — disse Gene Fricker. —Você já construiu o muro, Haynes, não precisa reforçá-lo com estacas. A construção vai ficar em pé sozinha.

— Ainda bem que nos entendemos... ainda bem que de fato nos entendemos. As pessoas estão assustadas, e quando estão assim, não pensam direito. Cada um passou a enxergar o outro de maneira diferente depois desses crimes. Vocês podem ter suas queixas a respeito de como estamos lidando com isso, e não posso dizer que não tenham razão, mas o fato é que aqui somos todos bons cidadãos e nenhum de nós quer ver tudo se repetir. Fiquem de olhos abertos. Procurem qualquer coisa fora do normal, e se virem algo, venham me contar e eu investigarei no ato e sem demora. Estão entendendo?

E parece que nada mais foi dito, ou assim correu de boca em boca, porque não paravam de falar nessa reunião, e até Reilly Hawkins falou nela dias depois. Talvez nenhum dos presentes tivesse intenção de causar mais problemas, mas o problema chegou, depressa e com violência. A noite seguinte, domingo, 13 de agosto, foi uma noite que marcaria um divisor de águas na minha vida, e na vida de muita gente em Augusta Falls.

Talvez eu devesse ter visto o problema chegar, pois havia uma tensão no ar, uma eletricidade tangível. Quem sabe eu tivesse me convencido que de fato não havia nada. Até me lembro da noite de sábado, quando eu estava deitado na cama enquanto o xerife Dearing, Leonard Stowell, os outros do Bar da Queda, comemoravam o aniversário de Clement Yates. O mundo girava, as pessoas seguiam tranqüilamente na sua rotina; li Steinbeck até meus olhos se fecharem sozinhos, e parecia que o dia seguinte seria igual a qualquer outro domingo passado ou futuro.

Se eu soubesse o que depois vim a saber — a perspectiva que o tempo dá é sempre o conselheiro mais astuto e mais cruel —, eu teria tirado os Guardiões da cama, e juntos teríamos roubado nós mesmos a menina de casa e a escondido em algum lugar até aquilo terminar.

Mas não sabíamos, nem ela, e minha mãe, apesar de toda a sua sabedoria, também desconhecia.

A Morte voltou a Augusta Falls, percorreu toda a High Road; profissional, metódica, indiferente aos costumes e à boa educação; sem respeitar Páscoa, Natal, práticas religiosas ou qualquer tradição. A Morte chegou — fria e insensível, a coletora dos impostos da vida, o pagamento devido pelo ato de respirar, uma dívida sempre em atraso.

Eu vi a Morte levá-la, eu a vi de perto, e quando olhei em seus olhos só vi o meu reflexo.

Nove

O barulho de um soco numa vidraça, um soco com o punho enrolado numa toalha, uma toalha roubada da corda que ia da porta dos fundos até o mourão do portão, enrolada num punho e arremetida contra o vidro, uma explosão surda, um barulho *quente* de alguma forma, quente e firme, um barulho quente e firme que conseguiu chegar à minha consciência embora eu estivesse dormindo.

O calor perto, muito perto, a pele que uma cobra anseia por trocar; o calor da Geórgia no fim de agosto, um calor magnífico que nos desafia a dormir apesar dele, e quando consegue dormir, a gente não quer perder o sono, não quer emergir dali, da escuridão segura para a luz dolorosamente forte, quer se deixar tragar de novo para a inconsciência quando a explosão quente lá fora vira algo parecido com facas e vidros, vidros e facas, tudo amarrado junto num saco de couro e sacudido, sacudido, sacudido...

Alguém está me sacudindo.

Músculos em cascata, destravando-se como se de um rigor prematuro, cada um cutucando o seguinte, alertando-o, o efeito dominó do neurônio para a sinapse para o nervo para a resistência quando o sono ameaça estourar como um balão cheio de água. Ceder, render-se, mas contra a vontade, pois uma vez perdido não será recuperado. Como Johnny Burgoyne em Saratoga: cavalheiro ou não, ele ainda assim se rendeu.

— Joseph!

Um silvo urgente.

— Joseph! Acorde!

Sonhos, talvez, sonhos com a srta. Webber, seu rosto largo aberto como uma campina, olhos azul-centáurea, simples e descomplicados; como aqueles olhos de centáurea floriam sob o sol de Syracuse.

Joseph!

Parecia a voz do meu pai — súbita e urgente, não irritada, não zangada, apenas insistente. Eu estava lutando com algo, algo pesado, com uma pressão, como um afogamento talvez.

A sensação de movimento, mãos embaixo de mim, e depois eu estava abrindo os olhos e o rosto de Reilly Hawkins me olhando, minha mãe ao lado dele.

— Depressa, Joseph! — insistia ela.

— Venha, Joseph... vista-se depressa, precisamos sair da casa.

Foi então que senti o cheiro acre e amargo da fumaça. Achei que dava para sentir o calor através das paredes, mas talvez fosse a imaginação floreando a lembrança.

Vesti-me correndo, inseguro, agitado, mas compreendendo que a rapidez era essencial. Algo havia acontecido; algo ruim, eu achava. Minha mãe e Reilly Hawkins foram na minha frente. Eu ouvia os passos deles na escada de madeira, como um pau arrastado numa cerca.

Lá embaixo, encontrei a cozinha toda alagada. Havia baldes e panelas espalhados no chão e lá fora no quintal... um burburinho de vozes vindo lá de fora, e de repente apareceu Clement Yates, todo vermelho, a camisa empapada de suor e água, olhos arregalados, a pele cinza e listrada de preto.

— Um balde! — gritou para mim. — Pegue um balde, menino... pegue um balde de água e ande depressa! Ande depressa, pelo amor de Deus!

O balde era pesado. Quase escorreguei e o larguei quando saí da porta e fui para o quintal.

Foi aí que vi as chamas, punhos laranja brilhantes cerrados no teto da casa dos Kruger, e depois investindo para o céu como se com raiva. O cheiro era denso e claustrofóbico, um cheiro de madeira e algodão queimados, de lã e pedra queimando, de terra assada no calor intenso; eu nunca havia sentido um cheiro como aquele, porque, por baixo dele, preso como uma corrente traiçoeira sob a superfície, estava o cheiro da Morte.

Quantas pessoas estavam lá, eu não sabia. A casa de Gunther Kruger ardia, e parecia que toda Augusta Falls tinha acorrido para ajudá-lo a apagar o fogo. O rugido e a crepitação eram brutais, as janelas estourando com o calor, as vigas rangendo quando cediam à fornalha, o estrondo dos ladrilhos, estalando como chicote, o cheiro de junípero e erva-mate explodindo atrás da casa, os gritos, o medo, a percussão dos passos, as duas fileiras de homens — uma da nossa cozinha para os fundos da casa de Kruger, a outra partindo do barranco —; duas fileiras de homens passando baldes de mão em mão e, entre esses homens, estavam Gunther Kruger, Hans e Walter, Clement Yates, Leonard Stowell, Garrick McRae e Gene Fricker. O xerife Dearing também estava, eu ouvia a voz dele mas não o via. Mais tarde soube que era ele quem estava nas entranhas ardentes do prédio, quem arrombava portas e lutava com a fumaça. Não se conseguia enxergar nada, ouviam-se vozes e os tropeções no escuro cada vez mais denso, na imundície preta e acre, tudo em vão.

Os homens os tiraram da casa — Gunther e Mathilde, Walter e Hans.

Ela não conseguiu: Elena Kruger, com seus braços machucados e seus ataques do grande mal. Faltavam onze dias para ela completar doze anos, e ela morreu na escada do porão, descendo para o escuro para fugir do calor.

Lembrei-me da promessa que fiz, parado em cima do morro onde encontrei Virginia Perlman, a promessa de velar por Elena e assegurar que nada de mau lhe acontecesse. Quebrei essa promessa como se ela nunca tivesse significado nada. No fundo, eu sabia que de algum modo eu tinha feito aquilo acontecer.

Minha mãe estava lá, afônica de tanto gritar, as roupas imundas, as mãos e os joelhos sujos de carvão e lama. Reilly Hawkins teve que arrastá-la para trás quando o telhado finalmente cedeu, pois todos sabiam que a menina estava perdida. Antes disso, havia esperança — equivocada, otimista, mas assim mesmo esperança. Quando as madeiras da cumeeira vieram abaixo, uma após a outra, quando aquelas enormes línguas de fogo saíram de todas as portas e janelas, todos viram que não havia nada que pudessem fazer. Elena Kruger ainda estava lá dentro, e aí as paredes cambalearam como um bêbado, e quem quer que se aventurasse para além dos limites do terreno seria queimado de dentro para fora antes mesmo de alcançar a alvenaria carbonizada.

Fiquei parado olhando, o coração inflamado e quente, num ritmo disparado, meus punhos fechados, os dentes tão cerrados que doíam, e lágrimas escorrendo pelo meu rosto, lágrimas por causa da fumaça e da aflição de respirar — e da devastação, quando percebi o que tinha acontecido.

Tinham posto fogo na casa dos Kruger.

Foi depois que vi a Morte. Apenas uma sombra, um espectro, mas estava lá. A mesma que levou meu pai.

Madrugada de segunda-feira, talvez duas ou três da manhã. Continuávamos acordados, todos nós, mas delirando por causa do fogo, da fumaça, do cansaço, do pesar. O incêndio estava apagado, a casa dos Kruger, nada mais que uma sombra negra no terreno, cravejada aqui e ali com resquícios de parede como dentes quebrados se projetando das gengivas da terra. Dava para ver onde tinha sido a cozinha, sentir o cheiro das salsichas de Viena com salada de batata que a sra. Kruger fizera para alimentar o "esbandalho".

Levaram Elena para cima então. Gunther Kruger, o xerife Dearing, o caolho Lowell Shaner e Frank Turow. Encontraram-na nos degraus do porão, o corpo carbonizado e irreconhecível. Enrolaram-na numa manta, subiram com ela para a meia-luz da aurora. A sra. Kruger ficou para trás observando, desesperada, apática, sem conseguir chorar mais. A certa altura, dobrou-se naturalmente até o chão, e minha mãe estava ali, minha mãe e Reilly Hawkins, e eles a levantaram, levaram-na para a cozinha da nossa casa.

Fiquei olhando da janela do meu quarto, a que dava para o quintal dos Kruger. Então via Morte, ao lado da procissão fúnebre que seguia como um fantasma pelo bosque a caminho da River Road. Frank Turow tinha uma picape aberta, e ali colocaram o corpo de Elena Kruger para a viagem até a casa do dr. Piper. A Morte estava lá, mas não ia andando nem flutuando, pois estava nas sombras entre as árvores, nas sombras dos homens que caminhavam com Elena, no ruído das botas pesadas esmagando as folhas molhadas e os gravetos quebrados, no ruído do cascalho no capô quente, no vapor que saía da boca dos homens quando pigarreavam e falavam baixinho, quando levantaram o corpo e o puseram no caminhão. Ela estava lá. Eu sabia que ela me via, via que eu A observava. Por alguma estranha razão, achei que estivesse com tanto medo quanto eu.

Foi então, pouco antes de a levarem embora, que senti a tensão e a perturbação dos meus piores medos.

Assim como acontecera com Virginia Grace, veio a idéia.

A idéia de que *Ela* sabia o que estávamos pensando, sabia o que nos passara pela cabeça, e eu, ao permitir que Elena soubesse sobre nós, ao prometer que a protegeria, condenara-a àquele destino terrível.

Ela zombava de mim.

Como se estivesse dentro de mim, e eu tremia descontroladamente e não conseguia parar.

O motor foi ligado. A picape se afastou com Frank Turow e o xerife Dearing na frente. Gunther Kruger ia ajoelhado ao lado do corpo morto de sua única filha, cabisbaixo, abatido. Lowell Shaner ficou parado na beira da estrada. Ficou imóvel até a picape sumir de vista, e aí sentou no chão, ali mesmo, a testa nos joelhos, sem se mexer por um bom tempo.

Se eu soubesse, teria gritado o nome do sr. Kruger, embora ele não fosse me ouvir. Se eu soubesse que Gunther Kruger iria partir por tanto tempo, teria gritado alguma coisa, alguma palavra de conforto, de esperança, algo que pudesse fazer com que ele sentisse que o mundo inteiro não estava contra ele. Mas eu não sabia, e portanto fiquei calado.

A sra. Kruger e seus dois filhos ficaram com Reilly Hawkins naquela noite. No dia seguinte, o sr. Kruger foi buscá-los, e eles foram com a roupa do corpo, pois era só o que possuíam, e Frank Turow os levou de carro até Uvalda, no condado de Toombs. Lá havia uma fazenda de propriedade da mulher do primo de Mathilde Kruger, então viúva, mas que ainda conservava alguma terra, uns porcos, um ganha-pão modesto.

Eu não procurei saber dos Kruger. Talvez eles tivessem sido amaldiçoados, e eu tinha medo que aquilo fosse contagioso. O terreno deles, a marca de sua casa, foram lavados pela chuva e pela mudança das estações. O porão foi aterrado e o mato cresceu em cima e as pessoas andavam ali. Plantaram uma árvore, uma coisinha de um metro no máximo, mas balançava ao vento e me fazia pensar em Elena e no sofrimento terrível de sua vida breve.

Os Kruger estavam ali, participando mais da nossa vida do que qualquer pessoa que conhecêssemos, e de repente não estavam mais.

O xerife Haynes Dearing não fez perguntas sobre o incêndio. Não quis saber; achei que ele também estivesse com medo do que poderia descobrir. Houve falatório, como era de esperar, e as pessoas tentavam encontrar explicações e justificativas, o porquê de uma coisa daquelas ter acontecido.

Começaram a falar das equimoses de Elena, a dizer que poderiam ter sido infligidas pelo pai, que ela havia sido vítima de abuso e maus-tratos, que até fora violentada; que esses atos de crueldades foram cometidos ao longo de muitos anos, e finalmente o pai teve que fazer alguma coisa para impedi-la de falar. Lembro-me do xerife Dearing visitando minha mãe. Não ouvi a conversa deles, mas senti o clima. Ele a estava alertando, dizendo-lhe que tinha suspeitas, que Gunther Kruger fora embora e que ela deveria se abster de entrar em contato com ele.

Por que todos os Kruger haviam sobrevivido, menos Elena?, perguntou.

Por que ela foi encontrada no porão quando todos os outros estavam no térreo?

Seria Gunther Kruger culpado das coisas que haviam sido sugeridas? Seriam as equimoses de Elena causadas por sua mão, afinal de contas?

Haveria alguma possibilidade de Gunther Kruger ter matado a própria filha para impedi-la de falar?

Lembro-me da noite em que vi Gunther Kruger parado na estrada, calado e imóvel, o casacão como uma mortalha, o medo que senti quando eu tinha imaginado quem ele poderia ser.

Como eu o vira como apenas uma sombra.

Eu ouvia o que as pessoas diziam, fazia o possível para não acreditar em ninguém; achava que mentes sinistras criavam pensamentos mais sinistros ainda. As pessoas sempre teriam motivos suficientes para aceitar essas coisas. Possivelmente, porque não conseguiam conceber alguém, algum desconhecido, causando o incêndio da casa dos Kruger por preconceito ou discriminação. Talvez, porque a mente humana põe ordem nas coisas da forma que pode, fosse mais fácil categorizar e resolver tudo se o próprio Kruger fosse culpado. Além disso, ele era estrangeiro, *alemão*, e se o que se dizia na Europa fosse verdade, se os alemães fossem de fato responsáveis pelas atrocidades cometidas lá, então, sem dúvida, aquilo estava no sangue deles, uma doença hereditária que causava atos de violência e abuso. Augusta Falls era uma cidade pequena. Os Kruger a deixaram para trás, e só ficou a lembrança da filha deles.

Os Guardiões, de seis, passaram a cinco. Hans Kruger tinha ido embora, e, de alguma forma, eu estava aliviado. Achava que não conseguiria mais olhá-lo de frente.

O restante de nós passou um mês sem se reunir, e quando nos reunimos o clima era sombrio e reservado.

— Acha que o assassino pôs fogo na casa dos Kruger? — perguntou Michael Wiltsey.

Estávamos sentados em fila, de costas para o velho muro de pedra na beira do campo de Lowell Shaner. Era o último dia de setembro de 1942, uma quarta-feira, e embora o resto do mundo fosse se lembrar daquele mês pelo massacre de cinqüenta mil judeus e pela ofensiva de Hitler contra Stalingrado, nós cinco nos lembraríamos daquele dia por um motivo totalmente diferente.

Balancei a cabeça.

— Não.

— O que lhe dá tanta certeza? — perguntou Ronnie Duggan. Afastou a franja dos olhos e me olhou franzindo a vista.

— Talvez tenha sido alguém que achasse que Gunther Kruger era o assassino das crianças.

— Você acha? — perguntou Daniel.

A irmã dele tinha morrido havia pouco mais de seis meses, mas ele levava sua sombra aonde quer que fosse. Quem o via de longe, achava que ele estava sendo seguido. Às vezes eu pegava a srta. Webber observando-o quando ele não estava olhando.

Fazia dezoito meses que os Guardiões tinham se reunido pela primeira vez, e eu me lembrava daquele dia como se tivesse sido, no máximo, havia uma semana. Dezoito meses em que morreram Ellen May Levine, Catherine McRae e Virginia Perlman. Elena se fora também, e embora tivesse sido eu quem encontrou Virginia, era a morte de Elena que eu mais sentia. Talvez ela me seguisse. Talvez quem me visse também achasse que eu carregava um fantasma. Talvez só os outros conseguissem ver essas coisas.

— Eu acho — disse eu. — Acho que foi isso que aconteceu.

— Meu pai tem uma arma, você sabe — disse Maurice Fricker.

— O pai de todo mundo tem uma arma, Maurice — disse Ronnie Duggan. — Meu pai fica no quintal e atira em garotos tolos. Acho que é melhor você ir para casa por outro caminho.

— Estou falando sério — disse Maurice.

— Eu... eu poderia arranjar uma também — disse Michael.

— Não, caramba — disse Daniel. — Se a gente der uma arma para você, do jeito que sua mão não pára quieta, você mataria todo mundo que estivesse em pé.

— Já chega — disse eu. Levantei-me, meti as mãos no bolso. — Isso é maluquice. Ninguém vai pegar arma nenhuma, certo?

— Então o que vamos fazer? — perguntou Daniel.

— Vamos combinar um método — disse eu.

— Sistema? — disse Maurice. — Método para quê?

— Para patrulhar a cidade... para patrulhar a cidade e assegurar que vejamos tudo o que acontece.

— Lembram o que aconteceu da última vez? — interrompeu Ronnie Duggan. — Dearing foi lá na escola. Meu pai ficou tão possesso que mal conseguia respirar. Com certeza, eu não vou fazer isso de novo.

— Não é para ser daquele jeito — disse eu. — Não estou falando de sair furtivamente no escuro. Estou falando de combinar uma maneira de seguir o movimento das pessoas.

— Nós cinco? — perguntou Michael. Eu via que ele estava nervoso. Remexia-se mais ainda nessas ocasiões. — Como nós cinco vamos vigiar a cidade inteira?

Dei um passo à frente, virei-me e olhei para os quatro ali sentados encostados no muro.

— Quem tem papel? — perguntei. Tirei um lápis do bolso.

— Eu tenho — disse Ronnie Duggan.

Levantou-se, pegou um maço de papeizinhos do bolso.

— Para que é isso? — perguntou Daniel.

Ronnie ficou sem jeito, olhou para mim como se eu pudesse ter uma resposta para ele. Encolhi os ombros.

— Você sabe — disse Ronnie. Tirou a franja dos olhos. — Se eu estiver na rua... sabe?

— Na rua? — perguntou Daniel. — Na rua onde? Do que você está falando?

— Ora essa — disse Maurice Fricker, e caiu na gargalhada. — É se ele precisar dar uma cagada quando estiver na rua.

Daniel ficou chocado. Parecia estar se controlando, mas de repente teve um ataque de riso.

Ronnie Duggan jogou o maço de papéis para mim e eu o agarrei. Segurei-o um instante, e depois o larguei, quase sem querer.

— Cristo, é só papel — disse Ronnie.

— Mas é papel higiênico! — gritou Daniel.

Fiquei observando os três, Maurice, Michael e Daniel, se dobrando de tanto rir.

Ronnie Duggan ficou apenas me olhando, através daquela sua cortina de franja.

— Droga, Joseph... quer fazer o favor de mandar eles pararem?

Abaixei-me para pegar o papel.

— Não toque nisso! — berrou Maurice. — Não toque no papel higiênico!

Fiquei olhando para eles. Eu queria rir, mas não conseguia. Por causa de Ronnie, pelo motivo pelo qual estávamos ali. Sentei no chão de pernas cruzadas, peguei o papel e o lápis, e esperei que eles se acalmassem.

— Parecem crianças — disse Ronnie, e também se sentou.

Não estamos longe disso, pensei. Faltava um mês para eu fazer quinze anos. Os Guardiões eram tudo o que eu tinha. Parecia que Augusta Falls não era a cidade onde eu tinha vivido a infância e a adolescência. Aquela cidade era uma sombra do que fora, sua metade mais sinistra, e eu estava ali sentado naquele campo com um maço de papéis no colo, e olhava para os únicos amigos de verdade que eu tinha e que ainda estavam vivos. Ronnie, Michael, Maurice e Daniel. Não sei como, acabei me tornando o líder não eleito deles, o porta-voz, o capitão. Talvez eu estivesse com mais medo do que qualquer um deles e, vendo-os rir, eu sabia que suas gargalhadas eram uma fuga, uma válvula de escape, uma breve trégua do fardo opressivo que estava sepultando todos nós.

— Então por quem a gente põe a mão no fogo? — perguntei. — Quem sabemos que não poderia ser o assassino?

Minhas palavras os silenciaram. Eles se controlaram.

— Meu pai — disse Daniel McRae.

— E o meu — repetiu Maurice.

— E o meu — acrescentaram Michael e Ronnie.

Anotei os nomes. Se meu pai estivesse vivo, o nome dele também teria ido para a lista. Se meu pai estivesse vivo, jamais teria havido uma segunda menina. Eu queria acreditar nisso, e acreditava.

— O xerife Dearing, Lowell Shaner, Reilly Hawkins — eu prossegui. — E o dr. Piper.

— O dr. Piper é maluco — disse Daniel. — Uma vez ele me examinou. E me fez tirar as calças, segurou minhas bolas e me mandou tossir.

Ri para ele.

— Isso — disse eu — é uma das tristíssimas obrigações de um médico.

— Falando sério — disse Michael. — Quem mais que conhecemos não poderia fazer isso?

— Todos os familiares das garotas assassinadas — respondeu Maurice. — Os pais, os irmãos, qualquer uma dessas pessoas. Quer dizer, caramba, ninguém vai matar uma pessoa da sua família, vai?

Anotei os sobrenomes das que tínhamos perdido, além de Catherine McRae — Van Horne, Stowell, Levine e Perlman.

— Frank Turow — disse Ronnie. — Clement Yates, Gene Fricker.

Os nomes deles foram para a lista. Eram pessoas que eu conhecia, da vida inteira. Estavam entre os que fizeram parte da fileira de setenta homens depois da morte da irmã de Daniel.

— Só tem gente de Augusta Falls — disse Maurice Fricker. — Acho que não é ninguém daqui.

— Não se trata disso — disse eu. — Estamos eliminando gente. Estamos excluindo da equação quem sabemos que não *poderia* ser. Então sabemos quem não estamos procurando, certo?

— E prestamos atenção em todos os outros — disse Ronnie. — Não dá para vigiar uma cidade inteira, mas não precisamos, certo, Joseph?

Fiz que sim com a cabeça.

— Certo. Só ficamos de olho em quem não estiver na lista.

— Mas pode ser qualquer pessoa — disse Michael. — Pode ser alguém de Camden, ou Liberty ou Appling. Qualquer um poderia vir de qualquer lugar desses arredores, e a gente não iria saber.

— Temos que saber — disse eu. — Daí estarmos fazendo isso. Vamos manter diários. Vamos nos reunir uma vez por semana, aqui mesmo, e examinar qualquer coisa que pareça estranha, deslocada. Fazer o que sempre dissemos que faríamos... manter os olhos abertos, tomar conta uns dos outros, e acima de tudo, tomar conta dos pequenininhos.

— Não vai tornar a acontecer — disse Daniel McRae.

Virei-me para olhar para ele e havia lágrimas em seus olhos. A lembrança de rir de Ronnie Duggan pertencia a uma vida completamente diferente.

— Isso não *pode* tornar a acontecer — disse eu, e rezei, com todas as forças, para que estivesse certo.

Outubro virou novembro que virou dezembro; reuníamo-nos semanalmente como havíamos planejado. Falávamos de quem havíamos visto, onde e quando. Tentávamos encontrar anomalias, singularidades em horários e rotinas. Fomos à beira da via férrea desativada uma tarde e encontramos um homem dormindo numa vala junto da beira. Ele tinha cheiro de guaxinim morto, e quando acordou e nos viu ali parados, berrou como um porco encurralado e saiu correndo para o bosque e pelo alqueive de Lowell Shaner. Nosso espírito coletivo se enfraquecia mais a cada reunião. Sabíamos que não estávamos conseguindo nada. Fazíamos de conta que o assassino tinha deixado Charlton havia muito, talvez até tivesse morrido, talvez tivesse caído num precipício, ou se afogado num pântano, até se suicidado de vergonha e culpa e do horror daquilo que cometera.

Mesmo a silhueta nos cartazes começou a parecer algo criado pela imaginação de crianças assustadas. Às vezes não tínhamos nada para relatar, e nos entreolhávamos meio perdidos, meio desesperados. Nessas horas eu me sentia desnorteado, sem âncora, sentia que o foco que eu me obrigava a dar a eles já não existia. Eu queria ser o líder deles, seu capitão destemido e direto, queria orientá-los e lhes dar um rumo positivo. Uma vez cancelei uma reunião por não conseguir encará-los de novo.

Achei que todos compreendíamos nosso fracasso. Elena Kruger havia morrido, e apesar de sabermos que ela não havia sido levada diretamente pelo assassino, ainda assim ela fora levada. Tínhamos nos designado como responsáveis pelas crianças de Augusta Falls, e eu mesmo havia prometido não deixar que nada de mau lhe acontecesse, custasse o que custasse. Como indivíduos, havíamos fracassado, como grupo, havíamos fracassado, e depois de algum tempo nossas reuniões passaram a não ser mais do que um lembrete constante e doloroso de nosso fracasso.

Nada foi dito diretamente, foi mais um acordo tácito. Separamo-nos. Os Guardiões deixaram de existir. Talvez achássemos que, de algum modo, éramos responsáveis pela morte de Elena. Eu não sabia então, e imaginava que não ficaria sabendo mais olhando para trás. Pensei em Michael Wiltsey, em Maurice Fricker, em Ronnie Duggan e Daniel McRae. Pensei em Hans Kruger, que devia ter se sentido pior do que todos nós juntos, pois estivera lá dentro da casa quando o incêndio começou. Ele poderia ter feito alguma coisa. Imaginava que ele achava que *devia* ter feito alguma coisa. Tínhamos nos esforçado ao máximo, mas esse máximo de nada adiantou. Os Guardiões estavam acabados.

Com o Natal chegando, simplesmente parecíamos estar observando e esperando que a Morte levasse mais uma.

Dez

O presidente Roosevelt congelou os aluguéis, os salários e os preços dos produtos agrícolas, os Aliados derrotaram Rommel em El Alamein; cento e quarenta mil soldados americanos desembarcaram no norte da África para combater algo chamado o Governo de Vichy; já não podíamos comprar café nem gasolina; os alemães, sitiados na cidade devastada de Stalingrado, se renderam aos russos. Sobreviveram três semanas comendo os cavalos da Divisão de Cavalaria Romena.

Minha mãe me deu uma caneta-tinteiro de Natal, Reilly Hawkins me deu um caderno para eu escrever nele, as páginas em papel grosso com marca-d'água, a capa de couro lavrado. Escrevi meu nome ali dentro, a data, minha idade, depois fechei o caderno.

Um novo ano estava a caminho. A guerra não terminara. Muitas coisas haviam mudado desde a morte de Elena Kruger e a partida de sua família. Eu não via Reilly com muita freqüência, e uma vez entreouvi alguém dizer que eu era *filho dela*. Mais tarde ficaria sabendo que os boatos sobre Gunther Kruger prosseguiram, embora agora tivessem passado a incluir minha mãe. Diziam que minha mãe não só tivera relações com Gunther Kruger, como também soubera que ele violentava a filha, e nada fizera. O xerife Dearing foi visitá-la, e eles falaram baixinho na cozinha. Pareceu-me que quando ele foi embora ela não estava menos preocupada do que quando ele chegou.

"Palavras são apenas palavras", dissera-me a srta. Webber. Eu verbalizava meus pensamentos com freqüência. Ficava muitas vezes até mais tarde para pedir que ela lesse algo que eu havia escrito, e se eu parecesse distraído, talvez perturbado, ou se passasse vários dias sem lhe mostrar alguma novidade, ela me chamava num canto e me perguntava o que estava acontecendo.

"As palavras não são atos. As palavras são ditas e esquecidas assim que são pronunciadas." Ela me disse isso com toda a sinceridade, mas o que disse não era verdade. As palavras não eram esquecidas. As palavras eram lembradas, e o tempo parecia só lhes dar força. Pensamentos sinistros pareciam amadurecer e crescer com a idade, e quanto mais fossem compartilhados maior sua influência e sua eficácia.

Minha mãe os ouviu. Ela via como as pessoas a evitavam e excluíam. Não era alheia aos cochichos com que deparava, a como algumas mulheres viravam as costas e saíam de uma loja quando ela entrava. Foi informada de que não tinha mais uma linha de crédito disponível no comércio da cidade. Reilly Hawkins fez o possível para nos ajudar, mas era inegável que o dinheiro custava a entrar e era curto. Minha mãe não aceitaria caridade, muito menos pediria. Ela se ofereceu para lavar roupa, costurar para fora e outras tarefas semelhantes, mas as pessoas iam lá em casa cada vez mais raramente.

Em pouco tempo, passado o Natal, parecia que o pedaço de terra dos Vaughan era um pequeno e nítido gueto cercado por uma cerca de estacas necessitadíssima de pintura. Augusta Falls nos isolara. Isolara minha mãe. Ela perdera o marido, o ganha-pão, a noção de comunidade, os amigos. Qualquer que fosse o grau de companheirismo que ela compartilhasse com Gunther Kruger, isso também lhe fora tirado. Ao que parecia, tudo o que sobrava era eu; ela não podia me perder, porque eu não tinha planejado fazer outra coisa senão ficar. Então perdeu o juízo. Pouco a pouco, centímetro a centímetro, a lenta deterioração da percepção, do julgamento, deu lugar à pura demência.

"Não sou alienista", disse-me o dr. Piper.

Era a terceira vez que eu falava com ele, a segunda que ele visitava minha mãe. A primeira vez que o chamei, ela não queria sair do quarto. Eu a ouvia lá dentro, às vezes chorando baixinho, às vezes em silêncio, e nada do que eu dissesse ou fizesse a levava a destrancar a porta. Corri para a loja de grãos e perguntei se Gene Fricker poderia telefonar para o dr. Piper. Quando o dr. Piper chegou, ela havia saído do quarto e estava parada no quintal dos fundos olhando para a lembrança da casa dos Kruger. O dr. Piper apareceu e ela estava lúcida e racional como nunca.

Na segunda vez, eu mesmo telefonei para o dr. Piper. Ele disse que não podia vir. Estava indo fazer um parto.

Na terceira vez, pedi a Gene Fricker para chamá-lo porque minha mãe não comia havia quase uma semana. Eu sabia disso porque havia bem pouca comida em casa. Todo dia, quando eu voltava da escola, a comida continuava lá. Eu sabia que ela não tinha saído para comer fora porque eu metia uma cunha de papel no trinco da porta, na frente e nos fundos. Esses papéis continuavam ali quando eu voltava. Quando me falava de coisas que haviam acontecido muitos anos antes, ela lhes dava uma importância muito maior do que mereciam, agia como se tivessem acontecido muito recentemente. Perguntava se eu tinha ido à casa dos Kruger; perguntava por Walter, Hans e Elena.

— Quando estiver com a srta. Webber, não deixe de lhe dizer para mandar minhas recomendações ao sr. Leander... sabe, o velho que mora ao lado da casa dela.

Eu assentia com um gesto de cabeça.

— Sim senhora. Eu digo.

Ela sabia tão bem quanto eu que o sr. Leander morrera no inverno de 38, fora encontrado de joelhos, congelado, no quintal, olhos arregalados, boca aberta, as mãos grudadas na maçaneta da porta dos fundos.

Contei ao dr. Piper tudo o que consegui me lembrar das coisas que ela dizia.

"Ela está sofrendo de uma espécie de estresse mental", dissera-me Piper, "mas, como eu disse, menino, não sou alienista. Resfriado, tosse, parto, febre alta, atestado de óbito. É isso que faço. Eu não olho mais longe do que consigo enxergar, e o que quer que sua mãe tenha, eu não enxergo. O máximo que posso fazer é procurar marcar uma consulta para ela com um médico-chefe do hospital para doenças nervosas em Waycross, no condado de Ware. Tem gente lá com mais letras depois do nome do que no próprio. São essas as pessoas com quem você precisa falar.

Falei com Reilly Hawkins. Falei com Alexandra Webber. Eram boas pessoas, mas não sabiam nada sobre doenças mentais.

O dr. Piper marcou a consulta. Reilly nos levou de carro. Minha mãe ia ao meu lado calada, uma tensão no ar que eu nunca tinha sentido antes. Eu sentia falta do meu pai. Sentia falta da cozinha da sra. Kruger. Ela teria cuidado da minha mãe. Teria feito caldo e *sauerkraut*; teria feito que ela falasse de crianças e confecção de roupas, de maridos inúteis e filhos malcriados. A sra. Kruger teria dado apoio a minha mãe, a despeito das desconfianças que pudesse ter em relação a Gunther e suas infidelidades.

Era quinta-feira, 10 de fevereiro de 1943. Hospital Comunitário de Waycross, condado de Ware, estado da Geórgia. Eu tinha quinze anos, e uma mentalidade talvez mais madura. Fiquei em pé ao lado da minha mãe em frente a uma grande mesa no saguão do hospital. Eu sentia o cheiro de remédio, aquela combinação doce-amarga da infusão alcoólica de adstringentes e analgésicos. Estava assustado, mais do que assombrado, com o tamanho e a circulação de gente no local. As pessoas estavam vestidas de branco, tinham o rosto branco, severo, aparentemente indiferente e calmo. Se eu não tivesse voz, se o dr. Piper não tivesse marcado uma consulta com o dr. Gabillard para minha mãe, acho que teríamos passado o resto do dia ali em pé.

Minha mãe não disse nada de importante. Perguntou se eu tinha deixado os sanduíches que ela fizera no carro de Reilly Hawkins. Perguntou se o médico faria suas dores de cabeça passarem. Lembrou-me de dizer a meu pai que tínhamos prometido fazer um almoço para Haynes Dearing no domingo, que um frango estaria bom.

Aguardei com paciência, duas horas sozinho. Sentei numa cadeira de pinho num corredor no terceiro andar enquanto minha mãe falava com o dr. Gabillard. Gabillard era mais jovem do que eu imaginara, tinha uns trinta e cinco ou quarenta anos. Eu achava que qualquer pessoa que entendesse a mente humana precisaria ter no mínimo cem. Mas o cabelo do médico já era grisalho, ralo no alto, e quando o vento batia eu via como o seu crânio era brilhante. Daria para eu ver meu rosto refletido se ele se inclinasse para mim. Imaginei que ele devia lustrá-lo com uma cera francesa, deixava-o brilhante como um sapato de domingo. Ele ria demais, como se tentasse reafirmar a todos os presentes que tudo, simplesmente tudo, iria dar certo, certíssimo.

Não iria. Eu sabia que não antes mesmo que ela entrasse ali. Eu queria sair e esperar com Reilly Hawkins, ou pedir que ele entrasse e fosse esperar comigo. Uma escolha difícil. Eu não queria sair para não me desencontrar dela. Reilly não queria entrar, disse que, se o visse, um médico de cabeça o internaria no hospício em Brunswick.

— É para lá que mandam os loucos — disse. — Quer dizer, loucos *de verdade*, o tipo de gente que bota coisas na cabeça e late para poste de luz. Loucos desse tipo.

Perguntei a ele, e ele riu.

— Não — garantiu-me no tom mais convicto. — Sua mãe não vai para Brunswick.

Aguardei no corredor. Às cinco da tarde, achei que ia me mijar.

— Ela está sedada — disse o dr. Gabillard. — Vamos mantê-la aqui um pouco para deixá-la repousar.

Ele me perguntou sobre meu pai, sobre parentes vivos, sobre amigos da família com quem eu poderia ficar enquanto ela se tratava.

— Você é um menino inteligente — disse-me —, então vou lhe falar um pouco sobre o que vamos fazer e por quê. Está bem?

— O senhor vai fazer com ela melhore, certo?

Gabillard sorriu. Sorriu com a boca e não com os olhos.

— Não vai ser assim tão simples — disse. — O cérebro é uma máquina complexa, e não sabemos muito a respeito dela. Consertar um cérebro não é igual a consertar um braço quebrado, Joseph.

— Não acho que haja alguma coisa errada com o cérebro dela — disse eu. — Acho que é a mente dela que ficou perturbada com todas as perdas que sofreu.

Gabillard sorriu de novo e tocou no meu ombro como se estivesse sendo paciente e compreensivo com alguém que não devia ter a menor idéia do que estava acontecendo.

Decidi não dizer mais nada, imaginei que, se discordasse, eu poderia me ver a caminho de Brunswick.

— Sedação induzida por hidrato de cloral — disse Gabillard num momento.

Em outros, mencionou um tratamento de dióxido de carbono para limitar o suprimento de oxigênio ao cérebro e assim diminuir a vida dos vírus mentais de que ela sofria; falou de Librium para ajudá-la a dormir, Escopolamina para provocar pensamentos e sentimentos subjacentes que nem minha mãe conhecia, Veronal para sedar, e para estimular a suscetibilidade ao hipnotismo; e mais tarde falou de um húngaro chamado von Meduna que inventara a terapia de choque de Matrazol.

— Está vendo? — concluiu. — Há muitas coisas que podemos tentar, e todas, eu lhe *garanto*, vão contribuir para que sua mãe se sinta muitíssimo melhor. Agora, Joseph, suponho que seu pai tenha feito um seguro para fins médicos...

Eu a vi uma vez antes de ir embora. Ela estava deitada numa cama num quarto branco. Pelo visor de vidro na porta trancada só dava para ver as solas dos seus sapatos.

Como Virginia Grace Perlman no alto do morro.

Visitei minha mãe uma vez por semana durante onze meses. No início, eu ia de carro com Reilly Hawkins, mas em abril de 43 ele disse que não queria mais ir.

"Não vai dar para eu fazer isso toda semana, Joseph... Com certeza, não vai dar mais para eu fazer isso. Não é que eu não goste muito de você e da sua mãe, mas que diabo, Joseph, eu não suporto mais ver aquele lugar. Não suporto pensar no que podem fazer lá dentro, e tenho certeza de que não quero ir lá ver por mim mesmo."

Compreendi. Facilitei as coisas para Reilly. Eu também não suportava, mas ia assim mesmo. Fazia o trajeto quase inteiramente de ônibus, e, no final, seguia a pé.

Minha mãe, Mary Elizabeth Vaughan, em solteira, Wheland, nasceu em 19 de dezembro de 1904, em Surrency, condado de Appling, próximo às margens do rio Little Satilla; casou-se com Earl Theodore Vaughan após um namoro de treze meses, casou-se no dia em que fez vinte anos; deu-lhe seu único filho em 11 de outubro de 1927, enterrou o marido em julho de 39, após apenas catorze anos de casamento; enviuvou aos trinta e quatro anos e não se casou de novo porque começou a perder o juízo. A mim pareceu que o hospital em Waycross terminou o trabalho para ela.

Ela se mudou deste mundo para um mundo só dela. A mudança foi progressiva. No verão de 43, ela já não me reconhecia. Eu estava um pouco mais velho, mas meu rosto não tinha mudado tanto. Gabillard me disse que Haynes Dearing fora vê-la duas vezes, talvez três, mas Dearing nunca mencionou isso para mim. Imaginei que ele devesse achar muito duro falar do que ela havia se tornado.

Os alienistas e médicos em Waycross continuavam me dizendo que havia sinais de recuperação.

— Recuperação de quê? — perguntava eu, e eles sorriam e balançavam a cabeça.

— Não é assim tão simples, Joseph.

Depois de algum tempo, parei de perguntar e eles pararam de falar. Eu subia ao terceiro andar, sentava ao lado da cama dela, segurava sua mão, enxugava sua testa, e ela me olhava e me dizia coisas que eu sabia que eram só imaginadas.

Eu nunca via a Morte. A Morte nunca se sentava ao meu lado. Nunca assombrou o quarto em que minha mãe dormia, esperando a hora em que viria buscá-la. Houve ocasiões, segundos apenas, em que desejei que viesse. Não por mim, mas por ela. Eu achava que praticamente perdera minha mãe na noite de domingo, 13 de agosto do ano anterior. A noite em que Elena Kruger morreu. A noite em que minha mãe reconheceu que a vida que ela almejava ter e a que tinha nunca seriam iguais. Eu achava que ela via o mundo pelo que era, e que a idéia de enfrentá-lo sozinha era demasiado opressiva. Eu não conhecia as pessoas. Não conhecia suas complexidades nem suas anomalias. Mas conhecia minha mãe. Ela encontrou uma fuga, e só o que eu podia fazer era continuar indo visitá-la enquanto ela não morria.

Mais tarde, com a perspectiva do tempo e a maturidade, reconheci minha própria retirada silenciosa e gradual.

Fiquei na casa, o lar onde nasci e me criei. Eu trabalhava depois da escola, fazia qualquer serviço que encontrasse, e parecia — por solidariedade e compaixão — que as pessoas estavam dispostas a me deixar fazer coisas que elas mesmas poderiam resolver. Nos meses de verão, eu trabalhava até estar escuro demais para enxergar. Trabalhos simples. Consertar cercas, limpar o terreno para arar, derrubar árvores, coisas assim. E depois eu ia para casa escrever. Escrevia meus pensamentos, meus sentimentos; enchi o caderno de capa de couro que Reilly Hawkins me dera, e pedi à srta. Webber que arranjasse uns dez cadernos de exercícios. Quando eu enchia aqueles, pedia mais. Ela queria saber o que eu estava escrevendo.

"O que penso... às vezes o que sinto", respondia, mas nunca levava os cadernos para ela ler. Talvez achasse que se escrevesse bastante sobre a realidade eu acabaria me esvaziando, e no vácuo apareceriam os frutos da imaginação e da inspiração. Eu então escreveria algo como Steinbeck ou Fenimore Cooper, uma obra de ficção em oposição a uma de circunstância. Só mais tarde é que entendi como as duas têm ligação: que a experiência, moldada pela imaginação, se tornava ficção, e a vida, vista com as cores e os tons da imaginação, tornava-se algo que se podia entender e tolerar melhor. Eu floreava minhas lembranças com sons e cenas que sabia não terem ocorrido, pelo menos não da forma como os escrevia. Pensei por um momento que talvez estivesse me afastando da razão e da lógica, mas me dava conta de que havia uma escolha consciente de minha parte. A despeito do que escrevia, a despeito de como retratava algo, eu sabia, com certeza, o que era fato e o que era ficção. Lia com voracidade, pegava livros emprestados com a srta. Webber, com Reilly Hawkins, na Biblioteca Municipal de Augusta Falls. Sem distinção de autor, local, tempo, sem levar em conta simpatias ou antipatias, estilos ou temas, eu lia todos eles. Ler tornou-se minha *raison d'être*.

Às vezes eu pensava nos Guardiões, mas tentava não pensar. Éramos crianças, nada mais que isso, e o mundo diante de nós sempre fora vasto o suficiente para nos engolir. Eu não via Maurice nem Michael, nem Ronnie Duggan com aquela franja nos olhos; talvez eu não desejasse vê-los, pois simplesmente me lembrariam mais uma vez de que não havíamos conseguido proteger as crianças. Ver o rosto deles teria sido ver Elena, a forma como o corpo dela foi carregado para a carroceria da picape na noite do incêndio. Essas coisas alimentariam nossos fantasmas, e eu queria deixar os fantasmas para trás.

Quando fiz dezesseis anos, em outubro de 43, achava que a guerra na Europa não poderia continuar por muito mais tempo. Talvez eu também achasse que as coisas terríveis que tinham acontecido em Augusta Falls fizessem parte de um passado que era melhor esquecer. Os cartazes que o xerife Dearing pendurara nas árvores e nas cercas já haviam se dissolvido debaixo de chuva e do tempo. A vida continuava, apesar de tudo, e quem perdera seus filhos havia de alguma forma assimilado a perda e sobrevivido. As pessoas tinham parado de perguntar por minha mãe, e as viagens de quase três horas de ida e outras tantas de volta que eu fazia a Waycross agora não aconteciam mais que uma vez por mês, às vezes nem isso. Em dezembro próximo, ela faria trinta e nove anos. Vendo-a em Waycross, deitada na cama, às vezes sentada numa cadeira de vime ao lado da janela, com uma fresta aberta, o cabelo ficando grisalho, o rosto sugado e anêmico, a gente lhe daria cinqüenta. O espírito que porventura ela tivesse tido havia sido roubado ou quebrado, não sei dizer qual dos dois, mas a mulher que eu visitava não era minha mãe. Era uma concha, retorcida de medo e desespero no interior, sempre em outro lugar, os olhos me vendo, mas traduzindo outra coisa. Em sua cabeça, suas palavras eram lógicas e racionais para mim, não passavam de murmúrios e disparates, e ruído desconcertante. Eu sabia que Haynes Dearing a havia visitado. Falei com Gabillard uma vez, outra vez com uma enfermeira, e eles me disseram que o xerife estivera lá. Agradeci-lhe em silêncio por isso. Torci para que ele continuasse a visitá-la, que não fôssemos só eu e minha mãe contra o mundo. Nunca falei com ele sobre as visitas, e ele nunca as mencionou para mim. Acho que ambos estávamos muito sem jeito e encabulados para saber o que dizer.

Depois do meu aniversário, comecei a pensar em partir, e embora minha partida só acabasse acontecendo alguns anos depois, a semente estava plantada. Talvez as coisas que eu lia, talvez o fato de me dar conta de que havia um mundo para além de Augusta Falls, um mundo onde a amargura e as recriminações mesquinhas do passado não teriam importância, tenham precipitado essa idéia. O anonimato me atraía, o anonimato que se experimentaria numa cidade cheia de vida e de gente, tão barulhenta que um rosto isolado, uma voz isolada, mal seriam notados. Talvez essa idéia fosse meu meio de fugir de tudo o que havia acontecido, mas enquanto minha mãe continuasse vivendo em Waycross eu não poderia deixá-la para trás.

Então fiquei. Fechei-me no silêncio. Morava sozinho. Ganhava o suficiente para segurar a mente e o corpo, para comprar lápis e cadernos, para pegar o ônibus para o condado de Ware uma vez por mês e ver a mulher que tinha sido minha mãe.

Se não fosse pela srta. Alexandra Webber, talvez eu tivesse caído no anonimato, mas no verão de 45, quando o mundo suspirou aliviado com o fim da guerra, ela foi me visitar.

"Para ver o que você andou escrevendo esses anos todos", disse, e sorriu com muito carinho, os olhos de Syracuse azul-centáurea, as feições claras, confiáveis e lindas.

"Vim ouvir você ler, Joseph Calvin Vaughan", e sentou-se em frente a mim à mesa da cozinha, ela com vinte e seis anos, eu com dezessete, e me lembrei do arrepio de desejo que tomava conta de mim quando criança.

Eu pensara em Alexandra Webber, e os pensamentos eram tão definidos como silhuetas recortadas em papel. Minha cabeça, minhas mãos, meu coração, minhas esperanças; orações como desejos, feitos e depois esquecidos.

A solidão é uma droga, um narcótico; cresce nas veias, nos nervos e nos músculos; assume um direito de posse sobre seu corpo e sua mente; alimenta-se e cria sua própria exigência. A solidão e o isolamento são paredes.

Alexandra Webber veio ver o que eu escrevera naquelas paredes, e embora eu achasse que nelas não havia nenhuma porta, ela conseguiu encontrar uma.

Escolhi recuar calado e deixá-la passar.

Torno a me mexer enquanto a dormência paralisa minhas pernas. Por cima do ombro do homem, olho pela janela para as luzes de Nova York. Vejo carros passando nas ruas, adiante, os milhares de luzes de um milhão de janelas, e atrás de cada uma, a vida que se desenrola, cada qual alheia à do lado, cada qual muito envolvida consigo mesma.

Minha voz parece a de outra pessoa, como se meu corpo estivesse parado diante da janela mas eu não estivesse ali.

"Nunca lhe perguntei por quê", disse eu. "Nunca lhe perguntei como aquelas coisas aconteceram, perguntei?"

Olho para o corpo sentado na cadeira à minha frente, a cabeça caída para trás, a cor do cabelo, a largura dos ombros. Sei que não haverá resposta, mas por alguma razão o silêncio me perturba.

"Você ao menos entendia o que estava fazendo? Alguma vez pensou no que fez? Alguma vez se sentiu culpado? Teve remorso?" Cerro os punhos. "Como pôde fazer essas coisas? Como qualquer ser humano poderia fazer uma coisa dessas com uma criança? Uma criança, caramba."

Fecho os olhos. Tento me lembrar dos rostos. Qualquer um deles. Alice Ruth Van Horne. Virginia Grace Perlman. Tento me lembrar de Alexandra, de como ela era quando chegou naquele dia, no dia em que invadiu minha solidão e me fez acreditar que eu poderia viver de novo.

Tento imaginar minha mãe, como ela era quando eu ia visitá-la em Waycross.

Mas não há quase nada. As formas e as feições são vagas e indistintas.

"Alguma vez pensou no que aconteceu com os pais delas, com os irmãos? Pensou?"

Balanço a cabeça. Olho para o chão. É como se estivesse flutuando perto do teto e embaixo de mim está meu corpo, pequeno e insignificante. Minha voz parece um murmúrio numa tempestade. Nada. Menos que nada.

Penso no que fiz.

Fico pensando — por uma fração de segundo — se sou pouco mais do que um hipócrita da pior espécie.

Olho por olho?

Será que isso algum dia poderia ser certo?

Mas agora é tarde demais. Está feito.

Estou sentado em silêncio.

Quero saber quanto tempo eles vão demorar para chegar.

Nessas horas finais tudo que posso fazer é tentar me lembrar de tudo que aconteceu, e aí acho que sinto o passado vir ao meu encontro, sinto...

Onze

Ar limpo, uma brisa da costa; carregava o cheiro de nissa, junípero, sassafrás talvez. Eu estava na janela de casa, olhava para além do terreno dos Kruger, agora vazio, e não fossem a recordação e a memória eu nunca saberia que existira. As sombras atrás das árvores eram anil, cinza, cinza mais escuro, correndo para o azul-meia-noite. Cheiro de lenha recém-cortada empilhada no galpão, a seiva de pinho escorrendo para a terra, pegando lagartas e borrachudos, conservando-os até chegar a hora de arderem.

Foi da mesma janela que a vi chegar.

Coração apertado.

Ouço os passos dela lá embaixo. Ouço-a fazendo comida, disse que sabia fazer os melhores ovos dessa banda do rio Altamaha.

Em meus sonhos, ela era mais jovem, o cabelo caído de lado, uma cascata no ombro: seda crua escura em ocre, siena e castanho-amarelado. Seu cheiro era fresco, cítrico, macio e sedutor. Sua pele, perfeita, inocente, limpa e clara como seus olhos, e recendendo a sabão, a camada fina de suor que lhe brotava na testa quando ela se debruçava sobre mim numa escola de uma sala só e me fazia recitar algo importante. Ou sem importância. Não importava lembrar.

Passos no ladrilho lá embaixo. Sapatos baixos de Syracuse, sapatos de professora — previsíveis, pragmáticos, funcionais. Dedos pegando ovos no compartimento de um isopor, segurando-os, quebrando-os, a clara e a gema escorrendo como as entranhas de algo numa tigela. O barulho do garfo enquanto ela os batia freneticamente.

O barulho do meu coração, do meu pulso, do sangue correndo nas veias; o barulho do suor saindo pelos poros; o barulho de cabelo e unha crescendo; o barulho da espera.

Ela chegou cedo, a luz fragmentada e estranha da aurora ainda preenchendo o intervalo entre a noite e o dia.

Eu a vi se aproximando da casa, estava lá para abrir a porta quando ela chegou.

— Joseph Calvin Vaughan — disse ela, como se meu nome fosse algo que não conhecesse.

— Srta. Webber — respondi.

— Você já é um rapaz, Joseph, não é mais criança. Já não sou sua professora há quase dois anos. Pode me chamar de Alexandra.

— Alexandra — falei.

— É o meu nome — disse ela, e riu com os olhos assim como com a boca.

Ficamos calados por alguns segundos.

— Vai me convidar para entrar — disse ela, mais uma afirmação que uma pergunta.

Inclinei a cabeça para o lado.

— Vou?

Ela fez que sim com a cabeça.

— Vai — murmurou, passando por mim e entrando no corredor estreito.

Eu vestia jeans, camisa com no máximo dois botões abotoados. Estava descalço. Tinha tomado banho mas não estava completamente vestido para ir trabalhar. Havia uma cerca de quatrocentos metros para levantar no lado estreito da área desmatada. Frank Turow estava pagando metade, o cunhado de Leonard Stowell, a outra metade. Era um bom dinheiro, e eu não queria que fosse parar nas mãos de um diarista itinerante com um martelo e um saco de pregos.

Mas aí Alexandra Webber chegou a minha casa para fazer ovos, bater papo e fazer de conta.

Depois, quando ela chamou do pé da escada, quase morri de susto. Eu tinha calçado os sapatos, mas eles pareciam não aderir ao chão; fui andando com cuidado, vacilando, como um potro recém-nascido, os joelhos muito frouxos para agüentar meu peso.

— Você cuidou da casa — disse ela. Entrou na cozinha, olhou em volta, indicou a mesa com a cabeça. — Posso me sentar? — perguntou.

— Claro — respondi.

Lembrei-me de que aquela era a *minha* casa, se não minha, então de minha mãe, e eu não precisava me sentir como um hóspede indesejado.

— Como vai, Joseph?

Afastei-me da porta, dando um passo para a direita. Não tirava os olhos de Alexandra Webber. Fui andando de lado até sentir a beira da bancada de madeira tosca nos rins. Botei as mãos atrás das costas e agarrei a beirada. Eu tinha a sensação de que precisava me agarrar a alguma coisa. Alguma coisa que eu conhecesse, alguma coisa familiar.

— Vou levando — disse eu. — Sabe como é, certo?

Ela balançou a cabeça lentamente. Afastou com a ponta do dedo uma mecha de cabelo para trás da orelha.

Aconteceram coisas em partes do meu corpo que eu nunca tinha sentido antes. Era uma dor na entreperna, a sensação de algo puxando por dentro. Minha boca estava seca, com gosto de cobre e terra.

— Como é? — perguntou ela. — Não, acho que não sei como é, Joseph... me diga.

Sorri, encolhi os ombros.

— Tem sido duro... esses dois anos têm sido duros, srta. Webber...

— Alexan...

— Alexandra — interrompi. — Sinto muito... não consigo deixar de pensar em você como minha professora.

Alexandra riu.

— Eu *fui* sua professora — disse. — Mas era sua amiga também, não? — Hesitou um instante, o olhar interrogativo.

— Era — disse eu.

— Você vinha falar comigo sobre todo tipo de dificuldade e problema, e depois, quando aconteceu isso com sua mãe... — Ela olhou para a janela. — Quando aconteceu isso com sua mãe, imaginei que você tornaria a vir falar comigo para pedir ajuda com ela... mas não veio. Eu queria saber se fiz alguma coisa para aborrecer você.

Ri, de repente, mais por nervoso do que por achar graça. Era uma reação, nada mais que isso

— Me aborrecer? — balancei a cabeça. — Nem se tentasse você poderia me aborrecer.

Ela levara uma *Writer's Digest*. Dentro, havia os detalhes de um concurso de contos. Ri. Lembrei-me de "Traquinices" e da carta de Atlanta.

— Ainda tem a carta?

Fiz que sim.

— Lá em cima.

— Quer ir buscar?

— Quer que eu vá?

— Claro, vá pegar a carta... não me lembro do que dizia. Vou fazer alguma coisa para comer. — Inclinou a cabeça para o lado. — Gosta de ovo... Faço os melhores ovos dessa banda do rio Altamaha.

Levantei da cadeira. Dei um passo em direção à porta.

— Gosto — disse eu, quase como se só tivesse pensado nisso depois. — Ovo está ótimo.

Subi. Eu a ouvia na cozinha lá embaixo, quebrando ovos numa tigela, batendo-os.

Fechei os olhos e imaginei tudo que algum dia quisera imaginar sobre Alexandra Webber.

Eu achava que a amava.

De todas as maneiras. Inclusive a bíblica.

Ela leu a carta. Sorriu, deu risadas, me fez perguntas que depois esqueci. Estava muito interessado em olhar para ela.

Comemos os ovos. Bolachas Uneeda e picles de melancia também. Estava bom. Eu não sabia se os ovos eram melhores do que qualquer coisa daquela banda do Altamaha, mas estavam bastante bons para mim.

Pensei no trabalho da cerca, na área desmatada, em Frank Turow e no cunhado de Leonard Stowell.

Que vão todos para o inferno, pensei. Eles são homens. Entenderiam minha situação.

— Então, como vai indo?

Empurrei o prato para o lado.

— Vou indo bem.

— E sua mãe?

Balancei a cabeça.

— Ela foi embora, srta. Webber, foi passar o inverno no sul e não volta mais para casa.

— É uma tragédia... parece que tudo foi uma tragédia para você. Seu pai, o que aconteceu com os Kruger e agora sua mãe.

— É a vida... acho que a vida dá o melhor que pode, certo?

Ela tocou minha mão. Pronto; o estalo e o zumbido da eletricidade; meus cabelos da nuca ficaram em pé. Uma onda de expectativa me encheu o peito.

— Senti saudades de ser sua professora — murmurou ela.

— Senti saudade de ser seu aluno.

— Você sempre foi meu aluno preferido.

— Você sempre foi minha professora preferida.

Ela riu.

— Isso não é justo... Fui sua única professora.

Sorri.

— Sopra, sopra, vento invernal... Não és assim tão infernal, como é a humana ingratidão.

Ela ficou séria, sua testa franziu no meio como uma costura.

— Shakespeare?

Fiz que sim com a cabeça.

— *Como gostais.*

— Está dizendo que sou ingrata, Joseph Vaughan?

— Estou dizendo que você não viu o elogio.

— Vi muito bem.

— Então vou repetir... sempre foi minha professora *favorita.*

— E você está lendo Shakespeare?

Encolhi os ombros.

— Às vezes... Em geral leio os gibis do *Red Ryder* e do *Little Beaver*.

— Não lê.

— Leio também.

— Você está brincando comigo, Joseph Vaughan.

Olhei para minhas mãos. Estavam cruzadas na mesa como se fossem de outra pessoa, como se alguém tivesse esquecido as luvas e eu as tivesse deixado prontas para serem apanhadas.

— Não estou entendendo, srta. Webber.

— Não precisa me chamar assim... não temos uma diferença de idade tão grande.

— É a mesma de sempre.

Silêncio. Meu coração batendo na boca. A boca tão cheia que eu me perguntava como conseguira falar tanto. Meus pensamentos estavam estraçalhados como caquinhos de cerâmica. Eu via cada um daqueles pensamentos, e eram todos sobre a srta. Alexandra Webber, e a maioria era bíblica.

— Você tem que trabalhar hoje?

Fiz que não.

— Não *tenho* que fazer nada.

— Quer passar o dia comigo?

Olhei bem para ela, sem pestanejar, e sorri.

— Pode ser — disse eu.

Ela corou visivelmente.

— Só um pode ser?

— Pode ser é bom, Alexandra Webber. Pode ser não quer dizer *não*.

— O que você está dizendo, Joseph Calvin Vaughan?

Sorri. Tirei o coração da boca e segurei-o com as mãos.

— Não estou dizendo nada, srta. Webber. Nada de nada. Acho que já senti uma quantidade de coisas que não sei se entendo. Sempre achei você linda, e sempre imaginei que fosse inteligente, e como sempre tinha tempo para tudo que eu queria dizer... e acho que a via como uma criança vê uma professora. Aí eu cresci, comecei a pensar diferente, mais ou menos como as pessoas pensam nas outras quando querem se aproximar e se sentir bem, e qualquer que fosse o meu enfoque, quando eu tinha um pensamento assim, você estava ali, no centro, como se aquele fosse o seu lugar...

Ela agarrou minha mão.

— Pare — disse, num tom de urgência.

— Por quê? Quem vai me ouvir? Quem vai ouvir além de você?

— Você não sabe o que está dizendo!

— Não? — Eu já estava no meio do caminho, imaginei que a distância era a mesma para voltar ou ir até o fim. — Então me diga por que veio aqui.

A srta. Alexandra Webber olhou para o outro lado.

— Srta. Webber?

Ela levantou a mão, e a voz também.

— Tudo bem, acabou, Joseph! Se isso estiver indo para onde acho que vai, a primeira coisa que você pode fazer é me chamar pelo meu nome de batismo.

Fiz que sim com a cabeça.

— Então me diga por que veio aqui, Alexandra.

— Alex — disse com simplicidade.

Fiquei calado, com o olhar firme.

O reconhecimento estranho de uma respiração desconhecida; a percepção de que o cheiro, a pele, o cabelo em que meus dedos tocavam não eram meus.

— Tudo bem — sussurrou ela, e sua voz veio como o barulho do mar dentro de uma concha.

— Você vai saber o que fazer.

Olhei para ela, tão de perto que dava para sentir no rosto o movimento das suas pestanas.

— E se eu não souber?

— Então — disse, a voz quase perdida no barulho do seu coração. — Então eu lhe mostro.

— Por que vim aqui? — Balançou a cabeça e virou para o outro lado. — Não sei, Joseph... talvez porque achei que você se sentisse sozinho.

— Sozinho?

Ela sorriu.

— Claro. Sozinho. Você sabe o que quer dizer sozinho.

— Sei — disse eu. — Sei tudo sobre ser sozinho.

— Como se fosse seu ofício, hein?

— Meu ofício? — Sorri e dei uma risada. A sensação era de alívio emocional, como um cinto muito apertado agora desafivelado. — Sim, você poderia dizer isso... ser sozinho era o meu ofício... E você?

Ela se inclinou para o lado, com a mão no rosto, o cotovelo na mesa para apoiar o queixo.

— Eu?

Assenti.

— É, você. Você também se sentia sozinha, certo?

Alex beijou meus olhos, um de cada vez; seus lábios molhados, o toque dos seus dedos, a pressão do seu peito no meu braço. O calor do seu corpo...

A maciez da cintura dela até a coxa e subindo de novo por sua barriga. Seu vestido era abotoado nas costas, e ela se virou devagar, pegou minha mão, mostrou-me onde estavam os botões. Despiu-o como se fosse uma segunda pele. O farfalhar do algodão mantendo a promessa com gravidade.

Ela recuou.

Eu, com o ar preso na garganta, um pássaro no alçapão, assustado.

Ela riu.

Deu de ombros. Uma mecha de cabelo saiu de trás da orelha dela e afagou seu rosto. Ela levantou a mão e puxou-a para o seu lugar.

— Todo mundo se sente sozinho, Joseph.

— E é por isso que você está aqui... porque achou que nós dois nos sentíamos sozinhos e quis fazer alguma coisa a respeito.

Ela fez que sim, quase sorrindo.

— Pode ser — disse.

— Pode ser? — perguntei. — Sou de dizer pode ser. Você? Você nunca foi, Alex... foi sempre simples, objetiva, preto no branco.

— Importa por que eu vim?

Balancei a cabeça.

— Não, Alex, não importa.

Ela se levantou da cadeira. Recuou, depois deu um passo à frente, um só, mas foi como se tivesse eliminado a distância entre a imaginação e a realidade.

— Quer que eu vá embora?

— Não, Alex... não quero que vá embora nunca.

Depois, não consegui me lembrar como fomos parar lá em cima. Depois, tentando lembrar, achei que não tinha importância.

Levantei a mão e toquei em seu braço, seu ombro, sua nuca.

Suas mãos encontraram minha cintura, os botões da minha calça.

— Tira — sussurrou.

Lutei com minhas roupas.

A brisa levantou as cortinas da janela atrás de mim, arrepiou os pêlos na minha pele, me fez estremecer um instante.

Ela recuou um passo, mais outro, e sentou na beira da cama.

Fiquei na frente dela, a mão direita no seu rosto, seu cabelo entre meus dedos. Ela beijou minha barriga, rodeou meu umbigo com a ponta da língua, depois baixou a cabeça e abriu a boca. Um pequeno incêndio começou dentro de mim.

Não mais que dez segundos e ela olhou para mim.

— Sabe como é isso, certo?

Fiz que sim.

Ela avançou lentamente, desvencilhou-se da anágua. Deitou no colchão e esticou a mão.

— Venha, então — disse —, antes que eu morra de vontade.

De algum modo encontramos um ritmo, a princípio estranho, mas encontramos. Nós o seguimos: levou-nos aonde não havíamos planejado ir. O tipo do lugar de onde não se quer ir para casa.

Depois de algum tempo eu ria, mas depois não me lembrava por quê.

Alex estava deitada ao meu lado, o corpo colado ao meu, o braço dobrado sob a cabeça, e de vez em quando eu virava para vê-la enquanto ela falava, para interrompê-la com um beijo, e pouco depois eu dizia: "De novo", e ela fechava os olhos e se deitava e eu me aconchegava a ela.

Só saímos do meu quarto quase de noite.

Semanas se passaram.

Os sonhos voltaram. Os sonhos que eram assombrados pela mão esquerda.

A mão de Virginia Grace Perlman. A mão que nunca foi encontrada.

Augusta Falls tinha se convencido a esquecer as mortes. Três anos passados, a mente coletiva de uma cidade conseguira se fechar em relação ao passado. Eu não.

Alex vinha me ver cada vez com mais freqüência, e eu falava com ela sobre as meninas, os assassinatos, sobre quem poderia ter feito aquilo; falávamos dos Kruger, da morte de Elena, de tudo que transpirara.

— O que quer que tenha acontecido — disse ela —, acabou... faz tanto tempo.

— Não teve nada a ver com os Kruger — disse eu. — Eu conhecia Gunther Kruger... conhecia a mulher e os filhos dele.

Fiz uma pausa e olhei para a janela da cozinha. Novembro estava chegando ao fim. Havia quase três meses que Alex ia lá em casa duas, três, às vezes quatro vezes por semana. Fazíamos amor — às vezes furiosamente, como se dentro de nós houvesse um sentimento que precisasse ser descoberto e só com força e paixão houvesse uma chance de libertar e revelar esse sentimento; outras vezes lentamente, como se embaixo d'água, cada palavra, cada suspiro, cada segundo de contato físico estendido ao máximo. Eu fizera dezoito anos havia um mês. Alex Webber faria vinte e sete em fevereiro de 46. Quase nove anos não parecia muito. Já havia quase quatro que Reilly Hawkins me levara com minha mãe para o Hospital Comunitário Waycross, que eu falara com o médico-chefe sobre dióxido de carbono para privar o cérebro de alimento, Librium para ajudar a dormir, Escopolamina para encontrar seus sentimentos verdadeiros reprimidos, Veronal para sedar. Era como se minha mãe tivesse entrado num lugar escuro e silencioso, e nenhuma droga que lhe davam nem coisa alguma que faziam parecia adiantar. A escuridão e o silêncio permaneciam. O tratamento só servia para impedir que ela gritasse por socorro.

Alex preenchera um vazio, um vácuo. Tudo que trazia, eu consumia, e ainda ficava com fome. Líamos livros juntos, às vezes a noite toda. Steinbeck, Hemingway, William Faulkner, Walt Whitman, Flaubert, Balzac, *A rainha de Monserau*, de Dumas, *A letra escarlate*, de Hawthorne, *O vermelho e o negro*, de Stendhal. O que eu não entendia, ela explicava. Fiquei relapso no trabalho. Havia gente que não queria mais me contratar. Parei de me barbear, depois resolvi deixar crescer a barba. Meu cabelo passava dos ombros.

— Boêmio — dizia Alex, e ria, e me beijava a testa e me agarrava pela barba e me conduzia para o colchão.

Mais tarde, falei com Alex sobre Nova York, minha visão, meu ideal.

— Manhattan soberba! Camaradas americanos! A nós, então, afinal vem o Oriente. A nós, minha cidade. Onde nossas belezas em mármore e ferro de altas cumeeiras se alinham em lados opostos, para andar no meio.

— O quê?

— Walt Whitman — disse, e riu de mim. — Seu escrevinhador boêmio e ignorante!

— Ignorante? Fique sabendo que comecei um livro.

— O quê?

— Um livro. Um romance — disse eu. — Comecei a escrever um romance.

Ela se sentou. O lençol lhe caiu do pescoço, drapeando em sua cintura. Seus seios perfeitos, o arco do seu ombro, seu pescoço, seu queixo. Estiquei a mão. Ela me bateu no pulso, agarrou-o, abaixou-o.

— Me diga! — disse irritada. — Me diga o que é, Joseph

— Não é nada... droga, Alex, é só uma idéia que eu tive. Comecei ontem à noite... — Fiz uma pausa, franzi a testa. — Não, anteontem... na noite em que você disse que viria e não veio.

— Então me conte — insistiu. — Conte sobre o que é.

Puxei o travesseiro de debaixo de mim e coloquei-o atrás da cabeça. A expressão de Alex estava animada, entusiasmada; parecia genuinamente entusiasmada.

— É só uma coisa tosca — disse eu.

— Feito você — brincou ela.

— Você vai ver o que é tosco — disse eu, e de brincadeira agarrei seu cabelo.

— Não — disse ela. — Falando sério... Conte o que está escrevendo.

— É sobre um homem.

Ela sorriu, inclinou a cabeça para o lado.

— Bom começo... tipo "Era uma vez um homem", é?

— Espertinha, Alex Webber, espertinha demais.

— Então me diga — disse ela. — Diga sobre o que é.

— É sobre um homem chamado Conrad Moody... e ele faz uma coisa terrível. Mata uma criança. Um acidente, mas ele é fatalista, acredita na Providência e nas Três Parcas... sabe que em algum momento deve ter cometido um crime e escapado do castigo, e agora está recebendo o castigo. Passa o resto da vida expiando a morte da criança, uma criança que ele tinha prometido proteger.

Alex ficou calada.

— O quê? — perguntei.

Ela balançou a cabeça.

— Tem algum trecho que possa ler para mim?

— Agora?

Ela assentiu.

— Sim — disse.

Debrucei-me e pus a mão embaixo da cama. Tateei o chão até tocar no caderno. Peguei-o e me sentei, Alex do meu lado, me olhando, a expressão serena e distante.

— Quer que eu leia agora?

— Quero — murmurou. — Só um pouquinho.

Abri o caderno, encontrei uma página. Pigarreei e comecei.

— Ele pensava em algo como um punho no plexo solar, mas essa não é a descrição real da tensão interna. Ele pensava numa represa, como uma pressão de setecentas libras por polegada quadrada, ponto de ruptura, algo mais que isso, mas sentia que essa imagem não definia. Ficava aquém da verdade; uma afirmação que, sem dúvida, dizia pouco. Tensão como um cordel de chicote tenso, uma corda de piano, um fio todo retesado que não se podia torcer nem mais uma fração de milímetro, voltando com força e cortando alguma coisa talvez. Revestido de ferro, ele era. Imperfeito, sim, mas revestido de ferro. E acreditar naquelas imperfeições o tornava humano. Isso é o que lhe fora dito, e ele nunca se interessou em duvidar, pois a fé sempre fora sua base firme, e sem isso as paredes dentro dele teriam desabado. Conrad Moody escrevia sobre aquelas paredes, e elas ouviam. Ouviam tudo o que ele desejava dizer. Bastante simples. Bastante forte. Bastante forte para agüentar tudo sozinho...

— Pare — disse ela.

Olhei para ela. Uma lágrima solitária brotou devagarinho no olho dela e rolou. Franzi a testa, tentei sorrir.

— O quê? — disse eu. — O que é? Droga, Alex...

— É sobre você, não é?

— Ahn?

— Você... É sobre você e a menina Kruger, não é? Você prometeu tomar conta dela, não, Joseph? Naquele dia de que você me falou, olhando lá de cima do morro para ela no quintal. Você prometeu a si mesmo que garantiria que nada de ruim aconteceria com ela.

Não respondi; eu não tinha palavras.

— Mas não deu certo, não é? — disse Alex. — Você não conseguiu cumprir a promessa e ela morreu.

Fiquei calado.

— Até quando vai ficar se torturando com isso? — perguntou.

— Acho que não...

Ela levantou a mão, colou o dedo nos meus lábios. Balançou a cabeça, fechou os olhos por um segundo e me puxou para junto dela.

— Psiu — suspirou. — Não diga nada. Está tudo bem, Joseph. Vamos fazer um bebê. É simples assim. Vamos fazer com que tudo fique bem. Vamos trazer uma criança ao mundo e restabelecer o equilíbrio... vamos quebrar o encanto.

— Alex...

— Psiu, Joseph... chega. Vamos fazer tudo ficar bem de novo...

Meu coração retumbava, um punho preso no peito. Eu suava, a pele melada, mas estava com frio, quase tiritando. Alex puxou o lençol e nos enrolou com ele. Deitou, e deitei com ela na cama, deixando o caderno cair no chão.

— Agora — murmurou ela.

Doze

Três dias antes do Natal visitamos minha mãe no Hospital Comunitário de Waycross. Peguei emprestada a picape de Reilly e fomos para lá. Sábado, 22 de dezembro de 1945, um céu encoberto e opressivo, as árvores ao longo da estrada como mãos tentando agarrar alguma coisa.

Eu não queria que Alex a visse, não como ela estava, mas Alex insistiu.

— É Natal. Ela é sua mãe. Não é o tipo de coisa que se pode contornar ou adiar.

Uns oitenta quilômetros, mais ou menos, mas em linha reta. Fizemos um trajeto cheio de voltas, vimos o céu abrir de manhã, espantar as sombras quando o sol se levantou, as casas aparecendo como se do nada. Nuvens de tempestade se empurravam buscando uma vaga no horizonte a oeste como uma ameaça iminente, a promessa de vingança por algo não dito, mas a toda hora um raio de luz as atravessava, como um trinchante cortando a madeira morta para encontrar o veio exato no cerne.

Pouco falamos, Alex e eu, mas a toda hora eu olhava seu perfil e ela parecia contente. O otimismo corria em suas veias.

Vimos vultos colhendo algodão no campo; homens empilhando troncos para a passarela, outros dividindo esses mesmos troncos para fazer dormentes de estrada de ferro. Percorremos mais de uma hora e ainda estávamos na metade do caminho para Waycross. Não havia pressa. A estrada se desenrolava atrás de nós, corria à nossa frente como uma fita negra, e nós a seguíamos simplesmente porque uma decisão fora tomada. Íamos visitar Mary Elizabeth Vaughan, a mulher que me deu à luz, íamos porque Alex achava que ela era nossa família, agora tanto dela quanto minha. Ela me declarara seu amor. Eu retribuíra a declaração, ao que ela retrucara:

— Então, quando se ama uma pessoa, a gente assimila tudo dela, todas as afeições, todas as obrigações. Assimila a história, o passado e o presente. Assimila tudo, ou nada. É assim, Joseph, assim mesmo.

Alex não discutia, não contestava; expunha pontos de vista com objetividade. Eu me preparava para um desafio e ela tirava o vento da minha vela antes que eu levantasse âncora. Eu me submetia a deixar passar essas coisas. Ela era de Syracuse, e essa gente tinha uma mentalidade diferente.

O meio da manhã começou sufocante e úmido, um vento abafado e muito molhado. Parei a picape de Reilly Hawkins na beira da estrada, um lamaçal cheio de buracos que fazia os pneus irem para a esquerda e para a direita ao mesmo tempo e tornava o ato de dirigir antes um sacrifício do que um prazer. Alex disse que estava com sede, queria abrir uma garrafa térmica de café que havia levado, e ficamos um pouco sentados ali, bebendo da mesma xícara, um após o outro, e conversando sobre nada para passar o tempo.

— Temos um cobertor — disse ela algum tempo depois.

— Claro — disse eu.

— Eu não estava perguntando, Joseph, estava dizendo.

Encolhi os ombros.

— Pois então temos um cobertor.

— Temos uma picape de carroceria aberta. Temos um cobertor. Temos uma estrada livre sem ninguém à vista.

— O que você está dizendo, Alex?

— Tudo o que você está imaginando, Joseph.

Olhei para ela com um risinho maroto.

— Você está dizendo que quer ir para a traseira da picape e dar um amasso...

— Muito romântico! Credo, vamos dar o nome aos bois.

— Ora, que diabo, Alex, foi você quem teve a idéia.

Ela encolheu os ombros.

— Pois não é complicado... ponha o cobertor na traseira da picape e venha me comer, sim?

— Caramba, Alex, não dá simplesmente para a pessoa se meter na traseira de uma picape no meio da estrada e comer alguém.

— Por que não, droga? Onde está escrito que não se pode fazer isso?

Eu estava espantado.

— Alex, não é dessa maneira que você vai engravidar.

— Ora, Joseph, isso não tem a ver com engravidar, tem a ver com fazer sexo na traseira de uma picape.

— Quer mesmo fazer isso? Quer mesmo que eu ponha um cobertor lá...

— E me coma. É o que eu quero. Quero que você faça isso já, antes que eu mude de idéia, antes que você consiga matar cada grama de romantismo espontâneo que tenha surgido, certo?

Botei o cobertor na traseira da picape.

Alex foi até lá, tirou a calcinha e atirou-a em cima de mim. Subiu na carroceria aberta e deitou-se. Àquela altura, eu estava rindo, rindo tanto que demorei a me recompor para executar a tarefa em questão.

Eu estava consciente do espaço aberto, do ruído dos pássaros nas árvores, consciente da maneira como Alex mais ou menos me fez deitar de costas à força e montou em mim. Eu ria muito para levá-la a sério, e aí, num momento de assombro, me pareceu extraordinário estar ali, e Alex Webber — a professora — estar comigo.

— O que é? — perguntou ela.

Franzi a testa, balancei negativamente a cabeça. Era difícil respirar com o peso dela em cima de mim.

— O que foi? — disse ela. — De que está rindo.

— Não estou rindo — respondi sem ar. — Puxa, Alex, você tem que sair de cima de mim antes que eu sufoque.

— Sufoque? Não estou sufocando você. Não peso nada.

— Nada? Tudo bem...

— Você está dizendo que sou pesada? Está dizendo que sou pesada demais? É isso que está dizendo, Joseph Vaughan?

— Não me chame assim!

— Por quê? É o seu nome, não?

— É o meu nome, sim. Puxa, Alex, do jeito que você fala parece que estou na escola.

Ela deu uma gargalhada estridente.

— Joseph Vaughan! É melhor você entregar o dever de casa pontualmente senão vai ter que lavar os apagadores.

— Alex! — disse eu. — Falando sério... você tem que sair de cima de mim antes que eu morra.

Ela ficou de lado, tirou o peso do meu peito, depois chegou para trás, a mão embaixo do corpo, me achando, me guiando, rindo mesmo quando se abaixava.

Segurei-a pela cintura, olhei para a tenda do cobertor pendurado em cima da sua cabeça.

Ela olhou para mim, estendeu as mãos de lado. Peguei-as, nossos dedos entrelaçados, e ela começou a balançar para trás e para a frente.

Aquilo parecia muito certo, certo demais, talvez. Como se fosse a síntese de tudo o que eu queria em alguém. Será que o primeiro amor era sempre assim?

Eu estava consciente do cheiro dela, do sorriso, de sua pressão em cima de mim, do sentimento de estar quase sendo consumido por algo extraordinário.

Consciente, afinal, do barulho de um carro se aproximando, de estar deitado de costas com Alex por cima, colada em mim, nós dois quase pelados, cobertos só com um cobertor, tentando não rir, não fazer nenhum som, consciente da minha mão na bunda dela, de sua saia levantada até a cintura, de minhas calças baixadas até os tornozelos, e da forma como o carro parou ao nosso lado.

— Ih, caramba — murmurei.

— Psiu — murmurou ela em resposta.

Meus olhos estavam arregalados. O carro estacionou. Eu nunca tinha me sentido tão vulnerável. Escutei a porta do carro abrindo, fechando, escutei as botas na estrada, o ranger do cascalho embaixo do chassi.

— A cabine está vazia — disse a voz. — A cabine está vazia, e tenho certeza absoluta de que não vejo ninguém na estrada nem no meio das árvores. É melhor saírem de debaixo desse cobertor de cavalo e mostrar a cara.

Alex chegou para um lado, muito ligeiramente, mas me senti saindo de dentro dela. O romantismo espontâneo do momento teve uma morte abrupta. Como se Cupido tivesse levado bala.

— Aqui é o xerife falando, o xerife do condado de Clinch, meu nome é Burnett Fermor, e o que quer que vocês estejam fazendo na traseira da picape... bem, estão fazendo aqui numa das minhas estradas. Vou pedir que saiam daí debaixo, quem quer que sejam, e mostrem a cara, ou a coisa vai ficar feia.

Meus olhos mais arregalados, a expressão de Alex quase de puro terror, meu coração fugindo para as árvores.

—Vou contar até três, gente. Só até três. Então lá vai... um... dois...

—Tudo bem! — gritei. Levantei-me e puxei o cobertor, espiei pela borda e olhei para o chão da carroceria, olhei para o corpo enrolado de Alex, consciente das minhas calças baixadas até o tornozelo, da saia dela levantada até a cintura, de que, se eu puxasse mais o cobertor, ela ficaria com a bunda de fora.

O xerife Burnett Fermor, com ar durão, rosto cheio de ângulos esquisitos, o polegar da mão esquerda enfiado no cinto, a mão direita descansando na coronha do revólver.

— Bem, e aí, garoto? — falou com voz arrastada. Os músculos do seu queixo se contraíam quando ele falava. Os olhos franzidos por causa do sol lhe davam o aspecto de alguém saindo do porão para a claridade, alguém que tivesse ficado trancado no subsolo para sua segurança e a dos outros. — Está embaixo do cobertor sozinho ou temos companhia hoje de manhã?

Alex mexeu-se. Seus dedos apareceram na borda do cobertor e ela o puxou milímetros para baixo. Sorriu sem jeito.

— Bem, olá, moça — disse Fermor. Aproximou-se um passo da traseira da picape.

Alex levantou-se ligeiramente. Sorria amarelo.

— Olá, xerife — disse.

— Bem, não tem nenhuma criança aqui, não é? — disse. — Acho que não sobra muita coisa para a imaginação. Vou ter que pedir que os distintos elementos venham cá para a beira da estrada.

— Poderia nos dar só um segundo? — perguntei.

— Um segundo, filho? Para que você pede um segundo?

Senti a tensão na boca do estômago.

— Para a gente se arrumar um pouco antes de sair daqui.

O xerife Burnett Fermor olhou para mim.

— Acho que estamos numa situação difícil. Eu não gostaria de constranger vocês, mas ao mesmo tempo não gostaria de olhar para o outro lado enquanto vocês vêm para cá. Não tenho a menor idéia de quem vocês possam ser, e não estou inclinado a lhes dar as costas enquanto não tivermos a oportunidade de nos conhecer.

— Posso lhe garantir, xerife...

Burnett Fermor levantou a mão e sorriu.

— Desculpe interrompê-lo, meu filho, mas você não está em condições de me garantir coisa nenhuma. Vou desviar os olhos um pouco, só para lhes poupar o que for possível de constrangimento, mas a verdade é que vou precisar que vocês venham cá para a beira da estrada.

— Mas a senhora...

Fermor fez um gesto negativo com a cabeça.

— Meu filho — disse, com uma voz resignada, um tanto exasperado. — Mais uma vez, não vou ficar fazendo jogo de palavras com vocês. Não vamos falar na senhora, certo? Acho que qualquer jovem que se encontra na traseira de uma picape em plena luz do dia envolvida em algum tipo de atividade de quarto... bem, acho que não vamos discutir os pontos mais delicados do decoro e da etiqueta, certo? Vou pedir só mais uma vez, depois vou ligar para a delegacia pedindo que um comissário venha aqui...

— Vamos sair — disse eu. Olhei para Alex. Ela fechou os olhos e ficou balançando a cabeça de um lado para o outro.

Saí sem jeito, pus de lado o cobertor e deslizei de bunda até o fim da picape. Saltei e levantei as calças. Fermor se limitava a me olhar serenamente. Alex fez o que pôde para se esconder atrás do cobertor, abaixando a saia e indo de joelhos para a traseira da picape. Estava aflita e humilhada, o cabelo em pé de um lado, descalça, a vergonha estampada na cara.

Fermor olhou o relógio.

— Ainda não são onze horas, e vocês estão de sacanagem na traseira deste veículo aqui. Que raio de comportamento é esse?

Abri a boca para falar.

Fermor fez que não com a cabeça.

— Vou lhe dizer a verdade, só quero ouvir o seu nome, meu filho. — Sacou um bloco e uma caneta do bolso da camisa. Olhou para mim, empurrou o chapéu um pouco para trás.

Fiquei calado, olhei para Alex.

— Seu nome? — repetiu Fermor.

— Vaughan — disse eu. — Joseph Calvin Vaughan.

Fermor escreveu meu nome no bloco com muito capricho.

— E de onde veio hoje de manhã, sr. Joseph Calvin Vaughan.

— Augusta Falls — respondi.

— Augusta Falls? É no condado de Charlton, certo?

— É sim, senhor.

— Augusta Falls, condado de Charlton... Você deve conhecer meu colega de lá, o xerife Haynes Dearing.

— Sim, senhor — conheço o xerife Dearing.

Fermor ergueu os olhos, franzindo-os embaixo da aba do chapéu.

— Já teve alguma discussão com o xerife Dearing em Augusta Falls, sr. Vaughan?

Balancei a cabeça.

— Não, senhor.

Fermor levantou as sobrancelhas.

— Então como o conhece?

— O lugar não é grande, xerife. Conheço quase todo mundo lá.

— Conhece mesmo?

— Conheço, senhor.

— E o que faz lá em Augusta Falls, meu filho?

— Trabalho com cerca, derrubo árvores, qualquer coisa desse tipo... um pouco de trabalho de fazenda em época de colheita, o que aparecer.

— Você tem casa lá, uma moradia?

— Tenho sim, senhor.

— E quantos anos tem, sr. Vaughan?

— Dezoito anos.

— É mesmo? Dezoito anos, nada mais nada menos.

Fermore escreveu mais outra coisa no caderno, depois dirigiu a atenção para Alex.

— Agora você, senhorita... seu nome?

— Alexandra Madigan Webber.

— Alexandra Madigan Webber... e é de Augusta Falls, certo?

— Sim, xerife, de Augusta Falls.

— E o que você estaria fazendo viajando a essa hora do dia?

— Estávamos indo para o Hospital Comunitário em Waycross.

— Certo, certo — disse Fermor com a voz arrastada. — E por que estariam indo para o Hospital Comunitário, srta. Webber?

— Íamos visitar... — olhou de soslaio para mim. Estava com uma cara tensa e ansiosa.

—Visitar? — ajudou Fermor.

— Íamos visitar a mãe de Joseph.

Fermor balançou a cabeça lentamente, sem tirar os olhos de Alex.

— E havia alguma razão especial para acharem necessário parar aqui, srta. Webber... em vez de seguirem direto pelo condado de Ware?

Alex olhou para mim, depois de novo para Fermor. Ele fizera a pergunta só para deixá-la mais sem jeito, e ela sabia. Fez que não com a cabeça devagar.

— Não, senhor — disse, com a voz embargada de emoção.

Senti a raiva me subindo do estômago para o peito.

— Bem, está certo — disse Fermor, e escreveu mais uma coisa em sua caderneta.

— Sentimos muito — disse eu. — Estávamos viajando, e decidimos dar uma paradinha...

Fermor levantou a mão.

— Não sei se preciso saber todos os detalhes constrangedores desse encontro de vocês, sr. Vaughan, a não ser para entender que isso aqui é uma estrada pública. O tipo da estrada onde as pessoas andam a pé ou a cavalo, ou até de carro, e a última coisa no mundo que querem ver é uma dupla de elementos envolvidos no tipo de comportamento a que assistimos hoje de manhã. O fato é que isso há de ser uma infração em algum lugar...

Alex abriu a boca para falar. Deu um passo à frente.

— Xerife...

Fermor também deu um passo à frente. Havia algo ameaçador na forma como ele fez isso, um contraponto em relação a Alex, um desafio.

— Quero lhe perguntar uma coisa, srta. Webber — disse. — Quantos anos tem?

Ela franziu a testa.

— Que diferença faz a minha idade?

— Perguntei com educação, srta. Webber, espero uma resposta educada.

Ela balançou a cabeça.

—Tenho vinte e seis, xerife.

— E o que faz lá em Augusta Falls?

Alex pigarreou.

— Sou professora — murmurou.

— Está dizendo professora, srta. Webber?

Ela fez que sim.

— É a professora de Augusta Falls? — perguntou Fermor, surpreso.

— Sou, sim. Sou a professora de Augusta Falls.

Fermor apontou para mim com um gesto de cabeça.

— E este rapaz aqui... este rapaz é um dos seus alunos, srta. Webber?

Ela deu um riso nervoso.

— Não, senhor, ele não é um dos meus alunos.

Fermor ajustou o chapéu na cabeça.

— Bem, graças a Deus, srta. Webber, pois isso seria o maior abuso de poder e responsabilidade que eu poderia imaginar.

— Não há nada na lei que diga que uma pessoa de dezoito anos...

Fermor sorriu, deu mais um passo à frente.

— *Eu* sou a lei aqui, srta. Webber, e se alguém vai citar a lei serei eu. A verdade é que vocês, dois encrenqueiros, me aborreceram muito com essas travessuras na picape, e vou levar vocês e fichar por um motivo ou outro, e talvez vocês aprendam uma lição, certo? Talvez da próxima vez que entrarem no condado de Clinch a caminho de algum lugar vocês se limitem a ir direto para esse lugar... em vez de parar na beira da *minha* estrada e fazer coisas que só deviam acontecer atrás de portas fechadas, depois que o sol se pôs.

— Ah, pelo amor de Deus! — disse Alex.

— Pelo amor de *Deus!*, srta. Webber? Você freqüenta a igreja em Augusta Falls? É responsável pela educação moral e religiosa dos seus alunos naquela sua escola? Eu diria que sim, se essa escola for parecida com a nossa, certo? — Fermor balançou a cabeça. — Portanto, eu não tomaria nenhum nome em vão, menos ainda o de Deus, considerando a posição em que vocês se encontraram nesta linda manhã. Vou pedir que calcem os sapatos e se vistam direito, um de cada vez, e depois se coloquem aqui ao lado do meu carro e esperem para que eu os algeme.

— Nos algemar? — perguntei, agora desconfiado, começando a achar que algo vingativo e injusto estava acontecendo.

— Pois é, sr. Vaughan, algemá-los. É isso que vou fazer, e vocês vão colaborar, senão, como eu disse antes, vou ligar para a delegacia e uns dois comissários virão aqui e vamos fazer uma festa com isso.

A mão que estava apoiada na arma chegou dois centímetros para trás. Olhei para Alex. Seus olhos estavam arregalados, marejados. Ela parecia uma criança assustada.

Colaboramos. Calçamos os sapatos e nos endireitamos. Fomos um atrás do outro para o carro de Fermor e ele algemou minha mão esquerda na direita de Alex, depois a minha direita a uma barra que corria por cima da janela.

Nem Alex nem eu falamos uma palavra durante a viagem. Quando nos aproximávamos de uma lombada na estrada, olhei a picape de Reilly Hawkins no acostamento. Quis saber se ainda estaria ali quando voltássemos.

A delegacia do condado de Clinch era um bloco sem graça na beira da estrada na periferia de Homerville. Parecia algo que alguém tinha deixado cair quando entrava na cidade e achara que não valia a pena voltar para buscar. Então lá ficara, e uma vez lá dentro, cada um de nós preso em celas separadas, mas de frente uma para a outra, com um corredor estreito no meio, comecei a pensar que talvez aquele acontecimento fosse o ponto alto da semana do xerife Fermor. Postado no fim do corredor estava um comissário, não mais velho que eu, de boca fina e ar sério, abatido com a grandiosidade e a seriedade de sua tarefa. Informou-nos que não deveríamos conversar. Olhei por entre as grades para Alex. Ela estava sentada na cama, encostada na parede, os joelhos levantados, o queixo descansando em cima deles, e a toda hora me olhava, olhos arregalados e confusa. Balancei a cabeça e sorri. Vai dar tudo certo, tentei transmitir. Isso não é um bicho-de-sete-cabeças, não vai dar em nada... e não, eu não culpo você.

Ela sorriu timidamente, e depois fechou os olhos e baixou a cabeça. Acho que talvez tenha adormecido.

A comoção começou mais ou menos uma hora depois. A porta no fim do corredor se abriu e Fermor ficou ali parado.

— Vamos botar esses pervertidos para fora daqui — disse com objetividade. — Temos coisa mais importante para tratar.

O comissário ficou nervoso, parecia inseguro.

— Vá! — rosnou Fermor.

O garoto veio correndo em nossa direção, as chaves tilintando no cinto, e pelejou para abrir a porta do xadrez.

Alex se empertigou.

— O que...

— Estamos liberados — disse eu, e fui para a porta da cela. Minhas mãos instintivamente agarraram as barras.

Fermor veio para o lado do comissário.

— Você é Joseph Vaughan de Augusta Falls — declarou sonoramente.

Assenti. Senti a tensão nas mãos, senti os nós dos dedos ficarem brancos.

— Foi você quem encontrou a menina Perlman em agosto de 42.

Tornei a assentir.

— Fui eu sim, senhor.

— Bem, meu filho, temos mais uma, em Fleming, condado de Liberty. Vou para lá, levando o comissário Edgewood aqui comigo, e não tenho tempo para tratar de papelada nenhuma de vocês.

Senti meus olhos se arregalarem. O sangue me fugiu do rosto. Meu coração disparou; senti as pernas bambas. Por um momento, não consegui registrar nada do que ele dizia.

Outra menina. Três anos depois de Virginia Grace Perlman, outra menina fora morta.

— Tem certeza... tem certeza de que... — gaguejei.

— Ainda não tenho certeza de nada — disse Fermor. Pigarreou, enfiou os polegares no cinto. — Só vou dizer essa única coisa antes de botar vocês daqui para fora. Não gosto muito que vocês entrem no meu condado para cometer esse delito. Fui olhar na lei. O que vocês estavam fazendo era um delito, puro e simples. Expondo-se em lugar público e envolvendo-se em conduta lúbrica e lasciva. E o fato de você ser professora, srta. Webber... — Ele fez uma pausa de efeito, e fitou Alex com um olhar duro de desaprovação. — O fato é que você é responsável pela instrução dos jovens de Augusta Falls, bem, não quero usar o vocabulário que eu gostaria de usar porque fui bem-educado demais para isso...

A voz de Fermor era uma confusão de sons sem sentido em meus ouvidos. Eu olhava sua boca se mexer, sua expressão mudar enquanto ele falava, e aquilo não queria dizer nada para mim. Eu só enxergava as solas brancas dos sapatos de Virginia no alto do morro.

— Vou tomar providências para que vocês façam um balanço do que aconteceu aqui hoje, para que considerem isso uma lição e uma sorte... sorte que tenha sido eu que encontrei vocês e não outra pessoa de mentalidade mais severa. Eu só não vou fichá-los por causa dessa coisa horrível no condado de Liberty; tenho que ir lá e dar assistência ao meu colega, o xerife Landis. — Fermor fez um gesto positivo, depois se virou para o comissário. — O comissário Edgewood vai levá-los de volta ao veículo de vocês, e depois eu lhes pediria que seguissem viagem para o Hospital Comunitário de Waycross e tratassem dos seus assuntos. É só o que tenho a dizer, mas vou rezar por vocês domingo que vem como gosto de fazer nesses casos. Desejo-lhes tudo de bom, mas não ficarei triste em vê-los fora do meu condado.

Fermor tornou a fazer um gesto de cabeça, e depois se voltou para Edgewood.

— Pegue o segundo carro, leve essas pessoas para a picape delas, e depois vá para Fleming.

— Sim, xerife — disse Edgewood, e ficou olhando Fermor se dirigir a passos largos para a frente do prédio. Pouco depois, ouvimos o ronco do motor do seu carro.

O comissário Edgewood ficou ali parado um momento, nervoso, sem saber talvez o que vinha em seguida, depois deu um passo à frente e pegou a chave que abriria minha cela.

— Solte a senhora primeiro — disse eu.

Ele parou, olhou para mim, olhou por cima do ombro para Alex, e então disse:

— Sim, claro. A senhora. Sim... certo, desculpe.

Alex saiu, esperou pacientemente enquanto Edgewood se atrapalhava com as chaves até encontrar a certa, abria minha porta e recuava para me deixar passar para o corredor.

Edgewood mandou que fôssemos para a frente do prédio e esperássemos por ele. Dei a mão a Alex, e quando saímos do corredor estreito passei o braço em volta de seu ombro e a puxei com força.

— Que sorte — murmurei, mas o que eu realmente queria dizer era *Outra menina... encontraram outra menina.*

Ela se virou e olhou para mim, as pálpebras inferiores e superiores borradas de *kohl*, a pele pálida. Simplesmente balançou a cabeça, sem dizer nada, e enquanto esperávamos por Edgewood, limitei-me a abraçá-la com toda a força.

A viagem transcorreu em silêncio. Acho que Edgewood não saberia o que fazer se eu começasse a conversar com ele, mas eu não tinha capacidade de falar. Senti os três anos passados se fecharem sobre mim como uma sombra, senti o coração retumbando no peito, senti a presença de algo que eu tanto tentara esquecer me devastar.

Edgewood nos deixou na picape, deu meia-volta e rumou para o trevo onde poderia virar para o condado de Liberty.

— Quero ir lá — disse eu a Alex.

— Onde?

— Fleming.

Ela franziu a testa.

— Por que, Joseph, por que quer ir lá?

Balancei a cabeça.

— Não sei, Alex... droga, não sei, só tenho a sensação de que preciso ir lá.

— E ver o quê? Outra menina que foi assassinada?

Ficamos um de cada lado da picape olhando para o outro por cima do capô. Olhei para o chão, para os meus sapatos, e quando ergui os olhos vi que não havia como explicar o que eu sentia.

Eu achara Virginia Perlman. Fizera uma promessa para Elena Kruger, a promessa de garantir que nada de ruim lhe acontecesse, e falhara. Eu é que não tomara nenhuma atitude enquanto Gunther Kruger e sua família eram alvo de ressentimento e ódio injustificados, e isso indiretamente tivera como conseqüência a morte de sua filha, mas também a perda da minha mãe como eu a conhecia. Eu era arrastado para aquilo, era só o que sentia, mas sabia que não tinha como fazer Alex entender isso. Pensei nos Guardiões, em onde estariam, no que estariam fazendo... e soube mais uma vez que tudo o que tínhamos tentado realizar não passara de tolice infantil.

— Você quer mesmo ir? — perguntou ela.

Assenti. Não havia hesitação nem dúvida em meu espírito.

— E sua mãe? Quando acha que vai visitá-la?

Encolhi os ombros.

— Não sei, Alex, talvez na volta... mas se não quiser vir comigo posso deixá-la em casa.

Ela fez que não com a cabeça.

— Eu queria ir ver sua mãe — disse baixinho. — Tenho certeza absoluta de que não quero ir a Fleming.

— Eu quero... eu *preciso* ir, Alex... não me pergunte por que, pelo amor de Deus, nem eu sei, mas tem alguma coisa nisso que simplesmente... simplesmente...

— Se você vai, bem... então vá sozinho — disse ela. — Se realmente tem que fazer isso, então vai ser assim... Não quero me envolver. Não quero participar dessa barbaridade.

— Entendo — disse eu. —Vou deixar você em casa.

Levei duas horas para chegar a Fleming. Segui para nordeste, peguei um caminho que passava por Hickox, Nahunta, fui acompanhando a divisa do condado de Glynn-Brantley até Everett, depois segui pelo condado de Long e entrei em Liberty. Quando cheguei era de tardinha, de um dia encoberto e opressivo. Na periferia de Fleming não havia indicação da presença da polícia, mas trezentos metros em direção à cidade vi um ajuntamento de carros pretos e brancos, representantes de Charlton, Clinch, Camden, do próprio Liberty; outro carro com o escudo do condado de Tattnall na porta. Parei a picape do lado esquerdo e esperei alguns minutos. Minha sensação era de urgência, uma sensação de ter que saber o que acontecera, ter que saber quem era, o que fora feito, se era atribuível à mesma pessoa responsável pelas mortes anteriores. À direita da estrada, havia um dique, e atrás do dique uma elevação que subia para uma moita de arbustos e árvores baixas. Um cavalete de madeira fora colocado em cada ponta de uma extensão de dez metros, uma corda esticada entre eles; do outro lado, indicações de movimento e atividade no bosque. Saltei da picape e fui para o lado direito, contornei a corda e atravessei a linha das árvores uns cinqüenta metros mais abaixo. Desejei que eles estivessem comigo — Maurice, Michael, Ronnie, até Hans.

De uma distância de uns vinte metros eu via os xerifes Burnett Fermor e Haynes Dearing, e um terceiro homem que presumi ser o xerife do condado de Liberty. Edgewood estava lá, mais atrás, à esquerda. Estava rígido, como se tivesse dificuldade de lidar com o que quer que estivesse ali. Continuei andando, diminuí um pouco o passo, e mesmo sabendo que haveria problema, mesmo sabendo que Fermor e Dearing teriam o que falar, não consegui deixar de ir.

As primeiras impressões foram de uma confusão no terreno. De onde eu estava, os poucos segundos que Fermor e Dearing levaram para me ver, para situar quem eu era, para me perguntar por que cargas-d'água eu estava ali, se eu tinha seguido Edgewood, se Edgewood tinha me levado, e a garota... onde estava a garota, e que diabo eu pensava que estava fazendo chegando no meio da cena de um crime... caramba, que diabo era aquilo? Naqueles poucos segundos, lutei para entender o que estava à minha frente. Acho que nem consegui relacionar o que meus olhos viam com a sucessão de pensamentos e perguntas que se seguiram até Edgewood e Dearing estarem parados em cima de mim na beira da estrada.

A menina fora cortada ao meio. O corpo fora cortado pelo meio, cada parte enterrada numa cova rasa, mas cada cova a menos de dois metros da outra, e, quando as duas partes foram desenterradas, o aspecto era de um corpo de dois metros e meio, a metade superior se projetando do chão, a do meio afundada, a inferior aparecendo a certa distância. Não era uma imagem que encontrasse algum ponto de referência com nada. Era uma ilusão, um engano, uma quimera.

Mais uma vez, senti o sangue me fugir do rosto, das mãos, das pernas. Senti tudo dentro de mim retroceder, como se fosse uma tentativa de recuar do horror que eu estava presenciando. Senti as pernas bambas, e por um momento não ouvi nada, embora o xerife Dearing estivesse me rosnando uma pergunta atrás da outra.

"... fazendo, e agora você está aqui..."

"... exatamente está acontecendo, e é melhor eu ter respostas claras..."

"... uma espécie de..."

Tapei os ouvidos e caí de joelhos. Foi então que senti as algemas se fecharem nos meus pulsos pela segunda vez no mesmo dia. Uma sombra envolveu meu coração. Olhei para eles, todos eles — Edgewood, Dearing, Fermor, Landis, do condado de Liberty —, e fiz menção de falar.

— Não diga nada! — rosnou Fermor para mim. — Não sei que diabo está acontecendo aqui, garoto. Cadê a garota? Cadê a garota que estava com você? O que fez com ela?

Eu não conseguia falar.

Dearing agarrou a corrente entre as algemas e me suspendeu até eu ficar em pé. A dor que eu sentia nos pulsos e nos antebraços era atroz. Eu não conseguia respirar direito, e quando ele se virou e começou a me empurrar para a estrada, senti as pernas bambearem de novo.

Eles me jogaram na traseira do carro do xerife Landis. Landis e Fermor ficaram para trás, Edgewood recebeu ordens de dirigir, e o xerife Haynes Dearing, do condado de Charlton, um homem que eu conhecia desde que nasci, entrou no carro e se sentou ao meu lado e mandou Edgewood ir para a delegacia do condado de Liberty.

— Não sei o que está acontecendo aqui, menino — disse, num tom seco e acusativo —, mas antes do fim da tarde vamos ter umas respostas claras.

Comecei a dizer alguma coisa.

— Nem uma palavra — sibilou ele. — Nem uma palavra aí, garoto. Você já está bastante encrencado assim. Só vai agravar a situação me contando alguma coisa agora.

Fiquei bloqueado. Pensei em Alex, em minha mãe. Virei-me e olhei pela janela. Havia nuvens carregadas no horizonte. Começara a chover.

Elena.

Sua garotinha meiga, calada, perdida.

Penso na mulher que você teria se tornado. Quero saber se existe um lugar que encerre todas essas vidas inacabadas. Outro plano, outro mundo, paralelo ao nosso, lá onde encontraremos os mortos, retomando suas vidas incompletas e vivendo-as até o fim.

E lembro-me de ocasiões em que tentei muito entender o tipo de pessoa que poderia ter matado tantas crianças.

Havia os pecados imaginados de minha mãe — terríveis, assassinos até, e havia os meus próprios pecados — pecados nascidos do medo, um medo tão grande que me fazia acreditar que o que eu estava fazendo de certa forma se justificava. Mas aquele pecado era diferente. Muito, muito diferente. Os pecados que cometemos eram guiados por um sentimento de moralidade, de justiça, de necessidade de ver aquilo terminado.

Mas os seus...

Mesmo agora, não consigo pensar na mente que deve ter inspirado tais atos.

Lembro-me do semblante do xerife Dearing quando se desinteressou do que havíamos feito. A maneira como me olhou, como virou as costas e olhou para trás.

Talvez ele soubesse, mesmo naquela ocasião.

Talvez ambos soubéssemos.

E mais cedo, antes de tudo mudar, houve aquele dia em Liberty, condado de Fleming, em que eles acharam que talvez eu fosse o culpado... Lembro-me muito bem. Eu achava que Virginia Grace havia sido a última, em agosto de 42. Mas não, houve mais, e não só a que foi encontrada ali.

Como me sentei em frente a Dearing, um homem que atravessou minha infância comigo, e o jeito como seu rosto se pregueava em volta dos olhos, um sentimento de derrota, um fantasma em seus ombros, e o tom de sua voz quando ele disse...

Treze

— Esther Keppler.

— Quem?

— Esther Keppler — repetiu o xerife Haynes Dearing.

Eu estava sentado na frente dele. Era tarde. Eu não tinha idéia de que horas eram, mas pelo frio que fazia podia dizer que o sol já se escondera. Da saleta dos fundos da delegacia do condado de Liberty, onde eu estava, não dava para ver nenhuma janela. Já estava ali havia duas, talvez três horas. A maior parte do tempo, estive sozinho, imaginando que diabo eu fazia lá. A certa altura, eu fizera a pergunta, e Dearing respondera:

— Temos exatamente a mesma pergunta para você.

Então ele balançou a cabeça e saiu da sala sem exigir de mim uma resposta. Fiquei aliviado, porque não tinha nenhuma.

Perguntei quanto tempo ficaria lá; disse que estava com fome.

— Não sei quanto tempo — dissera ele —, pode demorar mais um pouco... Vou mandar trazer comida para você.

Uma hora depois, o comissário Edgewood entrou na sala com um prato de sanduíches e uma garrafa de Coca-Cola.

— Pode me dizer que diabo está havendo aqui? — perguntei-lhe.

Ele não devia ser muito mais velho que eu; eu tinha esperança de que me ajudasse a sair de lá.

Edgewood fez que não com a cabeça.

— Não — respondeu categoricamente. — Não posso lhe dizer nada.

Ele recuou até a porta, saiu e a fechou ao passar. Trancou-a, como fora feito todas as vezes.

Comi os sanduíches. Bebi a Coca-Cola. Depois de algum tempo, precisei ir ao banheiro. Fui até a porta e bati com a parte inferior da palma da mão.

— Ei! — gritei. — Tem alguém aí?

Nada aconteceu — nenhuma resposta, nenhum barulho. Tornei a bater, mais alto, e levei um susto quando alguém bateu na porta do outro lado.

— Cala a boca aí dentro! — ouvi alguém dizer do outro lado, com toda a clareza.

— Preciso ir ao banheiro!

— Bem, você pode esperar, droga!

— Você não pode fazer isso comigo! Eu não fiz nada! Tenho meus direitos...

— Direitos? Quais são? — respondeu a voz, e fez-se silêncio.

Tornei a bater na porta. Nada.

Fui sentar de novo na cadeira de pinho.

Esperei mais meia hora, talvez mais, e foi então que Dearing apareceu e me disse o nome da menina que eles haviam encontrado.

— Não conheço ninguém com esse nome — disse eu. — Ela é daqui?

Haynes Dearing puxou a cadeira da mesa e sentou-se.

— É, ela é de Fleming. Nove anos.

— Foi assassinada como... como as outras?

Dearing assentiu.

— Parece que sim... e houve mais duas desde a que você encontrou em Augusta.

— Mais duas?

— Sim, mais duas... num total de oito.

Minha cabeça parou de funcionar. Fiquei arrepiado. Os cabelos da minha nuca ficaram em pé. Minha boca ficou seca, com um gosto amargo. Acabei encontrando a voz, e disse:

— Nove, xerife Dearing... foram nove.

Dearing franziu a testa.

— Nove?

— Elena Kruger... lembra?

— Claro que lembro, mas ela não foi morta pela mesma pessoa. Morreu no incêndio.

— Não pela mesma pessoa — disse eu —, mas pode contar a morte dela entre essas, porque foi diretamente causada pelo que aconteceu.

— Seja como for — disse Dearing —, tenho oito assassinatos, todos de meninas, esta última morta hoje, cortada ao meio, meu Deus, e as metades enterradas separadas. — Fez uma pausa e olhou para mim. — É verdade sobre hoje de manhã... que Burnett Fermor encontrou você e Alexandra Webber fazendo o que vocês estavam fazendo na traseira de uma picape?

Fiz que sim.

— Caramba, o que é isso? De quem é essa picape, afinal... com certeza não é sua.

— É de Reilly

— Reilly Hawkins?

— É, Reilly Hawkins.

— E o que você estava fazendo, Joseph? Aonde ia?

— Visitar minha mãe no Hospital Comunitário de Waycross.

— E para que parou, hein? Esse não é o tipo de comportamento que espero de você, e certamente não da srta. Webber. Ela é a professora, sabe?

Sorri.

— Eu sei, xerife, eu sei que ela é a professora.

— E quanto tempo tem essa... essa relação entre você e a srta. Webber?

Encolhi os ombros.

— Não sei, quase seis meses, talvez.

— Seis meses?

— Mais ou menos seis meses.

— Quantos anos você tem?

— Dezoito.

— E a srta. Webber?

— Ela tem vinte e seis, faz vinte e sete em fevereiro.

Dearing balançou a cabeça devagar.

— Faz vinte e sete em fevereiro... tudo bem, tudo bem.

Ficamos algum tempo calados. Eu tinha consciência da pressão no meio do meu corpo. Ainda não tinha ido ao banheiro, achava que estava me concentrando nisso para pensar o menos possível no que Dearing me dissera. Mais duas meninas. Oito ao todo. Eu queria lhe perguntar quem eram, o que lhes acontecera, por que uma informação daquela não nos fora comunicada. Eu queria saber por que ele não conseguira nada, não só ele mas também as delegacias de vários condados.

— Não consigo acreditar que você tenha sido preso — disse Dearing. — Mas o fato de que estava preso lhe dá um álibi muito substancial, não?

Franzi a testa, fiz que não com a cabeça.

— Como assim, álibi?

— O fato de estar trancado no xadrez quando ela foi morta me diz que você não poderia ter feito isso...

— *Eu* não poderia ter feito isso? O que isso quer dizer, meu Deus?

Dearing levantou a mão e me fez calar.

—Você tem alguma idéia de como alguém que não o conhece veria isso? Quer dizer, pelo amor de Deus, Joseph...

— Sua voz foi sumindo. Ele balançou lentamente a cabeça, ficou algum tempo calado, depois disse:

— E como aconteceu essa, essa *relação*? É uma coisa que começou há seis meses... não começou antes?

— Antes, xerife? Como se ela tivesse me seduzido quando eu não tinha idade legal para praticar sexo consensual?

Dearing pareceu um pouco surpreso.

— É isso que está perguntando, xerife? Se estiver perguntando isso, diabo, pergunte logo. Não é complicado. No que me diz respeito, não tem mistério.

Dearing pigarreou.

— Bem, então tudo bem... é isso?

— Ela induziu você a algum tipo de relação sexual antes que você fosse legalmente responsável por tais decisões?

— Não.

— Não?

— Exatamente — disse eu. — Não, ela não me induziu a nada. A srta. Webber e eu nos conhecemos há muitos anos...

—Você era aluno dela, certo?

— Eu *fui* aluno dela, xerife. Ela e eu ficamos amigos depois que saí da escola. E continuamos amigos. Agora temos uma relação, e estávamos indo visitar minha mãe em Waycross hoje de manhã quando...

Dearing levantou a mão.

— Já sei o que aconteceu. Não preciso de mais detalhes.

— Tudo bem... Posso ir ao banheiro agora, xerife Dearing?

— Daqui a pouco, meu filho, daqui a pouco. Primeiro preciso lhe perguntar o que está fazendo aqui em Fleming quando houve mais uma menina assassinada.

Olhei para Dearing. A pergunta dele de repente me trouxe de volta à realidade. Eu andara falando de Alex, defendendo minha situação. Quase me esquecera onde eu estava, e aí era isso — a razão da minha presença em Fleming. Mais uma menina fora assassinada. Antes dela, mais duas.

— O senhor disse que mais duas foram assassinadas?

Dearing assentiu.

— Parece que sim. Uma em Meridan, em setembro de 43, outra em Offerman, condado de Pierce, em fevereiro passado... e essas são as que a gente sabe.

— Portanto, quem quer que tenha matado as meninas em Charlton e Camden, foi embora antes do incêndio da casa dos Kruger...

— Não estamos tirando conclusões precipitadas, Joseph. Não sabemos se esses assassinatos foram cometidos pelo mesmo homem.

— Mas a forma como essas meninas desapareceram, como foram encontradas... Há semelhanças suficientes para relacioná-las?

Dearing balançou a cabeça.

— Não estou dizendo nada... não *posso* dizer nada, e mesmo se pudesse não diria. O fato é que outra menina foi morta, e queremos saber o que você está fazendo aqui, Joseph. Você mora em Augusta Falls, sua mãe está no Hospital Comunitário em Waycross, mas você está em Fleming porque ouviu dizer que uma menina foi assassinada. Quer me contar alguma coisa que faça sentido? Você é da minha jurisdição. É um dos meus conterrâneos. Conheço você, conheço sua mãe há não sei quantos anos... diga alguma coisa que eu possa entender, certo?

Fiquei calado.

— Joseph?

Olhei para Haynes Dearing. Balancei a cabeça.

— Não tenho uma resposta para o senhor, xerife.

Dearing assentiu.

— Como soube disso?

— Da menina?

— Sim, da menina... do que aconteceu aqui em Fleming.

— O xerife Fermor nos contou... Bem, ele veio mandar o comissário Edgewood soltar Alex e a mim porque tinha que ir a Fleming.

— Então você o entreouviu falando com o assistente dele?

Sorri, encolhi os ombros.

— Eu não diria que entreouvi, xerife. Ele não chegou a fazer segredo disso..

— Tudo bem — disse Dearing pensativo. Olhou para a porta, numa reação mais ou menos instintiva, como se tivesse tido uma idéia que o impedisse de me encarar.

— O que é?

Dearing meneou a cabeça.

— Não, o quê? — tornei a perguntar. — Em que está pensando?

— Estou pensando em coincidências, Joseph... que quatro dessas meninas eram de Augusta Falls...

— Três — disse eu. — Três de Augusta Falls. Alice Ruth Van Horne, Catherine McRae e Virginia Perlman.

— Ellen May Levine também.

Fiz que não com a cabeça.

— Ellen May era de Fargo, no condado de Clinch. Foi encontrada em Augusta Falls, mas não era de lá.

— Parece que você sabe mais que eu sobre isso, Joseph.

Ri, e me dei conta de que meu riso deve ter dado a impressão de ser uma reação nervosa. A intenção não fora essa.

— É a minha cidade — disse eu. — Essas coisas me perturbam, xerife, especialmente depois de ter sido eu quem encontrou o corpo de Virginia.

— Certo, claro que foi você — interrompeu Dearing. — Eu tinha esquecido que foi você quem a achou.

— Não, não tinha — comecei com objetividade. — Que diabo é isso? O que está acontecendo aqui, xerife? O senhor cogitou que eu tivesse algo a ver com essas mortes?

Dearing sorriu. Foi um sorriso autêntico. Ele parecia o modelo da autoridade paternal que sempre o considerei na minha infância distante e esquisita.

— Isso não me passa pela cabeça, Joseph. Em todo caso, você mesmo criou essa situação para você.

— Que situação? Como assim?

Dearing recostou-se e cruzou os braços sobre a vasta barriga.

— Você tem cabelo quase até os ombros. Tem barba, Joseph, uma baita de uma barba. Foi preso por andar de sacanagem com uma professora de vinte e seis anos na traseira de uma picape de propriedade de Reilly Hawkins. Mora na mesma cidade que três das vítimas, e a quarta também foi encontrada lá. Era vizinho dos Kruger, e se o incêndio na casa dos Kruger fez alguma coisa foi dar a todos a idéia de que talvez Gunther Kruger tivesse alguma relação com o que tinha acontecido. E depois... droga, Joseph, depois houve esse caso com sua mãe e Gunther Kruger, algo que foi muito difícil para muita gente fingir que não viu, e tão logo ele partiu de Augusta, sua mãe foi parar no Hospital Comunitário de Waycross, e todo mundo está achando que talvez ela soubesse de alguma coisa, alguma coisa tão importante para deixá-la se sentindo muito mal a respeito, algo que perturbou as idéias dela, e agora ela está aos cuidados daqueles especialistas lá...

— Todo mundo? — perguntei, interrompendo o xerife Dearing enquanto ele vomitava aquele monólogo incômodo. — É isso que *todo mundo* pensa?

Pensei nas visitas que ele lhe fazia, que ele nunca me contara, e aparentemente não estava preparado para me contar agora.

Dearing riu.

— É uma expressão, Joseph, uma maneira de falar. Você sabe o que eu quero dizer.

— Sei mesmo? Tem certeza de que sei, xerife?

— Tudo bem, tudo bem, já basta... isso aqui não é para ser um confronto, Joseph. Trata-se de um preocupado membro da delegacia do condado seguindo uma linha de investigação.

— Uma linha de investigação sobre quem? Sobre mim? Se estive envolvido em algumas dessas mortes? Ou talvez sobre minha mãe e por que ela enlouqueceu... Diabo, xerife, talvez ela tenha matado todas essas meninas. O que acha disso? Que tal seguir isso como sua linha de investigação?

O xerife Dearing sorriu, compreensivo.

— Você está cansado, Joseph. Teve um dia longo. Vou mandar levarem você até sua picape. Acho que deve voltar para casa hoje à noite. Mas preciso que entenda isso. — Dearing inclinou-se à frente. — Eu posso confiar em você. Já o conheço há bastante tempo para achar improvável que esteja envolvido nessas coisas, mas Burnett Fermor, os outros aqui... Diabo, eles não sabem quem é você. Querem mantê-lo aqui. Embora essa menina tenha morrido enquanto você estava no xadrez de Burnett Fermor, ele ainda não aceita que deve soltar você. Seu álibi é circunstancial, foi o que ele disse. Disse que o médico-legista poderia estar errado, que a hora da morte é *estimada.* Quer lhe fazer algumas perguntas, começar a ver se você tem ou não álibi para as outras.

Fiquei horrorizado, impressionado que alguém pudesse sequer cogitar num absurdo daqueles. Fiz menção de falar, mas Dearing levantou a mão.

— Pegue a picape de Reilly Hawkins e vá direto para Augusta Falls. Não vá a lugar nenhum a não ser para casa. Esteja lá quando eu passar para vê-lo amanhã ou depois.

— E aonde eu iria, xerife... Ah, sim, claro, para alguma outra cidade onde houvesse meninas sendo assassinadas, certo?

Dearing balançou a cabeça com paciência.

— Vou atribuir a esse comentário a importância que ele merece, Joseph. — Recuou a cadeira e se pôs de pé. — Vou mandar o comissário Edgewood levá-lo de volta ao seu veículo. Irei falar com você nos próximos dias, e você responderá às minhas perguntas com sinceridade, entendeu?

Dearing levantou-se da cadeira.

— Xerife?

Ele parou e se virou; olhou para mim. Por um instante me senti como a criança que eu fora. Ele sabia o que eu ia lhe perguntar; eu podia ler isso em seus olhos.

— Por que isso continua a acontecer? Como pode continuar acontecendo depois desses anos todos?

Dearing recuou e tornou a se sentar.

— Você não pode me perguntar isso — disse baixinho. — Essa é uma pergunta que estamos nos fazendo há pouco mais de seis anos.

— E não têm nada?

Ele emitiu um ruído como se fosse rir, e reconheci um desespero absoluto em seu olhar.

— Nada? Temos oito meninas mortas, Joseph... Eu não chamaria isso de nada.

— O senhor sabe o que eu quero dizer, xerife.

Dearing inclinou a cabeça. Juntou as mãos, palma com palma. Um homem rezando.

— Já tivemos nossas suspeitas — disse. — Já fomos de casa em casa em vários condados diferentes. Já pedimos auxílio, mas há uma guerra acontecendo caso você não tenha reparado. As pessoas de que necessitamos são necessitadas em outro lugar, entende? Essas mortes ultrapassaram os limites da cidade, os limites do condado. — Parou abruptamente. — Nem sei por que estou lhe contando isso. — Sorriu sem convicção, balançou a cabeça. — Digamos apenas que eu finja que vou dar de cara com ele um dia, e embora eu não tenha idéia de como ele é, vou *saber* que é ele, e... — parou um instante, olhou para o outro lado, pensativo. — Não vou fazer perguntas, Joseph... Não vou algemá-lo nem levá-lo para a delegacia. Vou simplesmente lhe dar um tiro na hora, e aí estará tudo acabado.

— Seis anos — disse eu. — Oito meninas, se não incluirmos Elena Kruger. E essas duas últimas, as de Meridan e Offerman?

— O que tem elas?

— A mesma coisa... o mesmo tipo de morte?

— É, exatamente o mesmo... como se ele tentasse sepultar o que faz. Como se tentasse separar tudo e lançar aos quatro cantos da Terra, mas não conseguisse se decidir a fazer isso. Limita-se a deixá-las jogadas onde possam ser encontradas... — Dearing se calou. — Chega — disse. Levantou-se da cadeira mais uma vez, e por um momento pareceu sem jeito, como se percebesse que andara dizendo alguma inconveniência. Se alguma vez vi alguém que precisasse falar, precisasse desabafar, era Haynes Dearing.

— As primeiras tinham ligação com Augusta Falls, não? — perguntei. — Mas agora elas estão espalhadas, certo?

Dearing balançou a cabeça.

— Está na hora de você ir para casa, Joseph. Está na hora de ir para casa.

— Não fale com estranhos — disse eu. — Não saia com estranhos. Fique alerta. Não se arrisque.

Dearing me olhou com atenção.

— Lembra-se disso?

— Lembra-se dos Guardiões?

Ele franziu a testa.

— Eu, Hans Kruger e os outros. Daniel McRae, Ronnie Duggan, Michael e Maurice. Era assim que a gente se intitulava. Os Guardiões. E aqueles cartazes que o senhor pendurou em todo lado. Lembra-se disso, não é?

— Eu me lembro que uma noite peguei vocês — disse Dearing. — Muitas vezes quis saber que diabo vocês achavam que estavam fazendo.

Sorri.

— Estávamos fazendo alguma coisa, xerife, só isso. Só estávamos tentando fazer alguma coisa para ajudar a pegar o assassino.

— Meu Deus, vocês podiam ter se metido na maior encrenca.

— Já estávamos encrencados, xerife. Havia alguém por ali assassinando crianças. Acho que isso já poderia ser considerado uma encrenca, não acha?

Dearing assentiu, depois se virou para a porta.

— Preciso ir — disse. — Tenho esse assunto para resolver. Alguém tem que ir contar aos pais da menina.

— Estamos no condado de Fleming. O xerife Landis não deveria fazer isso?

Dearing olhou para mim, e tornei a me sentir como uma criança.

— Atualmente — disse ele baixinho — a gente trabalha em dupla.

Quinze minutos depois de o xerife Dearing ter saído da sala o comissário Edgewood veio me levar até a picape de Reilly. Passei a viagem toda calado.

Catorze

— Bagre frito — disse minha mãe. — Podíamos ter ostras à Rockefeller para começar, e depois frango ao *curry* com bolinhos de milho, torta de batata-doce e bagre frito. — Riu, tirou o cabelo da testa. — Adoro bagre frito, você não, querida?

Alex me olhou. Fiz que sim com a cabeça. Alex se virou e sorriu para minha mãe.

— Depois, eu poderia fazer tortas. Faço uma torta maravilhosa. De chocolate, talvez, até nozes com mel ou creme de mirtilo. Poderíamos fazer sorvete também, sabe? Minha enfermeira poderia vir. Ela adora uma boa torta. O nome dela é irmã Margaret. Era freira. Da Ordem Sagrada do Imaculado Coração de Maria. Maria, viu? Como o meu nome. Ouço dizer que muitas freiras gostam de torta... Já ouviu isso, Joseph?

— Já, mãe, já ouvi — respondi, entregue ao fato de que minha mãe achava que receberia Alex, sua família, talvez a elite da Geórgia para um lauto banquete sulino.

— Febre cerebral — murmurou ela para Alex. — Tive uma febre cerebral no verão passado. Tanto sofrimento! E fiquei debilitada com tanto mal-estar e nervosismo. Nunca se viu nada igual. Enfim, espero que dê tudo certo com você e Joseph. Meu Deus, estou muito orgulhosa de vocês, muito orgulhosa. Vocês vão se casar, não é?

Olhei para minha mãe. O cabelo dela estava branco e ralo, cabelo solto de avó. Ela estava com quarenta e um anos. Parecia quase sessenta. Tinha a pele do rosto e das mãos inchada, era só assim que eu poderia descrever. Pelo jeito, a medicação que tomava provocava tal efeito colateral. Eu não suportava pensar no que estavam lhe dando, portanto não perguntava.

Era domingo. Na noite anterior, eu voltara de Fleming. Parei na casa de Alex e expliquei o que acontecera, que o xerife Dearing estava lá, que eu tinha passado algum tempo com ele.

— Por quê? — perguntara ela.

— Ele tinha umas perguntas, Alex, nada de importante.

— Perguntas? Perguntas sobre o que, Joseph?

— Sobre os Kruger, só isso. Eles eram vizinhos nossos, nós os conhecíamos bem, talvez melhor do que ninguém, e ele queria saber se havia acontecido alguma coisa na época que poderia ajudá-lo.

— E então?

— Nada — respondi. — Não consegui lhe contar nada.

Não contei a ela sobre as outras duas meninas, as de Meridan e Offerman. Passei a noite lá, dormi ao lado dela, sabendo que ela ficara acordada muito tempo, mas eu nada dissera.

Ela acabou adormecendo. Esperei até sua respiração ficar profunda e regular, então saí do quarto, pé ante pé pelo patamar superior, e fiquei olhando pela janela estreita no fim. Os campos estavam planos e azuis, a névoa entrava do Okefenokee e criava fantasmas que pairavam acima do chão. Entre esses fantasmas havia as crianças, todas elas, e fechei os olhos e fiz-de-conta. Fiz-de-conta que, se me concentrasse muito, eu poderia ouvi-las, seus assobios, seu riso, seu ímpeto de vida repentinamente interrompido agora brotando de alguma outra forma, em alguma outra realidade etérea. Estavam todas lá. Crianças fantasmas. Filhas dos mortos. Agora vivas, sua respiração visível na névoa, de mãos dadas, cada passo deixando um rastro na terra úmida — e atrás delas, fechando a retaguarda, observando-as e assegurando-se de que nada de ruim lhes acontecesse, estava meu pai. Meu pai, o anjo.

Por um instante, prendi a respiração, pensei em Alex. Pensei em minha mãe. Pensei na vida que viera correndo ao meu encontro e me pegara desprevenido. Às vezes me parecia não ter tempo algum. Dezoito anos — um piscar de olhos, uma fração de segundo. Outras vezes, parecia que cada emoção que eu era capaz de experimentar havia sido socada nesses anos e se avolumava dentro de mim até me esgarçar. O que eu tinha? Meus pais haviam morrido — meu pai, fisicamente. Minha mãe, mentalmente. Eu tinha Alex, era o que eu tinha, e mesmo enquanto pensava nisso, sabia que chegaria uma hora em que a relação não poderia existir mais. Não era tanto a diferença de idade, certamente não meu ponto de vista sobre tal diferença, mas o ponto de vista do mundo.

Uma relação era uma troca: companheirismo contra o controle da vida do outro. Eu não tinha a menor dúvida de que amava Alexandra Webber, e mesmo quando pensava nos acontecimentos que haviam nos unido a relação ainda me parecia irreal. Eu não pensava nela como professora, e talvez nunca pensara. Ela era minha amiga, isso antes de tudo, e ao que parecia eu não tivera muitos amigos na vida. Reilly Hawkins, os Kruger pequenos, Mathilde e Gunther, e por algum tempo e de uma forma especial os Guardiões. Além dessas pessoas, aparentemente não havia ninguém senão Alex Webber, a mulher que forçou minha mão e me fez escrever.

Voltei depois de algum tempo, fiquei parado ao lado da cama, vendo-a dormir. Prestei atenção ao som da sua respiração, até botei a mão em seu peito para sentir seu coração. Ela era tudo o que eu tinha. Era importantíssima para mim, mas eu sabia que o que quer que pudesse ganhar, de alguma forma eu perderia, e portanto, dentro de mim, eu me esforçava.

Mais tarde, dormi — um sono agitado, intermitente —, e sonhei com crianças mortas andando pelos campos da Geórgia.

Na manhã seguinte, levantei antes de Alex, saí e comprei um jornal. Recortei a notícia, uma coluna de 5 centímetros sobre uma menina assassinada em Fleming. Guardei-a com as outras — seis ao todo — e pensei nas duas que estavam desaparecidas.

— Devíamos ir visitar minha mãe — disse eu. — Ela fez anos dia 19. Depois de amanhã é Natal. Eu devia ir, Alex, devia mesmo, e quero que você venha comigo.

— Então vamos. — Assim, muito direta. — Reilly vai nos emprestar a picape?

— Claro que vai... mas dessa vez não paramos no caminho.

Ela riu, aproximou-se de mim. Avancei um passo, peguei-lhe a mão, puxei-a para mim e a abracei.

— Acho que a gente devia cortar seu cabelo e raspar sua barba — disse. — Assim você não fica com cara de homem da montanha maluco que desceu para assustar os aldeões.

— Agora não. Agora vamos visitar minha mãe.

Foi o que fizemos, e chegamos sem incidentes, e quando encontramos minha mãe — no solário nos fundos do prédio —, contei-lhe que Alex era minha namorada.

— Um mundo muito moderno — disse. — Namorada. — Riu. O riso era de outra pessoa. Não da mulher que me criou. — Pode-se ficar parado ao sol — prosseguiu ela, levantando a mão e indicando os gramados atrás do prédio através das janelas altas do solário. — Pode-se ficar parado ao sol... sentir o calor do sol. Dá a sensação de ser a impressão digital de Deus na alma da gente. — Ela se virou e sorriu para Alex, mas como se não a visse, como se não houvesse reconhecimento. Eu me perguntava se minha mãe se lembrava do próprio nome. — E dá para ouvir as vozes dos anjos. — Ela me encarou. A sensação de algo andando na minha nuca me fez estremecer. Fugaz como a sombra de uma nuvem num campo.

— Anjos? — perguntei.

Minha mãe fez que sim, tornou a sorrir, mas dessa vez houve uma ligação momentânea, como se ela visse que eu era seu filho. De verdade, ela viu o filho.

— Anjos — murmurou. — Vozes de anjos... como aquelas garotinhas, Joseph, as que foram com o Diabo, lembra?

Assenti. Estava constrangido.

Ela se aproximou mais de mim.

— Venha cá — murmurou, num tom conspiratório, talvez paranóico.

Cheguei mais perto.

— Sei quem levou as meninas — disse.

Franzi a testa.

— As meninas, Joseph... *sei* quem as levou.

— Como assim? — indaguei.

Eu me perguntava o que tinha realmente acontecido com minha mãe. Eu me perguntava sobre a mente, como funcionava, de que maneira podia se avariar e se fechar de maneira tão definitiva.

— Todas para o inferno — sibilou.

De repente fiquei abatidíssimo. Olhei com o canto do olho para Alex. Ela parecia tão nervosa quanto eu.

Peguei a mão de minha mãe.

Seus olhos eram azul-claros e parados, como se refletissem um brilho.

— Elas estão por aí — disse. — Alice e Laverna, Ellen May, Catherine... a que você encontrou, Joseph... Como era o nome dela?

Balancei a cabeça.

— Você sabe o nome dela, mãe.

— Virginia, certo?

— Certo, mãe, Virginia Perlman.

— Ouço todas elas... ouço seu pai também, e às vezes ouço Elena, e ela está perdida, Joseph, não sabe de onde veio e com certeza não sabe aonde deve ir. Diz que está me esperando, e vai esperar o tempo que for necessário, e quando eu chegar lá posso dar a mão a ela e mostrar o caminho...

— Mãe... por favor...

Ela parou, talvez ofendida com minha interrupção, depois balançou a cabeça, piscou para mim como se fôssemos coniventes.

— Tudo bem, Joseph, nem mais uma palavra. Mas você tem que me prometer uma coisa, Joseph...

— O que, mãe, o que quer que eu prometa?

— Que você vai falar com o xerife Dearing, dizer a ele o que eu disse... aliás, diga a ele que venha me ver. Diga a ele que sei a verdade. Diga a ele que sei quem é esse assassino de crianças.

Fiquei com o coração apertado.

— Sim — disse eu, e na hora em que a palavra saiu de minha boca, me perguntei se algum dia voltaria a falar com minha mãe. Falar com a mulher que me criara, a mulher que amara meu pai, que o sepultara e de alguma forma só continuara a viver por causa do filho. — Eu digo a ele — murmurei, a voz embargada de emoção, os punhos cerrados, usando toda a minha força de vontade para segurar as lágrimas. — Assim que eu voltar, digo a ele. — Sorri como pude. Eu torcia para que ela não dissesse aquele tipo de coisa para os médicos, para os outros pacientes. Deus sabe o que eles fariam com ela se lhes contasse que falava com o marido morto e meninas assassinadas, que conhecia a identidade de um assassino de crianças que escapava da polícia de vários condados havia tantos anos.

E foi então que ela falou das ostras à Rockefeller e do creme de mirtilo, sobre o banquete que prepararia para nós, para sua enfermeira, para a elite da Geórgia. Tornou-se a mulher confusa e distante que eu já imaginava, com o olhar apagado, sem mencionar os mortos.

Ficamos mais um pouco, enquanto pude agüentar ficar sentado com a mulher que um dia fora minha mãe, e depois nos despedimos.

— Muito triste — murmurou Alex. Ela pegou meu braço e meio me puxou enquanto nos afastávamos. — Uma mulher tão culta e tão inteligente... e agora... — A voz dela foi sumindo até se transformar num silêncio frágil e emocionado.

Encontramos a enfermeira Margaret, a enfermeira de minha mãe. Ela era magérrima; suas feições pareciam quase imprecisas, como uma aquarela. Seus olhos eram cinza-claros e desbotados, como se ela tivesse passado quase a vida inteira chorando. Uma solteirona do sul, imaginei, boca fina e contraída, toda contida, o tipo de mulher que desejava amor mas nunca encontraria.

— Ela disse a vocês que... que eu era freira? — perguntou. — Meu Deus... posso imaginar que eu seria a última pessoa no mundo para se pensar uma coisa dessas. — Balançou a cabeça. — Não, sou só Margaret, simples assim, nada mais complicado que isso.

Sorriu calorosamente, depois conduziu Alex e a mim para longe das pessoas que esperavam sentadas na sala do outro lado do solário.

— Ela vai levando de alguma forma — disse. — De vez em quando a gente vê alguma coisa, como se houvesse uma luz por trás dos seus olhos, e é essa a verdadeira Mary Vaughan, a que existia antes da doença.

— O que há de errado com ela? — perguntou Alex. Olhou para mim, quase como se temesse que eu me ofendesse com a pergunta.

Margaret sorriu com compaixão.

— Não sou psiquiatra, querida — disse. — Estou aqui porque entendo de medicação, nada mais que isso. Se quiser uma opinião, deve falar com o médico dela. Só sei o que ouço, e o que ouço não faz muito sentido. Não sei se alguém entende mesmo o que acontece quando as pessoas... — Margaret olhou para mim, depois para Alex. — Vocês sabem o que quero dizer... ninguém sabe realmente quando as pessoas *ficam perturbadas*. — Suspirou e balançou a cabeça. — Quem me dera saber, aí pelo menos eu teria a sensação de poder fazer alguma coisa para ajudar.

Alex virou-se para mim.

— Devíamos falar com o médico dela.

Meneei a cabeça.

— Já falei. Várias vezes. Eles não sabem qual é o problema dela, nunca souberam e provavelmente nunca vão saber. Só estão tentando mantê-la tranqüila.

— São as vozes que ela ouve — disse Margaret, e nos fitou um de cada vez, com uma expressão de medo naqueles olhos cinzentos desbotados. — As meninas? — acrescentou, depois me encarou, como se eu fosse esclarecer o assunto.

Fiquei calado.

— Ela consegue falar sobre o tempo, sobre as flores nos jardins, sobre outros pacientes. — Margaret brincava com a borda do bolso do vestido. — Parece toda interessada nisso, sabem? É capaz de ficar sentada uma hora conversando, às vez mais, e a gente acha que ela está se recuperando bem, sendo racional... e de repente, do nada, começa a falar com outra pessoa, alguém que a gente não vê. Então digo a ela: "Mary? Com quem está falando, querida?", e ela se vira e me olha como se eu fosse a louca, e diz: "Ora, Margaret, estou falando com...", e aí diz um nome, de uma menina pelo que entendo, e vai em frente, contando a quem passar na sua frente sobre o seu dia, falando com alguém chamado Earl.

Balancei a cabeça.

— Earl era o marido dela... morreu em 39.

Margaret sorriu, como se lhe tivessem feito uma pergunta e ela tivesse entendido.

— Sim, Earl — repetiu. — Falando sobre algo que fez com Earl, e, mesmo quando a gente vai embora, ela continua falando, como se não fosse dar tempo de falar no dia seguinte. — Margaret parou de repente. Ficou sem jeito, como se tivesse falado demais. — Sinto muito — deixou escapar. — Não me compete ficar falando dessas coisas. Peço desculpas. É que vocês são as únicas pessoas que vieram visitá-la em muito tempo. Tem o outro cavalheiro. Ele veio algumas vezes, mas nunca se demora...

— Haynes Dearing — disse eu.

Margaret balançou a cabeça.

— Não sei o nome dele. Ele nunca me disse e eu nunca perguntei.

Toquei no braço dela.

— Tudo bem — disse eu. — Você ajudou muito, Margaret. Foi muito bom falar com você. Por favor, não fique achando que disse alguma coisa inconveniente.

Margaret sorriu. Com aqueles olhos desbotados, olhou para um lado e para o outro como se esperasse que alguém aparecesse. Quanto tempo faltava para Margaret começar a conversar com gente invisível?

Partimos sem falar com o dr. Gabillard. Eu nem perguntei se ele continuava tratando de minha mãe. Era inútil falar mais.

— Acha mesmo que não se pode fazer mais nada? — perguntou-me Alex quando deixávamos o Hospital Comunitário Waycross para trás.

— Ela já está lá há quase quatro anos, Alex.

Alex ia dizer alguma coisa, talvez fazer outra pergunta, mas ficou calada. Olhou para mim, sentada ali no banco do carona enquanto seguíamos na picape de Reilly Hawkins para a auto-estrada. Olhei para ela e sua expressão era vazia, uma declaração simples de nada. Seus olhos estavam vazios, como se ela tivesse visto tudo o que havia para ver e pouco mais sobrasse.

Peguei sua mão.

— Já venho aqui faz tempo. Depois de um ano, um ano e meio, já não sentia mais que ia visitar minha mãe. Agora só venho por obrigação... Talvez mais pela memória do meu pai do que qualquer outra coisa.

— Você se lembra de me falar sobre os anjos? — perguntou Alex.

Sorri.

— Não me lembre disso.

— Por quê?

— Porque eu era muito garoto na época, e você era minha professora, o que torna estranhíssimo isso que fazemos agora.

— Você se sente assim?

Balancei a cabeça.

— Não até você começar a falar sobre anjo e o Concurso de Contos de Atlanta, e me dar um livro de Steinbeck de aniversário.

— Você devia escrever um livro sobre tudo isso — disse.

Franzi a testa.

— Tudo isso o quê?

— Sua vida. Seu pai, as meninas que foram assassinadas, o que aconteceu com os Kruger, o que aconteceu com sua mãe, nós... essas coisas todas. Você devia escrever sua autobiografia.

Comecei a rir.

— Tenho dezoito anos, Alex, dezoito anos. Pelo que você diz, até parece que eu não tenho muito mais vida para viver.

— Acha que ela sabe?

— Ahn?

— Sua mãe? Acha que ela sabe quem fez aquilo?

— Fez o quê? Do que você está falando?

— As meninas que foram mortas, Joseph. Você ouviu o que ela disse.

Balancei a cabeça.

— Alex, minha mãe é maluca. Ela está na ala psiquiátrica do Hospital Comunitário de Waycross. Conversa com meu pai, e ele morreu em julho de 1939. Tenho certeza de que não tem a menor idéia de quem foi o responsável...

— *É* o responsável, Joseph... as mortes continuam acontecendo.

— Tudo bem, tudo bem... Tenho quase certeza de que ela não tem a menor idéia de quem *é* o responsável por essas coisas.

— Mas e se ela souber? E se tiver ficado assim porque sabe e não consegue fazer nada a respeito...

— Ficado maluca, Alex. E se tiver ficado *maluca* porque sabe? Vamos dar o nome aos bois. Nós nos conhecemos bem o bastante para não ficar com rodeios. Ela é maluca. Pancada, pirada...

— Pare — disse Alex secamente. — Basta!

— Basta digo eu, Alex. Não quero mais ouvir falar nisso, certo? Ela não sabe quem matou essas meninas... perdão, quem está *matando* essas meninas. Ela não sabe. Nunca soube e tenho certeza de que nunca vai saber. Vai continuar vivendo em Waycross. Provavelmente, vai passar o resto da vida lá, e vou continuar indo visitá-la até não agüentar mais, ou até ela nem sequer me reconhecer. Então ficarei com pena, mas ao mesmo tempo sentirei um peso enorme sair dos meus ombros, porque você não tem a menor idéia de como é ir lá e ficar ouvindo sua mãe extasiada conversando com gente que já morreu, especialmente quando um dos mortos vem a ser seu pai.

— Sinto muito... — começou ela.

Olhei para ela. Pus a mão em seu rosto.

— Alex, amo você. Amo você mais que qualquer coisa ou qualquer pessoa no mundo. Não estou zangado com você. Não estou nem ligeiramente irritado com você. Estou chateado com a situação. Não há nada que eu possa fazer senão ficar chateado uma vez ou outra, mas não é com você. Na verdade, é com o pessoal do Waycross, os que disseram que iriam fazer alguma coisa para ajudá-la e parece que a deixaram pior. Só isso. O que acontece com minha mãe, quem ela é, como se comporta... isso não são coisas com que você deva se preocupar. Certamente não são coisas que eu quero que atrapalhem nossa relação. — Parei para ganhar fôlego. — É só isso, sem tirar nem pôr, e eu não quero, não quero *mesmo*, falar mais sobre isso, certo?

— Certo — disse ela baixinho. Segurou minha mão, beijou a palma. Sorriu, e no lusco-fusco de um entardecer da Geórgia, com a brisa cálida entrando pela janela da picape, ela dava a impressão de ser mais do que eu jamais poderia ter desejado.

Fechou os olhos, apertou de novo minha mão, depois a soltou.

Olhei para a estrada vazia à nossa frente.

Ficamos calados um bom tempo, e quando falamos não dissemos nada de importante.

Depois do assassinato em Fleming da menina Keppler, depois de visitar minha mãe e ouvir aquela sua conversa de doido, fiquei pensando se eu estava destinado a carregar o peso daqueles fantasmas para sempre. Se eu poderia, de alguma forma, ter feito algo para impedir aquelas mortes, e nada tendo feito, condenei-me a carregar o fardo da culpa pelo resto da vida.

Depois da menina Keppler os sonhos passaram a vir com mais freqüência.

Sonhei que era assassinado. Sonhei que correra como o vento pelo meio das árvores e dos campos, a consciência de algo me perseguindo, algo que eu não via mas percebia com uma certeza tão grande como a que eu tinha do meu nome.

Sonhei que estava sendo caçado. Seguido. Acossado. Sonhei que ficava mais cansado a cada passo, uma exaustão profunda, uma fadiga da mente, do coração, da alma. Sonhei que cada passo que eu dava era sempre o último, mas de alguma forma eu dava outro, e mais outro. Andando mais devagar, porém, mais devagar e tropeçando, até o que me perseguia estar em cima de mim, e olhei para uns olhos de postigo, e dei um grito silencioso, e quando o silêncio acabou, fez-se um silêncio maior e mais profundo, um silêncio que me engolia inteiro e não me soltava.

Então me levantaram da carroceria aberta de uma picape, e Kruger estava lá, e chorava em cima de mim, e suas lágrimas caíam e encostavam na minha pele. Lowell

Shaner, Frank Turow, Reilly Hawkins... estavam todos lá, e olhando da traseira do veículo embaixo da lombada eu via minha mãe, e os fantasmas de crianças mortas atrás dela. E elas choravam em silêncio, e havia uma sensação de tudo chegando a um fim... e uma sensação de saber de algo, saber quem estivera ali, quem estava dentro da minha certeza invisível enquanto eu corria nos campos e pelo meio do mato, enquanto eu cambaleava com os pés pesados na beira do pântano de Okefenokee... e havia música, música como a que tocavam na igreja...

Então fui sepultado, minha expressão de terror congelada para todo o sempre. Baixei à sepultura vestido com minhas roupas de domingo, sapatos engraxados, cabelo penteado, e as pessoas estavam em pé ao redor da cova que ficava cada vez mais funda, e eu ouvia a terra caindo em cima de mim, e sabia que jazeria ali para todo o sempre, e a grama cresceria, e as estações mudariam, e pessoas que eu amara envelheceriam e morreriam, e haveria silêncio em minha mente em vez de vozes...

Eu estaria ali, meus pensamentos para sempre beirando a certeza... de que eu soubera quem era... de que eu soubera quem era... de que eu soubera quem era...

E ele não era uma figura num cartaz preso na coluna de uma cerca. Não era figura nenhuma. Era um ser humano — um autêntico ser humano de carne e osso, que comia, respirava e falava.

E estava por ali.

Em algum lugar.

QUINZE

Natal de 1945. O "Old Blood and Guts"* Patton morreu em conseqüência de ferimentos que sofrera num acidente de carro na Alemanha. O homem que conquistara a Sicília em trinta e oito dias, que fora rebaixado de posto duas vezes por causa de seu temperamento irritadiço e difícil, foi ferido mortalmente num trecho deserto de estrada. Parecia a ironia mais sinistra, e refletia perfeitamente o tratamento que o mundo julgava necessário dispensar a nós, seres humanos.

Alex foi visitar os pais em Syracuse dois dias antes do Natal. Ela planejava passar mais ou menos uma semana fora. Levei-a à rodoviária de Augusta Falls, e aguardei com ela. Quando o ônibus se afastou, percebi que não tinha nenhum motivo para ir para casa. Fiquei algum tempo na cidade. Sentei num restaurante na rua Manassas e observei as pessoas andando de um lado para o outro. Apesar da época, todas pareciam partir animadas e chegar a contrariadas, com uma expressão grave e expectante de quem vive entre filhos ingratos e pais senis. No meio, para elas, sobrava pouco. Talvez, imaginei...

* Alcunha pela qual era conhecido o general Patton. Literalmente, "Sangue Velho e Coragem". (*N. da T.*)

talvez fosse assim mesmo. Quando saí, vi o xerife Haynes Dearing do outro lado da rua. Ele acenou, me chamando.

— Você por aqui? — perguntou.

— Trouxe Alex aqui para pegar o ônibus para Syracuse.

— Vai visitar a família?

— Vai passar o Ano-novo com eles.

— Você não quis ir com ela?

Encolhi os ombros.

— Não gosto muito dos rapapés que um hóspede precisa fazer.

— Nem eu — disse Dearing. — Minha mulher está recebendo a irmã com o marido, e apesar de ser nossa casa me irrita como ela vive esquentando a cabeça com bobagens. Fico doente com essas coisas.

Assenti. Eu queria ir para casa.

— Já está indo? — perguntou Dearing.

— Estou, sim.

— Está com pressa, certo? — perguntou ele, mas do jeito como perguntou não era tanto uma pergunta quanto um desafio para recusar sua companhia.

— Pressa? Diabo, como sempre, xerife. Há coisas para fazer, sempre coisas para fazer, como bem sabe.

— Mas você tem um tempinho para mim, para fumar um cigarro e conversar sobre uns assuntos?

De novo, a pergunta foi mais uma afirmação ou um convite para contrariá-lo.

— Nunca me dei bem com cigarro — disse eu. — Tentei algumas vezes, acabei ficando rouco e me sentindo estranho. Conversar, eu posso... nunca tive problema com isso.

— Então venha comigo até meu gabinete, é um convite social, não tem nada de oficial, ver se consegue esclarecer algumas coisas para mim, que tal?

— Isso é mesmo uma pergunta, xerife?

Dearing riu e balançou a cabeça.

— Não, que diabo. Acho que não, Joseph.

— Vou por livre e espontânea vontade. Não quero que pense que tenho alguma coisa a esconder.

— Ótimo, Joseph, ótimo — disse Dearing, e deu meia-volta e foi andando na frente.

O gabinete do xerife Haynes Dearing era um anexo para as partes da sua personalidade que ele não queria carregar. Na parede ele havia anexado uns quadros, nada mais que tábuas de pinho, onde prendia com percevejos fotos, notas e bilhetes, certificados disso e daquilo, cupons, vales de Hot Shoppes e Howard Johnson's, um lado de uma caixa de cereais Cream of Wheat, uma receita de Betty Crocker de torta de maçã que parecia ter sido recortada de jornal, um desenho infantil a lápis de cera do "Cherife Derin", uma tabela detalhando o alfabeto fonético, uma escala com todo tipo de pesos e medidas e distâncias; outras coisas desse gênero. No canto direito, embaixo de um letreiro do Serviço Postal dos Estados Unidos, estava o seu lema: "Nem neve nem chuva nem calor nem o escuro da noite impede esses mensageiros de completar com presteza os circuitos que lhes foram designados." Dearing notou como isso me chamou a atenção.

— Meu pai — disse ele. — Entregava a correspondência. Incrível. Quarenta e tantos anos. Pendurei isso aí para me lembrar da persistência e da resistência dele, e porque combina com o que faço.

Franzi a testa.

— Não entregar a correspondência. É como livrar de delitos, sabe? — Ele sorriu, mais ou menos deu de ombros, e sentou-se pesadamente em sua cadeira. A cadeira, de ripas de madeira, com rodinhas nos pés, rangeu incomodamente sob seu peso. — Que diabo, não sei, Joseph, talvez não tenha semelhança nenhuma... talvez "Proteger e Servir" não parecesse bastante importante. — Ele riu para si. — Sente-se — disse. — Quer um café ou alguma outra coisa?

Fiz que não.

— Então você finalmente foi a Waycross visitar sua mãe?

— É, a gente foi domingo passado, dois dias antes do Natal.

— E então?

— Não sei o que dizer, xerife... ela não é mais minha mãe. Eu converso com ela... puxa, não é bem uma conversa. — Balancei a cabeça. — Na última visita, ela me disse que sabia a identidade do assassino das crianças.

Dearing ergueu as sobrancelhas, e então pareceu preocupado, interessado. Mexeu-se em sua cadeira e inclinou-se à frente para me olhar mais de perto.

— Sinto muito saber disso, Joseph, muito mesmo. Não sei o que dizer. O que acontece aqui... — Bateu com o indicador na testa. — Raios me partam se eu souber o que faz as pessoas funcionarem, sabe? — Respirou lentamente e recostou-se na cadeira. — Fui lá visitá-la umas vezes — disse ele.

— Eu sei, xerife... Sei que foi visitá-la e agradeço muito.

— Pareceu a coisa certa a fazer. Sentei para conversar com ela e não sei se ela lembra quem eu sou.

— Eu não sei... — Olhei para o chão, balancei a cabeça com resignação. — O que quer que estejam fazendo com ela, não está consertando nada. Já lhe deram drogas e todo tipo de tratamento. Toda vez que vou lá, eles têm outra invenção que é a fórmula mágica. Tudo me parece panacéia universal ou erva-do-diabo. O médico vem, com um terno de setenta e cinco dólares, todo afetado, com ar de superioridade, e o que ele me diz não serve para nada.

— Sinto muito, Joseph. Mas isso não me surpreende muito tratando-se de médicos e afins. Parece que esse pessoal fica só olhando o que já aconteceu com a pessoa em vez de olhar o que vai acontecer com ela.

Levantei as mãos e encolhi os ombros resignado.

— É o que é, xerife.

— O que a srta. Webber acha?

Ergui os olhos, intrigado.

— Alex?

— Claro, ela é professora, não? Mais esperta do que três ou quatro leigos juntos. Não serve só pra você comer, certo?

Ri. As palavras de Dearing saíram de forma direta e franca, um boxeador profissional perfurando o espaço entre nós. Palavras assim pareciam feitas de algo mais material do que som; palavras sem luvas, com o nariz sangrando e feias. Era uma qualidade que eu podia apreciar.

— O que ela acha? — respondi. — Não sei... Não perguntei muito. Foi a primeira vez que a levei lá. Ela falou um pouco no caminho, nada de especial de fato, mas eu não gosto de conversar muito quando vou a Waycross.

— O que houve com Gunther Kruger?

A pergunta saiu do campo esquerdo com uma bola curva. Desviei-me mas ela me pegou de esguelha e machucou um pouco. No dia seguinte eu ainda a sentiria, talvez uma equimose.

— Gunther Kruger? — Esquivei-me.

— A gente vê o que vê, Joseph — disse Dearing. Parecia uma afirmação bastante simples, mas, pela forma como ele disse, pareceu outra coisa. — Você é escritor, não?

— Mais ou menos.

— Quer saber o que penso dos escritores?

— Muitíssimo.

— Acha que eu não leio? Li aquele Rider Haggard, Hemingway, gente assim. Li *The informer*, do irlandês, como é o nome dele?

— O'Flagherty — disse eu. — Liam O'Flagherty.

— É esse aí.

— Estou admirado.

— Que eu saiba ler?

— Não, xerife, que leia coisas assim.

— Tenho uma prima que trabalha na Biblioteca Estadual da Geórgia em Savannah. Todo ano eles se desfazem sabe Deus de quantos livros... ela seleciona algumas dúzias e manda para mim.

— Ia me contar o que achava dos escritores.

— Eu ia — disse ele. — Às vezes eu gostaria de transformar o que digo numa viagem para sentir que cheguei ao destino quando não me perco.

Fiquei calado, esperando.

— Os escritores vêem o que os outros não vêem.

Ergui as sobrancelhas.

— Estou certo — disse Dearing. — Talvez seja mais preciso dizer que vêem as coisas de maneira diferente. Concorda?

Encolhi os ombros.

— Acho que todo mundo vê o que eles vêem, e tem uma maneira de ver diferente.

— Talvez — retrucou Dearing. — Mas um escritor nota detalhes e coisas assim que os outros não notam, e vê esses detalhes porque olha com outros olhos.

— Talvez — disse eu. — E está me dizendo isso por causa de...

— Por causa do que aconteceu com sua mãe e Gunther Kruger.

Não respondi.

Dearing sorriu, com uma expressão compreensiva.

— Não estamos mais na escola, Joseph. — Inclinou-se à frente e pousou as palmas das mãos na mesa. Pensei que fosse usar o apoio para se levantar, mas ele simplesmente se inclinou mais e olhou para mim. — Não sou de escarafunchar a vida pessoal de ninguém. Não considero que seja da minha conta, e acho que nem se me oferecessem eu haveria de querer.

Sua mãe e Gunther Kruger se acostumaram a ter a companhia um do outro, isso é fato. Eu sei disso. Você sabe. É certo como dois e dois são quatro que a sra. Kruger sabia. Não sei em relação às crianças. Criança, às vezes, engana. Olhos arregalados e inocentes, mas ouve cada palavra. — Dearing fez uma pausa, recostou-se na cadeira. A cadeira, talvez resignada com tal castigo, apenas resmungou um pouco. — Eu me lembro, uma ocasião, uns três ou quatro anos atrás. Um cara disse que a mulher foi envenenada... — Dearing parou de repente. — Diabo, você não vai querer ouvir histórias velhas sobre esse tipo de coisa. Outra hora a gente fala disso. Enfim, onde é que eu estava?

— Minha mãe e Gunther Kruger.

— Certo, certo. Então, como eu disse, acho que talvez tenham acontecido coisas naquele tempo sobre as quais você não pensava falar na época. Talvez não parecessem importantes. Talvez não fossem, sabe? O tempo nos dá um enfoque e uma situação diferentes. Eu me pergunto se você pode ter alguma lembrança que nos dê uma pista.

— Sobre as meninas que foram assassinadas?

— Claro, sobre as meninas que foram assassinadas.

— E acha que eu poderia saber de algo sobre isso porque era vizinho dos Kruger.

— Não, não porque você era vizinho dos Kruger... porque três das meninas eram daqui, uma era de Fargo, mas foi encontrada no terreno de Kruger.

— Espere aí — disse eu. — Tenho a sensação de estar sendo conduzido, xerife.

Dearing sorriu e balançou a cabeça.

— Ninguém está conduzindo ninguém, Joseph.

— Então me pergunte o que quer perguntar que eu respondo.

Dearing pigarreou.

— Sei que fui falar com você depois, mas não sei se algum dia entendi o que aconteceu com a menina Keppler.

Franzi a testa.

— Me diga a verdade, Joseph... por que foi a Fleming naquele dia?

Sorri e balancei a cabeça.

— Isso é um trem, certo? Devia ter me contado que eu tinha ganhado uma passagem e eu teria feito uma malinha para a viagem.

— Não tem passagem nenhuma, Joseph. Vou lhe dizer uma coisa. A curiosidade que tenho é mais ou menos desse tamanho. — Dearing abriu os braços. — Acho estranho você ter sabido da morte de uma menina de quem nunca tinha ouvido falar, e ter ido até o condado de Liberty. Isso me fez pensar.

— Pensar em que, xerife... em como um assassino pode voltar ao local do crime?

— Não só o assassino, Joseph, talvez alguém que saiba algo sobre o assassinato.

Não respondi.

— Já tinha ouvido falar dessas coisas?

Fiz que não com a cabeça.

— Acha que foi Gunther Kruger, não? Acha que Gunther Kruger matou aquelas meninas na época, e voltou a matar de novo, certo?

— O que acha?

— Não acho nada, xerife Dearing.

— Ele parece o tipo de homem capaz de matar alguém?

— Capaz de matar alguém? Acho que qualquer um é capaz de matar alguém. Dê-lhe o motivo e a oportunidade certos, bem, quem sabe, hein? Talvez até o senhor, xerife.

— Eu não estou em pauta, Joseph. O que está em pauta é se houve ou não alguma coisa naquela época que tenha lhe dado a impressão de que Gunther Kruger pudesse ter algo a ver com as mortes. Na época, havia uma linha de ação...

— Uma linha de ação que pôs fogo na casa e matou a filha? — perguntei. Eu estava começando a ficar irritado.

— Uma barbaridade — disse Dearing. — O que aconteceu então, não há a menor dúvida. Foi uma barbaridade, uma barbaridade, e eu, de minha parte, sinto uma responsabilidade tremenda...

— Por que se sentiria responsável? O senhor não acendeu o fogo, não é? Ou *acendeu*, xerife? Será que aquela era uma situação em que havia motivo e oportunidade suficientes...

Dearing ergueu a mão.

— Há lições para se aprender na vida, Joseph. A gente pode fazer uma experiência e aprender com ela. E se precisar repetir mostra que é tolo.

Franzi a testa.

— Você me aborreceu uma vez, indo para Fleming. Que diabo, a última pessoa que eu esperava ver lá era você. Não quero que me aborreça de novo, Joseph.

Ergui a mão de maneira conciliadora.

— Gunther Kruger era suspeito na época. Não me importo de lhe dizer isso. Sabe de uma coisa? Vou lhe contar isso por um tostão e você não precisa me pagar na hora. Não havia nada, *absolutamente nada*, que indicasse que a filhinha dele tinha convulsões...

— Ela era epiléptica, xerife...

— Agora era? — Dearing recostou-se na cadeira. Enfiou o polegar direito no cinto, com cara de quem estava satisfeito consigo mesmo.

— Está dizendo que não era?

Dearing fez que não com a cabeça.

— Estou dizendo que não há nenhum registro de que a menina tivesse o grande mal ou qualquer coisa parecida.

— Então as equimoses que vi...

— Eram simplesmente as equimoses que você viu, nada mais nada menos que isso. Que diabo, Joseph, por mais que se disfarçasse, havia alguma coisa errada naquela família. Eu sou republicano, tanto quanto Robert Taft era, e não sei se sou a favor de se vender terras da Geórgia para estrangeiros e afins, mas tenho um respeito fundamental por meus semelhantes e não lhes tenho rancor. Mas... — Dearing fez uma pausa melodramática. Inclinou-se à frente para enfatizar sua posição e a importância de seu ponto de vista. — Quando se trata de matar meninas, não tenho opinião formada sobre ninguém, só acho que a pessoa pode ou não estar envolvida. Não sou um desses ignorantes que odeiam uma pessoa só porque ela é de outro lugar. Não importa quem elas sejam, que cor tenham, que língua falem, todas são iguais perante a lei. O fato é que sua mãe, que Deus a abençoe, faz com o sr. Gunther Kruger igual a Lana Turner naquele filme *O Carteiro*... O fato é que ela era uma mulher decente e temente a Deus... Bem, que diabo, Joseph, não consigo aceitar o fato de que sua mãe ter se envolvido com Gunther Kruger sirva como alguma referência para o caráter dele. Eu... nós... achamos que ele batia na menina, eu, Ford Ruby, o xerife Fermor... Ele o é que você teve o prazer de conhecer naquela tarde com a srta. Webber, certo?

Fiz que sim com a cabeça.

— Lembro-me dele, sim.

— Então nós três tivemos umas reuniões, e fizemos o que fizemos, fizemos nossas perguntas e seguimos nossas pistas, e não voltamos com nada para apresentar. Nada a não ser a coincidência do lugar onde as meninas foram encontradas. Isso e o fato de considerarmos Gunther Kruger uma pessoa que batia em criança.

— O que não é muito para acusar alguém de assassinato.

— É verdade, mas, por mais inteligente que você seja, por mais que fale difícil, e por mais que eu seja lento e metódico e não tenha mais centelhas na cabeça do que um petardo molhado, vou lhe dizer uma coisa que eu tenho, Joseph Vaughan... Tenho persistência, entende? Persistência. Sou do tipo que quando mete uma idéia na cabeça ninguém consegue tirá-la dali senão depois de muita briga, e, mesmo assim, quem brigou sabe como foi difícil.

— Então, o que está dizendo? — perguntei.

Dearing recostou-se na cadeira. Assumiu o ar resignado e filosófico de quem tenta obter uma informação se fazendo de descansado, quase como se o que eu pudesse dizer não fosse muito relevante.

— O que estou dizendo é que tive Alice Ruth van Horne, Laverna Stowell, Ellen May Levine, Catherine McRae e Virginia Perlman, todas mortas entre novembro de 39 e agosto de 42. Depois acontece isso com os Kruger. O incêndio. A menina morre no incêndio, certo? Os Kruger foram embora para onde quer...

— Uvalda, condado de Toombs — interrompi. — Parece que uma prima dela tem uma fazenda lá.

Dearing balançou a cabeça.

— Foi para lá que foram — disse —, mas não onde ficaram.

Franzi a testa. Eu perdera contato com os Kruger, nunca perguntara o que acontecera com eles. Talvez, de alguma forma, tenha sido um alívio vê-los partirem. Sua presença constante me lembraria a infidelidade do sr. Kruger e a morte de Elena.

— Foram parar em Jesup.

— Onde?

— Jesup — disse Dearing. — No condado de Wayne. — Abriu uma das gavetas da escrivaninha e retirou um mapa. Desdobrou-o na mesa, levantou-se e fez um gesto para que eu olhasse. Pôs o dedo num ponto e olhei para esse ponto. — A sexta menina, Rebecca Leonard, encontrada em 10 de setembro de 1943, aqui em Meridan, condado de McIntosh. Coloque o dedo ali.

Obedeci.

— A sétima menina, Sheralyn Williams, encontrada em 10 de fevereiro de 1945, em Offerman, condado de Pierce. — Dearing pegou uma moeda no bolso e colocou-o no ponto. — E aí a oitava menina, como você sabe, encontrada aqui em Liberty, condado de Fleming. Esther Keppler. Isso foi justamente há uns dias, em 21 de dezembro. — Dearing olhou para mim, cada um de nós de um lado da mesa, debruçados sobre aquele mapa com nossos dedos ali em cima como se fôssemos Blücher e Wellington em Waterloo. — Então, o que vê?

—Vejo três locais com Jesup no centro.

—Vejo a mesma coisa. Os três não ficam a mais de cinqüenta quilômetros em linha reta.

— O que não quer dizer grande coisa.

— Mas ao mesmo tempo não quer dizer nada.

— E o fato de essas três localidades formarem um triângulo em cujo centro está Jesup lhe diz que Gunther Kruger foi o autor dessas mortes.

Dearing riu com desdém e dobrou o mapa.

— Não, merda, não me diga nada disso.

Fiquei intrigado. Não sabia aonde Dearing queria chegar com suas insinuações e indiretas.

— Tenho oito meninas mortas, Joseph, nove contando com a menina Kruger. Ela não faz parte disso na minha cabeça. Kruger não teria posto fogo na própria casa. Aquele incêndio foi causado por alguém que achava que Kruger merecia. Ou isso, ou por acidente. Então, como eu disse, tenho oito meninas mortas, a mais moça de sete anos, a mais velha, de onze, e quatro xerifes de quatro condados diferentes incapazes de responder a quaisquer perguntas dos pais das vítimas sobre o que poderia ter acontecido e quem poderia ter feito isso. Tenho um suspeito, talvez dois, e nada sobre nenhum deles. Estou nisso, e esses crimes começaram há seis anos...

— É o que a gente acha — interrompi.

— O quê?

— Há seis anos, é o que a gente *acha* — repeti. — Os crimes podem estar acontecendo há muito mais tempo, a gente podia só não saber.

Dearing fez que não. De perto percebi o quanto ele tinha envelhecido. Seu rosto estava todo sulcado com vincos finos, não tanto rugas como pontos de deterioração, onde a força invasora do tempo usurpara o território da juventude. Seu rosto parecia uma foto amassada e desamassada que nunca voltaria a ficar lisa.

— Não sei se quero ouvir uma coisa dessas — disse Dearing baixinho. Sua voz estava cansada, um tanto perturbada.

— Sinto muito, xerife, não tive a intenção de...

Dearing levantou a mão e balançou a cabeça.

— Esqueça. Só estou a fim de falar, e o conheço desde que você era dessa altura, e isso com a srta. Webber... — Dearing fez uma pausa e olhou para mim. — Que idade ela tem, Joseph?

Sentei-me e olhei para ele.

— Tem vinte e seis, xerife, eu já lhe disse.

Dearing também se sentou, empurrou o mapa para a beirada da mesa.

— Claro que sim, claro que sim. Mas...

Sorri para Dearing.

— Sabe de uma coisa? Meu raciocínio é sempre reto e direto, xerife. O senhor tem uma opinião, eu vou ouvir. Não tem problema se a gente concorda ou não. Cada um tem sua opinião, sempre foi assim, sempre será. Tenho certeza de que tem gente que se consola criticando os outros. Essa gente, no que me diz respeito, é amarga e cheia de *schadenfreude*.

— Shada o quê?

— *Schadenfreude*... é uma palavra que descreve o tipo de pessoa que se compraz com a miséria alheia. Sabe o que quero dizer, certo?

— Que diabo, se eu sei o que você quer dizer — disse Dearing. — Isso resume a irmã da minha mulher, a velha falsa que é.

Ri da expressão de Dearing, como se ele tivesse tomado um bocado de limalhas de cobre.

— Enfim, se tem alguma coisa a dizer, então diga. Não sou do tipo que se ofende facilmente.

Dearing encolheu os ombros.

— Droga, Joseph, essa sua cara... Cristo, não sei bem que diabo você lembra. Rasputin ou coisa assim, certo? Seu cabelo está comprido demais, e essa barba que você parece tão decidido a usar deixa-o com cara de maluco. E agora isso com a professora. Você quase foi parar no tribunal do distrito por se expor num lugar público, por conduta lúbrica e lasciva... Você teve sorte, só isso, sorte por Burnett Fermor não ter lhe tirado o couro ali. Esse tipo de coisa, ao lado da sua aparência... bem, Joseph. Burnett Fermor não foi o único a olhar na sua direção por causa dessas mortes.

Levei um susto. Por um instante, não consegui respirar. Tentei dizer algo, mas nada saía.

— Você encontrou a menina Perlman — prosseguiu Dearing. — Várias das vítimas foram encontradas perto da sua casa. É até possível que o incêndio tenha sido causado por você para desviar o foco da atenção.

— O quê?

— Não é nada, Joseph... só pessoas assustadas com mais medo do que bom senso. É assim que começa qualquer tipo de preconceito. As pessoas ficam com medo, principalmente as ignorantes, e não têm o que fazer, então enchem o tempo com aflições. É fácil... olhe como é com os negros. Se falta alguma coisa, bem, tem que ser um negro. Se ouve dizer que uma casa foi arrombada, bem, tem que ser um negro. O negócio aqui em Augusta Falls não é brincadeira, e quem deve lhe dizer isso sou eu porque, com certeza, ninguém mais vai dizer.

— Não acredito!

— Você tem que acreditar no que está acontecendo aqui, Joseph. Já está acontecendo há anos. As pessoas estão realmente apavoradas. Querem saber o que está havendo. Não querem ouvir falar no número de pistas que seguimos, nos boatos que ouvimos. Não querem saber dos vagabundos que tiramos de dentro de furgões e seguramos por dois dias e duas noites antes que estivessem bastante sóbrios para responder a perguntas. Querem que a gente lhes entregue a cabeça de um assassino de crianças, é só o que querem. — Dearing suspirou exasperadamente. — Telefonemas anônimos. Nossa, você quer saber dos telefonemas anônimos, e todos eles , sem exceção têm que ser rastreados... — Fechou os olhos. — O que você tem que entender, Joseph, talvez mais do que qualquer outra coisa, é que é preciso respeitar as expectativas dos outros, senão há preconceito.

— Isso é loucura, xerife — interrompi. — Isso é tão além...

— Acalme-se — disse Dearing.

Eu agarrava os braços da cadeira com tanta força que minhas mãos doíam.

— Isso não é uma acusação, Joseph. Não é nada senão boatos e disse-me-disse espalhados por gente que devia conhecê-lo melhor. É gente que está assustada, gente que perdeu uma filha e quer respostas, quer saber quem é o responsável, e quando se tem gente assustada falando junto o instinto natural é olhar para quem quer que seja um pouco diferente, um pouco fora do comum.

— Mas o senhor não pode estar falando sério... não pode me dizer que as pessoas em sã consciência acham que tive alguma coisa a ver com o assassinato das meninas.

— O que as pessoas acham e o que é verdade não são a mesma coisa, pode acreditar. Só estou dizendo que quando Gunther Kruger estava aqui elas viam um estranho, um alemão, e uma menina com manchas roxas no braço. Havia uma guerra acontecendo. Já havia um clima azedo, e conseguiram se convencer de que Kruger era o homem. Sei que não foi você quem pôs fogo na casa. Acho que não tem nenhuma idéia assassina. Mas agora Kruger foi embora, como se tivesse desaparecido da face da Terra, e as pessoas estão sem nada. Então, o que vão fazer, hein? O que vão fazer senão olhar para o outro que sobressai, que é um pouco diferente?

Dearing fez uma pausa para recobrar o fôlego.

— E o senhor deixa que pensem isso? — perguntei, sem nem acreditar que estivesse envolvido numa conversa daquele tipo.

— Caramba, Joseph, quem você pensa que eu sou? Acha que tenho alguma influência no que as pessoas pensam e fazem? Elas não estão infringindo a lei tendo opinião própria, e se começam a falar quando tomam umas cervejas, se as mulheres naquelas reuniões para confeccionar colchas começam a dar corda umas às outras, o que diabo devo fazer? Acha que devo fazer que me convidem para todas as reuniões sociais em Augusta Falls só para entreouvir calúnias a respeito de Joseph Vaughan e dizer o que penso?

Fiz que não. Estava nervoso e envenenado. Não sabia o que dizer.

— Só estou lhe dizendo que você deve se responsabilizar um pouco pela forma como as pessoas o vêem. Está me entendendo? Você não é mais criança, Joseph. Não é mais um dos Guardiões. Já é adulto, e a imagem que as pessoas fazem de você é baseada no que vêem, nada mais nada menos que isso.

Encarei Dearing. Eu sentia que a cor me fugira do rosto. Imaginei que parecesse um homem assombrado, talvez o fantasma que estivesse assombrando.

— Está dizendo que devo consertar minha imagem para ser igual a todo mundo. Senão podem vir tocar fogo na minha casa enquanto eu estiver dormindo. E aí, que diabo, podem pegar a professora também, e isso não tem a menor importância porque ela é só a mulher que está dando para o assassino das crianças afinal de contas.

Dearing franziu a testa e balançou a cabeça.

— Merda, garoto, você está brabo, não?

Inclinei-me à frente. Eu estava cansado. Minha determinação diminuía, como a pressão de um pneu com um pequeno furo. O coração como um punho que estivesse cerrado só para se mostrar. Esse punho não planejava se ligar com nada.

— O quê? — perguntou Dearing.

Franzi a testa.

— Parece que você está pronto para...

— Matar alguém? — disse eu num tom sarcástico e amargo.

—Você é que está dizendo — retrucou Dearing.

— Mas o senhor me botou a idéia na cabeça.

— O diabo bota idéias assim na cabeça das pessoas, Joseph.

— É mesmo?

— Creio que sim.

Assenti com um gesto de cabeça, olhei para a porta.

— Tem uma linha interna com ele? Ele mandou o senhor vir falar comigo?

Dearing fez um gesto de desaprovação. A boca virou para baixo nas comissuras como se ele fosse dobrá-la e mandá-la embora.

— Agora você está dizendo um total desatino.

— Bem, se matei algumas dessas meninas e toquei fogo na casa de Gunther Kruger... ah, caramba, não podemos esquecer que trouxe a professora para o mau caminho e...

Dearing ergueu a mão.

— Não vamos ter esse tipo de conversa, Joseph Vaughan. Conheço você melhor do que pensa. Sei que não matou ninguém. Sei que não incendiou a casa do Kruger e nunca disse que fez isso. Estou cuidando de você, garoto. Estou lhe dizendo que as pessoas ficam assustadas. Essas pessoas não são as mais espertas, hein? Aquele seu amigo, Reilly Hawkins. Com certeza, ele não é a luz mais brilhante do porto, mas é o mais esperto que você conhece. Basta uma palavra. Você sabe o que eu quero dizer: Joseph Vaughan... que diabo, ele não tem um aspecto direito... Já ouviu falar dele com a professora? Uma moça boazinha daquelas, tomando conta daquela criançada toda. Ouvi dizer que ele foi com ela de carro ao condado de Clinch e fez coisas com ela na traseira de uma picape e Burnet Fermor teve que ir lá lhe fazer uma advertência... Entende aonde vou chegar com isso, Joseph, ou saltou no último cruzamento?

Fiz que sim. Eu me sentia abatido. Sabia o que estava acontecendo. Sabia que Dearing não estava me coagindo. Me incomodava o fato de questionarem *quem* eu era, de quererem que eu mudasse de aparência, de jeito... Que diabo, me incomodava o fato de não poder ser quem quer que eu quisesse ser sem que as pessoas interferissem.

— Compreendo — disse baixinho.

— Ótimo — respondeu Dearing. — Ainda bem.

— Posso ir agora?

— Pode. Acredito que vamos continuar nos dirigindo a palavra, não é, Joseph? — Dearing levantou-se da cadeira surrada e estendeu a mão.

Aceitei-a e nos cumprimentamos.

— Com certeza, nunca foi diferente.

— E você vai dar uma olhada numas coisas e talvez...

— Imaginar como convencer o povo de que não sou um assassino de crianças?

Dearing apertou os olhos. Inclinou a cabeça de lado e me olhou com o canto do olho.

— Menos humor, Joseph... Não é o tipo do humor que o pessoal daqui entende. Não se esqueça de que é bem mais esperto que a maioria. Eles não entendem o sarcasmo. Você diz coisas que eles não entendem e eles simplesmente se tornam maldosos.

— Tudo bem. Estou cansado. Vou para casa. — Levantei-me e me encaminhei para a porta.

— Venha falar comigo se houver algum problema, sim? Acho que é meu dever tomar conta de você considerando o que aconteceu com seus pais.

— Agradeço, xerife, mas acho que não precisa se preocupar.

Dearing sorriu.

— É a preocupação que me deixa com uma aparência tão jovem.

Tirei a barba. Cortei-a com a tesoura e depois ensaboei o rosto com alcatrão de carvão e raspei tudo. O homem que me olhava havia perdido vários anos. Eu tinha o rosto do adolescente que era.

Durante a semana que Alex esteve fora, quase não saí. Escrevi bastante. Frases, parágrafos, pensamentos aleatórios. Enchi um caderno e aí comecei a escrever em pedaços soltos de papel.

No dia 4 de janeiro fui de carro à rodoviária pegá-la, e ela olhou duas vezes quando me viu ali em pé.

— Sua barba — disse.

Sorri. Senti-me incrivelmente jovem. Ela estava com um vestido de seda — azul-claro debruado de marfim na bainha e nos punhos. Não parecia velha, mas parecia mais velha do que quando partira. Como se a diferença entre nós tivesse aumentado.

Abraçamo-nos na cabine da picape. Ela era quente, era real e acessível. A solidão não combinava comigo.

— Preciso que corte meu cabelo quando a gente chegar em casa — disse.

Ela franziu a testa.

— Por quê?

— Democracia.

— Democracia?

— Um estado, ou uma sociedade, caracterizado por tolerância para com as minorias, liberdade de expressão, respeito pela dignidade e pelo valor do indivíduo humano com oportunidades iguais para cada um se desenvolver plenamente...

— Joseph! — cortou ela. — Chega... O que é isso? O que está havendo?

— Democracia, o que supostamente temos neste país. — Contei-lhe sobre meu encontro com Dearing no dia em que ela partiu. — Então você entende — acrescentei. — Depois que Gunther Kruger desapareceu, tornei-me o Inimigo Público Número 1.

Ela riu.

— Vamos para casa — disse.

Balancei a cabeça.

— Você não entende.

— Entendo que passou uma semana sozinho. Entendo que viveu à base de cerveja de salsaparrilha e hambúrguer, que deve ter passado as noites inteiras escrevendo furiosamente, que precisa de um banho quente, uma boa trepada, e aí o que sair da sua boca vai parecer muito menos louco e menos paranóico.

— É só o que tem a dizer?

Alex virou-se e me olhou. Ergueu as sobrancelhas e inclinou a cabeça para o lado.

— Dirija — disse com objetividade, fazendo um gesto com a mão em direção ao pára-brisa. — Cale essa boca e dirija, seu maluco.

No dia seguinte, fui à cidade fazer um serviço. Parei na biblioteca pública, pedi jornais de três anos antes. Encontrei aquelas matérias dedicadas a Rebecca Leonard e Sheralyn Williams. Nada me esclareceram, a não ser que as meninas haviam sido encontradas mortas. Rasguei as páginas e as roubei. Mais tarde, em casa, recortei as matérias e guardei-as na caixa. Oito recortes. Oito meninas mortas. Imaginei o que Dearing diria se desse uma busca na minha casa e os encontrasse.

As Forças americanas prenderam Ezra Pound na Itália e o deportaram para os Estados Unidos. Ele foi declarado louco e internado no manicômio de St. Elizabeth, em Washington, D.C. Dizia-se que cinqüenta mil moças inglesas embarcariam para os Estados Unidos, todas "noivas de guerra" de soldados lotados no estrangeiro. Houve motins em Paris por causa da falta de pão. A União Soviética relatou a descoberta de cento e noventa mil cadáveres na Silésia. Acreditava-se que fossem prisioneiros de guerra russos, ingleses, poloneses e franceses. Os nazistas que haviam escapado do Tribunal de Nuremberg procuravam refúgio na Argentina. Li os jornais. Observei o mundo se desvencilhando dos horrores da guerra. Tais acontecimentos eram os marcos da minha vida; os sinais de pontuação que quebravam o ritmo da minha existência.

Continuei trabalhando fora, consertando cercas, ajudando na perfuração de covas para semear e nas colheitas. Alex e eu falamos em nos mudar de Augusta Falls, mas depois ela concordou em lecionar por mais dois anos na escola. Não brigamos por causa dessa decisão, embora ela parecesse ir contra o que havíamos imaginado. A verdade era simples: apesar de ter pensado em me mudar, também me dei conta de que não havia para onde ir. Sem uma direção, nunca houvera de fato um plano. Sem uma direção, não havia ilusão.

Quando não estava trabalhando, eu ficava em casa e escrevia. Escrevi um conto sobre um homem que escapou de morrer por um triz, e depois ficou achando que enganara a Morte. Imaginava que via a Morte nas sombras, "olhos amarelos, de um amarelo vivo como uma chama de enxofre, e em volta o cheiro desagradável do metal quente, nas mãos, oferendas como pneumonia, pelagra, estrangulamento, gangrena, uma queda sufocante de alguma altura sem fim", e quando o conto ficou pronto, enviei-o à *New York Review*. Eles me mandaram quarenta e sete dólares e publicaram o conto na terceira semana de junho. Recebi a carta de um leitor, encaminhada da redação da *Review*, e o leitor — "Sr. Cordeiro de Deus Arrependido" — me explicou em termos que não davam margem a dúvida que eu estava defendendo e favorecendo a obra de Lúcifer ao apoiar uma publicação daquelas; e citando Ezequiel: "Visto que fizestes ser lembrada a vossa iniqüidade, descobrindo-se as vossas transgressões, aparecendo os vossos pecados em todos os vossos atos (...) está erguida uma espada para a carnificina, está polida a ponto de desprender clarões..." Pensei em responder e perguntar como o Sr. Cordeiro de Deus Arrependido conseguira seu exemplar da *Review*, mas não fiz isso. Guardei a carta com a da comissão julgadora do concurso de contos de Atlanta. Eram a prova de que de alguma forma eu alcançara o mundo, e o mundo respondera.

Quando se aproximou o inverno, passei mais tempo com Reilly Hawkins. Ele parecia envelhecer dois ou três anos para cada um dos meus. Estava mudado. Os olhos quietos e reflexivos como se há muito tempo exaustos de carregar um fardo sem fim, como se uma filha tivesse desaparecido, ou uma esposa tivesse ido embora com um homem inferior. Reilly nunca tivera nem perdera, mas mesmo assim seus olhos falavam de uma fome espiritual jamais saciada.

— Eu tinha uma irmã, sabe? — disse uma ocasião. Estávamos sentados na cozinha.

Ergui as sobrancelhas.

— Uma irmã? Pensei que só fossem você, Levin e Lucius.

— Não, a gente tinha uma irmã também. Uma só. — Reilly sorriu com nostalgia. — Linda. Cabelos cor de areia. Foi atingida por um raio quando pequena. — Reilly olhou para mim e sorriu. — Depois disso, não podia usar relógio... se pusessem um relógio nela, os ponteiros andavam para trás. Incrível. A coisa mais estranha que já vi. — Reilly encolheu os ombros. — Hope... era o nome dela. Hope Hawkins.

— E onde está ela? — repeti.

— Hope? Ela também já morreu.

— Morreu como?

— Caiu do cavalo e quebrou o pescoço. Com onze anos.

— Meu Deus, Reilly, por que não me contou sobre isso antes?

Reilly baixou a cabeça e respirou lentamente. Quando olhou para cima, tinha os olhos marejados.

— Acho que tem algumas coisas que a gente treina a mente para não lembrar.

Pensei em como eu fora aos poucos apagando minha mãe dos meus pensamentos do dia-a-dia. Ela me pegava desprevenido de vez em quando. Um cheiro, um som, algo no fundo de uma gaveta, um pequeno objeto sem importância de repente com força suficiente para evocar uma lembrança com todas as cores e todas as emoções que acarretava. Tais coisas ocorriam, mas, com a idade, achei que eu as fizera surgir cada vez com menos regularidade.

— Sei como é — arrisquei.

Reilly sorriu.

— Sei que sabe — murmurou. — Sei que sabe.

Não tornamos a falar de Hope, nem de Levin. Bebemos limonada e depois ele montou uma polia no celeiro para içar o motor do seu trator.

Mais tarde Reilly disse que tinha lido meu conto, que Alex lhe dera um exemplar da *New York Review*.

— Você deve seguir a luz — disse.

— Luz? Que luz?

— Algumas pessoas têm uma luz, Joseph... como um caminho, uma razão de ser. Uma coisa dessas é rara, e quando se tem uma, deve-se segui-la. Seu conto fez muito sentido para mim. Você consegue encadear todo tipo de palavra de tal forma que as pessoas entendem. É isso que você deve fazer, não sujar as unhas de graxa consertando motores comigo.

— Gosto de ajudar você — disse eu. — Gosto de consertar motores.

Reilly balançou a cabeça.

— Esteja à vontade, Joseph Vaughan.

Não disse mais nada, mas depois falei com Alex.

— Então escreva o livro — disse ela.

— O livro? — retruquei, e pensei em como começara algo havia tanto tempo. Pensei em Conrad Moody, na Providência e nas Três Parcas.

— O que está sempre dentro de você — disse Alex.

Eu ri.

— Estou falando sério — disse ela. Levantou-se da cadeira à mesa da cozinha. Deu a volta e ficou em pé atrás de mim. Massageou meus ombros e senti a tensão do dia escoar como água. —Todo mundo tem um livro no coração — disse ela. — Algumas pessoas têm dois ou três ou vinte. Quase todo mundo sabe disso, mas não consegue fazer muita coisa a respeito. Você pode, então deve. Senão vai ficar aborrecido com você mesmo, o tipo do aborrecimento que está toda hora voltando para lhe lembrar que não vai embora.

Na manhã seguinte, fui de carro até a Flórida. Encontrei uma livraria de três andares em Jacksonville, comprei um exemplar de *Vocabularies*, de Hartrampf, *The Thirty-Six Dramatic Situations*, de Polti, um livro chamado *Plotto: A new method of plot suggestion for writers of creative fiction*, de William Wallace Cook. Sentei numa loja de refrigerantes na esquina de Cecil e Fernandina. Bebi um 7-Up, li uns parágrafos, tentei me convencer de que era aquilo que eu faria: escreveria um livro: *O grande romance americano*, de Joseph Calvin Vaughan. Minha confiança durou pouco mais que vinte minutos. Juntei os livros e joguei-os numa lata de lixo na calçada em frente. Perambulei por mais uma hora, depois voltei para Augusta Falls.

Quando cheguei à tardinha, com um exemplar da revista *Mademoiselle* para Alex, fiquei sabendo que outra menina havia sido assassinada.

Era quinta-feira, 10 de outubro de 1946, véspera do meu décimo nono aniversário.

Dezesseis

A imagem de Virginia Grace Perlman invadiu meus sonhos.

Sons também... *Como o som de um pau pesado arrastado por uma cerca de estacas, ou escada abaixo, porém mais pesado que isso, como alguém golpeando algo...*

E sentimentos que estavam apertados no meu peito, apertados como a família; sentimentos que tive quando a vi.

Deitada, ela estava.

Deitada como se estivesse descansando.

Um longo descanso. O longo descanso do resto da sua vida.

Vi as solas dos seus sapatos.

E por mais que eu tentasse, por mais que falasse com Alex, por mais que acordasse suando na friagem do alvorecer, continuava sentindo aquelas coisas, vendo...

...folhas de outono se enrolando nos galhos como mãos de criança, mãos de bebê: um último esforço desalentado para captar os resquícios de verão da própria atmosfera, e segurá-los, segurá-los na pele, pois em breve seria difícil recordar qualquer coisa senão a umidade triste e inchada que parecia nos envolver sempre.

E pensando em como *ela* deve ter se sentido...

Pare! Me ajude... Ai, Jesus, me ajude!

Uma garota assim, os braços, uns gravetos, as pernas, uns cambitos, cabelo feito linho, cheiro de pêssego, os olhos, duas contas de safira desbotadas.

E perceber que acontecera de novo.

E dessa vez, como na outra, não houvera ninguém para ajudá-la.

O nome dela era Mary. Como o de minha mãe. Mary Tait. Nascida em Surrency, condado de Appling, a trinta e dois quilômetros de Jesup, e oito para lá da divisa do condado de Wayne. Tinha doze anos, nunca faria treze. Quatro dias depois de seu corpo ter sido descoberto, uma foto foi publicada na *Gazeta do Condado de Appling*. Mary Tait era uma menina bonitinha de olhos grandes que pareciam esperar o que ela achava que o mundo lhe daria, o que achava que poderia dar em troca, e essa expressão seria tudo o que o mundo conheceria dela. Recortei o artigo, guardei-o na mesma caixa que os outros. Alguns deles estavam desbotando, as letras como se vistas através de uma névoa.

O pouco que sobrou do tronco e da cabeça de Mary Tait fora encontrado numa cova rasa perto de Odum. Odum ficava perto do rio Little Satilla, um afluente de seu grande irmão que bifurcava perto de Screven. As duas mãos haviam sido cortadas, assim como as pernas e as coxas. Estas nunca foram encontradas, e pelo que se podia ler na terra e nas pedras parecia que as partes do corpo haviam sido atiradas no rio e levadas pela correnteza. Odum ficava próximo ao condado de Wayne, a terra natal de Mary Tait era Appling. Agora havia um representante de cada delegacia: Dearing, de Charlton; Ford Ruby, de Camden; Fermor, de Clinch; Landis, de Liberty, e os dois novos — John Radcliffe, de Appling, e George Burwell, de Wayne.

A primeira reunião deles se realizou em Jesup, um ponto central e mais próximo do local onde o corpo de Mary fora encontrado. Era quinta-feira, 15 de outubro. A chuva martelava as estradas e os campos, brutal e sem trégua, e o abafamento da atmosfera se prestava à melancolia sinistra da reunião. Eles se encontraram no meio da tarde, mas o céu encoberto trouxera as sombras mais escuras da noite.

Pensei em minha mãe; que ela julgava saber a identidade do assassino das crianças.

— Acho que não — disse Alex. — Ela é... bem, ela é...

— Louca? — arrisquei.

Estávamos sentados na cozinha da casa de Alex. Eu sabia da reunião de Jesup. Não conseguia pensar em quase mais nada. Seis condados, seis xerifes, nove meninas mortas.

Alex sorriu e desviou o olhar.

— Não há uma maneira fácil de dizer a verdade, há?

— Por que procurar uma maneira fácil — perguntei. — A verdade é a verdade. Seja lá qual for. Ela é louca. Não sei por que, e agora não importa muito. Aonde quer que tenha ido, não tem volta. Isso eu sei. Ela é louca, Alex. Talvez a culpa a tenha feito perder a cabeça.

— Culpa?

Ri. Saiu um som oco, com contornos de amargura, mas eu não me sentia amargo — não ali, não depois daqueles anos todos, de tudo o que aconteceu.

— Aquilo que aconteceu com Gunther Kruger...

Alex ergueu a mão.

— Sim — disse ela com ênfase. — Sim, claro... sinto muito, pensei que você estivesse falando de outra coisa.

Não respondi. Fui até a janela. A chuva, uma torrente suja, açoitava sem piedade; um ataque fluido. O céu estava alaranjado, ficando acinzentado nas beiradas, como carne estragada. O ar estava carregado, e difícil de respirar. Parecia que o céu tinha jogado uma cortina entre nós e o restante do mundo. Mais tarde, minutos talvez — eu estava sem noção do tempo —, ela perguntou:

— Em que está pensando?

— Pensando? — Virei-me. — Estou pensando na reunião em Jesup.

— É por causa da menina que você encontrou?

Franzi o cenho.

— O quê? Como assim?

Alex olhou para mim sem se enganar.

— O fato de você não conseguir largar isso. O fato de que isso parece consumir você.

— Isso não me consome — retruquei. — O que lhe dá a impressão de que me consome?

Ela fez um gesto despreocupado com a mão.

— Não sei para onde você foi... sinto que você também não sabe.

Sorri. Alex tinha um jeito de me lembrar quando os limites entre o que era interno e o que era externo desapareciam.

— O que aconteceu com seu livro? Você ia escrever um livro.

Abri a boca para falar, fechei-a, balancei a cabeça.

— Acho que não tenho muito que dizer neste momento.

Alex ficou algum tempo calada, depois se levantou e veio ao meu encontro. A expressão de seu rosto era inescrutável, a pele, clara e luminosa, um cântaro de orquídea iluminado por trás pela luz da manhã. Seus olhos, fundos, se estreitavam à medida que ela se aproximava de mim. Eu já vira aquilo.

Fiz menção de falar.

Ela me alcançou, ergueu a mão, encostou o indicador na minha boca.

— Fantasmas — murmurou. Inclinou-se à frente e colou o rosto no meu.

— Fantasmas? — perguntei.

— Todo mundo tem fantasmas, Joseph... fantasmas do passado, fantasmas do presente, fantasmas do futuro.

— Não enten...

— Psiu. — Ela chegou um pouquinho para trás e me encarou com aqueles olhos cor de centáurea que de alguma forma ainda lembravam o sol de Syracuse. — Ninguém sabe o que aconteceu. Ninguém sabe, salvo o próprio assassino. Sua mãe não sabe, seis xerifes de seis condados não sabem. Eles não vão parar de falar no assunto, mas, a menos que ele faça alguma coisa para lhes dar um nome, um rosto, uma pista da sua identidade, vai ser tudo conversa. As palavras só têm utilidade se dizem algo que valha a pena ouvir.

Alex fez uma pausa; agarrou minha mão direita, levantou a sua esquerda e encostou-a no meu rosto.

— Você tem muita coisa a dizer, Joseph Vaughan, sempre teve. Mesmo na infância...

— Não quero que me lembrem da minha infância...

Ela riu.

— Por quê? Deus, Joseph, você tem dezenove anos. Já é um homem, não um garotinho. Temos uma boa diferença de idade, e se ainda não aceitou isso, provavelmente nunca vai aceitar.

Ela tentou se afastar.

Agarrei-a, segurei-a com firmeza, puxei-a para mim e a beijei à força.

Alex me empurrou e se afastou de novo.

— Talvez você deva pensar no que tem, não no que...

Colei minha boca na dela e a fiz se calar. Senti seus olhos se arregalarem. Recuei e olhei para ela.

— Então? — disse ela.

— Então o quê?

— Então você vai continuar mal-humorado e atormentado por causa de algo a respeito do qual não pode fazer nada, ou vai ser um escritor?

Sorri e fiz que não com a cabeça.

— Esse é um gesto de reconhecimento da sua burrice ou de dúvida quanto à sua resposta?

— O primeiro.

— Você admite ser burro? — brincou ela.

— Admito ser burro o bastante para tolerar sua companhia.

— É mesmo?

— Sim.

— E acha que esse é o tipo da conversa que seduz uma moça?

— Não tenho que seduzir você.

— Ah, não tem, é? E por quê?

Eu ri.

— Porque você é minha, Alexandra Webber, porque você é minha.

— Foda-se, Joseph Vaughan.

— Foda-se você.

— Não depois do jeito com que você me falou.

— É mesmo?

Ela sorriu com malícia.

— É.

Agarrei as mãos dela, segurei-as junto à lateral de seu corpo, depois a girei, deixando-a de frente para a porta da cozinha.

— Para cima — disse eu, e me inclinei para morder seu ombro.

Ela uivou de dor e tentou se desvencilhar. Segurei-a com mais firmeza, levei-a até o pé da escada.

— Se você acha que vai me fazer subir, isso vai ter conseqüências — disse ela.

— Ah!, eu tenho aqui uma conseqüência, amorzinho, pode acreditar... E sem dúvida nenhuma já está quase no ponto.

Ela riu tanto que quase a soltei.

Naquela noite, a noite da reunião dos xerifes em Jesup, fizemos amor como se quiséssemos nos vingar de um crime desconhecido.

Dez dias depois, voltei da casa de Reilly, onde estava fazendo um serviço. Atravessei o campo e peguei a rua da minha casa.

Avistei Alex na varanda a uns cinqüenta metros. Ela estava parada, e mesmo sem se mexer havia algo nela, algo que senti...

Acelerei o passo. Saí correndo. Quando cheguei ao fim da rua e peguei o caminho, eu ofegava.

Ela não se mexeu. Nem quando a alcancei, de braços abertos, ela se mexeu.

Abri a boca para lhe perguntar o que tinha havido.

Ela abriu um sorriso. Logo estava às gargalhadas.

— Não... — disse eu. — Tem certeza?

Ela fez que sim, recuou e sentou-se na escada.

— Tenho certeza, Joseph... absoluta.

— Ah, meu Deus — murmurei. Ajoelhei-me diante dela. Abracei sua cintura, apertei-a, e aí, lembrando-me de repente da pressão, soltei-a. — Desculpe — falei, notando o quanto eu a espremera.

— Tudo bem — disse ela. — Tudo bem.

Fiquei eufórico, num entusiasmo quase sem fôlego; e senti outras coisas que eu não conseguia nem começar a descrever. Era, mais do que nunca, como se eu estivesse *nascendo*.

—Meu Deus, Alex... vamos ser pais.

Ela passou a mão no meu cabelo, apertou-me também.

— Eu sei — murmurou. — Eu sei...

Mais tarde naquela noite, acordado na cama enquanto Alex dormia profundamente, pensei no que acontecera, e em como aquilo parecia reequilibrar as coisas. Como Alex dissera uma vez: uma vida criada para uma vida perdida. Mais uma criança fora assassinada, e eu ia ser pai. Na época, eu não sabia bem o que me assustava mais.

Algumas vezes, já achei que a idade é inimiga da verdade.

Quando ficamos mais velhos, com o ceticismo e a amargura se acumulando em nós ao longo dos anos, perdemos a inocência infantil e, com ela, aquele dom de enxergar o coração dos homens. Olhe nos olhos deles, eu me dizia, e olhando você verá quem realmente são. Os olhos são as janelas da alma; olhe com mais atenção e verá os aspectos mais sombrios refletidos.

Agora estou velho, e embora a verdade esteja diante de mim, embora eu nunca tivesse chegado tão perto da verdade do que aconteceu, vejo-me com medo de olhar. O que mais temo é ver meu reflexo.

Lembro-me de Alabama e Tennessee. Lembro-me de cidades como Union Springs, Helfin e Pulaski. Lembro-me dos quilômetros que viajei, da pessoa que me tornei, e pensar nessas coisas me dá a sensação de ter vivido três ou quatro vidas simultaneamente. Envelheci com cada viagem, cada quilômetro e cada passo. Fiquei mais amargo e perturbado, e vi coisas em mim que esperava nunca ver. Vi o impulso de matar, mas não apenas de matar... Vi o impulso de fazer aquele homem sentir tamanha dor. Olho por olho.

Agora ele está diante de mim e, mesmo estando morto, imagino que consiga ouvir meus pensamentos. Quero que entenda o que fez, as vidas que destruiu, a tristeza que causou a seres humanos inocentes. Preciso que sinta o terror que infligiu, e apesar de saber que não sente nada disso, só posso torcer.

Torço para que haja um lugar melhor para mim.

Um lugar pior para ele.

Dezessete

No fim do primeiro trimestre de Alex estávamos passando dificuldades. O dinheiro entrava a conta-gotas. Ela se cansava à toa. O dr. Piper disse que havia indícios de anemia e deficiência de ferro, recomendou um consumo elevado de hortaliças verdes e carne malpassada. Igual a minha mãe. Fiquei pensando se o dr. Piper só era capaz de dar um único prognóstico, um único diagnóstico, uma única panacéia. Não tínhamos dinheiro para aquilo. Alex faltou tanto ao trabalho que a diretoria da escola contratou uma substituta. A substituta, uma solteirona amargurada, aparentemente mais desesperada que honesta, enviou um longo relatório à Secretaria Estadual de Educação detalhando anomalias entre o currículo exigido e as avaliações trimestrais de Alex. Um inspetor foi à escola no fim de janeiro e entrevistou algumas das crianças. Ele não encontrou nenhum motivo para alarme, mas, pelas normas da Secretaria, qualquer relatório tinha que ser analisado cuidadosamente antes que se tomasse alguma medida ou se arquivasse o caso. Até lá, Alex estava suspensa. Continuava recebendo um salário, mas o valor era de um quarto do oficial. A substituta manteve o emprego.

Alex ficava em casa sentada pelos cantos, cada vez mais abatida e pálida. Eu trabalhava tanto quanto possível, usava meu relacionamento com os fazendeiros e proprietários vizinhos para fazer alguns trabalhos manuais e tarefas rotineiras. Pensei em vender a casa, mas não pude. Minha mãe, embora entregue aos cuidados do Estado, estava viva e fisicamente bem. A lei exigia uma carta de intenção juramentada, uma procuração por instrumento público, antes que eu pudesse agir em seu nome dentro dos parâmetros legais. Na primavera de 47, quando Alex entrou no terceiro trimestre, pegamos as coisas dela e nos mudamos para a casa de minha mãe. Não conseguíamos pagar o aluguel da casa de Alex, e assim a perdemos. Ela passou dois dias chorando, ia dormir chorando e já acordava chorando. Mal comia. Chamei o dr. Piper, e ele lhe aplicou injeções à base de ferro. Ela sentia cólicas estomacais e aparecia sangue na privada. Alex não dizia nada quando eu perguntava. Afastou-se de mim, das pessoas que conhecia, do mundo. Em maio levei-a ao Hospital de Waycross, supostamente para visitar minha mãe, e enquanto estávamos lá afastei-me um instante e falei com um dos atendentes. O atendente disse que faria que um médico passasse por nós e comentasse sobre o aspecto de Alex, perguntasse como ela estava passando e a levasse para ser examinada.

O estratagema deu certo, e na ausência de Alex fiquei sentado de mãos dadas com minha mãe enquanto ela me observava com olhos que pareciam envoltos em fumaça. Eu a olhava e sabia que ela não estava ali. Minha mãe partira havia muito tempo, e vê-la daquele jeito me assustava. Eu fora até lá por Alex, não por minha mãe, e achava que não seria capaz de tornar a vê-la em tal estado.

Durante a hora que passamos a sós, ela falou de coisas totalmente sem sentido. Falou de gente que eu não conhecia, nomes que nunca tinha ouvido, e quando tentei esclarecer algo, ela simplesmente me olhou com uma expressão que fez com que eu me sentisse uma criança tola e ignorante. Só uma vez ela disse algo que tinha ligação com meus pensamentos, e quando as palavras deixaram seus lábios, fiquei gelado por dentro.

Ela divagava e tagarelava, as palavras se atropelando na pressa de sair de sua mente, e no meio de um monólogo esquisito sobre "Edward John Tyrell, sabe? Ele era igualzinho ao Edward John Tyrell, com aquele terno todo passado e os sapatos brilhando como faróis, ali em pé com cara de quem tinha feito uma maldade, sabe?". E aí se inclinou para a frente, e o meio sorriso se transformou em algo definitivamente mais sinistro, e ela disse: "Como as crianças."

Naquele momento seus olhos estavam límpidos, azuis e penetrantes.

— As crianças? — perguntei.

— Ah! As crianças! Você não pode saber nada sobre as crianças! Eu fui a única que já soube das crianças... eu e ele, claro. Ele sabia tudo sobre as meninas porque *ele* sabia quem tinha feito aquelas barbaridades...

Aí parou no meio da frase e ficou me olhando, literalmente me prendendo na cadeira.

— Quem é você? — perguntou de repente. — O que está fazendo aqui? Não vou lhe contar nada enquanto você não me disser quem é!

Franzi a testa.

— Sou Jos...

Ela ergueu a mão.

— Aliás, não quero saber! Não quero saber quem você é. Não quero saber nada sobre quem você é nem sobre o que faz. Quero que saia já daqui... é, quero que saia já. Eu estava passando bem até você chegar e começar a me pressionar para responder a perguntas, perguntas que nem quero responder. — Fez uma pausa para tomar fôlego. Seus olhos pareceram se toldar de novo e ela virou o rosto. — Eles não vão me envenenar, sabe? Eles tentam me envenenar com as mentiras e as sujeiras deles, as coisas que dizem... Eu as escuto, sabe? Escuto todas elas, os gemidos, o choro, e elas não querem entender que não há nada... — Minha mãe olhou para mim. — Não há *nada* que eu possa fazer para ajudá-las. Agora é tarde, é tarde demais para fazer qualquer coisa.

Começou a chorar em silêncio, o peito subindo e descendo enquanto continha os soluços. Levantei-me, fiquei parado um instante olhando para ela, e achei que seria melhor ela morrer. Tal pensamento não parecia um crime, mas antes um momento de compaixão misericordiosa.

Retirei-me do quarto e fui para a rua. Passei meia hora andando de um lado para o outro. Quando voltei, encontrei Alex sentada na recepção. Ela estava com a aparência de que também andara chorando.

Falou pouco, mas aí chegou o dr. Gabillard e me chamou num canto. Falou baixo. Eu me esquecera dele, evitara procurá-lo todas as vezes que lá fora.

— Ela precisará de repouso até o parto. — Sua expressão era séria e preocupada. — Precisa se alimentar bem e repousar. Precisa de uma boa dieta, uma dieta *muito* boa. Precisa se alimentar por dois, e até agora ela mal se alimenta por um...

— Entendo — comecei, mas o médico me interrompeu.

— Ela me explicou a situação — prosseguiu Gabillard. — Eu não perguntei, ela simplesmente me contou. Compreendo seu problema, com sua mãe aqui e sem um apoio legal nessa situação. — Balançou a cabeça lentamente. — O fato é que sua mãe não está bem. Ela não responde ao tratamento que tentamos, e a triste verdade é que acho que nunca responderá. A meu ver, ela nunca sairá de Waycross.

Gabillard aguardou que eu falasse, mas não conseguia atinar com o que dizer.

— Fale com um advogado — disse ele baixinho. — Mande um advogado preparar um documento para transferir o controle dos negócios de sua mãe para você, e farei o que puder para conseguir que ela os assine. — Fez uma pausa e respirou fundo. — Isso não é da minha alçada nem é minha responsabilidade profissional, mas não posso evitar o fato de que sou humano. Sua mãe... bem, sua mãe vai morrer antes de sair daqui, e não posso ficar sem fazer nada e deixar uma mulher grávida sofrer. Faça isso, sr. Vaughan, e sejam quais forem as questões morais que possam ser levantadas, seja qual for a importância que dá à opinião da sociedade, também recomendo seriamente, *muito seriamente,* que se case com essa mulher antes do nascimento do seu filho.

Fiz menção de falar.

— Na verdade, vou condicionar a isso minha ajuda nessa questão. Volte logo para falar comigo com uma certidão de casamento e sua procuração e farei o que estiver ao meu alcance. É só o que posso fazer.

Gabillard, mais uma vez, aguardou que eu falasse.

— Considerarei seu silêncio um sinal de anuência — disse, e apertou meu ombro. — Case com ela. Arrume os papéis. Faremos o que for possível.

Soltou-me e foi andando.

— Doutor?

Ele diminuiu o passo e virou-se para trás.

— Quanto tempo ela tem? Minha mãe. Quanto tempo acha que ela tem?

Gabillard balançou a cabeça devagar.

— Acho que todo tempo que tinha já se esgotou há anos.

Ele sustentou meu olhar mais um pouco, depois tornou a virar as costas e se afastou.

Fiquei imóvel. Olhei para Alex, ali sentada numa cadeira, a cabeça apoiada nas mãos, a atitude de alguém destroçado.

"Chega", pensei, e fui na direção dela.

Voltamos para casa. Falei do futuro. Disse-lhe que iríamos nos casar. Contei-lhe o que Gabillard falara sobre a procuração e seu desejo de nos ajudar. A atitude de Alex mudou completamente. Ela até riu uma certa hora. Não falei de minha mãe, das coisas que ela dissera sobre as meninas. A cabeça de minha mãe era uma cama de gato de mentiras, meias-verdades, imaginação e paranóia. Ela não podia saber nada sobre as crianças. Eu tinha que acreditar que o que ela dizia não passava de divagações de uma pessoa sem juízo.

Eu acreditava nisso.

Tinha que acreditar.

Casei-me com Alexandra Madigan Webber numa quarta-feira, 11 de junho de 1947, no Palácio da Justiça do condado de Charlton, perante o juiz Lester Froom. As testemunhas foram Reilly Hawkins e Gene Fricker, da loja de grãos. Após a cerimônia breve e mecânica, Reilly nos levou ao escritório de Littman, Hackley e Dohring, Advogados, e ali, por três dólares, Leland Hackley preparou uma procuração. Redigiu-a de tal maneira que tudo que minha mãe teria que fazer era assiná-la, e a casa pertenceria a mim. Reilly nos levou a Waycross, eu de terno, Alexandra de saia e blusa creme, o cabelo preso de um lado e enfeitado com uma flor, e ali encontramos o dr. Gabillard.

— Não quer vê-la? — perguntou Gabillard ao pegar o documento da minha mão.

Balancei a cabeça.

— Não — respondi. — Hoje não.

Ele assentiu, deu um sorriso compreensivo, nos desejou felicidade pelo casamento e foi andando.

— Quando eu...

Gabillard virou-se e encolheu os ombros.

— Não sei — disse. — Tem que deixar isso comigo. Farei o que puder... não prometo nada, sim?

Virou as costas mais uma vez e sumiu no hospital.

A tempestade durou oito dias sem parar. O chão inchou, a princípio, mas afundou, vencido, deixando à vista as raízes lavadas das árvores. Como dedos nodosos e com artrite, elas se aferravam com tudo que tinham para manter a terra sob controle. As águas correram e alagaram as lavouras. Reilly Hawkins foi nos visitar uma semana após o casamento e só se atreveu a voltar dois dias depois. Levou comida e vinho, e as poucas provisões que conseguiu, e ficamos falando sem parar sobre o que iríamos fazer e aonde iríamos. Se Gabillard tivesse mandado alguma notícia, não chegaria a nós.

A tempestade amainou no dia 21 de junho, um sábado, e o sol despontou alto e claro no horizonte magoado. Nove pessoas se afogaram, sete delas negros nos campos, as outras duas um casal de Folkston que tentara chegar a Kingsland pelo rio de St. Mary. Equipes de voluntários chegaram das cidades vizinhas e observaram a devastação. Muitas deram meia-volta e retornaram para casa.

Segunda-feira chegou uma carta de Gabillard. Dentro estava a procuração devidamente assinada. Reilly me levou para falar com Leland Hackley, que autenticou o documento e redigiu uma carta de autorização para o banco. Em uma hora foi levantado um empréstimo de mil e quinhentos dólares garantido pela propriedade. Saquei duzentos dólares em espécie, meti-os nos bolsos e fui com Reilly ao Bar da Queda para comemorar nossa mudança de sorte.

— Você vai ter uma picape nova — disse-lhe. — Podemos jogar a velha no pântano do Okefenokee.

Rimos de uma aventura dessas na volta para casa, e de como Alex não conseguiria se conter quando descobrisse o que havia acontecido.

Reilly parou o carro no fim da rua.

— Entre — falei.

— Pelo amor de Deus, não — disse ele, rindo. — Vá lá para dentro e divida a boa notícia com sua mulher, Joseph. Você não vai me querer rondando por ali meio de porre com cara de idiota numa hora dessas.

— Não — retruquei. — Você é tão parte disso quanto eu. Eu não poderia ter mantido isso tudo sem você, Reilly. Entre, por favor, pelo menos só um pouquinho. — Virei-me e gritei em direção à casa. — Alex! Alex! Reilly está aqui e não quer entrar para falar com você!

— Ei! — disse Reilly. — Não é verdade. Você não pode dizer isso a ela, caramba.

Eu estava rindo a essa altura, indo da picape para o portão.

— Alex! Venha ver o que conseguimos! Venha aqui fora ver o que conseguimos. — Tirei as notas de um dólar dos bolsos e segurei-as como buquês de flores para Alex.

Reilly já estava atrás de mim, e quando me virei para olhar para ele, notei alguma coisa. Um indício de alguma coisa em seus olhos. Ele balançou a cabeça, depois olhou para a casa e começou a gritar a plenos pulmões:

— Alex! Alex! Voltamos!

Não aconteceu nada.

Meu coração disparou. Olhei para Reilly de novo, e ele fez um sinal de cabeça. Foi andando mais depressa para o portão. Cheguei lá primeiro, passei, depois de quase desmontá-lo, e disparei, com Reilly atrás de mim, nós dois gritando o nome de Alex.

Irrompi porta adentro, parei subitamente, tomado pelo medo, e Reilly, que vinha atrás, se chocou comigo como um trem de carga, mas ao deparar com o que estava ali, ouvi que deu um suspiro. Larguei o dinheiro. Dezenas de notas de um dólar foram caindo e se espalharam pelo chão.

Se Alex tivesse ido conosco, as coisas poderiam ter sido diferentes. Ela teria ido ao escritório do advogado, depois ao banco; talvez tivesse tomado uma bebida conosco no Bar da Queda. Mas não estava bem, queixara-se de náusea e tonteira. Preferira ficar em casa, pois não iríamos demorar — uma hora, talvez duas. Se tivéssemos voltado direto do banco poderíamos ter visto quando ela caiu, mas não vimos. Ela caiu mesmo como um fio de prumo do alto da escada, e quando chegamos a encontramos inconsciente no corredor, a saia encharcada de sangue, a respiração curta e entrecortada.

Mais tarde eu me lembraria do pânico e da confusão. Mais tarde quis recordar exatamente tudo o que me passou pela cabeça, mas, por mais que tenha tentado, não consegui. Lembro-me de ter gritado o nome dela a plenos pulmões. Lembro-me do sangue quando tentei levantá-la, da sensação úmida e fria em minhas mãos, em meus braços e no meu rosto quando o colei no peito dela para ver se ainda respirava. Lembro-me de carregá-la para a picape, de como eu segurava sua cabeça no meu colo enquanto Reilly seguia sacolejando pelas trilhas esburacadas para a casa do dr. Piper. Lembro-me de notas de um dólar ensangüentadas grudadas em suas roupas, uma em seu cabelo, outra no braço. Lembro-me de como o dr. Piper, imediatamente tomado pelo que viu, mandou que fôssemos direto para Waycross, e de como essa viagem pareceu não acabar nunca. Lembro-me de Gabillard se encaminhando enquanto entrávamos com Alex, da cacofonia de vozes, da comoção que partiu de nós como uma onda. Lembro-me da fisionomia dele — séria e sombria, de como ele levou os dedos ao pulso dela, ao pescoço, como vociferou ordens para as enfermeiras.

Recordei essas coisas com clareza, e as repassei mentalmente como se pusesse para tocar um disco de baquelita antigo — vezes sem conta, até os sulcos se desgastarem, os sons ficarem mudos e não sobrar nada senão o vasto poço de desespero e dor em que caí.

Às dezesseis horas e quatro minutos de uma segunda-feira, 23 de junho de 1947, Alexandra Vaughan, futura mãe, com doze dias de casada, faleceu. Com ela, uma criança sem nome, um menino. Meu filho.

Quem me deu a notícia foi Gabillard, um homem que fizera tudo o que pôde para nos socorrer de nossa indigência e de nosso desamparo; um homem que tomara medidas que teriam garantido a sobrevivência e o bem-estar da minha família. Parecia que ele era meu anjo, pelo menos naquele dia. Ele deu, e depois me informou que aquilo que fora dado agora havia sido tirado.

Eu tinha dezenove anos. Alex, vinte e sete.

Acostumei-me a me perguntar que crime eu cometera para merecer tal castigo.

Anos depois, quando eu recordava, os meses seguintes à morte de Alex pareciam se esfumar nas beiradas e se desintegrar entre meus dedos. Enterrei Alexandra Vaughan, enterrei meu filho, e com eles enterrei as duas primeiras décadas da minha vida. As pessoas tentavam entrar em contato comigo — Haynes Dearing, Gene Fricker, Lowell Shaner, até Ronnie Duggan e Michael Wiltsey apareciam no fim da rua perto da minha casa, paravam, olhavam, trocavam umas palavras e iam embora. Seus esforços não eram recompensados. Reilly, eu via sempre, mas era como se nossas vidas apenas se cruzassem periodicamente, e enquanto estávamos juntos, essas vidas eram deixadas para ser vividas depois, até a gente se separar de novo. Nossos encontros foram se espaçando, e quando chegou o primeiro aniversário de morte de Alex, só nos víamos uma vez por mês. Não visitei mais minha mãe. Eu já não conseguia enfrentar o que ela se tornara, e achava que não conseguiria enfrentar o dr. Gabillard. Parecia que tudo que pudesse me lembrar do meu passado tinha que ser cauterizado ou amputado por completo. Dinheiro não me faltava; quando acabaram meus mil e quinhentos dólares, eu simplesmente rolei meu empréstimo com o banco e transferi uma porcentagem maior da casa. Esperei que algo mudasse. Esperei pacientemente, fazendo o possível para escrever, para manter corpo e espírito unidos, mas senti que as minhas amarras iam se desgastando. As coisas que me prendiam ao mundo foram se tornando frágeis e passageiras: visitas mensais para buscar mantimentos, uma visita ao Bar da Queda a cada cinco ou seis meses e, a não ser isso, eu era isolado e distante. De vez em quando sentia necessidade de companhia, mas superava isso com a certeza de que o que quer que pudesse ganhar logo seria perdido. Como Reilly Hawkins, que nunca se apaixonava por achar que seu coração não agüentaria um segundo desgosto amoroso, eu não arriscava nada com a convicção de que, assim, não poderia perder. Era uma existência digna de pena, mas eu não sentia pena de mim mesmo. Usava uma capa de resistência e força capaz de suportar os estragos da culpa e da emoção.

Perto do Natal de 1948, Truman tendo conservado a presidência contra Thomas Dewey, pensei na possibilidade de deixar Augusta Falls. Não era da cidade nem do condado, nem na verdade da própria Geórgia, mas de mim que eu acreditava poder me separar se fosse para algum lugar distante.

— Para onde? — perguntou-me Reilly quando toquei no assunto.

— Nova York.

Reilly quase engasgou com a cerveja.

— Nova York. Nova York? Por que em nome de Deus você haveria de querer ir para Nova York?

— Porque é completamente diferente daqui.

— Só por isso?

— Parece um motivo tão bom quanto outro qualquer.

Reilly balançou a cabeça e se inclinou para mim. Estávamos no Bar da Queda, era uma noite de sábado. À nossa volta, o burburinho de vozes, as nuvens de fumaça de cigarro, o som de um violino tocando na sala.

— Não basta para ir embora para Nova York — disse ele.

— Vai ver que não preciso de nenhum motivo. Vai ver que posso ir por impulso.

— Você tem que ter um motivo — disse Reilly.

— Será?

Ele fez que sim.

— Claro. Tem que haver um motivo para tudo, senão não há um objetivo. Seu problema é que você nunca teve um objetivo. Por isso sua vida está desaparecendo, Joseph...

— Minha vida não está desaparecendo.

Reilly sorriu, balançou a cabeça.

—Tem razão... claro... me desculpe. Para uma coisa desaparecer primeiro tem que existir.

—Você...

Reilly levantou a mão.

— Encare os fatos, Joseph. Alex se foi. Ela morreu...

— Não quero falar nisso, Reilly.

— Não quero saber se quer falar nisso ou não, é a verdade. Não se pode mudar a verdade, aconteça o que acontecer. Ela morreu, Joseph. Já faz quanto tempo? Um ano e meio, certo?

— Um ano e meio, sim.

— E o que aconteceu nesse tempo? Vou lhe dizer o que aconteceu. Nada. Foi isso que aconteceu. Absolutamente nada. O que salva é você não ser alcoólatra. Eu? Diabo, eu teria bebido toda a bebida do condado e depois me mudado para Brantley. Mas é a única coisa que eu vejo, Joseph. Você tem a casa. Não vê ninguém, a não ser a mim, de vez em quando. Se ficar esse tempo todo sozinho vai enlouquecer.

— É por isso que estou pensando em me mudar, Reilly.

— Mas logo para Nova York? O que tem em Nova York para você?

— Mais importante, que diabo tenho eu aqui?

— Sua mãe — arriscou ele.

Balancei a cabeça.

— Ela se foi, Reilly, ela se foi há muito tempo, e você sabe disso. Minha mãe não é mais minha mãe.

Reilly ficou calado, depois olhou para mim do outro lado da mesa, com um olhar de compaixão, quase solidário.

—Você já é adulto. Conheci-o quando tinha uns dois ou três anos. Sempre dei apoio à sua família. Não posso nem ousaria lhe dizer o que fazer. Você tem força de vontade, eu concordo, e de alguma forma conseguiu manter a cabeça no lugar apesar de tudo o que aconteceu com seus pais e agora com Alex. Respeito você por isso, mas um dos motivos pelos quais o respeito é que você pensa com lógica. Há uma racionalidade por trás das coisas que você faz. Essa história de Nova York não tem lógica nenhuma...

— O que pode ser a melhor razão para considerar a hipótese.

—Você tem determinação, como eu disse. Acho que nada que eu diga vai influenciar sua decisão. Faça o que achar que deve fazer, Joseph Vaughan.

— Não decidi nada, Reilly... Só ando pensando no assunto.

— Então pense mais um pouco, e me diga o que decidiu.

— Claro que digo.

— Que diabo, se for para Nova York talvez você possa encontrar alguém.

Franzi a testa.

— Alguém?

— Alguém a quem possa amar.

Balancei a cabeça, desviei o olhar.

— Acho que nunca conseguiria amar alguém como amei Alex.

— Claro que conseguiria. Você é jovem. Seu coração é bastante forte para sobreviver a isso.

— Um amor assim — retruquei. — Acha que algo tão bom assim pode acontecer duas vezes na vida?

Reilly deu um suspiro, e foi então que vi um peso em cima dele, um peso bastante largo para nos esmagar ali mesmo.

— Duas vezes? — sussurrou ele. — Pelo que já vi, em geral não acontece nunca.

Fez-se silêncio por algum tempo, depois ele olhou para mim.

— Parece que a gente teve uma vida com imprevisibilidades de sobra e previsibilidades de menos, não acha?

— Acho, Reilly, acho sim.

Não falamos mais naquilo. Decidi não decidir, só isso, e quando a idéia me passou de novo pela cabeça era fevereiro de 49, e tinham encontrado outra menina.

Foi a décima, e era de Sellman Bluff, condado de McIntosh. Seu nome era Lucy Bradford. Tinha oito anos e um irmão de doze chamado Stanley. Eu não sabia quem ela era, nunca a tinha visto, mas ela — mais que tudo — foi o que finalmente me levou a partir.

"Você conhecia Alexandra, não?", pergunto ao homem morto diante de mim. "Você a conhecia, mas posso imaginar que nunca a tenha compreendido realmente... nunca compreendeu realmente ninguém, certo? Talvez pensasse que entendia as pessoas... mas era só imaginação. Você não podia ter um pingo de compaixão ou de sentimento de solidariedade... para ter feito o que fez esses anos todos."

Quero ficar em pé e ir até a janela, mas não consigo. Estou ficando cansado. Penso no que teria acontecido se eu não tivesse puxado o gatilho, se eu de alguma forma o prendesse, o amarrasse numa cadeira, o fizesse explicar quem era, o que fizera... se eu o fizesse me contar que tipo de pessoa poderia ter matado, matado e matado como ele matou.

Quero esticar a mão e chapá-la na janela. Quero olhar entre os dedos e ver a cidade diante de mim.

"Ela morreu, sabe?", digo, minha voz pouco mais que um sussurro. "Estava grávida de mim e morreu. Durante muito tempo, pensei que isso fosse o meu castigo por Elena. Prometi que iria protegê-la. Eu estava parado no alto de um morro e olhei para Elena lá embaixo no quintal nos fundos da casa, e jurei que iria protegê-la, que nada de ruim lhe aconteceria." Faço uma pausa, baixo os olhos e respiro fundo. "Mas aconteceu... e não foi como as outras." Sorrio e balanço a cabeça. "Não posso

acreditar que se passaram esses anos todos, e agora estou aqui, no mesmo quarto que você, e você nem tem chance de se explicar. Como é essa sensação, hein? Como é essa sensação? Não era só disso que se tratava? Não se tratava apenas de você estar tentando dizer alguma coisa para o mundo, tentando fazer todo mundo entender a loucura que está por trás do que fez? E agora está aqui, agora finalmente arranjou uma platéia, e não pode falar." Rio: um riso nervoso, assustado. "Que ironia, hein? Que ironia, essa."

Abaixo-me e pego minha arma no chão. Levanto-a devagar e colo-a na testa do morto. Puxo o cão. O barulho é alto, como um galho estalando, como uma descarga elétrica em algum campo distante da Geórgia.

"Fale", sibilo. "Fale agora... ou cale-se para sempre."

O silêncio ruge para mim, interna e externamente, e fico pensando — só por um momento — se não cometi mais um equívoco terrível.

Dezoito

Lágrimas não bastavam.

Uma menina chorando levaria muitos homens às raias da compaixão, mas não esse.

Que amigo temos em Jesus...

Rezando mentalmente talvez.

Do lado da vitória, do lado da vitória, nenhum inimigo nos intimida, nenhum temor nos assalta...

Palavras rondando em sua mente. Olhos bem fechados como janelas no inverno.

Dê-me óleo em minha lamparina, mantenha-me queimando, dê-me óleo em minha lamparina, eu peço...

Cheiro de coisa morta.

Cheiro de couro de sapato, de algo com cheiro de couro, e após o choque de ter sido arrebatado, após o momento de expectativa da risada, de que aquilo fosse uma brincadeira, só uma brincadeira, só uma brincadeira engraçada...

É, mesmo caminhando no vale da sombra da morte eu nada temerei...

Como pique-esconde, pega-pega, mamãe posso iiiiir...

Mas veio o estalo! Repentino como o bater de uma porta. *Bangue!* Uma coisa, agora outra, e depois a compreensão de que a pressão que ela sentia no pescoço, o fato de que a outra mão entrou embaixo da sua saia e a tocou onde ela não se atrevia a se tocar nunca foram parte de nenhuma brincadeira de que ela se lembrasse.

E aí ela não conseguiu respirar.

Nó na garganta, e a compreensão de que o que quer que estivesse acontecendo não era para acontecer em nenhum tipo de mundo que ela imaginava.

Sensação de mãos — uma no pescoço, uma embaixo da saia, e o cheiro de álcool, o cheiro de tabaco, o cheiro de couro ou algo como couro...

Agora luta. Músculos contraídos. Sistema nervoso carregado de eletricidade, pipocando dentro dela como uma máquina que ela certa vez viu na Feira Estadual. Um grande globo prateado soltando faíscas, alguém encostando nele e ficando com o cabelo todo eriçado... e crianças rindo, e o homem ali parado com o cabelo igual a algodão-doce... e o cheiro, o cheiro e o chiado desagradável da energia sendo liberada...

Dê-me óleo em minha lamparina, mantenha-me queimando... mantenha-me até o raiar do dia...

E tudo dentro dela mandava aos gritos que ela se afastasse, saísse correndo, fosse como o vento para casa, chispando pelo campo.

Mas os braços a seu redor, apertando, inflexíveis e implacáveis, e a pressão aumentando em seu peito, em sua garganta, e ela achando cada vez mais difícil respirar, e cores explodindo em sua retina, e o desejo de gritar, gritar como nunca, gritar como uma sirene de incêndio, como uma grande ave de rapina mergulhando sobre a presa, como um cavalo selvagem, a crina voando para trás como as cores de cem exércitos, desfraldadas e estalando ao vento... gritando como uma menina morta de medo...

Oito anos. A quatrocentos metros de casa.

Entreabriu os olhos. Viu a depressão e a subida repentina do morro, e que a rua seguia para leste e depois para nordeste e novamente para leste, e atrás da subida para a direita, e lá atrás onde ficava a árvore alta com a outra mais baixa, era a casa dela.

Se não fosse a lombada, ela poderia ter visto a casa, a casa *dela,* de onde ela saíra quando ele surgiu do nada.

Cheiro de escuridão, cheiro de escuro e fundo. Cheiro de velho; mais velho que Deus e beisebol.

Cheiro de que Jesus não estava à vista.

Um homem atrás dela, braços troncudos, um homem que tinha cheiro de já ter feito aquilo antes.

E aí ela começou a gritar, e foi quando ele a golpeou, com força, *plaft!*, barulho de chicotada, e a fisgada no lado da sua cabeça foi igual àquela vez em que caiu da árvore e ficou com o nariz ensangüentado e o rosto machucado, e passou três semanas com o barulho da sua cabeça batendo na terra ecoando no ouvido direito.

Começou a gritar, e ele lhe deu um bofetão, e ela soube que era *ele* porque só um homem poderia tê-la apertado tanto, e só um homem tinha músculos tão duros e pele tão áspera e mãos tão calejadas.

O grito foi engolido pela escuridão da noite, e cada um dos pensamentos que ela teve era mais apavorante que o outro, e quando ela percebeu o que ele ia fazer foi como se o sangue tivesse congelado em suas veias.

Agora no chão, mão no seu pescoço, outra mão lhe puxando as roupas, arrancando algodão e renda e um detalhe de cetim pêssego, puxando os laços de fita cor-de-rosa dos seus cabelos... e ela sentiu o ar fresco na pele, e o chão embaixo da cabeça, a umidade da terra, sentiu o cheiro de folhas mortas e gravetos quebrados, ouviu a respiração ofegante em cima dela, fechou os olhos para fazer de conta que o que ela não via não podia acontecer.

Mas aconteceu.

As cores nas suas retinas como turbilhões caleidoscópicos, e o barulho em seus ouvidos do sangue correndo no seu corpo... sangue assustado, sangue tentando escapar.

Golpeou-a de novo. *Plaft!* Lanho vermelho em seu rosto, e os olhos abertos vendo através das lágrimas o brilho nos olhos dele — postigo, brilho vermelho — e dentes brancos, e o cheiro daquele bafo fétido, rançoso, e aquela barba lhe arranhando a barriga, aquelas mãos se enfiando dentro dela com aqueles dedos que machucavam e causavam uma dor tão grande como ela jamais imaginara que alguém pudesse sentir, que alguém pudesse *infligir*. Mas podiam..

E então a decisão de ficar imóvel, mal respirando, mal pensando, mal esperando qualquer coisa agora, enquanto ele faz *coisas*, coisas ruins... coisas que homem não faz com menina pequena...

Dor dentro dela. Dor lancinante. Dor como se estivessem empurrando suas entranhas para a garganta. Sensação de sufocação, depois a mão na sua garganta apertando mais, e seus olhos inchando dentro das órbitas, olhos prestes a explodir, e o barulho do sangue como uma trovoada, como um trem de ferro, como aqueles cavalos galopando à noite pelos campos.

Debatendo-se agora, e enquanto se debate, o peso e a dor aumentam, e aí ela sabe que está indo embora, deslizando para um lugar fresco e seguro, onde tais coisas não podem mais ser sentidas, e ela dá as boas-vindas para o silêncio iminente, a sensação de imobilidade, de calma, que invade cada centímetro do seu corpo.

Sente o homem em pé em cima dela, uma única fita cor-de-rosa na mão. Ele faz uma pausa, e mete a fita no bolso.

E aí tudo vai embora.

Tudo.

A sensação do nada, do vazio, uma brisa como o verão.

Imaginou que seria criança por algum tempo mais.

Pelo menos isso.

Xerife do condado de McIntosh. Chamava-se Darius Monroe. O pai foi xerife, o avô também, e antes disso sua linhagem remontava a ladrões de cavalo, assaltantes, bêbados e ladrões de bêbados. Todos eles da força bruta, homens duros, sem consciência. O bisavô Monroe teve quase vinte filhos de quatro mulheres diferentes. Menos uma família do que uma dinastia. Nenhum deles se casou. Ganhava a vida jogando cartas nos vapores. Brilho sedutor nos olhos de jogador, bigodes encerados, brilhantina no cabelo, uma vida cheia de fatos vergonhosos mas, na cabeça, nenhum pensamento vergonhoso. Darius Monroe tinha cinqüenta e três anos e estava cansado. Não se casara e jamais se casaria. A família acabaria nele, de chofre, uma corça baleada na cabeça. Cara amassada. Boca fechada como bolsa de viúva. As palavras saíam aos tostões, troco do último dólar, e duas semanas até o dia do pagamento. Olhos como os de seus ancestrais jogadores, penetrantes e rápidos, nunca traindo nada, poupando tudo até chegar a hora de mostrar as cartas e pegar a bolada. Devido a sua posição, as pessoas tinham que confiar nele, mas sentiam que não deviam.

O primo de Darius Monroe por parte de mãe, Jackson "Jacko" Delancey, homem de aspecto esquisito, alto demais, joelhos e cotovelos desproporcionais, e com uma cor que revelava um namoro com índios, algo nos genes — cabelo escorrido, preto retinto, nariz quase romano, feições muito imponentes para um homem tão humilde. O que Jacko encontrou naquela sexta-feira de manhã o humilhou mais ainda. Falava sobre aquilo meses depois — nos bares, encostado nas cercas, levando cavalos para o pasto, regando os canteiros de ervas que sua mulher insistia em manter apesar da mancha na terra que vinha do pântano. O que ele encontrou naquela sexta-feira de manhã — 11 de fevereiro — o deixou gelado e calado, suando apesar do frio fora de estação, e o fez recuar e se afastar, dar meia-volta e ir andando uns bons trinta ou trinta e cinco metros, e depois voltar para se certificar de que não estava tendo uma alucinação. Não estava. Já sabia que não estava. Mas o absurdo do que estava diante dele faria qualquer homem são pensar duas vezes.

A certa altura, ajoelhado ali na terra, ele até estendeu o braço e tocou os dedos dela. Dedos que se prendiam a uma mão. Mão que não se prendia a absolutamente nada. O corpo estava cortado em mais pedaços do que ele se deu ao trabalho de contar, e os pedaços, espalhados pelo chão, ocupavam um espaço igual ao da sala da sua casa. Mas a camada grossa de sangue entre eles dava a impressão de que ainda estavam ligados.

Foi então que ele vomitou.

Então Jacko Delancey, um homem desengonçado feito de joelhos e cotovelos, correu como uma lebre corre do cheiro de um cão. Correu os oitocentos metros até sua casa, onde desamarrou uma égua e foi direto para a casa do primo. Darius Monroe estava em casa, tinha resolvido chegar ao trabalho depois do almoço. Jacko o levou à entrada com marteladas retumbantes na porta, e, entre gritos e arquejos, deu a notícia.

O xerife Darius Monroe pegou o carro, mandou Jacko para casa com o cavalo, chamou pelo rádio e mandou o comissário Lester Ellis encontrá-lo lá.

O xerife Monroe chegou pouco depois das nove. Viu o que viu e ficou feliz por ter tido a precaução de não tomar café-da-manhã. Pegou fitas e estacas na mala para cercar a cena. Aguardou a chegada de Ellis. Fumou um cigarro e ficou o tempo todo olhando para o outro lado. Talvez nada mais que premonição, rumores, outra coisa qualquer, mas ele vira quando a menina Leonard foi encontrada em setembro de 43 e se perguntara quando chegaria de novo a hora dele. Chegara. Mas a previsão, ou fosse lá como chamassem aquilo, nada fizera para prepará-lo para a realidade medonha do que Jacko Delancey encontrara.

Ellis apareceu em vinte minutos, deu uma olhada, ficou branco como cera, pôs para fora o café-da-manhã e as três refeições da véspera por cima da cerca. Pensou na própria filha, que completara quatro anos havia duas semanas, e se perguntou se o que ensinavam na aula de catecismo era verdade. Deus é misericordioso, Deus é justo, Deus é onisciente e protege os mansos e os inocentes. Deus, com certeza, estava ocupado em algum lugar na noite anterior, e deixara outra alma jovem passar desta para melhor. Ellis ligou para a delegacia e mandou chamar o legista dos três condados. Às dez e meia, o homem chegou numa caminhonete em petição de miséria. Chamava-se Robert Gorman. Gorman era responsável pelos condados de McIntosh, Wayne e Pierce. Trabalhara nos casos de Rebecca Leonard, em setembro de 43, de Sheralyn Williams, em fevereiro de 45; estivera ao lado do xerife George Burwell quando o corpo de Mary Tait foi descoberto em outubro de 46. As jurisdições, para as obrigações tanto da polícia quanto do legista, eram confusas. As vítimas de um condado haviam sido encontradas em outro, e ninguém sabia exatamente onde traçar as divisas.

Às onze horas, a notícia corria. Foi marcada uma reunião em Eulonia para as quinze horas daquele mesmo dia, e presentes estavam todas as partes interessadas. Sete condados, sete xerifes, seus respectivos comissários e assistentes, uma reunião de dezessete homens, todos sóbrios, todos perplexos.

Haynes Dearing, de Charlton, comandava os procedimentos, fazia perguntas, aguardava as respostas. Poucas foram informativas. Nenhum daqueles presentes jamais presenciara nem estivera envolvido em semelhante barbaridade. O que tinham era um assassinato em massa. Porque ninguém achava que houvesse mais do que um culpado.

— Vai ser necessária uma força-tarefa — arriscou Burnett Fermor.

— Uma força-tarefa só pode ser constituída de cidadãos dos diferentes condados — disse Ford Ruby —, mas damos início a isso e vamos ter uma caça às bruxas nas mãos.

— Então, qual é sua sugestão? — perguntou Fermor.

— Sugestão? — disse Ruby, em tom de desafio. — Minha sugestão é cada um se responsabilizar por seu próprio condado e por seus cidadãos. Formar grupos. Pegar os homens entre dezesseis e sessenta anos, sem excluir nenhum, e ir de casa em casa fazendo perguntas.

— Ótimo — disse Dearing. — Parece um começo bom como outro qualquer. E temos que estabelecer um ponto central, um lugar onde fiquem centralizados todos os arquivos e registros para podermos ter acesso e coordenar isso juntos.

Ninguém teve peito para sugerir que tal providência já devia ter sido tomada havia muito tempo.

Radcliffe de Appling sugeriu Jesup; a reunião anterior fora lá, em outubro de 46.

— Está bom assim — disse Dearing, e se deu conta de que aqueles crimes já estavam acontecendo havia dez anos.

A primeira menina foi Alice Ruth Van Horne, em novembro de 39. Sobreviera uma guerra. Deus sabe quantas vidas foram perdidas, entre elas a de centenas de milhares de americanos do outro lado do mundo, mas tal acontecimento parecia de alguma forma insignificante diante dessa monstruosidade. Acontecia em casa, era pessoal, era uma invasão de um território completamente diferente.

— Então é para lá que vai tudo — prosseguiu Dearing. — Todos os arquivos, todos os relatórios do legista, todos os documentos, todas as entrevistas, tudo isso vai para a delegacia do condado de Wayne amanhã de manhã.

— Acha que Gus Young vai ter algum problema com isso? — disse Radcliffe, referindo-se ao vereador de Jesup, um homem conhecido pela irritabilidade e pelo temperamento explosivo.

Dearing fez que não com a cabeça.

— Conheço Gus Young desde criança. Gus Young vai fazer tudo que estiver ao seu alcance para nos ajudar.

— Gus Young é vereador de Jesup — interrompeuu George Burnwell. — Eu sou o xerife do condado de Wayne. Gus Young vai fazer exatamente o que eu mandar.

A reunião foi encerrada. Cada homem voltou para seu carro. Lester Ellis recebeu uma mensagem no rádio. A menina fora identificada.

— Ai, pelo amor de Deus — disse Darius Monroe baixinho. — A menina Bradford, não.

— Conhece a família dela? — perguntou Ellis.

Monroe fez que sim. Parecia mais abatido e exausto do que nunca.

— O menino mais velho é meu afilhado — disse.

— Quer que eu vá lá? — perguntou Ellis, sem perder a esperança de que não tivesse que ir.

Monroe ficou calado, e depois se virou para seu comissário.

— Mas que tipo de homem eu seria se deixasse outra pessoa fazer isso?

Ellis não respondeu.

DEZENOVE

Só ouvi falar da morte tarde no dia seguinte. Ouvi da boca de Haynes Dearing, e foi então, na cozinha lá de casa, que ele me contou que quis ir me visitar quando soube de Alex.

— Não é fácil — disse. — Essas coisas nunca são fáceis.

Levantei a mão e ele parou.

— Acabou — disse eu. — Ela se foi. Morreu, e é só isso. Já pensei e falei no assunto o bastante para o resto da vida, xerife. Parece que eu falo e tudo volta para me assombrar. Se não se importa, eu preferiria não me estender sobre isso hoje.

— É assim que você quer?

Assenti.

— É assim que quero, xerife. Nada contra o senhor.

Ele concordou; ficou ali sentado um pouco, os pensamentos quase audíveis, e aí me contou sobre Lucy Bradford, a reunião que acontecera na véspera, a decisão que fora tomada no sentido de que cada xerife fosse responsável por seu condado.

— E estou na sua lista de suspeitos? — perguntei.

Dearing sorriu com cumplicidade.

— Joseph, *todo mundo* está na minha lista de suspeitos.

— Mas sou a primeira pessoa que procura, certo?

Dearing negou.

— Para dizer a verdade, não é. Ora, acha que deveria ser?

— Não estou de brincadeira com o senhor, xerife, falo sério.

— Isso não é brincadeira, Joseph, é uma coisa séria. Crianças foram assassinadas...

— Estou ciente disso, xerife... e o senhor quer que eu faça o quê?

Dearing recostou-se na cadeira. Tinha o chapéu no colo e o girava nervosamente, com o dedo na aba.

— Já tivemos uma discussão...

— Tivemos?

— Nada de brincadeira, Joseph... estabeleceu-se uma regra, então se aplica a nós dois.

Fiquei calado.

— Já tivemos uma discussão, no Natal, depois que a guerra acabou, alguns dias depois que a menina Keppler foi encontrada.

Eu me lembrava do dia, o dia em que eu levara Alex à rodoviária para ela ir visitar os pais.

— Eu lhe fiz umas perguntas. Disse-lhe umas coisas. Pedi que ficasse de olhos e ouvidos atentos, pelo que me lembro.

— Pediu, sim, e também sugeriu que as pessoas poderiam pensar em mim quando estivessem imaginando quem poderia ter feito essas coisas...

— O que eu disse, está dito. O que eu disse, precisava ser dito. Não falei com ninguém que tivesse sugerido uma coisa dessas.

— Então, do que estamos falando?

— Do fato de que outra menina morreu. Nem quero lhe dar uma idéia de como ela foi encontrada, o estado em que estava... tudo o que tenho é outra menina morta e um condado cheio de suspeitos. Três delas eram daqui de Augusta Falls. Alice Van Horne, Catherine McRae...

— E Virginia Perlman — interrompi.

Dearing balançou a cabeça.

— E Ellen May Levine, em junho de 41. Era de Fargo... foi encontrada a menos de seiscentos metros desta casa.

— E o que quer que eu faça, xerife?

Dearing pigarreou.

— Quero sua ajuda.

Inclinei-me à frente, ergui as sobrancelhas.

— Minha ajuda?

Dearing fez que sim.

— Sim, Joseph... Quero que você faça uma coisa para mim.

Fiquei calado. Esperei.

— Quero que vá a Jesup visitar os Kruger.

Fiquei um bom tempo sem dizer nada.

Domingo, fui ao túmulo de Alex. Ajoelhei no chão, li a inscrição em sua lápide, e quando eu ia tocar na superfície lisa do mármore começou a chover. A chuva descia como uma cortina, e batia na minha cabeça e nos meus ombros sem piedade. As flores que levei e encostei na lápide viraram punhados de pétalas encharcadas. Segurei as pétalas nas palmas das mãos e fiquei vendo a chuva as arrastar de novo. Continuei ali até quase não agüentar ficar em pé com o peso das minhas roupas, e pensei em Alex, no filho que teríamos criado, e não chorei. Achei que não tinha mais lágrimas, e assim o céu chorava por mim.

Na noite anterior, eu fora até a casa de Reilly e lhe contara o que tinha acontecido. Contei-lhe sobre a menina Bradford de Shellman Bluff, a visita de Dearing, o pedido que ele tinha feito.

— Dez meninas? — perguntou ele.

— Dez meninas, sim.

— E Dearing está de olho em Gunter Kruger por causa disso?

— Acho que Haynes Dearing é um homem perdido num mar de perguntas. Ele não sabe nada, mas é a lei, e agora é obrigação dele fazer tudo o que puder para acabar com isso.

— E eles tiveram uma reunião, todos os xerifes?

— Sim. Criaram uma central de coordenação em Jesup.

— Por que Jesup?

— É um ponto central, o que mais se aproxima disso, afinal de contas. Há sete condados envolvidos, não incluindo as áreas onde os corpos foram encontrados. Dearing explicou como pôde, disse que era loucura. Há dossiês vindos de todo canto, mais homens envolvidos do que eles são capazes de organizar, e precisam de toda a ajuda que puderem ter.

— Você vai lá... vai falar com Gunther Kruger?

Balancei a cabeça.

— Não sei, Reilly, simplesmente não sei.

— Como pode não ir, Joseph?

Sorri.

— É fácil. Simplesmente não indo.

— Mas e se for ele? E se ele tiver matado essas meninas todas?

Dei um suspiro. Senti minhas idéias e minhas emoções chegarem ao limite.

— Reilly, você conhece Kruger tão bem quanto eu. Via quando ele ia lá em casa conversar com a gente na cozinha. A mulher dele, os filhos... caramba, acha mesmo que ele é o tipo de homem que poderia fazer uma coisa como essa?

Reilly Hawkins fez que não. Tinha a expressão sombria.

— Tenho certeza de uma coisa... que a gente nunca conhece as pessoas, Joseph.

Não falamos mais no assunto, mas no dia seguinte, quando eu estava ajoelhado diante do túmulo de minha mulher e de meu filho, um filho que eu nunca vi, um filho que nunca sequer teve nome, decidi que faria o que Haynes Dearing me pedira.

Eu iria a Jesup, condado de Wayne; falaria com Gunther Kruger; veria se seus olhos refletiam as caras das dez meninas enquanto a vida delas se apagava.

Se eu soubesse naquela altura o que aconteceria, se tivesse consciência de como fevereiro de 1949 de alguma forma assinalaria o fim do meu tempo na Geórgia, quem sabe teria tomado decisões diferentes. Esse sinal não era visível para mim, não ali às margens do rio Crooked, nem na ilha Jekyll, nem em Gray's Reef; nenhuma indicação em meio ao mar de ilhas, riachos, marismas ou canais; nada pregado nas árvores em cima de seus mantos de barba-de-velho; nenhuma palavra na textura dos troncos unidos das passarelas para contornar as trilhas nos pântanos mais profundos. Em noventa e sete mil quilômetros quadrados de história, uma história que aprendi, uma história em que eu acreditava, não havia nada que me mostrasse as cores do que estava por vir.

Quem sabe eu desejasse muito voltar a ser criança, uma criança com mãe e pai, uma criança nutrindo um amor silencioso e não declarado pela srta. Alexandra Webber. Quem sabe eu só estivesse criando razões convincentes para partir, pois deixando a Geórgia eu poderia imaginar que a vida mudaria a tal ponto que as recordações do passado se perderiam. Não se perderiam, e eu sabia, mas achava que tentar era melhor do que não fazer nada.

Na manhã de terça-feira, 15, fui falar com Haynes Dearing. Contei-lhe que iria a Jesup conversar com Gunther Kruger.

Dearing nem sorriu nem me agradeceu. Ficou sentado à sua mesa olhando para mim.

— Você entende que vou precisar do máximo de informações que você tirar dele?

— Entendo o que quer, xerife. Não estou certo de que vá conseguir.

— Quero que faça tudo o que puder para determinar por onde ele tem andado e o que tem feito. Quero que lhe pergunte sobre as meninas que foram assassinadas. Quero saber as reações dele às perguntas, o que ele se lembra de quando elas foram encontradas. Quero saber o que ele ouviu e o que achou do que ouviu.

— E o senhor não pode ir porque...

— Porque sou o xerife. Porque sou a lei. Porque sempre que pergunto algo a pessoa acha que tem o dever de esconder tudo de mim.

— E pensa que ele vai deixar escapar alguma coisa?

Dearing balançou a cabeça.

— Não penso nada, Joseph... só torço.

— Espantalho — disse eu, e sorri quando Mathilde me abraçou.

— "Esbandalho" — repetiu ela, e riu animadamente.

Mathilde mudara muito. Fazia apenas seis anos e meio que os Kruger haviam deixado Augusta Falls, e ela parecia ter envelhecido mais de vinte. Mas a casa onde eles moravam agora em Jesup, condado de Wayne, era igual à casa dos Kruger de Augusta Falls. Recendia a *sauerkraut* e *bratwurst,* café preto, a corações generosos e ao bem-estar alheio. A casa dos Kruger encarnava a memória de minha mãe tal como ela fora e a ajuda que essas pessoas lhe deram. Eu não conseguia imaginar que Gunther Kruger soubesse alguma coisa sobre as dez meninas mortas e as atrocidades que haviam sido cometidas.

Cheguei no fim da manhã de quarta-feira, 16. Viera de Charlton na picape de Reilly.

"Você devia comprar o raio do seu carro", dissera ele, e riu, e alguma coisa estranha naquela risada me disse que ele entendia como a viagem seria difícil.

"Boa sorte", acrescentara quando me debrucei na janela e levantei a mão.

"Melhor você do que eu", foi o que acho que ele disse quando me afastei, mas não tenho certeza.

— Gunther saiu com os meninos — explicou Mathilde. — Ih, digo meninos. Eles não são meninos. Já são homens. Ambos são homens, como você — e me abraçou de novo, me deu a mão e me levou para a cozinha.

Mathilde Kruger entreteve-se com café e doces.

— Não estou com fome — disse-lhe.

Ela riu.

— Esbandalho vive com fome. Sente aí. Eu faço café, certo?

Sorri, comecei a rir. Fingi que não estava nervoso, fingi que minha visita era apenas social.

— Sua mãe — disse Mathilde. — Eu soube que ela está num hospital para doenças nervosas, não é? Estou errada, não é?

Fiz que não. Mathilde trouxe o café e o colocou na minha frente. Sentou-se.

— Não está errada — falei. — Ela está no hospital para doenças nervosas. Está em Waycross.

— Que mulher! — disse Mathilde, num tom tão cheio de compaixão e solidariedade que fui invadido por uma sensação de culpa; estávamos falando da minha própria mãe, e havia bastante tempo que eu pouco pensava nela, ou nem isso.

— Que mulher, tantas dificuldades para ela nesta vida, hein?

Mathilde baixou os olhos, corando ao reprimir as lágrimas, depois balançou a cabeça e sorriu bravamente.

— Vai dar tudo certo, vai dar tudo certo, não é?

Fiz que sim e dei um sorriso compreensivo.

— É. Tenho certeza de que vai dar tudo certo.

— Então você está trabalhando em Augusta?

Balancei a cabeça.

— Bastante, sim. Vou sobrevivendo.

Mathilde pegou minha mão e a apertou.

— Ótimo. Você está muito magro, Iosseph, sempre muito magro, mas dá para ver que está bem, né?

Minha mente divagava: eu achava que podia enxergar através de Mathilde Kruger, como se ela fosse uma janela para o passado. Eu olhava para esse passado, a história triste e estranha a que sobrevivêramos juntos. Eu me perguntava se ela sabia sobre o marido e minha mãe. Eu me perguntava quanto tempo ela passava pensando em Elena, na forma como seu corpo fora carregado da casa na manhã depois do incêndio.

Lembrei-me de novembro de 45. De falar com Alex sobre as meninas, os assassinatos, sobre quem poderia ter cometido tais atrocidades, e sobre os Kruger, a morte de Elena, tudo o que transpirara. Lembrei-me de como estava certo de que Gunther Kruger nada tinha a ver com aquilo. Naquela época, eu tinha certeza absoluta, mas agora...? Agora, eu estava sentado na cozinha de Mathilde Kruger esperando Gunther Kruger chegar em casa. Estava numa missão para o xerife Haynes Dearing. Uma missão de investigação baseada em suspeitas, respaldadas em nada mais substancial que o medo.

Talvez eu estivesse errado; talvez da minha perspectiva, com o viés da desconfiança, eu enxergasse um reflexo de algo interno. Possivelmente, minha imaginação queria criar algo para justificar minha visita.

Gunther Kruger chegou em menos de uma hora. Na frente da casa, chamou pela mulher, e quando entrou na cozinha, eu vi.

Vi a culpa.

Mais tarde, com a perspectiva do tempo como conselheira, disse a mim mesmo que era a culpa que ele carregava pela relação com minha mãe.

Isso explicaria a surpresa que manifestou, e no entanto, por baixo disso, a sombra óbvia do reconhecimento contrariado. A expressão dele traiu tudo: ali estava eu, uma imagem do passado — um rosto, uma voz, nada mais que isso, mas suficiente para lembrá-lo de algo havia muito sepultado embaixo de um sudário de justificações. Joseph Vaughan estava diante dele, o filho de uma mulher com quem ele dormira enquanto a esposa estava a menos de trinta metros de distância. Gunther, o fornicador. Gunther, o adúltero. Gunther, o mentiroso.

— Joseph! — Ele se adiantou, braços abertos, e agarrou meus ombros com firmeza. — *Ach! Nicht wahr?* Você está aqui! Joseph Vaughan. Ah!

Ele me abraçou, mas senti algo na pressão dos seus braços ao redor das minhas costas. Ele me apertou, e quando já me apertava com uma pressão suficiente, subitamente apertou um pouco mais. Fui pego desprevenido, admirado com a pressão repentina, e fiquei sem ar. É por minha mulher que estou lhe mostrando como estou feliz em ver você, dizia aquele gesto. Estou dizendo a ela que não tenho nada a esconder. Mas, sem que ela saiba, quero machucá-lo por ter vindo. Por voltar a uma vida que já não tem mais nada a ver com você ou sua gente. Fingirei que você é bem-vindo, só pelas aparências, e depois que for embora você não deve voltar.

— Gunther — respondi com entusiasmo. — Prazer em vê-lo! Meu Deus, deve fazer uns seis anos. Seis anos e você não mudou nada... nenhum de vocês.

— *Ach*, muito gentil — sussurrou Mathilde. — Sei que está sendo muito gentil. Estamos ficando velhos... daqui a pouco velhos demais para manter a fazenda aqui.

— Eu? — interrompeu Gunther. — Eu nunca vou parar de fazer isso. Vou puxar um arado até cair morto na lama! Rá, rá, rá!

Sentamos à mesa e Mathilde trouxe café. Gunther abasteceu o cachimbo e começou a impregnar o ambiente com uma fumaça amarga e acre.

— Então você continua morando em Augusta Falls? — perguntou-me.

— Na mesma casa, sim — respondi. — Minha mãe...

Gunther deteve-me.

— Eu sei, eu sei, Joseph... Eu soube que ela não está bem há alguns anos, não é?

— Sete anos — disse eu, e por alguma razão achei que o fato de ter sido em fevereiro que Reilly e eu a levamos para Waycross era significativo. Dia 10 de fevereiro de 1942. Estávamos em fevereiro de 1949. Eu tinha catorze anos então; agora, vinte e um. Perdera uma mulher e um filho. Mais sete meninas haviam sido assassinadas.

— Então as coisas vão bem para você lá, não é?

Olhei para Mathilde, parada em frente à pia. A mulher nunca ficava mais de um segundo sentada, nunca parava de fazer coisas; parecia que conseguira organizar sua cabeça de tal maneira que excluísse tudo em que ela não desejava pensar. Possivelmente, sabia a respeito do marido, do caso com minha mãe; possivelmente, pensava na filha, e como a perdera; talvez soubesse das mortes e ficasse calada.

— As coisas vão bem — respondi. — Está tudo certo, Gunther... mas anda acontecendo o mesmo problema... — Minha voz foi sumindo. Eu estava sem jeito, como se ali, premeditado e falso, eu tentasse induzir Gunther Kruger a dizer algo que de algum modo o incriminasse.

— Problema? — perguntou Gunther. — Que problema?

Balancei a cabeça.

— Não — disse eu. — Não quero falar nisso. — Olhei para Gunther, virei-me para Mathilde enquanto ela se afastava da pia. Sorri para ela, mas em seu rosto havia algo... uma sombra, um fantasma... que era indescritível. — Vim aqui visitar vocês — prossegui, imediatamente nervoso com a expressão de Mathilde. — Vim contar a vocês como vão as coisas, saber de Hans e Walter...

Virei-me para Gunther.

— Conte que problema — encorajou ele.

Suspirei e balancei a cabeça. Eu também agora era mentiroso, e de fato me sentia assim.

— Essas coisas... essas coisas terríveis, sabe?

Gunther franziu a testa e balançou a cabeça. Estava com um ar preocupado, paternal; o rosto do homem que tinha dirigido por toda a estrada que costeava o rio de St. Mary para a gente poder passar o dia na praia Fernandina; do homem que dissera que até eu, Joseph Vaughan, deveria ter recordações para lembrar com carinho quando ficasse mais velho.

— Essas meninas, Gunther. — Ergui os olhos. Encarei-o. Só havia paciência e curiosidade em sua expressão. — As meninas que foram assassinadas

Mathilde se aproximou. Apareceu atrás de Gunther e botou a mão em seu ombro.

— Não — disse. — Isso ainda continua?

Fiz que sim com a cabeça.

— Já são dez. Dez meninas morreram. — Olhei para Gunther Kruger. Se ele sabia de qualquer coisa, *qualquer coisa*, então havia uma barreira clara entre sua lembrança e sua reação, uma barreira que nada conseguia atravessar.

— Dez meninas — disse Gunther, e mais uma vez sua voz desmentia qualquer conhecimento. Mas aí houve algo. *Algo?* Mais tarde eu nem poderia determinar o que eu vira. Uma sombra, um sinal em seus olhos? Fiquei olhando para ele, tão fixamente que o senti ficar constrangido. — Não entendo uma coisa dessas — falou, e olhou para trás, para a mulher. Pareceu então que fez isso só para evitar meu olhar. Mathilde não olhou para ele; manteve a atenção em mim.

— E a polícia? — perguntou Gunther. — Eles não têm nada?

Fiz que não com a cabeça.

— Há rumores. As pessoas ligam para eles dando todo tipo de informação sobre coisas que julgam ter visto. Não sei quantas pistas falsas já seguiram. Sei que já tentaram trazer a Secretaria de Investigação da Geórgia para cá de novo, mas isso nunca deu em nada. A verdade é que, em relação a quem cometeu essas atrocidades, acho que eles hoje não sabem mais do que quando começaram.

Gunther virou-se para me encarar. Por um momento, fechou os olhos. Quando tornou a abri-los, pareceu que também estava contendo as lágrimas.

— Em que mundo a gente vive! — disse, emocionado. — Um mundo onde as pessoas são capazes de cometer essas atrocidades.

— É difícil entender — retruquei. — Mas eu não vim para falar disso. Onde estão Hans e Walter?

Gunther sorriu.

— Vão ficar quase todo o dia fora. Estão trabalhando em Walthourville. Acho que não voltam antes de escurecer.

— Que pena — disse eu. — Eu gostaria tanto de encontrá-los.

— Você precisa ficar — disse Mathilde. — Eles não vão gostar que tenha vindo de tão longe e não os veja, não é?

— Não posso demorar muito... tenho que voltar para o meu trabalho. Estava indo para Glenville e tive a idéia de dar uma passada aqui.

— Então venha — disse Gunther, começando a se levantar da mesa. — Você precisa ver nossa fazenda.

— Claro — respondi, e também me levantei.

Gunther foi na frente até a porta dos fundos.

— Prepare alguma coisa para Joseph comer na viagem — disse a Mathilde. — Uma lingüiça com pão de centeio, alguma coisa para engordá-lo! — Gunther riu e saí atrás dele para o quintal.

A nove metros da casa, ele diminuiu o passo. Pegou meu braço e me puxou um pouco mais para perto.

— Sinto muito por sua mãe — disse. — Você já é um homem... — Ficou me olhando um pouco, depois olhou para o outro lado, como encabulado. — Foram coisas que aconteceram muito tempo atrás...

— Gunther... — comecei, mas ele me interrompeu.

— Deixe-me dizer o que preciso dizer, Joseph. Passaram-se muitos anos e sua mãe não anda bem. Sempre tentei ao máximo ser um homem honesto, um homem temente a Deus, mas aconteceram coisas quando estávamos em Augusta Falls que mandariam até o homem mais correto para o inferno, sim?

— Acho que isso é um pouco duro, Gunther.

— A Bíblia diz o que diz, Joseph. Deitar com uma mulher que não seja nossa esposa é pecado mortal. Carrego esse pecado no coração esses anos todos. Mathilde — ele olhou na direção da casa —, Mathilde não sabe nada sobre isso, e não pode saber *nunca*, entende?

— Não precisa se preocupar comigo, Gunther... Eu nunca contaria a ninguém.

— Mas você precisa compreender que rezo pelo restabelecimento da sua mãe. Rezo dia e noite para o Senhor fazer que ela se restabeleça dessa doença que tem.

— Eu sei, Gunther, e agradeço seus pensamentos e suas orações. A verdade é que não é provável que ela se recupere, mas os médicos estão fazendo o que podem.

— Ah! Esse pessoal, esses médicos, eles não sabem nada. Sabem consertar sua perna se ela quebra. Sabem suturar um ferimento e estancar o sangue. Mas a alma? Eles não sabem nada de doença da alma. É só pela graça de Deus que essas coisas podem ser remediadas. Sua mãe foi... sua mãe *é* uma boa mulher, uma mulher forte e boa. Essas coisas são um crime contra...

— Gunther.

Ele parou no meio da frase.

—Chega — disse eu baixinho. — Já chega. É muito tarde para arrependimentos. O mundo é assim mesmo, e não há nada que possamos fazer agora. Vim ver você para lhe dizer que eu estava bem. Vim para ver Hans e Walter...

— E Elena — interrompeu Gunther. — Você veria Elena também, se ela não tivesse sido arrebatada de nós.

— Eu sei, eu sei, e ainda é difícil para mim pensar sobre isso. Há muitas coisas pelas quais podemos chorar, mas, se acreditamos em Deus, também devemos ter fé nas decisões Dele.

— Em seus castigos — disse Gunther.

Franzi a testa.

— Castigos?

Gunther olhou para o chão.

— A Bíblia nos conta que tudo acontece por uma razão.

— Não — disse eu. — Você não pode começar a pensar assim, não pode se punir pela morte de Elena. Como pode achar que teve algo a ver com o que aconteceu?

Gunther ficou calado. Virou as costas para mim e olhou em direção à casa.

— Eu fiz uma coisa horrível — disse. Sua voz era quase um suspiro.

— Ela se sentia sozinha. Meu pai tinha morrido. Posso entender a natureza humana, Gunther, e você também. Se Deus nos fez à Sua própria imagem, então também deve ter feito a gente sentir o que sente. Você é um homem bom, Gunther Kruger, e ao que me consta nunca fez outra coisa senão nos ajudar, e acho que se punir pelo que aconteceu com minha mãe é tão absurdo como achar que teve alguma participação na morte de Elena. Essas coisas acontecem, e o verdadeiro teste de força é seguir vivendo apesar delas. — Quando acabei de falar, lamentei ter aberto a boca. Eu queria saber se a coisa horrível que ele mencionara era sua infidelidade, ou outra coisa.

Gunther fez que sim com a cabeça. Olhou para mim com lágrimas nos olhos.

— *Ach*, você tem razão, Joseph. Ficou esperto e inteligente em poucos anos, não é?

Fiz um gesto descartando seu comentário.

— Você se mudou para cá e sua família está bem. Mathilde está feliz, não é? Os meninos também, me parece.

— Hans vai se casar no verão — disse ele. — Você tem que vir assistir ao casamento. *Precisa* vir assistir ao casamento, não é?

Fiz que sim com a cabeça e sorri. Segurei o ombro de Gunther.

— Virei assistir ao casamento... Será uma honra.

— Ótimo, então está resolvido. Agora você precisa ir... ou pode ficar mais um pouquinho?

— Tenho que ir — menti. Eu me sentia cruel e insensível.

— Muito bem — disse Gunther. — Venha se despedir de Mathilde e pegar uns sanduíches para a viagem.

Depois de quinze minutos em direção a Glenville dei meia-volta e rumei para Augusta Falls. Cheguei no meio da tarde. O céu estava triste e sem graça.

Levei a picape de Reilly para sua casa, estacionei na rua, fiquei feliz por não ter nenhum sinal dele. Fui a pé para casa; começou a chover, como se o Deus cujo nome eu usara em vão estivesse tentando lavar minha culpa. Não havia nem chance de isso acontecer. A culpa era interna.

Eu frustrara o xerife Dearing, perdera a coragem. Deveria ter pressionado Gunther Kruger, deveria ter perguntado o que ele quis dizer quando falou na coisa horrível que havia feito. Mas, na minha cabeça, eu achava que sabia, *devia* saber. Eu me lembrava de estar ajoelhado em frente a minha janela naquela noite, tantos anos antes. Recordava-me de ver Gunther ali parado no escuro, o casacão parecendo uma mortalha, e de como fiquei engasgado, de como aquela mão fria agarrou meu coração e espremeu o sangue dele até a última gota. Será que Gunther Kruger poderia ter feito aquelas coisas? Será que um homem como ele era capaz de cometer crimes horríveis como aqueles?

Eu queria que alguém fosse responsável. Queria que alguém pagasse pelo que acontecera.

Naquele momento, eu tentava acreditar, tentava com tanta força que doía.

Fiquei parado na janela da cozinha e olhei para fora. Via o velho sítio dos Kruger, e com isso veio a imagem de Elena sendo carregada embaixo da mortalha para a traseira da picape aberta de Frank Turow. A morte estivera ali aquela noite. Nem andando nem flutuando, pois estivera nas sombras no meio das árvores, nas sombras dos homens que caminhavam com Elena, no barulho das botas pesadas quando esmagavam folhas molhadas e gravetos quebrados, no barulho do cascalho no capô, no vapor que lhes saía da boca quando eles pigarreavam e murmuravam palavras, quando levantaram o corpo e o colocaram na picape. Ela estivera ali. Eu sabia que me vira, e ela sabia que eu andara observando-a.

Estremeci.

Perguntei-me se a Morte viera na forma de Gunther Kruger.

Eu sabia que devia ir falar com Haynes Dearing, mas não conseguia enfrentar isso. Resolvi que iria vê-lo no dia seguinte.

Se eu tivesse ido, ele poderia ter dito alguma coisa; poderia ter feito algo que mudaria o que aconteceu. Mais tarde, a perspectiva do tempo lançando um reflexo distorcido e me mostrando o que poderia ter sido, entendi que eu estava enxergando a situação da mesma maneira que tinha discutido com Gunther Kruger. Eu lhe dissera como ele não tinha responsabilidade nenhuma naquilo, que não poderia ter feito nada. Como aconselhávamos depressa os outros e depois deixávamos de aplicar os mesmos conselhos à própria pessoa.

A verdade *era* a verdade, por mais difícil que fosse enfrentá-la.

Quando falei com Hans Dearing, a realidade era irreversível. Contei-lhe o que Gunther Kruger dissera. Contei-lhe o que eu pensara, talvez o que eu imaginara. Vejo agora que lhe contei aquilo em que ele tanto queria acreditar. A realidade, tão mais difícil de enfrentar que a imaginação ou as conjecturas, havia deixado claro seu ponto sem dó nem piedade.

Era aí que tudo mudaria, e eu — tão acostumado ao pior que poderia acontecer — achei difícil acreditar que minha vida mudaria para melhor.

As engrenagens haviam girado. Entre elas ficam as vidas das pessoas, e uma vez que suas revoluções se completam, nada mais parece restar.

Era uma vida, mas muito distante daquilo que eu esperara.

Sou culpado pelo que fiz?

Não somos todos culpados de alguma maneira?

Será que disse o que julguei ser verdade, ou aquilo em que queria acreditar? Será que disse o que achei que o xerife Haynes Dearing queria ouvir, ou o que eu queria que ele ouvisse?

Será que fiz isso porque achei que tudo fosse parar, que de alguma forma o passado se desvaneceria em silêncio, para nunca mais me perseguir de novo?

Não posso responder a estas perguntas. Mesmo agora, após esses anos todos, ainda não sou capaz de responder a estas perguntas.

Meu pecado. Meu crime. Meu tormento.

Lembro-me do rosto de Dearing quando falei com ele, da forma como ele levantou as sobrancelhas e não disse nada, como arregalou os olhos, da luz da percepção que de algum modo acendi dentro dele. E eu deveria ter justificado minhas palavras, deveria tê-las moderado com dúvidas, com reservas, mas não o fiz. Moderei-as com medo, raiva e dor; com a tristeza que sentia pelo que acontecera entre Gunther Kruger e minha mãe, pela morte da filha dele... por todas as coisas de que me julgava culpado.

Responsabilizei-o de alguma forma pela dissolução da minha vida. Fiz com que carregasse o fardo da minha perda. Julguei-o pela morte de minha mãe, pela morte de Elena, a quem eu prometera proteger.

Eu era juiz, júri e testemunha de acusação. Não revi os fatos. A defesa não se manifestou. Determinei a culpa e não considerei a possibilidade de inocência.

Quis que alguém pagasse pelo que fora feito.

Só quis que alguém pagasse.

VINTE

Ainda estava escuro quando ouvi o motor em frente de casa.

Levantei-me. Fui nu até o canto da janela e espiei lá para baixo. O veículo preto e branco era inconfundível. Quando vi Haynes Dearing deslizar com ar cansado do banco do motorista, endireitar o cinturão, enganchar a fivela; quando o vi meter a mão dentro do carro e pegar seu chapéu, botá-lo na cabeça como um sinal de pontuação; quando o vi aguardar um instante, olhar para a rua e depois para a casa, como se seu próprio anjo da morte estivesse planejando aparecer lá de dentro, eu soube.

Eu *soube.*

Recuei e peguei a calça e a camisa. Vesti-me lentamente, pelo menos assim pareceu; imaginei que Dearing demoraria bastante para andar até a porta apesar da curta distância. Senti-o parar várias vezes, como se considerando as razões de seu ato, e cada vez que pensava em dar meia-volta algo o instigava a prosseguir.

Eu estava lá embaixo antes que ele batesse.

Abri a porta e não disse nada. Sua expressão era neutra. Para além dele, o céu continuava dormindo; muito cedo para fenômenos atmosféricos.

— Imaginei que pudesse dar uma volta comigo — disse Dearing.

— Agora? — perguntei.

Ele fez que sim.

— Agora — repetiu, e virou as costas para ir andando.

— Aonde vamos? — gritei para ele.

Dearing não diminuiu o passo nem se virou para responder. Entrei de novo em casa para buscar os sapatos e o casaco.

No caminho, falei duas vezes. Em ambas, Dearing apenas balançou a cabeça. Pensei numa terceira tentativa, mas desisti antes de resolver o que dizer. Ele pegou um caminho por Hickox, Nahunta e Screven. Eu sabia aonde estávamos indo, e adivinhei por quê. Observei as mãos de Dearing no volante, sua pele curtida, cicatrizes e marcas, as manchas de nicotina em seu dedo médio e na polpa do polegar. Uma ou duas vezes olhei de canto de olho para seu perfil — quase todo na sombra, pouco mais que uma silhueta, a forma como os músculos se retesavam e inchavam em seu queixo. O homem estava todo contraído e tenso. Uma palavra errada, um movimento muito repentino, e ele explodiria como um boneco de mola pulando da caixa. Olhei para a estrada. Guardei meus pensamentos para mim mesmo.

A beira da estrada era coalhada de barracões de pé-direito baixo e birutas. Caixas de correio a cada dez ou quinze metros, todas famintas de algo que era improvável que chegasse. Pilhas de pneus como uma larga coluna negra, de onde pendia um cartaz — OVOS FRESCOS — e uma seta apontando para um caminho sinuoso e esburacado. No cruzamento a mil e oitocentos metros de Jesup, um trator consumido pelo fogo parecia um cão paciente ansiando por um dono caído. As janelas sem vidro, as cores havia muito comidas pela ferrugem e pela corrosão, a grade da frente qual uma boca zangada quase transbordando de palavras amargas, incapaz de falar.

Parecia-me uma região triste e desolada. Região da minha infância. Região do passado.

— Eles não estão aí — disse Dearing quando parou na beira da estrada. Estávamos a quarenta e cinco metros da casa dos Kruger. Eu já vira as luzes, os giroscópios piscando, sentia o burburinho e a comoção que nos aguardava na lombada. Soube que ele se referia a Mathilde e aos meninos.

Sete carros, contei. Rostos, eu vi, reconheci um ou dois. Um deles era de Burnett Fermor, lembrei-me do pequeno entrevero que tivemos no Natal de 45. Senti-me como um fantasma, sentado no banco da frente do carro do xerife Dearing e olhando os vivos pela janela.

— Estão todos aqui. — Dearing disse a certa altura. — Ford Ruby, Landis, John Radcliffe, Monroe do Condado de McIntosh... todos eles, sete condados.

Fiquei calado.

Mais tarde, horas depois, só então com uma leve esperança de entender o que havia acontecido, eu pensaria nele como uma abóbora de Halloween. Cabeça toda inchada, olhos meio acesos. Língua azul pendendo da boca. "Gostosura ou travessura" — pensei, e entendi que não era nem uma coisa nem outra.

— Quero ir lá — disse a Dearing.

Dearing fez que não com a cabeça.

— Não quer não.

Pensei em insistir, mas sabia que qualquer coisa que dissesse cairia em ouvidos moucos.

— Enforcou-se — disse Dearing.

Por um momento, tentei não ver nada, mas aí pensei nele balançando numa corda, para trás e para a frente enquanto o caibro que o segurava rangia com a tensão do peso.

— Achamos que foi hoje de manhã — disse Dearing. — Walter... Lembra-se de Walter?

Fiz que sim com a cabeça.

— Walter o encontrou.

Não respondi. Observei em silêncio o legista dos três condados deixar seu carro e se dirigir para o celeiro de Gunther.

— Ele tinha uma fita cor-de-rosa na mão — disse Dearing.

Fechei os olhos, tentei respirar fundo. A emoção subia no peito.

— Achamos outras coisas... um sapato, um colar que julgamos que pertencia à menina Keppler... — Sua voz morreu.

Depois de algum tempo, Dearing tornou a falar, algo sobre culpa, sobre seu temor de que o suicídio pudesse tornar a perturbar as pessoas, mexer com tudo o que elas haviam tentado esquecer. Eu só ouvia meu assustado coração batendo.

Minha mãe, minha mãe louca e triste, se deitara e tivera intimidades com um assassino de crianças.

Dez meninas, todas espancadas e violentadas, muitas delas esquartejadas e seus pedaços espalhados aos quatro ventos...

Gunther Kruger — meu amigo, meu vizinho, o amante de minha mãe...

Gunther Kruger fora ali para falar com a Morte e a Morte o pendurara nos caibros.

Perdi totalmente o controle a certa altura e comecei a chorar.

— Chega — disse Dearing, e eu o ouvi como se ele falasse de muitíssimo longe.

— Finalmente acabou — disse baixinho.

Então levou a mão à ignição, deu a partida no carro e voltou pelo mesmo trajeto da ida.

Menos de uma semana depois, Haynes Dearing mandou que eu fosse embora de Augusta Falls.

— Não é uma boa época para nenhum de nós — disse. Estava sentado à mesa da cozinha, o chapéu no colo, a expressão indecisa, quase nervosa.

— Isso aí... isso aí com Gunther Kruger... — Suas palavras estranhas foram seguidas de silêncio, e ele desviou a vista. — Tem gente que acha que você pode ter tido algo a ver com o que aconteceu lá.

— O quê?

Dearing levantou a mão.

— Não me entenda mal. Essa afirmação não vem de nenhuma fonte oficial, Joseph. Temos um problema aqui, o pior desde que estou no condado de Charlton. As pessoas estão apavoradas. Mais inseguras do que com qualquer outra coisa. Gunther Kruger era um homem conhecido, um membro respeitado da comunidade. Uma coisa assim, as pessoas acham difícil de entender, e começam a achar que...

— Achar o que, xerife? O que as pessoas acham?

— Que diabo, Joseph, isso não faz mais sentido para mim do que para você. Eu não devia ter mandado você ir lá. Não devia ter lhe pedido para ir falar com ele. É bom que eu saiba o que poderia ter feito melhor. O fato é que coloquei você numa situação vulnerável. As pessoas vão achar bom pensar que isso teve mais a ver com sua visita do que com qualquer outra coisa.

— O senhor não pode estar falando sério. Caramba, xerife, que diabo é isso? Elas ainda acham que tive alguma coisa a ver com esses assassinatos?

Dearing fez que não com a cabeça.

— Não, caramba, acho que não.

— E então? O que acham que eu posso ter feito?

— Talvez algo a ver com o que aconteceu com Kruger...

— Que eu matei Gunther? É isso que está dizendo?

— Não estou dizendo nada diretamente, Joseph. — Dearing pôs o chapéu na mesa e inclinou-se à frente, as mãos juntas, dedos cruzados. Sua expressão era circunspecta e séria. — Talvez sejam só os garotos Kruger. Talvez seja só um boato que tenha partido deles. Você imagina como eles devem estar se sentindo? Não querem achar que o pai é um assassino de crianças, caramba. Não querem achar que...

— Então estão dizendo que fui eu, que matei essas meninas e fiz parecer que tinha sido o pai deles.

Dearing ficou calado. Seu silêncio era toda a confirmação de que eu precisava.

— O senhor não pode pensar que há qualquer...

— Eu não penso — declarou Dearing com ênfase. — Sei que você não teve nada a ver com isso. Encontramos coisas na casa, coisas que estavam escondidas no chão do celeiro. Encontramos coisas que pertenciam a quase todas aquelas meninas.

— Então, por que não conta para as pessoas... por que não conta o que aconteceu de verdade?

— Porque Kruger está morto e não pode refutar nenhuma acusação.

— O quê? — Eu não acreditava. Não conseguia crer no que Dearing estava dizendo.

— A lei é a lei, Joseph. Temos um homem enforcado, que se suicidou, não há dúvida. Encontramos pertences daquelas meninas na casa dele. Não vai haver julgamento nenhum, nada de advogados, juízes, nem mais investigações policiais. É o que é. Seja qual for esse pesadelo infernal, bem, acabou. Não vai haver mais nenhuma menina morta na Geórgia, pelo menos pela mão de Gunther Kruger. Ele vai enfrentar a justiça dele lá no diabo que o carregue. Eu só tenho um bando de gente apavorada e perturbada, e numa situação dessas a gente faz tudo que pode para eliminar qualquer coisa que lembre os horrores que aconteceram.

— E eu sou uma dessas coisas, certo?

— As pessoas sabem que você encontrou a menina Perlman. Sabem que foi visitar Kruger em Jesup. Vinte e quatro horas depois, ele se enforca. Seja qual for a perspectiva pela qual se enxergue o fato, você participou dele, Joseph. Você é um ator involuntário nesse teatro...

— Não fique poético, xerife. Isso é muita besteira.

— Acho melhor você se mudar, Joseph. Não há nada que o prenda aqui em Augusta Falls. Você é jovem. Já teve suas dificuldades aqui. Nunca combinou com essa gente lenta do interior que vive em cidades como esta. Vá para algum lugar onde possa se dar bem. Use o dom que recebeu. Escreva uns livros, ganhe algum dinheiro. Case-se e recomece a vida. Você poderia vender esta casa. Eu poderia mandar alguém cuidar disso para você... venda tudo e pegue o dinheiro, comece tudo de novo. Deixe para trás todo esse passado ruim. Eu cuido do que está aqui e você vai construir a vida que merece.

— E que vida seria essa, xerife?

Dearing balançou a cabeça.

— Que diabo, Joseph, não sei... parece que está na hora de você buscar um pouco de felicidade.

Mais tarde, bem depois de o xerife Dearing ter ido embora, sentei na beira da cama de minha mãe e chorei.

Chorei por ela, por Gunther Kruger; chorei pelas dez meninas que talvez merecessem a felicidade mais do que qualquer um de nós; chorei por Elena, por Alex, pelo filho que perdemos. Não chorei por mim. Não adiantava. Agora eu carregava algo dentro de mim, e não era o fantasma daquelas crianças. Eu carregava a verdade do que acontecera, e talvez isso fosse o mais apavorante de tudo.

Pensei em partir. Eu não tinha medo do que as pessoas poderiam dizer ou fazer, nem do que poderiam achar de mim. Pensei em partir porque fazia sentido começar de novo. Pensei em Nova York, no livro que prometera a Alex escrever. Fiz de conta que poderia sobreviver a tal mudança, e tentei me convencer de que tudo que acontecia tinha um motivo.

Eu me perguntava se os pais das meninas algum dia tentaram pensar assim.

— Vá — disse Reilly.

Era o início de março. Reilly fora jantar comigo, passara a noite e grande parte do dia seguinte. Ficamos sentados na varanda, Reilly fumando, a luz do entardecer lembrando todas as primaveras anteriores da Geórgia. O inverno não deixava pegadas indeléveis naquela terra. A tristeza e a solidão eram fatores presentes fosse qual fosse a estação.

—Vá... vá para Nova York — repetiu ele, e a insistência em seu tom me alcançou, apesar das minhas divagações distraídas. — Como Dearing disse, não há nada que o prenda aqui, Joseph. Quantos anos você tem?

—Vinte e um.

Ele sorriu sem jeito.

— Não está nem começando.

Olhei para Reilly Hawkins.

—Você diz que não há nada que me prenda aqui. O que o faz pensar que haverá algo num lugar como Nova York?

Reilly sorriu e baixou os olhos.

— Que diabo, não sei. Um lugar como este não é nada. Um lugar como este é para a gente nascer e se mudar, a não ser, obviamente, se tiver família ou coisa assim.

—Você está aqui... não tem família e ficou aqui.

Reilly riu, com uma ponta de resignação e tristeza.

— Eu? Eu sou o melhor motivo para você ir embora daqui. Eu sou você daqui a trinta anos se não tomar uma providência, sabe? Além do mais, foi você quem começou essa conversa de Nova York.

Olhei para o horizonte. Um mar de arbustos baixos, alsinas, gaulthérias, choupos raquíticos e um salgueiro que chupara muita água do pântano e ficara baixo e feio; tudo pontuado pelas casas baixas, casas que pareciam agachadas na terra para evitar serem descobertas, esperando surpreender quem quer que viesse de visita. Eu me perguntava se só estava com medo do desconhecido, medo do futuro. Eu me perguntava que significado teria minha vida se eu continuasse ali, e não conseguia pensar em nenhum. Casar com uma garota de fazenda de mentalidade tacanha, criar alguns filhos, ficar velho e ressentido e morrer de arrependimentos e falta de ar. Parecia que lá só havia dureza; que tudo o que se ganhava acabava sendo tirado. Nova York acenava como um barulho alto e bem-vindo após um silêncio longo e constrangedor. Não fiz caso dos garotos Kruger, nem sequer tinha certeza de que houvera boatos, e imaginei que o xerife Dearing tivesse suas razões para achar que eu estaria melhor se partisse. Achei que era ele que não queria que lhe lembrassem de Gunther Kruger. Nada fora dito — o número de pessoas que eu via não bastava para saber se me olhavam de maneira estranha. Eu sabia havia muito tempo que a única razão para ficar era minha mãe, e até mesmo desta eu me escondera. Não a via desde maio de 47, a visita que fizera a Gabillard pouco antes de me casar com Alex. Quase dois anos. Eu me perguntava que idade ela aparentaria.

— Talvez eu deva ir — disse eu, e minha voz seguiu em direção às árvores e se perdeu no meio delas.

— Acho que devia — respondeu Reilly, e não falamos mais no assunto.

Considerando o passado, minha vida parecia uma seqüência de incidentes ligados. Como uma fila de vagões descarrilados, cada qual independente mas atrelado ao seguinte. Um vagão saiu do trilho — talvez a morte de meu pai —, e tudo a partir daí o seguiu rapidamente, resolutamente. Comecei a achar que eu também estava atrelado, e se não me desengatasse me lançaria da beira de algum lugar para lugar nenhum.

Isso e os poloneses foram as razões que finalmente me fizeram partir.

O nome dele era Kuharczyk, Wladyslaw Kuharczyk, e ele foi lá em casa na primeira semana de abril de 1949.

— Seu xerife — disse num inglês extraordinariamente bom. — Venho aqui porque o seu xerife diz que talvez você vá vender esta casa e este terreno e deixar esta cidade.

Wladyslaw Kuharczyk tinha uns bons dois metros de altura, mas apesar do tamanho não tinha nada que intimidasse. Suas feições falavam de algo delicado e sensível.

— Eu vem com minha mulher — disse. — Temos três filhos. Minha família... — Abaixou a cabeça e fechou os olhos. — Todo mundo foi morto pelos nazistas, todo mundo menos nós... Eu tinha sete filhos, agora só três. Tenho pais, minha mulher também, e ela tem avós. Todos mortos pelos nazistas. Só somos cinco agora, e eu venho para os Estados Unidos. Temos dinheiro. Meu irmão, ele também morreu, mas faz muito dinheiro em Polônia antes da guerra. Eu tenho dinheiro agora para comprar esta casa e este terreno... e esse terreno onde essa outra casa pegou fogo... — Kuharczyk olhou por cima do ombro para o terreno dos Kruger. — Então eu vem aqui falar sobre isso porque seu xerife está dizendo à gente que talvez você vá embora daqui para não voltar. Eu vem ver se essa casa está à venda.

— Entre — disse eu. — Entre e vamos sentar.

— Minha mulher... meus filhos também...?

Franzi a testa.

— Estão aqui?

Kuharczyk fez que sim com a cabeça. Abriu um sorriso largo.

— Ali — disse, e apontou para uma moita de árvores na beira da estrada. Levantou o braço e acenou. Apareceu uma mulher, e logo depois um monte de crianças estava atrás dela, e por um momento pensei serem Mathilde Kruger, Hans, Walter e Elena. Foi então, naquele exato momento, que eu soube que partiria, que Wladyslaw Kuharczyk e sua família assumiriam o posto que os Kruger haviam deixado vago, que eu faria o que havia vários anos muitos desejavam que eu fizesse: Joseph Vaughan desapareceria da Geórgia

Kuharczyk e eu combinamos um preço, um preço muito bom, pela casa e pelo terreno. Mais tarde eu soube que, apesar do documento assinado por minha mãe, o produto da venda teria que ser mantido sob custódia até ela morrer. Fiz um acordo com o banco para levantar recursos, e embora não fosse muito dinheiro, achei que seria suficiente para me levar até Nova York, para um lugar chamado Brooklyn. Havia lido sobre o Brooklyn em revistas e livros; sabia que era habitado por escritores, poetas, artistas e outros da mesma inclinação e natureza. No Brooklyn era onde eu moraria e trabalharia, onde escreveria o romance que abrangeria tudo o que minha vida fora, e anunciaria tudo o que ela viria a ser. O Brooklyn haveria de ser meu lar espiritual, talvez o lugar que Alex teria escolhido para mim.

Vi duas pessoas antes de partir: Haynes Dearing e Reilly Hawkins. Dearing foi quase monossilábico, apertou minha mão, agarrou meu ombro com tanta força que doeu.

— Não me escreva — disse. — Você vai ter mais o que fazer do que escrever cartas, e, com certeza, estarei ocupado demais para as ler. Saia daqui. Um lugar como este vai acabar arrancando tudo de você.

— Xerife... Eu..

Dearing balançou a cabeça.

— Que diabo, Joseph, eu não estou a fim de ouvir nada do que você tem a dizer. Você e eu já conversamos tudo o que tínhamos que conversar há muito tempo, certo? — Ele sorriu e levou a mão à aba do chapéu em sua cabeça. — Ouvi dizer que alguém arrancou uns trinta ou quarenta metros de cerca perto da casa de Lowell Shaner... Tenho que ir cuidar disso agora. Vá para onde quiser ir e dê um jeito de construir sua vida, está bem?

— Está bem, xerife.

Dearing assentiu.

— Ótimo, Joseph, ótimo. — Tornou a sorrir, estendeu a mão e me cumprimentou, e depois virou as costas e se afastou.

— Xerife?

Dearing parou e deu meia-volta.

— Sabe que eu não tive nada a ver com a morte de Gunther Kruger, não?

Dearing baixou os olhos. Levantou ligeiramente o pé direito e começou a cavar um buraco no chão com a ponta da bota.

— Acho que muita água suja passou por baixo de algumas pontes incendiadas. Acho que não importa como uma coisa dessas possa ter acontecido, Joseph. — Ele parou de cavar, ergueu os olhos e sorriu. — Lembra daquela palavra difícil que você usou, aquela sobre alguém se deleitar com a desgraça alheia?

— *Schadenfreude*.

— Essa mesma. É bem o que estou sentindo em relação ao sr. Gunther Kruger agora... entende o que quero dizer?

— Entendo, xerife — respondi. — Claro que entendo.

— Bom, então tudo bem, Joseph... acho que não temos muito mais a dizer a não ser boa sorte e adeus.

Levantei a mão.

— Cuide-se, Joseph Calvin Vaughan, cuide-se.

Fiquei ali em silêncio enquanto o xerife Dearing virava as costas e se afastava. Esperei um pouco, depois fui até a casa de Reilly.

Vinte e um

Peguei um ônibus. Uma viagem por cinco estados pela frente — as duas Carolinas, Virgínia, Maryland e New Jersey. O pântano Okefenokee, o rio Althama, a ilha Jekyll e o penhasco Dover: tudo atrás de mim. Olhando da janela enquanto as rodas lutavam com trilhas esburacadas e curvas difíceis, eu saía da Geórgia como se acordasse de um sonho, observava a suave aspereza dar lugar a cores claras e vivas. Saía do passado para o futuro — o futuro que estava à minha espera. Eu acreditava nisso; *precisava* acreditar.

Espremido de forma desumana num veículo apertado e abafado, encontrei os barulhos e os cheiros de gente diferente: um soldado atrás de mim, fitas de condecorações esfarrapadas presas na aba do chapéu, a mente perdida em alguma recordação sombria da Europa que iria para sempre persegui-lo. Julguei também ouvir as vozes deles. Uma velha, o rosto como um pergaminho cuja mensagem tivesse sido completamente apagada, olhos como furos feitos na claridade para encontrar a escuridão silenciosa do outro lado. Eu queria saber se ela estava indo ou voltando. Todos nós — nossas vidas episódicas, dilaceradas pela mudança — amontoados enquanto a noite encurtava, enquanto saltávamos do ônibus em cidades como Goose Greek e Roseboro,

Scotland Neck e Tuckahoe, e fazíamos fila para nos registrar em motéis baratos e pernoitar em quartos austeros. Lençóis ralos e paredes cinzentas, cobertores muito curtos para abrigar o rosto e os pés ao mesmo tempo, tiritando constrangidos, desafiando a natureza, resistindo à vigília. Centenas de quilômetros. Horas e horas. Joelho, cotovelo, ombro e coração espremidos. Ar, espaço, esperança, espremidos. Limites urbanos e divisas de condados, campos, florestas, nascer e pôr-do-sol, horizontes angulares açoitados pelo vento sempre ao longe. Mil, dois mil ou três mil quilômetros ou mais. Troca de ônibus, outros rostos: uma garota bonitinha com um bebê minúsculo, um atleta universitário arrogante com dentes demais, um homem de meia-idade chorando de olhos fechados sem dizer uma palavra de Richmond a Arlington. Rito de passagem. Um relato de viagem. Uma peregrinação. Essa viagem; a *minha viagem*. Alex em meus sonhos, o filho também, e eu acordando com um gosto amargo de limalha de cobre na boca. Pensando na Geórgia, em Reilly Hawkins, em Virginia Grace Perlman, em homens andando lado a lado, um braço de distância entre eles, vasculhando um caminho acidentado no meio do mato e dos pantanais para encontrar crianças perdidas que jamais voltariam. Minha mãe: velha, enferma, louca. Um pai morto, levado na High Road. Gunther Kruger azulado e inchado balançando de um caibro. Essas coisas todas; coisas importantes, significativas, com uma magia sombria e indefinível em meio às corriqueiras e monótonas. Minha vida. Nada mais nada menos que isso.

A estrada se desenrolava atrás de mim. Levamos dias para chegar a New Jersey. O ônibus enguiçou próximo a Perth Amboy. Fiquei parado na beira da estrada, um tique nervoso na perna esquerda.

— Cigarro? — perguntou um homem.

Virei-me, sorri, fiz que não com a cabeça.

— Staten Island — disse ele, e inclinou os olhos para nordeste. — É de onde venho. É para onde vou. Você?

— Brooklyn — respondi, e olhei para o rosto do homem pendurado embaixo da aba larga de um chapéu maior ainda. Pele amarelada e brilhosa, bochechas cor de cera, marcadas de varíola e rugosas. Pelo visto, era um homem que sobrevivera a uma doença terrível.

— Você não parece ser do Brooklyn.

— Sou da Geórgia.

— Geórgia, é? E o que está fazendo indo para aquelas bandas?

— Vou ser escritor — disse eu. Ouvi sinos distantes, uma torre de igreja, passados três morros e um vale estreito. Um som fantasma.

— Escritor, é? E sobre o que vai escrever no Brooklyn?

Encolhi os ombros e sorri.

— Não sei... Vou ver quando chegar lá.

— Entrada para os Hamptons — disse o homem, e deu uma tragada no cigarro. — Scott Fitzgerald, hein?

— Algo do tipo.

— Bem, algo do tipo vai ser algo bom — disse ele, e deu outra tragada no cigarro.

Esperamos uma hora por outro ônibus. Veio de Linden nos buscar.

Mais uma noite. Céu escuro, chuva forte, o tamborilar da água no teto do veículo, incessante e interminável. Dormi todo encolhido, levei dez ou quinze minutos para recuperar a circulação quando acordei. Ponte de Williamsburg. Claridade esmaecida, eu me sentindo desconcertado e vazio. Bolsos recheados de dólares, totalmente desorientado. Achei que já tivesse idade para me virar, encontrar um lugar para ficar, um lugar onde pudesse me deitar esticado como uma tábua e só acordar quando tivesse vontade.

E o Brooklyn me veio como uma coisa selvagem. De arranha-céus e esperança; luz batendo entre os prédios que se estendiam a perder de vista, o vidro de um milhão de janelas de Manhattan, e gente, muita gente, gente demais para se enxergar alguém como indivíduo. Broadway, Union Avenue, placas de escolas e igrejas, centros médicos, anúncios e cartazes com cores e mensagens resplandecentes; e mais gente, mais gente numa calçada do que passava em Augusta Falls durante três estações.

Saltamos do ônibus na avenida Lafayette. Peguei minha mala, devia ter uns vinte e dois quilos, e carreguei-a para o Brooklyn sem uma idéia clara do lugar para onde estava indo. Depois de três quarteirões, não consegui mais andar. Encontrei um hotelzinho, parecia asseado, e peguei um quarto para pernoitar. Tirei umas coisas da mala. Lavei o rosto e fiz a barba. Vesti uma camisa limpa, um paletó amarrotado e me aventurei num mundo que era estranho e ao mesmo tempo meu novo lar. Perambulei durante uma hora, caderno em punho, tive certeza de estar perdido e aí dobrei a esquina e deparei com o hotel. Senti-me tolo. Eu era um caipira, um matuto, um peão nascido no interior. Também estava desesperado de fome, e num restaurante de fachada estreita, na avenida Lewis, pedi comida que daria para dois. Observei o mundo novo da janela. Carros pára-choque com pára-choque, luzes piscando, motoristas apoiados na buzina, guarda de trânsito com um olho implacável entrando no meio do engarrafamento sem se preocupar com o seu bem-estar. Tempo e gente passando, o passado passando pelo presente e virando o futuro sempre maior. Sorri como o tolo que eu era. Ali estava algo que valia a viagem; ali estava a cidade de Nova York, o coração dos Estados Unidos, suas ruas como veias, bulevares como artérias, suas avenidas como rápidas sinapses elétricas, canalizando, alcançando; um milhão de vozes, com outro milhão falando ao mesmo tempo, todo mundo junto como uma família, mas só vendo a si mesmo. Ali estava um lugar em que se podia ser alguém num cruzamento, e ninguém quando se atravessava para o outro lado. Nova York me golpeava. Tudo o que eu via era luminoso, ousado e arrogante. O corte dos ternos, os lábios escarlates das garotas com rostos de revistas e filmes, os carros com um quilômetro de cromo polido, rodas raiadas e grades, quebra-ventos como olhos e espelhos; crianças vestidas com suas melhores roupas, como se para ir à igreja. Majestosa. Imponente. Uma cidade cerrada como um punho. A casa sem pára-raios da humanidade.

Nova York me tirou o fôlego. Só o recuperei mais de dois dias depois.

Segunda-feira, 2 de maio de 1949. Ali, no saguão central do hotel onde estava hospedado; um jornal na varanda me chamou a atenção; uma linha embaixo do cabeçalho, um conto de um homem chamado Arthur Miller, um dramaturgo, um ícone ao que parecia; recebera um Prêmio Pulitzer por *A morte do caixeiro-viajante.* A zeladora passou voando por mim, abriu a porta, pegou o jornal do chão e voltou para o lugar de onde tinha saído. Detive-a um instante, indaguei sobre uma pensão, apartamentos ou quartos para alugar. Mulher de meia-idade, olhou para mim debaixo de sobrancelhas pesadas que se uniam no meio.

— Throop e Quincy — disse, como se atirasse pedrinhas. — Um lugar na esquina da Throop com a Quincy se pretende algo mais permanente. Minha irmã tem uma casa lá. O nome dela é Aggie Boyle, srta. Aggie Boyle... diga que eu o indiquei.

Agradeci calorosamente a zeladora. Seixos desconfiados no lugar dos olhos. Recuou, olhou-me de alto a baixo por uma fração de segundo, depois virou as costas sem mais palavra e desapareceu em direção aos fundos do prédio.

Depois do café-da-manhã, aventurei-me a ir a Throop e Quincy. Ruas apinhadas de gente. Monólitos altíssimos para todos os lados. Carros com a frente colada na traseira do outro nos cruzamentos, encurvados como bichos esquisitos.

Encontrei a casa; cartaz na janela: ALUGA-SE QUARTO. Aggie Boyle tinha tanta solidez quanto sua pensão.

— Oito dólares por mês, sem comida, uso das instalações, água quente das seis da manhã às oito e meia da noite.

Seu tom era sucinto e profissional, rosto de solteirona tirolesa, sem filhos, talvez sem nunca ter sentido a mão de homem além dos simples gestos de cortesia ao subir uma escada ou embarcar num trem; muito pouca semelhança entre Aggie e a irmã, salvo nos olhos, agachados embaixo de sobrancelhas vicejantes, precipitando-se de um lado para o outro como se esperassem um movimento súbito. Embaixo de hectares de saia havia hectares de carne, e por baixo disso havia ossos fortes, cortados de árvores velhas, pregados juntos para durar, talvez suficientes para fazê-la chegar ao além. As mãos de Aggie eram grosseiras, com dedos tão largos que sempre formavam um leque, e quando ela virava a cabeça, esta acompanhava os ombros em uníssono, como um elefante ou um rinoceronte. Mas havia nela uma certa simpatia. Lotada na terra para servir a algum propósito, para fornecer cama e desjejum aos cansados e agitados. Imaginei que houvesse um passado; que houvesse histórias de Aggie e da irmã, dos anos que viveram, do que as levou para o Brooklyn.

— Mais quatro inquilinos — contou-me Aggie enquanto subíamos para o quarto do sótão. — Dois cavalheiros, duas senhoras. O sr. Janacek. Ele é do norte da Europa. Está aqui há uns bons meses. Não se mete com ninguém, prefere que ninguém se meta com ele também. O sr. John Franklin. Ele lê o *Brooklyn Courier*, certifica-se de que escrevam as palavras corretamente e não deixem de botar as vírgulas. A sra. Letitia Brock. Já está aqui há mais de quinze anos. Uma senhora idosa, ajuda na biblioteca às quartas e sextas. Por último, tem a srta. Joyce Spragg, auxiliar administrativa do St. Joseph's College, próximo à De Kalb e ao parque Underwood, conhece?

Sorri, fiz que sim com a cabeça. Eu não tinha idéia de onde ficava o St. Joseph's College.

— Se ficar, você os terá como amigos e vizinhos, portanto convém ser educado até conhecê-los.

O quarto era asseado e funcional, com espaço para uma cama, duas cadeiras na janela, uma escrivaninha encostada na parede da esquerda, um armário com um trilho para pendurar roupas.

Fui até a janela e olhei para a rua.

— Vou ficar com o quarto — disse eu. Virei-me e olhei para Aggie Boyle.

— Não precisa pensar? — perguntou ela, num tom surpreso.

— Para quê?

Ela sorriu, balançou a cabeça.

— Acho que não tem muito para quê.

— Então está feito. — Meti a mão no bolso, peguei um punhado de dólares. — Quanto lhe pago agora?

— Duas semanas adiantado, e depois eu cobro às sextas-feiras.

Contei dezesseis dólares e lhe entreguei. O dinheiro desapareceu no bolso do seu avental.

— Sou escritor — disse a Aggie. — Vou trabalhar aqui também. Acha que o barulho de uma máquina de escrever vai incomodar alguém?

Aggie tornou a sorrir, mostrou o tipo de dentes cariados de quem masca cana-de-açúcar direto do pé.

— Acho que ninguém vai reclamar. Só quem se preocupa com barulho é a sra. Brock, e ela está do outro lado da casa.

Balancei a cabeça e retribuí o sorriso.

— O banheiro é no fim do corredor, à direita. Fica em frente ao quarto da srta. Spragg, portanto não saia de lá ao natural, certo?

— Certo, srta. Boyle.

— Aggie — retrucou ela. — Todo mundo me chama de Aggie.

— Certo, Aggie.

— Bem, vou deixar você se instalar... vai precisar buscar suas coisas e trazê-las para cá. Quando estiver pronto para sair, venha buscar sua chave.

— Obrigado.

Aggie Boyle adiantou-se. Olhou para mim com seus olhos penetrantes e franziu a testa.

— Você carrega muito peso para alguém tão jovem — disse. — É sua maldição de escritor ou passou por maus momentos lá no lugar de onde veio?

Ri, desconcertado.

— Maldição de escritor?

— Que diabo, todos eles têm uma maldição. Já vi chegarem e irem embora. Os atores são iguais. Carregam centenas de pessoas na cabeça. Alguma coisa a ver com criatividade e tudo isso.

— Não sei de maldição nenhuma — disse eu.

— Então você passou por maus bocados.

— Muito maus.

Aggie balançou a cabeça.

— Vi isso. Acho que então o Brooklyn é o melhor lugar para você.

— Como assim?

— É um lugar tão movimentado que a gente só tem tempo de olhar para fora, entende o que quero dizer?

Pensei nas pessoas na calçada, no cheiro do lugar, nos restaurantes apinhados, na casa sem pára-raios da humanidade.

— Acho que sim — respondi. — Acho que sei o que quer dizer.

— Bem, se não souber, vai descobrir logo — retrucou Aggie, e com isso virou as costas e sumiu no corredor.

Fiquei mais alguns minutos, a cabeça oca, os pensamentos contidos. Senti cheiro de tinta fresca, de vazio, de um quarto aguardando ser preenchido por alguém. Eu chegara. Chegara a algum lugar vindo de outro. Um recomeço, um renascimento.

Os fantasmas estavam ali, alguns deles — talvez todos —, mas por ora estavam quietos. Fechei os olhos e tentei ver o rosto de minha mãe, mas não consegui. Meu pai era uma mancha monocromática indistinta, como a lembrança de uma fotografia desbotada. E as meninas — todas elas, lado a lado em algum lugar, aguardando as asas talvez, aguardando virar anjo.

Peguei tudo o que possuía para me lembrar um pouco da Geórgia, e de alguma forma achei que estava bom.

Fiquei seduzido pela srta. Joyce Spragg, auxiliar administrativa do St. Joseph's College, na tarde de domingo, 12 de junho.

A srta. Spragg tinha quarenta e um anos, mais vinte do que eu.

— Venha tomar uma garrafa de vinho comigo, Joseph — disse ela.

Eu estava sentando à minha escrivaninha, talvez sonhasse acordado, tentando sem muito entusiasmo trabalhar, e deixara a porta aberta.

Levantei-me da cadeira e atravessei o quarto. Quando cheguei à porta, ela a abriu com o pé. Ficou ali com um vestido de algodão estampado, uma garrafa de vinho em uma das mãos e dois copos na outra. Tinha o cabelo, escuro e exuberante, afastado do rosto. Era uma bela mulher, lábios pintados de carmim, olhos de um azul esfumaçado.

— Uma bebida — repetiu. — A menos que eu esteja interrompendo seu trabalho.

Fiz que não e sorri.

— Não estou de fato trabalhando.

— Então está combinado — disse ela. — Vamos tomar esta garrafa de vinho e falar de coisas sem importância esta noite.

Acompanhei-a pelo corredor até seu quarto. Comparado ao meu exíguo habitat, era ricamente mobiliado com colchas de brocado e almofadas de seda estampadas. Afastado da parede, havia um biombo de madeira decorado, um penhoar pendurado ali, e à direita uma *bergère* funda de couro. A srta. Spragg e eu já havíamos nos falado muitas vezes, um cumprimento social quando nos encontrávamos no corredor ou na cozinha lá embaixo, mas nunca mais que isso.

— Você é escritor — começou. — Aggie me contou que você veio para o Brooklyn para escrever um livro.

Assenti com a cabeça e sorri.

— Sim — falei.

— Sente-se... por favor — disse ela, apontando a garrafa para uma espreguiçadeira ao pé da cama por fazer. Então abriu a garrafa com um grau de destreza que eu só podia atribuir à prática, e encheu os dois copos.

— A um romance incrível — disse —, e a seu grande sucesso — brindou.

Ergui o copo e agradeci a delicadeza.

— Então, você é Joseph Vaughan, da Geórgia — explicou-me, indo até a cama e sentando-se na beiradinha. — Soube que sofreu uns percalços.

Fiz que não com a cabeça.

— É uma questão de ponto de vista — disse eu. — Sou bastante saudável...

— Mas o espírito — disse ela — e o coração é que são tomados pelas sombras e as asperezas da vida, não?

Ela riu. Parecia descontraída, segura, consciente de sua atração e sem medo do que se poderia pensar dela. Invejei sua segurança.

— As pessoas são feitas de aço — disse eu. — Sobrevivem a traumas e perdas bem maiores do que os que sofri.

— Então me conte — disse ela. — Me conte o que aconteceu na Geórgia.

— Achei que íamos falar de coisas sem importância.

Ela sorriu.

— É você que está me dizendo que não sofreu nenhum grande trauma ou perda... então essas são as coisas sem importância de que vamos falar.

Falei durante quase uma hora. Por uma ou duas vezes, ela me interrompeu, para esclarecer um ponto, pedir que eu me aprofundasse mais ou desse mais detalhes, mas o tempo todo parecia satisfeita de ouvir pacientemente enquanto eu falava de meu pai, de minha mãe, de Alex e do bebê, dos assassinatos das meninas, de Virginia Perlman, da morte de Gunther Kruger. Contei-lhe tudo, até da carta do pessoal dos Contos de Atlanta, da coleção de recortes de jornal que eu carregara comigo, e quando terminei ela se levantou da cama e encheu novamente meu copo.

Tornou a sentar-se, a expressão distante e pensativa.

— Perturbei você, srta. Spragg — disse eu.

Ela sorriu e fez que não com a cabeça.

— De jeito nenhum, e pare de me chamar de srta. Spragg, pelo amor de Deus. — Riu. — Quantos anos você tem?

—Vinte e um, faço vinte e dois em outubro.

— E já viveu o tipo de vida que poderia virar um livro.

Encolhi os ombros.

— Tome mais um pouco de vinho — disse, e se levantou para encher meu copo.

Quinze minutos depois ela encheu meu copo pela quarta vez. Seu vestido subiu acima do joelho quando ela cruzou as pernas. Olhei para elas, e quando tornei a erguer os olhos ela sorriu para mim. Sabia que eu olhara, e houve um momento de constrangimento.

— Não é pecado olhar — disse. — Não é pecado ter pensamentos, Joseph. E quase sempre é só a consciência de outra pessoa que diz que o que você está fazendo é pecado. Se você vive a vida de coração aberto e com um sentimento de integridade... bem, se realmente vive o momento, nunca dá tempo para olhar para trás e se arrepender. — A srta. Spragg inclinou-se à frente, apontou o queixo para mim e fechou os olhos por um pouquinho mais de tempo do que o esperado.

— Está pronto para viver o momento, Joseph?

Ri, com um pouco de nervosismo talvez. Eu sentia seu perfume — floral, adocicado, algo por baixo disso, talvez o almíscar de seu corpo, e essas fragrâncias juntas se traduziam em promessa, transmitida numa linguagem de sedução e sexualidade.

Pousei meu copo e também me inclinei à frente, nossos rostos paralelos. Só alguns centímetros os separavam.

— Estou pronto para viver — murmurei, e levantei da espreguiçadeira para abraçá-la.

Eu me lembrava do som de seu copo batendo no chão do outro lado da cama, achei incrível que não tivesse quebrado, e aí ela estava em cima de mim, parecendo me consumir como uma onda.

Mais tarde, ambos atordoados com o ímpeto da paixão, ela se deitou em cima de mim, a cabeça no meu peito, e me disse que o que acontecera não era muito importante nem muito significativo.

Olhou-me, e por um momento enxerguei através da capa de sua segurança. Foi como se a verdadeira Joyce Spragg aparecesse através do aspecto externo. O brilho de seus olhos pareceu menor, o tom de sua pele, cansado como o de uma velha cortesã. Cada traço delineado por pequenas sombras, as rugas estreitas que falavam em línguas epidérmicas: aqui, uma traição, ali, uma desilusão; e finalmente o sinal visível de um desgosto amoroso. Seu rosto contava uma história — ou talvez não tanto uma história quanto uma saga de sonhos afogados em álcool antes que tivessem ganhado força suficiente para se soltar e caminhar sozinhos. Seu pessimismo fora uma âncora para todas as suas aspirações, suas tentativas de promover oportunidades foram desastradas e canhestras. Ali estava uma pessoa que achava que o mundo sempre estaria em débito com ela e que morreria convencida de não ter recebido o que lhe era devido.

Ou assim acreditava eu naquele momento, acreditava e não me importava. Pois a srta. Joyce Spragg, auxiliar administrativa do St. Joseph's College na De Kalb, me pareceu um pequeno desejo de perfeição num mundo muito imperfeito.

— Importância e significado são relativos — murmurei. — Vá dormir.

Toda vez que eu visitava Joyce, ela me lembrava que nossa união não tinha importância nem um significado maior. Toda vez eu sorria. Era como se ela me visse por uma luneta, meu significado infinitesimal, mas, quando queria se esgotar na minha cama, eu via que eu era tudo o que ela de fato possuía. Joyce Spragg era uma fachada, sua ambivalência, um véu atrás do qual ela se escondia do mundo. Talvez ela achasse necessário ser dúbia e ambígua. Talvez considerasse essas qualidades atraentes. Eu nunca a amei, nunca fui tolo de pensar que a amava. Nossa relação era uma conveniência, um meio de termos companhia, e embora fôssemos amigos nunca passaríamos disso. Porém, apesar de todas as suas idiossincrasias, Joyce me apresentou ao pequeno círculo de literatos que freqüentavam o Fórum dos Escritores da universidade. Reuníamo-nos nas noites de sábado, fui apresentado na primeira semana de julho de 1949, e aí eu esbarrei com as pessoas que eu desejava conhecer quando deixei a Geórgia pelo Brooklyn.

O Fórum dos Escritores da universidade era um porto para desajustados e inconformistas, aqueles que talvez não pudessem encontrar companhia em mais nenhum outro lugar; e embora fossem as pessoas mais inteligentes e perspicazes que eu já conhecera, eram também as mais estranhas. Naquela primeira noite de sábado, fui com Joyce simplesmente porque ela me convidou.

— Vão tentar explicar a poesia clássica que não entendem — disse ela — e vão beber enormes quantidades de vinho tinto barato, e divertir todo mundo com suas tentativas medonhas de criar pentâmetros iâmbicos e prosa livre.

O Fórum acontecia num salão de reuniões a meio quarteirão do *campus* da universidade. Joyce, auxiliar administrativa, tinha autorização para levar quantos convidados quisesse, desde que não fossem imbecis, ignorantes ou "estrangeiros".

— Estrangeiros? — perguntei. — Está dizendo que só a literatura americana é considerada digna?

Ela riu.

— Estrangeiros são os que freqüentam as faculdades rivais. Não se admitem estrangeiros no Fórum.

Como eu não pertencia a nenhuma das categorias excluídas, fomos. Lance Forrester, o presidente da segunda estação, nos recebeu. O ano não era dividido em trimestres, mas sim em estações, e eram, na ordem, "final de inverno", "aurora", "equinócio" e "solstício".

— Uma licença poética — explicou Joyce. — A tudo que fazem, e quero dizer *tudo*, atribuem um significado e uma profundidade maiores que o merecido.

Lance Forrester apareceu, trazendo um maço de folhas com a ponta virada. O cabelo esticado para trás no crânio com brilhantina de maçã, uma risca no meio, reta como raio de roda. Parecia observar os lábios quando falávamos, meio surdo, talvez, ou quem sabe encabulado a ponto de renunciar ao contato visual e se fixar nos lábios. Jeito estranho, todo anguloso, um ziguezague de linguagem corporal espremido dentro de um homem. Pareceu-me que Lance Forrester precisava de uma boa mulher para aparar as arestas, passar a ferro as rugas emocionais, mas uma mulher dessas exigiria três doses de paciência e, quem sabe, motivos ocultos. Quando ele olhava para Joyce, seus olhos faiscavam como nós de madeira num incêndio; os lábios tremiam como se temessem que as palavras escapassem só para humilhá-lo. Os pensamentos dele eram dele. De mais ninguém. Levava-os para casa e os contemplava. Parecia ter inveja de beleza, encantos, amigos. Talvez pensasse em garotas e chorasse, ou se masturbasse, ou simplesmente odiasse todos. Os pensamentos também, mas sobretudo as garotas: a ausência que representavam, o vazio instilado.

— Dizem — contou-nos Lance, falando baixinho como se desse notícias de alguma suspeita ou de um jogo sujo. — Não foi confirmado, mas dizem que Fulton Oursler poderia visitar nosso pequeno enclave.

Franzi a testa e olhei para Joyce.

— Editor... era o editor da revista *Liberty*... — começou ela.

— E da *Metropolitan*. E um autor publicado, sabem? — explicou Lance.

Sorrimos de modo amável, Joyce e eu, e passamos com delicadeza por Lance Forrester em direção ao bar improvisado na parede do fundo.

Foi lá, naquela mesma noite, que conheci Paul Hennessy. Pouco mais alto que eu, cabelo louro-escuro, comprido no cocuruto e curto atrás. Parecia estar sempre com um sorriso irônico, como se caçoasse do absoluto ridículo do mundo à sua volta. Vestia-se excepcionalmente bem, e depois descobri — quando o conheci melhor — que não era o dinheiro que lhe dava aquele jeito e aquela aparência, mas sim o cuidado que dedicava a isso. Hennessy tinha uma capacidade infinita de tirar o melhor partido de tudo, e com suas feições enrugadas, seu queixo marcante, seu olhar ligeiramente triste, poderia ter ido para Hollywood. Se eu soubesse a importância que ele teria no meu futuro, o futuro que ainda era desconhecido, teria deixado o Fórum e voltado para a Geórgia. Hennessy era um anacronismo deslocado tanto em termos de tempo quanto de lugar, mas seu charme era inegável. Naquela noite, ele não estava sozinho. Havia uma mulher ao seu lado, que parecia ficar sem ar a cada palavra que ele pronunciava. Tinha o cabelo eriçado e fixado com laquê, formando uma corajosa e precária crista, como uma árvore petrificada de repente no auge da floração, e nos olhos, baixos em seu rosto, havia certa tristeza e certa nostalgia. Quando ela sorria, parecia expressar a melancolia bela e profunda que só pode ser expressa na companhia de poetas vivos ou de viciados em ópio falecidos.

Com o tempo, passei a participar do Fórum tanto quanto qualquer um, e fiquei conhecendo bem Hennessy. Ele chamava quase todos os homens de "Jackson", numa espécie de jargão de jazz abreviado; as garotas eram "curvas" ou "amassos", e ele se referia a si próprio na terceira pessoa, numa espécie de *pronunciamento* solene — "Hennessy não seria encontrado morto num lugar como aquele!" ou "Hennessy não aceitaria esse tipo de desafio deitado, sabe?". Falava de Nietzsche e Schopenhauer, de Gibran e Tolstói como se cada um fosse seu amigo pessoal, e citava trechos de *O profeta* e de *Assim falou Zaratustra* como se fossem temas ligeiros de gente comum. Quando Hennessy entrava numa sala, sozinho ou acompanhado, agia como se o próprio Sam Falk* pudesse aparecer a qualquer momento para fazer fotos para a imprensa.

— Estávamos no Top of the Mark, sabe? — dizia ele. — Aquele barzinho na cobertura do Hotel Mark Hopkins em São Francisco — e cansado de saber que nenhum de nós jamais fora a São Francisco, muito menos ao bar da cobertura. Falava de beber uísque com soda e Tom Collins em copos longos, e de ouvir conjuntos de jazz: — Músicos extraordinários, realmente extraordinários! O único problema era que cada um tocava uma música genial diferente em ritmo onze por quatro, e eu e Clara, sabe, ela era meu principal amasso na época... bem, direi que eu e Clara não sabíamos se estávamos descendo da Carolina ou subindo de Boston!

Hennessy misturava as metáforas com mais desenvoltura do que a maioria dos *barmen* de Manhattan misturava seus coquetéis, e quando estava bêbado, apenas ficava mais ruidoso, mais insistente, agressivo como um jor-

* Durante quarenta anos, foi fotógrafo do *New York Times*. (*N. da T.*)

nalista do Hearst. Vivia bocejando, dando a todo mundo a impressão de absoluto tédio.

"Um problema de saúde", confidenciara-me certa vez. "Falta de vitamina E. Meu corpo luta por oxigênio. Tenho que comer sempre amendoim e camarão. Senão, fico letárgico... e *que* letargia... e ficaria propenso a coisas terríveis como tromboflebite e gangrena diabética."

Durante algum tempo, achei que procurava Hennessy por seu humor, sua conversa incessante. Ele parecia ser pelo menos uma panacéia para minha solidão, para a sensação de vazio que me vinha cada vez que eu pensava em Alex. Depois de conhecê-lo melhor, percebi que tinha um total magnetismo, e por intermédio dele eu conhecia gente que não conheceria de outra maneira. Era esse turbilhão de atividade que me ajudava mais do que qualquer outra coisa. Hennessy não foi a causa de recuperação nenhuma que eu possa ter experimentado, mas certamente foi um marco no caminho.

Durante algum tempo, ele se habituou a trazer outra mulher mais velha com ele, uma mulher chamada Cecily Bryan.

"Tenho um catálogo de admiradores feios", dizia-me ela, falando enrolado, com bafo de gim e cigarro. "Mas francamente, meu querido, podem ser feios à vontade, desde que continuem me admirando."

Depois, ela ria, e era uma risada não só áspera e adstringente como também com volume suficiente para encher a sala e dar vontade de fugir.

No outono daquele ano, começaram as festas, festas que eram encorajadas no Fórum e continuavam muito além das paredes daquele prédio. O pessoal invadia Nova York, fazendo a cidade de *playground*, como se a aula tivesse terminado. Paul Hennessy e Cecily Bryan sempre chegavam bêbados, pareciam capazes de determinar a existência de uma reunião em qualquer lugar da cidade. Eram atraídos pelo álcool como uma necessidade aparentemente genética, e embora quase nunca fossem convidados oficiais, sempre atribuíam tal omissão ao Correio Federal, talvez a um mensageiro com o endereço errado. Então se embebedavam e permaneciam bêbados. Passado algum tempo, Hennessy fingia estar sóbrio, mas, apesar de não se mexer nem falar, a atonia facial e a boca mole o traíam. E Cecily: um entusiasmo desleixado, inchado e exuberante, em cujo campo visual tudo balançava, uma existência de quinas atenuadas e contornos vagos em que nada do que se dizia ou fazia era bastante incisivo para esvaziar a bolha protetora de dipsomania. Eles viviam discutindo, Cecily e Paul; discutiam sobre coisas insignificantes e irrelevantes, e aí ficavam efusivos e compassivos, e davam um jeito de ir para o banheiro, e ele a comia ruidosamente como um tipo de compensação por ser tão babaca. E depois, talvez na cozinha ou na varanda, Cecily Bryan bebia gim e chorava pelas mães dos rapazes mortos na guerra.

"Podiam todos ter ido para Cornell", dizia. "Podiam ter ido para Cornell e se alojado em Ithaca... Já foi a Ithaca? Conhece Ithaca? Talvez... talvez pudessem ter ido para Notre-Dame, quero dizer, se fossem católicos, sabe? Garotos mortos católicos que jogam futebol, hein? Centenas deles correndo pelas ruas procurando as mães... mães cuja vida agora é apenas a ligação com a American Gold Star* ou a Christian Temperance Union.**"

E aí bebia mais gim, e chorava mais um pouco, e bem mais tarde Paul Hennessy simplesmente a levantava de onde quer que ela estivesse sentada e a carregava para seu carro.

Apareceram outros também — pessoas que pareciam "literatas" e "cultas". Mais tarde eu soube que eram parasitas, nem artistas nem escritores. Eram, principalmente, gente de agências de publicidade, trabalhando para estabelecimentos tão reputados como Batten, Barton Durstine e Osborn Inc., a companhia que tinha a carteira do Recrutamento da Marinha Americana e da Sopa Campbell. Citavam capítulos do Relatório Starch e usavam roupas de *tweed* de grife da Abercrombie & Fitch. Tinham a aparência esguia e a constituição atlética de quem correu pela equipe da escola secundária, e quando já não conseguia fazer mil e seiscentos metros em cinco minutos concorria ao Senado. Uma vida abençoada aguardava aquela gente. Sua desvantagem era não enxergar a magia.

Havia três irmãos que sempre andavam juntos, e embora diferentes fisicamente, tinham um jeito provocador e agressivo que os identificava como da mesma cepa. Os três trabalhavam na E. I. de Pont Nemours & Company, e quando apareciam, Paul Hennessy ria e dizia: "Lá vêm o Recruta Zero, o Sargento Tainha e o General Dureza", referindo-se às personagens dos quadrinhos de Mort Walker. "Esses meninos entendem tanto de literatura como eu de Impressionismo francês", dizia ele, e depois os envolvia numa conversa

* Organização de mães americanas que perderam um filho na guerra ou de alguma outra forma a serviço das Forças Armadas dos Estados Unidos. (*N. da T.*)

** A mais antiga organização de mulheres em todo o mundo, fundada em 1873, no estado de Nova York. (*N. da T.*)

sobre o *Decamerão* de Giovanni Boccaccio que só trazia constrangimento para todos os que tinham a infelicidade de entreouvir.

Em nossa primeira festa, numa casa alta em Bedford Stuyvesant, cujo endereço era tão misterioso para mim na época como é agora, Hennessy soube que eu era do sul.

— Não do pântano Okefenokee! — exclamou, e quando informei que o pântano Okefenokee ficava a menos de quinze minutos a cavalo de onde eu morava, ele zombou, dizendo: — A cavalo? Menos de um quarto de hora a cavalo? Cê num pode tá falando sério, seu! Deve ter ouvido falar no Pogo — enrolando a voz para imitar mais ou menos o sotaque da divisa Mason-Dixon. — Pogo que mora no pântano Okefenokee, Pogo, o gambá.

Sorri com a maior sinceridade possível, achei o homem uma besta quadrada, e virei as costas para ir embora, quando então ele me agarrou pela manga e se dignou a pedir desculpas.

Mais tarde descobri que de fato havia um quadrinho de um homem chamado Kelly, e a personagem que ele desenhava era um gambá chamado Pogo, um habitante do mesmíssimo pântano. Então aquilo nos pareceu um assunto engraçadíssimo, mas acho que nossas gargalhadas foram alimentadas pelo álcool, e não pela graça inerente a um gambá.

Na segunda festa, ele veio direto até mim, meteu uma taça de champanhe na minha mão e disse:

— Sabe esse negócio todo de direitos civis?

Franzi a testa.

— Direitos civis?

— Claro, direitos civis... Como esse Martin qualquer coisa King, jovem, pouco mais de vinte anos. Defendendo resistência passiva à segregação, sabe? Você já deve ter ouvido falar disso, com certeza.

Admiti saber alguma coisa, mas não o bastante para ter uma opinião relevante.

— Sabe como tudo isso começou? — perguntou Hennessy.

Fiz que não.

— Na Segunda Guerra Mundial.

— O quê?

— Na Segunda Guerra Mundial.

Franzi a testa.

— Não sei se entendi.

— Soldados negros estavam lotados na Inglaterra — disse Hennessy. — Eles foram para a Inglaterra e as garotas, garotas brancas inglesas, os tratavam como seres humanos. Ouvi histórias de bailes, coisas assim, bailes que se realizavam semanalmente, e as garotas brancas tiravam os soldados americanos negros para dançar e os soldados recusavam sempre, porque achavam que se dançassem com uma branca poderiam ser linchados. — Hennessy sorriu, olhou para o outro lado. — Houve até um soldado negro acusado de estuprar uma garota branca em algum lugar. O cara foi à corte marcial, foi considerado culpado, e os militares estavam prontos para enforcá-lo. O pessoal da aldeia sabia que ele não tinha feito aquilo, sabia que a garota que dera queixa contra ele tinha inventado tudo, então se uniram e assinaram uma petição, e mandaram para Eisenhower. Eisenhower dissolveu a corte marcial e suspendeu a pena do negro três dias antes da data marcada para a execução.

Balancei a cabeça.

— Continuo achando que não entendi o que isso tem a ver comigo.

Hennessy sorriu.

— Espere aí, Vaughan, ainda não terminei. Como eu ia dizendo, Eisenhower suspendeu a pena do cara, e os soldados negros, soldados negros americanos dos estados do sul, não conseguiam acreditar, não conseguiam acreditar que um bando de brancos bocós conseguiriam organizar uma coisa como aquela, e foi isso, a maneira como foram tratados na Inglaterra, que os fez perceber que não era certo eles serem tratados do jeito como eram na terra deles. Foi assim que começou essa resistência toda à segregação... foi exatamente assim que começou.

Hennessy era assim: tinha opinião; não aconselhava ninguém a não ser ele mesmo, e quando achava que você estava pronto para receber a opinião dele, ele dava, com tudo o que tinha direito.

Certa vez, fomos ver *Fúria Sanguinária*, supostamente por respeito a James Cagney, e na verdade porque Hennessy e eu éramos apaixonados por Virginia Mayo. Em outra ocasião, lembro-me de uma viagem impulsiva e espontânea à praia no extremo de Staten Island, perto de Perth Amboy, e lá, sóbrios como juízes, tomamos picolé de fruta da Flórida, e sorvete com casquinha de chocolate no palito, e comemos *pretzels* quentinhos com sal grosso. Havia um ambiente de camaradagem agradável, e em ocasiões como aquela Hennessy se mostrava seco e sarcástico, talvez um pouco pessimista, mas sempre engraçado, sem recorrer à linguagem chula que parecia na moda.

"A esperança", dizia ele, "é uma mercadoria supervalorizada, Vaughan. Pegue a grande maioria daqueles sujeitos lá no Brooklyn. Eles têm *esperança* de algo melhor em vez de reconhecer que há algo bem na frente deles que pode ser aproveitado pelo que é." Sorria e piscava o olho para mim. "Como agora... aqui e agora. Cá estamos nós, dois jovens saudáveis transbordando de hormônios, e o que vemos? Vemos fileiras e fileiras de garotas, qualquer uma delas tão engraçadinha como uma atriz de George Petty... e temos coragem e charme para falar com elas, para convidá-las para jantar, para qualquer coisa que quisermos, não? Só estar aqui já é bastante agradável... façamos ou não alguma outra coisa. Aqueles garotos de lá... bem, posso lhe dizer agora, eles reclamavam do sol, se queixavam de falta de dinheiro para tomar o ônibus de volta para a cidade, alfinetando-se sobre quem se arriscava a conversar com alguma jovem, e nenhum deles tinha coragem de fazer isso. E depois se perguntavam por que o mundo tinha um lugar escuro e decepcionante como aquele. Eu? Eu não dou a mínima para o que as pessoas possam pensar de mim! Estou vivendo a vida, vivendo-a de todas as maneiras possíveis, e se eu tiver vivido por nada, quem vai se importar? A vida não é um ensaio geral, Vaughan. É para valer, sabe?"

Hennessy ria, e aí procurava Cecily Bryan e eu ouvia os dois rindo juntos. Tinham uma irresponsabilidade canhestra quase contagiosa, e passei a gostar dos dois por causa disso.

Quando estávamos de caixa baixa, Hennessy e eu tomávamos cereal matinal Cream of Wheat, e depois — no meio da tarde, quando a fome nos roía como um vira-lata roendo um osso — íamos até a Horn & Hardarts Automat e dividíamos um prato de sopa e um sanduíche. Uma vez estávamos os dois gripados e Hennessy, por puro desespero, roubou caixas de Citroid e Superanapac de uma Drogaria Rexall nos arredores de Bedford-Stuyvesant.

"Confie em mim, Vaughan", dizia ele, com uma voz tão séria que parecia estar preparando uma cena da Inquisição. "Ninguém vai me ver e, mesmo que alguém veja, o que vai acontecer? Vão me perseguir por um dólar e meio de remédios para resfriado? Não sei porque, acho que não." Então, Paul Hennessy roubou os remédios, e ninguém viu, ou se alguém viu, não teve vontade nem disposição de persegui-lo. Tomamos a medicação; ficamos curados.

Quando estávamos bem de dinheiro, íamos à loja Macy's, um monólito de onze andares que tomava um quarteirão inteiro do *midtown* de Manhattan, e lá — entre as pechinchas do subsolo — encontrávamos roupas que não usávamos mais de uma vez. Comprávamos ternos de sarja e anarruga na Hart, Schaffner e Marx, e depois íamos passeando até o Metropolitan Museum e fingíamos ser estudantes de arte do Leste europeu, rosnando um para o outro com um sotaque de falsete entrecortado, dando opiniões como se tivéssemos algo digno de ser dito, e depois — Cecily, eu e Paul de braços dados — comprávamos uma garrafa de uísque Calvert e sentávamos num banco perto do Central Park. Cantávamos "Days of 49" e canções dos Gershwin, observávamos os Buicks, Cadillacs e Lincoln Continentals seguirem para a Broadway ou atravessarem aquele pedaço da cidade — e eu nunca pensava em minha mãe, em Gunther Kruger, no passado que eu deixara para trás. Quando estava só, bem, era diferente. Só, eu pensava em Alex e no filho que perdi. Tomar uísque e rir com Paul e Cecily tinha o efeito de uma panacéia, parecia me alvejar o passado da mente.

Mais tarde, muito mais tarde, ouvi dizer que Cecily Bryan voltou para o Missouri. No dia 11 de setembro de 1961, apesar da retirada bem-sucedida de um milhão de pessoas quando o furacão Carla provocou inundações e tornados em Missouri, Texas, Louisiana e Kansas, Cecily foi uma das quarenta vítimas que morreram. Ela não merecia morrer. Apesar de sua dipsomania e do seu palavreado que seria praticamente todo condenado pela sociedade Watch & Ward de Boston, Massachusetts. Cecily Bryan era uma faixa de uma cor viva num mundo, não fora por ela, quase todo monocromático, e só em sua ausência se notava que pessoa intrinsecamente delicada, perdida e desnorteada ela era. A última lembrança que eu tinha dela foi uma viagem que fizemos a Nova Brunswick, em New Jersey. Cecily queria conhecer Camp Kilmer, o lugar onde os refugiados húngaros ficaram abrigados por um tempo. Trinta e sete mil deles foram para os Estados Unidos, e Cecily imaginou que essas pessoas tinham algo de desesperadamente romântico e apavorante. Meteu braçadas de exemplares da *Saturday Evening Post* e da *American Weekly* numa mala surrada e arrastou-a para a varanda da frente. Paul tentou lhe explicar que com certeza os húngaros não falavam inglês.

— Mas falam americano, certamente — disse com voz esganiçada, e insistiu para levarmos as revistas. — Vão querer saber algo sobre a nova terra deles — prosseguiu, enquanto Paul me olhava e balançava a cabeça, resignado.

No mundo de Cecily Bryan, refugiados que não falavam inglês estavam interessadíssimos na reportagem sensacional de William Randolph Hearst; talvez também gostassem das páginas cômicas, das últimas façanhas de Homer Hoopee e Li'l Abner. Sugeri que levássemos um rádio. Os húngaros certamente haveriam de gostar de *Dragnet* e do *The Jack Benny Show*.

Paul riu.

— Só queremos os fatos, minha senhora — disse, com um sotaque de Joe Friday muito passável.

— Ridículo — disse Cecily. — Vocês garotos são absolutamente ridículos... Esse rádio deve pesar no mínimo uns doze quilos. Vocês podem querer carregar isso no trem, mas eu certamente não quero.

Diziam que Cecily era de uma família que havia sido muito rica, que perdera tudo no *crack* da Bolsa de 29. Seu pai botara uma pistola na boca e puxara o gatilho. Precisou ter um caixão fechado porque seu rosto parecia um punhado de baquelitas fumegantes. Eu achava, talvez por experiência própria, que a morte fortalecia ou desmontava as pessoas. Algumas, desafiadas não só mental como também emocional e espiritualmente, encontravam na morte das pessoas queridas a força de vontade e a determinação para reafirmar sua presença e sua convicção junto às demais. Outras, cujas ligações com o mundo já eram fracas, simplesmente caíam num universo que elas mesmas criavam. Portanto, de alguma forma Cecily Bryan foi um reflexo de minha mãe, e talvez esse paralelo secreto me tenha dado uma sensação de perda desproporcional ao meu vínculo emocional. Cecily Bryan era louca, mas de uma forma linda, poética e magnífica, e por isso eu estava certo de que tinha se tornado um anjo.

Assim foram as semanas e os meses que fecharam o ano de 1949 e abriram o de 1950. Uma época de novos rostos e experiências; nomes e lugares diferentes; uma época de esperança, talvez. Parecia que eu passara de um mundo para outro. Foi um período de grande mudança para mim, coincidindo com grandes mudanças para os Estados Unidos, e do meu quarto na esquina da Throop com a Quincy, com de meus encontros irregulares e clandestinos com Joyce Spragg e minha amizade com Hennessy, consegui estabelecer alguma noção de quem eu era e por que eu optara por fugir do passado.

Em julho de 1950, escrevi para Reilly Hawkins. Falei de Nova York: *Uma grande faixa de ruído com uma enxurrada de gente dentro. Parece que não há espaço suficiente nas calçadas e nas ruas, como se tanta gente assim não coubesse nas casas e nos apartamentos existentes, mas se espremesse de alguma forma, alheia aos sentimentos e à sorte dos outros. Acho difícil entender como pode haver tantas pessoas juntas, mas sempre tão isoladas.*

E, ao escrever, revelei onde estava, e ao revelar onde estava, criei uma janela pela qual a Geórgia podia entrar de novo na minha vida.

E foi isso que aconteceu. Em outubro de 1950 chegou uma carta na casa de Aggie Boyle, e a própria Aggie a passou por baixo da minha porta enquanto eu dormia.

Lembro-me precisamente do dia. Lembro-me do cheiro de outono no ar — do espectro de folhas mortas, do fedor de putrefação, da dissolução de uma estação. Ali junto à janela, segurando a carta que pesava muito mais do que onças ou gramas. A letra, eu não reconhecia, só sabia que não era de Reilly, e ao entender isso entendi também que aquela mensagem seria uma invasão. Antes mesmo de abri-la vi que, por sua vez, a carta abriria algo dentro de mim. Uma ferida. Uma falha. Uma fissura entre o coração e a mente. A razão e o desejo de me libertar haviam me levado embora da minha terra. Eu procurara alívio do peso da perda. Quisera acreditar que esse alívio, uma vez alcançado, podia ser conservado. Como se eu o tivesse merecido.

Eu não tinha.

Eu não merecera nada.

Eu sabia que precisava voltar, voltar para a Geórgia, para Augusta Falls; para onde aquilo começara.

E o que me assustava, assustava mais do que qualquer coisa, era achar que se voltasse eu nunca mais escaparia.

Abri a carta...

Eu me julgava um escritor, um poeta, um homem de visão, um homem previdente.

Eu me julgava forte, decidido, equilibrado e calmo.

Achava que poderia voltar para a minha terra, e de alguma forma permanecer distante. Como se só enviasse meu corpo, minha mente. Eu permaneceria em Nova York e veria tudo de alguns milhares de quilômetros de distância. Meu coração era forte. Reilly Hawkins não me dissera isso? Mas seria forte o bastante para voltar ao passado? Eu tinha medo — por mim, por minha mãe, pelo que poderia acontecer.

Temia que a lembrança de Gunther Kruger e das dez meninas me perseguisse para sempre.

Eu sabia o que acontecera naquela época. Sabia o peso que Dearing devia ter carregado na consciência quando se afastou daquele celeiro, Kruger pendurado nos caibros, o rosto inchado, a língua azul, a fina fita cor-de-rosa entrelaçada nos dedos.

Talvez eu temesse o que se poderia ter dito, os rumores que poderiam ter chegado às pessoas daquela cidade. Sete condados, sete mundos separados, e eu era um fantasma para todos eles assim como eles eram para mim.

Convenci-me de que aquilo era um teste: a minha volta. Convenci-me de que se eu pudesse sobreviver àquilo poderia finalmente enterrar o passado e continuar com a minha vida.

Mas eu sabia que não. Sabia muito bem que elas sempre estariam lá — as lembranças das meninas, do som da voz de Alex dentro da casa de minha mãe, do som do choro do meu filho na escuridão, de como eu nunca entenderia nem acreditaria que uma vida pode ter sido tão curta.

Eu estava diante de um conflito que me desafiava. Ameaçava me quebrar todos os ossos do corpo, toda a determinação da mente. Assumia uma natureza e uma característica próprias, e sua natureza era lúgubre, solitária, a natureza de uma linha tênue traçada entre o que eu julgava ser e o que eu temia me tornar. Eu tentara exorcizar essas coisas, achando que minha fuga para Nova York era uma catarse para a alma, mas era apenas isto e nada mais: uma fuga.

Se eu tivesse ido para algum outro canto distante da Terra, ela me acharia, pois a Geórgia não era algo do mundo exterior, era algo interno.

Vinte e dois

— Voltar para casa é natural como respirar — disse Joyce Spragg — a menos que você esteja se afogando.

Sorri. Segurei a mão dela.

— Você voltará... vai dar tudo certo — ela murmurou. Aproximou-se mais de mim. Ali no vestíbulo da casa de Aggie Boyle. Eu com a mala no chão, o casaco abotoado por causa do frio, e ela colada em mim, os lábios na minha orelha. — Tudo o que eu disse antes... eu não estava falando sério. Foi importante, sabe? Isso que a gente teve... foi importante.

Quando se afastou, tentava conter as lágrimas. Estendi o braço e encostei a mão em seu rosto.

— Eu sei — disse eu. — Você é uma grande mentirosa, Joyce Spragg.

A despedida foi estranha. Eu achava que quando voltasse, se voltasse, as coisas não seriam as mesmas entre nós.

Uma hora depois eu estava em pé na rodoviária. Esperava com paciência. Tremia. Desejava que o mundo ao qual eu voltava fosse um mundo que eu quisesse. Não era.

A carta fora breve e sucinta.

Caro Joseph,

Espero que esteja bem. Reilly Hawkins me mostrou sua carta. Ainda bem, pois do contrário não saberia como entrar em contato com você. Escrevo-lhe sobre sua mãe. Ela não anda bem há muito tempo, como sabe, e recentemente piorou ainda mais. Temo que não chegue até o fim do ano. Achei que devesse saber disso caso deseje vê-la de novo. O xerife Haynes Dearing veio vê-la algumas vezes, mas não ficou muito tempo. Falou com ela, mas acho que ela não o reconheceu. Estou lhe pedindo o favor de vir. Ela fala em você com freqüência, embora eu não saiba ao certo se entende o que diz.

Penso em você, e espero que volte. Escrevo nessa expectativa.

Cordialmente,

Dr. Lawrence Gabillard

No fundo, fiquei com raiva de minha mãe — de sua doença, de sua loucura, da forma como um simples bilhete podia me afastar de algo que eu tanto almejara.

Mas fui; peguei o ônibus para o meu passado, e meu passado aguardava ali para me receber como se eu nunca tivesse partido.

Geórgia: luz mais sombria do meu coração.

O sol, que já estivera alto e corajoso, agora parecia frio e agressivo. As cores pareciam frágeis e imprecisas, como se carecessem de afirmação, como se a própria terra já tivesse visto muitos dias sombrios para ter força para continuar.

Fiquei parado na beira da estrada olhando para a casa da minha infância. Não vi a família que agora morava nela, mas senti sua presença, vi sinais de sua ocupação. Era lusco-fusco, o anoitecer do dia 13 de outubro, uma sexta-feira, e apesar de nunca ter sido supersticioso senti que lá estavam ao mesmo tempo o fim de uma coisa e o começo de outra. Havia luzes acesas atrás das janelas. A fumaça subia da chaminé como um espectro. Um cão latiu.

Estremeci e me afastei.

Peguei um quarto para pernoitar no Bar da Queda. Eu estava fora havia um ano e meio. Pensei em ir até a casa de Reilly Hawkins, mas por algum motivo não consegui. Frank Turow morrera, eu soube; a casa agora pertencia a alguém chamado McGonagle. Um homem corpulento, maior do que a média, mas mesmo com aquele tamanho todo parecia delicado, um gigante delicado, com feições suaves e equilibradas, cabelo de um louro-acinzentado e espetado, e olhos pálidos. Havia algo nele que logo despertava simpatia.

— Sim, Frank Turow morreu — disse McGonagle, a voz tão suave como seus maneirismos, quando o acompanhei até o quarto do sótão. — AVC, acho eu. Você o conhecia?

— Um pouco.

— Já eu não o conhecia... Comprei esta casa na palavra no inverno passado e Frank Turow tinha morrido uns meses antes. — Senti um meio sorriso em sua voz. — Estranho... às vezes penso que ele está por aí para se certificar de que cuido da casa dele. — Riu, uma risada quase imperceptível.

Não perguntei mais nada. De alguma forma, eu não queria saber de Frank Turow nem de Lowell Shaner, Clement Yates e Leonard Stowell. O passado era passado.

Perguntei, sim, pelo xerife Dearing.

— Haynes Dearing — disse McGonagle, diminuindo o passo e virando-se para mim. — Não soube daquilo?

Gelei e estremeci por dentro. Como eu soubera que minha volta não seria um feliz ataque de nostalgia?

Fiz que não.

— Trágico... trágico mesmo.

— O que foi? — perguntei, aflito.

— O que aconteceu com a mulher dele, sabe?

Fiz que não.

— Não sei os detalhes — disse McGonagle. — Vamos ver... Comprei esta casa no inverno retrasado. Deve ter sido em março... não, em fevereiro deste ano. Sim, em fevereiro deste ano. Claro, não sou de detalhes, mas pelo que ouvi... bem, ela se matou.

— Suicidou-se?

— Parece que sim... suicidou-se.

— Por quê? — eu estava aturdido. Não conheci a mulher de Dearing, mas a idéia de alguém se matar me atordoava e me perturbava.

McGonable encolheu os ombros.

— Como eu disse, moço, não sei os detalhes. Por que uma pessoa se mata? Alguma coisa que ela quer e não pode ter. Alguma coisa que tem e que não quer. Não é muito mais complicado que isso.

Eu não conseguia falar, e custei um pouco a conseguir me mexer.

Por que a Geórgia era tão cheia de mortos e moribundos? Ou seria eu? Seria eu um emissário da Morte? Será que eu trazia dentro de mim algo como um cheiro, algo embutido, uma mancha na alma que impregnava o ar à minha volta?

— E o xerife Dearing?

McGonagle encolheu os ombros.

— Foi embora... se mandou uma ou duas semanas depois. Demitiu-se do posto de xerife e foi para algum lugar. Isso deve ter sido em março. Ouvi dizer que estava um trapo... Bebendo, acho eu, mas não tenho certeza... Não sei para onde foi. Nunca mais ouvi falar dele.

Fiquei ali no vão da escada, o coração na boca, suando frio na testa, nas costas das mãos, e fiz de conta de que jamais tinha voltado, de que poderia fechar os olhos e desejar estar de volta em Nova York, e tudo desapareceria.

— Você está bem, moço? — perguntou McGonagle.

Assenti.

— Estou... sim, estou bem.

— Bom, então venha. Deixe-me lhe mostrar o quarto.

Mais tarde, no mínimo uma hora depois, fui para junto da janela olhar as sombras de Augusta Falls. O mundo estava em silêncio, salvo pelos fantasmas do dia, e eles pareciam com medo de sair.

Um ano e meio, menos quinze dias. Aquele lugar engolira mais um pouco do meu passado, e tudo sem que eu tivesse consciência.

No dia seguinte, eu iria a Waycross ver minha mãe.

No dia seguinte, eu enfrentaria a escuridão interior.

Amanheceu cedo. O sol apareceu alto e cheio, branco como neve, lançando sombras nítidas e definidas. Fora uma noite fria, um sono estranho, joelhos e cotovelos para fora do colchão, e quando levantei meus músculos doloridos latejavam de cansaço. Não se tratava de um desconforto físico, mas sim de outra coisa. Talvez meus ossos, criados naquela terra, sentissem seu lar e, enquanto eu dormia, tivessem tentado me arrastar para o chão. Eles almejavam a terra, sempre impregnada de umidade. Lavei-me com água fria na pia do banheiro, esperando que o choque gelado de alguma forma me refrescasse. Não refrescou. Consegui chegar ao estado de consciência, as grades da memória margeando o mundo ao meu redor.

"Dormiu bem?", perguntou McGonagle, e pôs um prato na minha frente na cozinha.

Resmunguei alguma coisa sem compromisso, e enfrentei o máximo que pude da refeição. Minha garganta se fechava com cada bocado.

Saí depressa, sem olhar para trás, e fui ligeiro para a casa de Hawkins.

A casa estava destrancada mas vazia. Sua picape estava parada no quintal, as chaves na ignição. Na cozinha, escrevi um bilhete, fiz um furo no meio e pendurei-o na maçaneta do lado de fora.

Na picape de Reilly, fui acompanhando o curso serpeante do Suwannee em direção a Waycross, o coração apertado, sem enxergar nada a não ser a fina faixa de estrada à frente. Cheguei ao perímetro da cidade em menos de uma hora e encostei o carro. Tentei visualizar a cena. Um encontro com minha mãe. Pensei em Alex e chorei. Pousei a testa no volante.

Quinze minutos depois dei novamente partida no carro. Consegui chegar ao hospital, o que, em si, foi um milagre.

Gabillard foi chamado. Aguardei-o cabisbaixo, mãos nos bolsos. Quando o vi, achei-o bem mais envelhecido, o cabelo já branco nas têmporas.

— Joseph — disse, e ao tentar sorrir aparentou estar apenas aflito.

— Dr. Gabillard.

— Você recebeu minha carta, então.

Fiz que sim.

— Sinto muito...

Levantei a mão e ele se calou.

— Onde ela está?

Ele inclinou a cabeça.

— Acompanhe-me — sussurrou, virando as costas e pondo-se a andar.

Senti a esperança do meu futuro se afastar enquanto caminhava, meus passos no linóleo como o ritmo de um coração machucado.

A expressão dela era perdida. Um vazio de humanidade. O cabelo, um emaranhado de fios brancos, a pele toda enrugada em volta dos olhos e nas comissuras da boca, as pupilas dilatadas pelo efeito da morfina. Estava recostada na cabeceira com travesseiros, um cobertor metido embaixo do queixo como uma mortalha recém-colocada, e quando me olhou, eu me senti mais frágil do que julgava ser possível.

— Mary — arriscou Gabillard. — Mary... Joseph está aqui, seu filho Joseph.

Adiantei-me, como se seu campo visual não chegasse até o pé da cama.

Minha mãe, aos quarenta e cinco anos, aparentava quase setenta.

— Joseph? — grunhiu ela. — Que Joseph?

— Sou eu, mãe — disse eu, convocando todas as minhas forças para me abster de virar as costas naquela hora e fugir correndo daquela terrível máscara mortuária.

— Mãe? — disse ela. — Você está aí, mãe?

Dei mais um passo à frente.

Gabillard estava atrás de mim com uma cadeira e a colocou no chão, encostando-a atrás dos meus joelhos. Sentei instintivamente. Estiquei o braço e pus a mão sobre a dela.

— Joseph, você diz?

Ela virou o rosto para mim, e vi que minha mãe havia muito deixara aquela casca para encontrar um lugar melhor, mais agradável.

— Sim, mãe, sou eu... Joseph.

Senti Gabillard se retirar. Não me atrevi a olhar para trás.

— Joseph — disse ela, com a sombra de um sorriso no rosto. — Joseph. Joseph. Joseph. Esperei muito tempo por você, querido.

— Eu sei, mãe, eu sei.

— Mas eu queria que você viesse... queria que você viesse para ouvir as pessoas.

Aproximei-me mais.

— Ouvir quem, mãe? Para eu ouvir quem?

Ela tornou a sorrir, e havia algo em seus olhos, algo que me fez pensar que havia uma ligação entre nós, que ela teve consciência — ainda que por uma fração de segundo — de quem era e de que seu filho estava ao seu lado.

— Todas as pessoas, Joseph... estou ouvindo todas agora, sabe?

— Quem? Quem você ouve? — Meu coração retumbava. Minha cabeça girava. Eu julgava saber o que vinha pela frente, embora nunca tenha compreendido como.

— As meninas — murmurou, e foi como o farfalhar de uma brisa, uma aragem, um sopro apagando uma vela, uma nuvem passando, alguém andando num trigal alto.

Meu coração parou. Meus olhos se arregalaram.

— Não tenha medo — disse. — Elas sabem que você não teve culpa. Você não fez nada para machucá-las.

— Quem, mãe? Não fiz nada para machucar quem?

— Todas elas... as meninas.

Ela olhou para a janela.

— Eu sabia que era ele... soube depois da segunda ou da terceira. Soube que era ele lá no escuro, com aqueles seus pensamentos perversos. Soube que ele estava matando aquelas meninas com pensamentos sinistros e aquelas mãos sinistras, sabe? Eu soube por Ellen May e Catherine...

Balancei a cabeça.

— Não — disse eu, com uma voz fraca e embargada de emoção.

Minha mãe virou a mão e agarrou a minha, os dedos fortes como garras. Pareceu me puxar mais para perto, pois me senti arrastado para ela, e em um instante meu rosto estava a centímetros do dela.

— O tempo todo... o tempo todo eu sabia, por isso aquilo teve que ser feito, Joseph, por isso aquilo *teve* que ser feito.

— O quê? — perguntei, e o pavor me inundou por dentro como uma onda.

— Eu nunca tive intenção de machucar a menina... só ele. Não podia contar a ninguém. Ninguém acreditaria em mim. Tinha que exorcizar o demônio, exorcizar o demônio. Limpar o terreno. Limpar a terra que ele pisou. Tinha que erradicá-lo com a luz da verdade... tinha que trazer luz para as trevas e mostrar às pessoas a cor da alma dele...

Sua voz sumiu. Tentei retirar minha mão, mas ela segurava firme.

— Tive que erradicá-lo com um fogo purificador, Joseph... tive que... tive que...

E aí eu soube. Antes de ela dizer mais uma palavra, eu soube.

Os olhos dela se arregalaram, e então vi que ela estava chorando. Lágrimas brotavam e rolavam pelo seu rosto.

— Tive que queimá-lo, Joseph... tive que queimá-lo para ele sair daquela casa.

Fechei os olhos. Minha respiração estava curta e acelerada. Senti uma onda de náusea me percorrer.

— Eu tive, Joseph... Eu tive.

Puxei a mão. Levantei-me e fui me retirando.

— Joseph... não, Joseph, não vá embora... você não entende. Não entende o que aconteceu. Eu tinha que fazer alguma coisa... Não tinha escolha... não havia nada que eu pudesse fazer para...

— Chega! — disse eu secamente. Recuei mais um pouco, comecei a virar as costas, e foi então que vi Gabillard.

Havia algo em seus olhos, algo que me disse que ele sabia.

— Ela lhe contou — disse eu. Minha voz não parecia a minha.

Gabillard não respondeu, apenas desviou a vista, e quando tornou a olhar para mim ficou óbvio que ele sabia.

Comecei a balançar a cabeça, passei por ele e pela porta, quase correndo, e acelerei o passo no corredor, rumando com estrépito para a saída como se todas as coisas das quais eu desejava fugir estivessem no meu encalço.

Saí porta afora para o ar frio. Tossi, e antes de conseguir recuperar o equilíbrio eu já caíra de joelhos. Fiquei ali ajoelhado um instante, tentando segurar tudo dentro de mim, mas não deu. Vomitei mais uma vez, e mais outra, e era como se minha garganta estivesse sendo arrancada pela boca.

— Não! — arfei. — Não! Não! Não!

Mas a verdade estava revelada. O incêndio da casa dos Kruger. A morte de Elena. Minha mãe assassinara a menina e pagara com sua sanidade.

Durante um bom tempo fiquei imóvel. Ninguém foi me ajudar. Talvez ninguém tenha visto.

Quando me mexi, foi para voltar à picape, e mesmo sem estar em condições de dirigir consegui chegar à casa de Reilly Hawkins.

Eu ficara sabendo de uma verdade; uma verdade simples e dolorosa.

Minha mãe era tão culpada quanto Gunther Kruger.

Passei mal duas vezes na casa de Reilly. Ele estava sentado calado, esfregou minhas costas enquanto eu me debruçava na pia sem botar nada para fora a não ser mais dor. Ele não disse uma palavra até eu me controlar e sentar à mesa da cozinha.

Quando olhei para ele, ele sorria.

— Foi seu aniversário — disse.

Franzi a testa.

— Há três dias... seu aniversário, lembra?

Tentei sorrir. Fiz que não.

— Não — murmurei, a voz rouca, como se tivesse lâminas na garganta.

— Sim — disse ele. — E se eu soubesse que você vinha, teria comprado um presente.

— Se soubesse que eu vinha, você teria me alertado para ficar no Brooklyn.

Reilly Hawkins sorriu com compaixão.

— Eu não podia saber, Joseph... como podia saber de uma coisa dessas?

— Eu estava falando hipoteticamente.

— Não sei se algum dia a gente vai saber a verdade...

— Já ouvi verdade até dizer chega — disse eu. — Acho que não consigo pensar em mais verdade.

— Você não pode ter certeza de que ela fez isso. Ela é... bem, ela é...

— Louca — disse eu com objetividade. — Sim, ela é louca. Louca de pedra. E acho que é por isso que é louca. — Inclinei-me à frente e pousei a testa na beira da mesa. — Não sei o que aconteceu naquela noite... não sei se algum dia vou entender o que aconteceu. Talvez ela tenha achado que ele estava lá sozinho... Deus sabe, Reilly...

— E Deus vai julgá-la, Joseph, não cabe a nós...

Ergui os olhos e sorri.

— Não sou capaz de pensar em religião nenhuma, Reilly... agora não, sim?

Reilly fez que sim com a cabeça.

— Sim, Joseph, sim. — Inclinou-se à frente, apertou minha mão. — Então me conte sobre o Brooklyn.

— O Brooklyn?

— Claro, Brooklyn. É tudo que você imaginou que seria?

Pensei em Aggie Boyle e Joyce Spragg. Pensei em Paul Hennessy, Cecily Bryan, no Fórum de Escritores do St. Joseph. Pensei nos punhados de páginas rasgadas que supostamente seriam o início do Grande Romance Americano. Pensei no que Alex acharia da pessoa que eu tentava me tornar.

— O Brooklyn é um mundo à parte — disse eu. — Brooklyn e Augusta Falls nem são do mesmo mundo.

— E você está trabalhando em alguma coisa? Está escrevendo?

— Um pouco — disse eu. — Nem de longe tanto quanto eu esperava, mas sim, estou tentando escrever alguma coisa.

— E o título qual é?

— É só um título provisório — disse eu. — Chama-se "A volta ao lar".

— E é meio autobiográfico, não?

— Não, nada autobiográfico. Pura ficção.

— Então, o que vai fazer?

— Fazer? — perguntei. — Como assim?

— Sobre isso... isso com sua mãe.

— Não vou fazer nada, Reilly. O que quer que eu faça? Gunther Kruger morreu, Haynes Dearing foi embora... Só Deus sabe para onde...

— Para dentro de uma garrafa em algum lugar... pelo menos foi o que ouvi dizer.

— Por falar nisso, você tem alguma coisa aí?

— Uma garrafa de uísque — disse, e se levantou da cadeira. Pegou-a no armário em cima da pia, trouxe dois copos para uma dose pura, e encheu-os. Ergueu o copo quando se sentou.

— À vida. Ao futuro de alguma coisa diferente disso, certo?

— Ótimo — respondi, e bebi o uísque de um só gole. O calor cru me encheu o peito. Era uma sensação nova, algo diferente do medo e da náusea, e por isso eu estava agradecido. Peguei a garrafa e tornei a encher o copo.

— Você vai voltar?

— Para o Brooklyn? Claro que vou. Não tenho por que ficar aqui.

— É verdade — disse Reilly. — E vai escrever esse livro... essa volta ao lar?

— Vou tentar, Reilly. Vou realmente tentar.

— Então passe a noite aqui, sim? Fique só esta noite e volte amanhã.

— Isso eu posso fazer — disse eu. — Posso ficar uma noite.

— Tenho outra garrafa... a gente bebe até cair.

— Essa é a língua que eu entendo, Reilly Hawkins, essa é a língua que eu realmente entendo.

Vinte e três

No alto, folhas de outono. Folhas retorcidas nos galhos como mãos de crianças. Como mãos de bebês: um derradeiro esforço queixoso para captar os resquícios do verão da própria atmosfera. E segurá-los. Segurá-los na pele. Logo será difícil recordar qualquer coisa senão a umidade intensa e ameaçadora que parecia sempre nos envolver. Aquele inverno foi *sui generis*. De uma atrocidade acentuada e arrogante. Punhos serrados e bafo de uísque.

A menina.

Ela cava e esgravata. Mãos como pequenos amarrados de facas esfregando o chão.

Acha que se esfregar o chão uma mensagem profunda, quase subliminar, há de se transmudar por osmose, absorção, alguma coisa, qualquer coisa...

Como se a terra fosse capaz de ver o que acontece com ela e transmitir a mensagem através do solo, das raízes e das hastes, através dos olhos e dos ouvidos das minhocas e dos insetos e das coisas que fazem cricri à noite, quando ninguém consegue vê-las, o tipo de coisa que o olho humano não consegue ver.

Algo com um rosto daqueles...

Esfregar, arranhar, chutar, socar o chão...

Que, com isso, talvez se fizesse ouvir e alguém viesse correndo e visse o homem.

Curvado sobre ela. Ombro arqueado. Testa suada. Faca enferrujada. Pele fedendo a latrina e pântano pestilento, a lama de rio, a peixe cru e galinha crua — tão crua e velha que está azul, murcha e com cheiro de podre...

Alguém iria chegar e ver.

Gunther Kruger curvado sobre ela. Trabalhando. Com afinco. O serviço dele. Um serviço *de verdade*.

Mas não veio ninguém.

Ninguém.

Perdi a consciência, um estrondo vazio explodindo dentro de mim. Silêncio explosivo. Como cambalear à beira de algum abismo escuro e depois cair para cima, desafiando a gravidade, batendo no calor e no escuro enquanto eu tentava me desvencilhar de lençóis e cobertores.

Engasguei, depois caí de lado no chão frio e duro. Fiquei ali aturdido e sem ar por algum tempo. Ouvi passos. Por uma fração de segundo achei que a Morte havia chegado, viera pela High Road para me buscar. Minhas contas pagas. A dívida por continuar a respirar atrasada. Me levar embora no rio negro, água qual obsidiana, água sem reflexos, rostos velados pairando na minha direção, o coração mais devagar, a respiração falha, eu já me calando, fechando os olhos...

— Jesus Cristo, o que aconteceu?

Reilly Hawkins pairava sobre mim, mão estendida, ajudando-me a me erguer até ficar sentado com a cabeça encostada na cama.

Fechei os olhos e olhei para minhas mãos. Tremiam.

— Um sonho...

— Mais um pesadelo — disse ele, pegando-me pelas axilas e me levantando até eu sentar na beira da cama.

— Quer água?

Fiz que sim com a cabeça.

Reilly desceu correndo. Estendi as mãos à minha frente. Era impossível mantê-las paradas.

Apertei-as contra o peito, senti como se um grande animal alado estivesse lutando para se soltar do meu peito. Fechei os olhos e me recostei.

Vi o rosto de minha mãe.

Tive que erradicá-lo com um fogo purificador, Joseph... tive que... tive...

— Não! — gritei, um ruído involuntário que me assustou. Eu não estava controlando meus pensamentos, meus reflexos.

Reilly apareceu à porta, um copo de água em uma das mãos, a garrafa de uísque na outra.

Pousou-os no chão e ajudou-me a levantar, conduziu-me para fora do quarto e pelo corredor. Sentou-me na beira de sua cama, enrolou-me num cobertor e voltou para pegar os copos.

— Só a água — disse eu, e peguei o copo de sua mão.

Ele sorriu sem jeito.

— O uísque é para mim — sussurrou. — Você quase me matou de susto, Joseph Vaughan.

Destampou a garrafa e tomou um trago.

— M-me d-desculpe — gaguejei.

— Que é isso? — respondeu ele. — Você tem direito de ficar desorientado por algum tempo.

Fiz que sim, tentei respirar fundo.

— Deite-se — disse Reilly. — Tente voltar a dormir. Fico com você, certo?

Fiquei calado. Entreguei-lhe o copo e deitei devagar. Senti o sono me puxando de volta, e tive medo de me deixar ir.

Mas acabei deixando, e parecia que a escuridão que havia dentro de mim se dissipara.

Volta ao lar, pensei, e adormeci em silêncio.

Tarde na manhã seguinte, quatro dias antes do meu vigésimo terceiro aniversário, minha mãe também se apagou em silêncio.

Faltavam dois meses e quatro dias para ela completar quarenta e seis anos.

Eu não estava presente quando ela morreu, e me senti de certa forma agradecido, como se uma pequena graça nos tivesse sido concedida. Ela encontrara a saída.

Já havia anoitecido quando soube de sua morte, sentado na cozinha de Reilly Hawkins, uma refeição intocada à minha frente, sem forças para me concentrar em nada, o dia tendo passado sem nenhuma definição e nenhuma clareza. Reilly ficara comigo, mas pouco havíamos falado. Ele não me perguntara sobre minha partida, sobre o regresso ao Brooklyn que eu planejara, e se tivesse perguntado, eu não teria sido capaz de responder.

Foi o dr. Piper quem veio. Foi até a casa de Hawkins porque imaginou que eu estaria lá.

Quando chegou, eu sabia o que ele diria, mas ele falou bem, e parecia que aquilo estava na sua constituição.

— Morreu — disse baixinho. — Em paz, sorrindo, Joseph, mas morreu.

Ele não sabia do crime dela, e não seria eu quem iria lhe contar. Eu não contaria a ninguém, e o segredo que ela dividira comigo ficaria em meu coração enquanto eu agüentasse guardá-lo.

Talvez haja cicatrizes — na mente, no coração — que nunca fechem. Talvez haja palavras que nunca possam ser ditas nem murmuradas, palavras para escrever num papel que se transforme num barco que desça um rio para ser engolido pela maré. Talvez haja sombras que persigam a pessoa para sempre, que envolvam a pessoa naqueles momentos de escuridão particular, e talvez só ela consiga reconhecer os rostos que essas sombras apresentam, pois são as suas sombras, as sombras dos seus pecados, e nenhum exorcismo terreno consegue expulsá-las. Vai ver que não somos tão fortes, afinal. Vai ver que mentimos para o mundo, e ao mentir para o mundo mentimos para nós mesmos.

Mais tarde, as palavras do dr. Piper apenas uma lembrança, chorei por minha mãe.

Chorei principalmente por Elena Kruger: aquela que eu prometera proteger.

De manhã cedo. Céu como cobre batido. Coração apertado. Chuva fina feito pó.

Enterrei minha mãe. Caixão de pinho igual ao do meu pai. Dessa vez não houve velório à moda do sul. Não queimei as roupas dela amarradas num ramo de sassafrás. Gunther Kruger não carregou o corpo pela estrada de asfalto numa picape de carroceria aberta. Depois, não houve reunião na cozinha da minha infância para contar histórias e narrativas maiores sobre a vida que ela levara.

Dessa vez não houve nada.

Não chorei pela mulher que morrera; chorei pela mulher de quem eu me lembrava. Fiquei em pé em cima da sepultura e disse uma espécie de oração, algumas palavras na tênue esperança de algo melhor. Olhos bem apertados, enrugados como papel amassado; boca fechada, uma linha fina e irregular; dedos nos ouvidos até darem a impressão de que as pontas se encontrariam atrás das minhas narinas. O resto do mundo estava em outro lugar, sete léguas à minha frente, e ainda a favor do vento.

Então, fui embora, ladeado por Reilly Hawkins e pelo dr. Thomas Piper.

Era quarta-feira, 18 de outubro de 1950.

— Talvez haja um lugar melhor — disse Reilly.

— Talvez não — respondi.

— Acho que vamos custar um pouco a descobrir, certo?

Fiz que sim com a cabeça, mas fiquei calado.

Dois dias depois, sexta-feira à tarde, Reilly Hawkins me levou à rodoviária de Augusta Falls.

Comecei a longa viagem de volta ao Brooklyn.

Prometi a mim mesmo nunca mais voltar à Geórgia.

Vinte e quatro

No verão de 1951 eu voltara à minha escrita. O dinheiro da venda da casa fora liberado, e eu recebera mais de três mil dólares. Continuei na pensão de Aggie Boyle, mas muitas coisas haviam mudado. Eu observara meu coração ir sarando aos poucos, e da confissão de minha mãe eu não disse nada. Minha relação com Joyce Spragg, por mais significativa que pudesse ter sido, morrera de uma morte lenta mas indolor. Eu continuava filiado ao Fórum dos Escritores, e Paul Hennessy se tornara meu melhor amigo. Foi ele quem me estimulou a continuar "A volta ao lar".

— Você só precisa de uma primeira linha — disse. — Todo grande livro começa com uma grande primeira linha, sabe?

— Tal como?

Ele riu.

— Que diabo, Joseph, o escritor é você. Eu sou apenas um humilde leitor. Reconheço uma grande primeira linha quando leio uma, mas quando se trata de escrever, acho difícil preencher até a inscrição para um trabalho.

— Tenho uma primeira linha.

— Qual é?

Estávamos no meu quarto. Eu estava à minha escrivaninha e Paul, numa poltrona na janela. Contra a claridade da tarde, ele era pouco mais que um contorno.

Peguei o maço de papéis em que escrevera o início de meu romance havia tanto tempo e o folheei.

— Aqui — disse eu. — Está preparado?

— Manda ver, Jackson.

Sorri.

— Nunca houve uma época em que achasse que a vida seria outra coisa senão linda...

Ele balançava a cabeça.

— Não, não, não — disse. — É canhestra. Não tem poesia. Também parece banal.

— Mais algum problema?

Paul levantou da cadeira e foi até a estante.

— Vamos ver o que temos aqui — disse. Pegou um volume. — *A rua das Ilusões Perdidas*, de John Steinbeck.

— Isso é covardia.

— Cale a boca e escute. — Hennessy pigarreou. — "A rua das Ilusões Perdidas em Monterey, Califórnia, é um poema, um escândalo, um barulho irritante, uma certa luz, um tom, um hábito, uma nostalgia, um sonho. — Fechou o livro e sorriu. — Está vendo? Poesia. Um pouco de magia. Evoca toda uma atmosfera em uma frase. Pegou outro. William Faulkner. *Palmeiras selvagens*.

— Prêmio Nobel de Literatura ano passado — disse eu. — Esse páreo é muito duro para mim.

— É exatamente disso que você precisa. Vamos lá. "Ouviu-se de novo a batida, ao mesmo tempo discreta e peremptória, enquanto o médico descia as escadas, o facho da lanterna se lançando à sua frente pelo vão encardido da escada abaixo e para dentro da caixa de tábuas encardidas com encaixe macho-e-fêmea do hall inferior." Que tal isso para um pouco de mistério, hein? Quem é o médico! Será que está em sua própria casa? O que significa a batida? Alguém à porta? Quem estaria batendo à porta àquela hora da noite? Tem alguém doente? Alguém morreu?

— Já chega. Entendi seu ponto de vista.

— Então me escreva uma grande primeira linha.

— Agora?

— Claro que sim, por que não? O que está esperando? Sabe o que dizem... dez por cento de inspiração...

— Noventa por cento transpiração. Eu sei.

— Então vou sentar perto da janela e cuidar da minha vida enquanto você termina.

Debrucei-me na mesa, caneta em punho, e fechei os olhos. Pensei na cena de abertura. A chegada de amigos a uma casa. Amigos havia muito esquecidos. Amigos que, ao passar por uma cidade, decidem visitar o personagem central. Ele fica surpreso, perplexo, mas o entusiasmo e o charme dos amigos parecem cativá-lo. Tem a sensação de que ali há algo que perdeu. Anseia pelo passado, uma época em que amigos como aqueles eram só o que importava, e decide que a vida que escolheu foi um desperdício. Começa uma viagem de volta às raízes. Viaja a pé, de trem, de ônibus, de carroça e de carona. Atravessa os Estados Unidos de leste a oeste e vive a vida como deve ser vivida. Jamais chega à sua cidade natal, mas encontra seu lar. Uma alegoria, uma fábula, um mito.

Comecei a escrever.

— Não estou ouvindo pena arranhando pergaminho — disse Hennessy de seu banco na janela saliente.

— Psiu — sibilei. — Não vê que estou trabalhando?

Minutos depois ergui os olhos, recostei na cadeira, virei-me com o papel na mão e sorri.

— Já tenho — disse eu com orgulho.

— Ótimo. Então vamos ouvir.

— Houve um tempo em que parecia que cada dia poderia explodir de paixão; um tempo em que a vida era impregnada de magia e desejo; um tempo em que eu achava que o futuro só podia ser perfeito. Esse tempo existiu. E em minha juventude, em minha inocência e meu ardor assombrados, senti que fora aberto um caminho para mim que só poderia levar acima...

— Uau, basta — interrompeu Hennessy. — Isso é mais do que uma primeira linha.

Ergui os olhos.

— Tenho mais.

— Não pedi mais.

— Então, o que achou?

— Melhor — disse, conservador. — Melhor que a outra. Você dá a idéia de que há uma escuridão iminente. Um desapontamento. Aconteceu algo para apagar o entusiasmo desse sujeito, certo?

— Sim, isso. Alguns amigos dele...

Hennessy ergueu a mão.

— Não me conte, escreva. Escreva primeiro, depois pode me contar.

Sorri.

— Você pretende ser minha musa — disse eu.

— Nossa, não, Vaughan. Musa deve ser do sexo feminino, uma mulher com inteligência e graça. Sim, acharemos uma musa para você, alguém inteligente e elegante, mas não tão bonitinha que seja uma distração constante, certo?

Eu já falara de Alex com Paul muitas vezes. Naquele momento, eu não poderia suportar tornar a mencioná-la, portanto fiquei calado.

— Vai continuar escrevendo?

— Vou — respondi. — Você me deu o primeiro empurrão agora.

— Então, Vaughan, meu trabalho está feito... hei de deixá-lo com as maquinações e as elucubrações da sua cabeça. Vou achar um bar e beber até não conseguir enxergar direito.

— Faça bom proveito — disse eu.

— Farei, Vaughan, farei mesmo.

Trabalhei com persistência. Encontrei um trilho, um ritmo, e entre o nascer e o pôr-do-sol consegui me disciplinar o bastante para datilografar minhas palavras. Comprei uma máquina de escrever Underwood nova, coloquei-a sobre um cobertor dobrado em cima da mesa, para minimizar o barulho, preenchi página atrás de página. Comecei a fumar, uma afetação nauseante em que prontamente me viciei, e com freqüência saía à noite com Hennessy, e experimentávamos tantas bebidas diferentes quanto conseguíamos até ficarmos enjoados como cães.

O passado tentava me deixar em paz, mas eu esbarrava nele inesperadamente a toda hora. Pensava nas meninas que haviam sido assassinadas, e seus nomes me voltavam: Alice Ruth Van Horne, Rebecca Leonard, Catherine McRae, Virginia Grace Perlman, outras cujos rostos jamais conheci, jamais conheceria. Pensava no dia em que encontrei Gunther no quarto de minha mãe, e depois pensava nela saindo furtivamente de casa tarde naquela noite de agosto para provocar o incêndio. Tentei me convencer de que ela não poderia ter feito uma coisa daquelas, mas sabia que fizera. Tentara exorcizar o demônio de Augusta Falls, um demônio que ela permitira que entrasse em sua cama, em sua vida, em seu coração talvez. Culpa, raiva, dor, sua consciência, coisas desse tipo acabaram perturbando-a, e ela infligira sua própria loucura ao mundo. Essa loucura crescera, comera-a por dentro, e finalmente a matara. Eu pensava nela não com pesar, mas com muita pena. Pensava, sim, em meu pai. Muitas vezes me perguntei o que teria sido de nós se ele não tivesse morrido. Pegava minhas emoções e as colocava em "A volta ao lar", e de alguma forma aquilo parecia melhorar as coisas.

No início de setembro do mesmo ano, com a primeira versão de "A volta ao lar" praticamente terminada, registrei-a na biblioteca mais próxima que encontrei. Ali, peguei *Mundos em colisão*, de Imanuel Velikovski; braçadas da *Writer's Digest*, coisas de Ezra Pound; *O príncipe*, de Maquiavel, e *Satanstoe*, de Fenimore Cooper. E foi ali que a vi. Eu a vi pela primeira vez, e embora suas feições não tivessem nenhuma curva ou linha discernível, nenhuma característica que sobressaísse; embora seus olhos não fossem verde-esmeralda nem azul-safira nem negros, mas sim calorosos, de uma cor de mogno, meticulosamente lixado até o veio aparecer, glorioso, a superfície ficar lisa como manteiga; embora seu rosto tivesse o ar familiar de uma pessoa próxima que há muito se perdera de vista, como se vê-la despertasse não só um sentimento de afinidade, mas também o fantasma gêmeo da nostalgia... A despeito de não haver algo que pudesse ser mencionado como *característica isolada*, parecia que tudo nela tinha uma aura de magia. Mais tarde, ao relembrar, talvez fosse a sensação de que lá estava uma mulher que não precisava de ninguém, e isso em si mesmo fosse a qualidade que a tivesse tornado tão insuportavelmente atraente para mim.

Eu a vi na biblioteca, ela também segurando um punhado de livros, e achei que alguma seleção sobrenatural designara aquela hora, aquele dia, aquele momento, como de grande importância.

As palavras, que costumam ser meu ponto forte, me faltaram com o acanhamento. No primeiro dia, não consegui dizer nada de importante ou significativo. Simplesmente sorri na esperança de que ela me retribuísse o sorriso. Ela não o fez. Senti meu coração se encher de mágoa.

Voltei à biblioteca todos os dias por quase uma semana, e num fim de tarde de uma sexta-feira ela apareceu de trás de uma estante com um exemplar de *A rua das Ilusões Perdidas* na mão.

Lembro-me da linha, da primeiríssima linha, uma linha que eu decorara depois da minha conversa com Paul; sorri, pigarreei; falei.

— "A rua das Ilusões Perdidas em Monterey, na Califórnia, é um poema..."

A moça franziu a testa, ficou desconcertada.

— "um cheiro, um barulho irritante, uma certa luz, um tom, um hábito, uma nostalgia, um sonho."

Ela balançou a cabeça.

— Como é?

— A primeira linha — disse eu, com certo orgulho, embora me sentisse um idiota. — A primeira linha de *A rua das Ilusões Perdidas*... o livro que você tem aí.

A moça ergueu as sobrancelhas, espiou o volume fino em sua mão.

— É mesmo? — perguntou. — Eu jamais saberia... Ainda não li.

— Eu já.

— É o que parece.

Abaixou a mão para esconder o livro, depois foi andando como se quisesse passar por mim.

— Desculpe — disse eu. Recuei, tentando ser menos intimidante, tentei sorrir, um sorriso genuíno, algo sincero e caloroso, mas meus músculos se contraíram. Ela me achou louco de pedra. — Eu não tive intenção de interrompê-la — prossegui. — É só que, quando vemos alguém com um livro que adoramos, achamos que poderia haver alguma... — Minha garganta fechou. Eu não sabia o que planejava dizer.

— Alguma o quê? — perguntou ela.

— Não sei — respondi. Meu constrangimento logo chegava às raias da angústia. —Sinto muito mesmo... Eu quis falar com você da última vez em que você estava aqui. Eu já vou. Só estou fazendo papel de bobo.

A moça sorriu.

— Tudo bem — disse delicadamente.

Tornou a chegar para a esquerda como se fosse passar por mim.

Eu sabia que se a deixasse ir naquela hora na certa nunca tornaria a vê-la. Assim eram as Parcas.

—Venho aqui muito — disse eu. — Acabei de me mudar para cá... não conheço mesmo ninguém... estava pensando se...

Ela me olhou de soslaio. Parecia irritada.

Levantei a mão e recuei.

— Essa conversa não está indo do jeito que eu queria — disse eu.

— E o que você queria? — perguntou ela.

— Não sei... Eu só queria me apresentar. Queria lhe dar um alô. Queria arranjar um pretexto para falar com você, só isso.

— E sobre o que queria falar comigo?

Encolhi os ombros.

— Qualquer coisa mesmo. Livros. Quem você é. De onde vem. Se a gente podia ou não... sei lá... se a gente podia ou não se conhecer. Achei que poderíamos ter algo em comum... literatura, sabe? Poderíamos descobrir que temos algo em comum, e depois você poderia ser a única pessoa que eu conheço no Brooklyn.

Ela sorriu.

— Qual o seu nome?

— Vaughan — disse eu. — Joseph Vaughan.

— Bem, Joseph Vaughan, foi muito bom conhecer você, mas estou com pressa. Tenho que voltar para casa agora, então, se não se importa...

Mais uma vez ela chegou para a esquerda para passar por mim.

— Quem sabe a gente poderia se encontrar de novo? — perguntei. Eu chegara a um ponto que não tinha volta. Não tinha nada a perder. Minha dignidade, meu amor-próprio, tudo ficara esquecido.

— Certo — disse ela. — Mas aí eu veria você de novo, o que não significa que eu queira tornar a vê-lo. Como hoje... o fato de estarmos por acaso na mesma biblioteca na mesma hora não significa nada além de que viemos aqui para pegar livros. Coincidência, não é?

Não mencionei que eu fora lá todos os dias na expectativa de encontrá-la.

— Não acredito muito em coincidências — disse eu.

— Não? — retrucou ela, uma pergunta retórica. — Parece também que não acredita muito em reconhecer quando alguém não tem tempo para ficar em pé falando com estranhos.

Pronto. Ela conseguira me esmagar completamente.

— Desculpe — disse eu encabulado. — Sinto muito mesmo por ter incomodado você. Eu não pretendia dar a impressão de ser...

— Você deu uma impressão boa, Joseph Vaughan, e tenho certeza de que foi muito bom conhecer você, mas tenho que ir agora. Tenho coisas para fazer.

Dessa vez ela veio em minha direção com mais determinação, quase com autoridade, e saí da frente.

— Então a gente se vê de novo — disse eu.

— Quem sabe — respondeu ela, e aí virou no fim da ala e desapareceu.

Fiquei ali parado alguns instantes, o coração retumbando, os nervos tensos, e quis me obrigar a fazer alguma coisa. Qualquer uma.

Botei os livros que eu selecionara na beira da prateleira mais próxima e corri para a rua. A meio quarteirão dali encontrei um florista, joguei-lhe um dólar e agarrei o buquê mais próximo. Ele me chamou gritando para me dar o troco, mas eu já voltava correndo para a biblioteca.

Eu estava ali em frente quando ela saiu e começou a descer as escadas.

Fiquei firme, sem ar, vermelho, o ramo de flores como um escudo contra sua possível rejeição.

Ela me viu, e por um momento pareceu surpresa, confusa, depois sorriu, abriu um sorriso mais largo e começou a rir.

— Você é um bobo — disse ela, ecoando meus pensamentos. — O que está fazendo agora?

— Comprei umas flores para você — disse eu, declarando o óbvio.

— Para quê?

— Para me desculpar por perturbá-la.

— Você não me perturbou. — Ela acabou de descer a escada e ficou parada na calçada.

— Olhe — disse eu, sentindo uma espécie de irritação vencer meu constrangimento. — Não faço idéia do que há em mim que lhe provoca nojo. Sinto muito por ter esse rosto. Sinto muito por retê-la quando você obviamente tem mais o que fazer, acho que se a gente não falar com as pessoas, se de alguma forma não puxar conversa com alguém, vai passar o resto da vida só e arrependido. Vi você uma vez antes. Você parecia ter uma boa conversa. Desde então, vim aqui todos os dias na esperança de tornar a vê-la...

— Você fez o quê?

Percebi que eu tinha conseguido me explicar só para dizer outra asneira.

— Vim aqui ontem, anteontem, trasanteontem... vim até encontrar você de novo, e aí não pude deixar de dizer alguma coisa. O fato de ter dito a coisa totalmente errada não vem ao caso. A verdade é que, aconteça o que acontecer agora, eu não vou ficar com raiva de mim por não ter puxado conversa.

— E o que acha que deve acontecer agora? — Sua expressão era antipática e petulante.

— Eu... bem, ahn... bem, imaginei que poderíamos tomar um refrigerante, um café ou outra coisa qualquer. Imaginei que você pudesse dizer seu nome... pelo menos isso.

Ela sorriu. Pareceu relaxar um pouco, deixar cair as defesas.

— Meu nome? Claro que posso lhe dizer meu nome.

Fiquei calado, aguardando.

— Bridget — disse ela. — Meu nome é Bridget McCormack.

— Muito prazer, Bridget McCormack.

Ela assentiu.

— Igualmente, Joseph Vaughan.

— Então você gostaria de ir tomar um refrigerante...

— Ou um café?

— Certo, sim... um café.

— Por me aborrecer, você não ganhou ponto nenhum. Por pedir desculpas, ganha cinco numa escala de dez. Pelas flores? — Ela balançou a cabeça. — Não precisava.

Botei as flores atrás das costas.

— Mas vou aceitar mesmo assim, só para você não achar que desperdiçou seu dinheiro.

Apresentei as flores.

— Pela persistência, você ganha dez numa escala de dez, e sim, vou tomar um café com você... mas não hoje. Hoje estou de fato indo para um lugar, e por causa desse pequeno desvio já estou bastante atrasada, portanto, se não se importar...

— Então quando — perguntei.

— Quando o quê?

— Quando posso levá-la para tomar um café?

— Segunda-feira — disse Bridget McCormack peremptoriamente. — Pode me encontrar aqui ao meio-dia, segunda-feira, e me levar para tomar um café, tudo bem?

— Tudo bem — respondi, e abri um sorriso.

— Embora isso não signifique que vamos ter algo em comum, ou mesmo gostar um do outro, aliás.

Balancei a cabeça.

— Entendi, mas pelo menos podemos tentar.

— Isso podemos — disse ela. — Isso podemos.

— Muito bem então, fica combinado segunda-feira... Vou sair com você então, srta. McCormack.

Ela riu e passou por mim.

— Você realmente é um bobo, Joseph Vaughan.

Exultei. Fiquei calado. Continuei ali parado na calçada, vendo-a descer a rua e desaparecer na esquina. Ela não olhou para trás, e fiquei grato por isso, ali com as mãos nos bolsos, um sorriso do tamanho do Mississippi nos lábios.

Bridget McCormack não era Alexandra Webber. Bridget tinha o mesmo grau de inteligência e leitura, mas havia nela algo singular que facilitava que isso não fosse lembrado. Ela não era parecida com Alex. Sua voz era diferente, e quando ria parecia cheia de segurança e autocontrole. Ninguém jamais poderia ter substituído Alex, ninguém jamais poderia tomar seu lugar em meu coração, mas Bridget, de alguma forma, conseguia me fazer sentir alegria de viver. Eu experimentava emoções que estiveram ausentes durante anos, e ao experimentá-las percebi a falta que faziam. Bridget tinha vinte e um anos, era filha de irlandeses, católica não praticante, estudava ciências humanas na Brooklyn University e pretendia escrever poesia e ensaios, cartas e artigos para revistas ecléticas, estudar arte, viver a vida, ser autêntica.

Encontramo-nos naquela segunda-feira seguinte. Caminhamos três quarteirões e paramos numa delicatessen. Ficamos ali sentados quase duas horas, e ela deixou que eu falasse de mim, da razão de estar no Brooklyn, do meu trabalho em andamento.

— Então me conte sobre esse livro — disse ela, e contei, num desabafo que poderia parecer estranho considerando que aquele era nosso primeiro encontro.

— Você está apaixonado por isso, não? — disse ela quando terminei.

— Desculpe — respondi. — Quando engreno, a escrita mais ou menos toma conta de mim.

Ela estendeu o braço e tocou na minha mão.

— Não se desculpe — disse. — A gente só pede desculpas pelo que fez e não devia ter feito, não por nossas convicções. Da próxima vez, traga alguma coisa, sim? Eu gostaria de ler o que você escreve.

Eu disse que levaria. Qualquer coisa para ganhar um segundo encontro. Ela me atraía com a força da gravidade.

Nos meses subseqüentes, encontrávamo-nos duas, três vezes por semana. Íamos ao cinema, comíamos num restaurante à beira da Bedford-Stuyvesant, passeávamos no parque Tompkins até ficar com as mãos congeladas e o nariz azul. Aprendíamos novidades um sobre o outro a cada vez, e ela me estimulava a trabalhar em "A volta ao lar", assim como Alex teria feito.

Perto do Natal reconhecemos que gostávamos mais de estar juntos do que separados, e foi na véspera de Natal daquele ano, mais ou menos uma semana depois que datilografei as últimas linhas do meu romance, que Bridget McCormack chegou à pensão na esquina da Throop com a Quincy e consumiu meu coração.

O amor, mais tarde eu chegaria à conclusão, era tudo para todo mundo. O amor era o que fazia sofrer e parar de sofrer. O amor era mal interpretado, o amor era fé, o amor era a promessa do agora que se tornava esperança para o futuro. O amor era um ritmo, uma ressonância, uma reverberação. O amor era estranho e tolo, era agressivo e simples, e com tantas qualidades indefiníveis que nunca poderiam ser transmitidas em palavras. O amor era *ser*. A mesma gravidade que me puxava sem cessar foi desafiada quando subi para algo que se tornou tudo.

Eu amava Bridget McCormack, e naquela noite, segunda-feira, 24 de dezembro de 1951, ela retribuiu meu amor.

Por um instante, o fantasma de Alexandra Webber pareceu estar ali entre nós, e depois senti que fora embora. Passou em silêncio, de forma quase intangível, levando junto a lembrança do filho que nunca existiu. O passado era como um olho, e às vezes eu estava à frente dele, às vezes atrás, mas ele estava sempre ali... abrindo, fechando, abrindo novamente.

Vinte e cinco

O Brooklyn era meu novo mundo. Estava tudo ali. Aquilo de que eu me lembrava do momento em que cheguei: os prédios altos e promissores, a luz batendo, a multidão de gente, os carros pára-choque com pára-choque, motoristas apoiados na buzina, tempo e gente passando, o passado passando pelo presente e virando o futuro sempre maior. Lá estava *minha* Nova York, o coração das Américas, suas ruas e bulevares como veias, suas avenidas como rápidas sinapses elétricas, canalizando, alcançando, um milhão de vozes, com outro milhão falando ao mesmo tempo, todo mundo junto como uma família, mas só vendo a si mesmo. Ali — como eu imaginara — era um lugar onde eu poderia ser alguém. Nova York me golpeava, e meu coração palpitava. Naquela cidade, que era um punho cerrado, eu também era um punho cerrado. Naquela casa sem pára-raios da humanidade, eu, definitivamente, me tornara o homem que desejava ser.

E ela estava ali. Bridget McCormack estava ali. Ela acreditava em mim, e eu acreditava também.

Foi então que julguei ter finalmente sepultado o fantasma da Geórgia. Apesar da minha lembrança e da minha consciência, apesar da lembrança de minha mãe e de tudo o que acontecera em Augusta Falls, julguei que me libertara. Achei que não era tanto uma fuga quanto um perdão. Eu cumprira minha pena; fizera-se justiça; minha pena fora suspensa.

Parecia adequado. Certo. Justo.

Conheci os pais de Bridget. O pai, um irlandês católico fervoroso, cara de ovo cozido que levou um tombo, ainda em certa forma apesar do ziguezague de fissuras e rachaduras. Unhas roídas até o sabugo, dedos parecendo em carne viva, machucados e inúteis para pegar qualquer coisa menor que sapatos. Dentes tortos e esquisitos, pilões de cais corroídos pelo sal. E quando falava seus pensamentos saíam como nacos ásperos de som; tinha ouvido para palavras difíceis: disposição, crucial, exigente. Cada frase considerada cuidadosamente, pesada e avaliada, como quando se blefa ou se paga para ver numa parada de mil dólares. Brilhantina num cabelo que poderia ser alugado para a criançada; trenós improvisados do cocuruto à testa, uma corrida reta e ininterrupta. Descendo às gargalhadas, com medo, mas agitados. A mãe miúda e etérea, perseguindo as beiradas das conversas, fragmentos de palavras como se recortadas de uma revista. Mentimos para eles, eu disse que era católico quando eles chegaram. Rimos secretamente. Mostrávamos nossa cara ao mundo, e o mundo se acostumou a nos aceitar incondicionalmente e sem reservas.

Pela primeira vez desde Alex eu estava feliz de verdade. Hennessy permanecia em silêncio à margem, sempre estimulando, sempre paciente. Não questionava nem invejava o que eu tinha. Mostrava que era mesmo um amigo verdadeiro e fiel.

No início de 1952, quando eu achava que as coisas não poderiam melhorar, Bridget veio falar comigo na pensão.

— Você vai ficar zangado comigo — disse quando abri a porta para ela entrar.

— Zangado com você? Por que eu ficaria zangado com você?

Ela estava parada no corredor, cabisbaixa.

— Fiz uma coisa, Joseph... Fiz uma coisa sem lhe contar... e acho que você poderia ficar danado comigo, e fiquei o dia inteiro adiando vir aqui...

— O quê? — disse eu. — O que aconteceu.

Ela balançou a cabeça. Tornou a baixar os olhos. Olhou para cima. Olhar esquisito. Meio furtivo. Trocava de pé, direito para o esquerdo, esquerdo para o direito.

— Caramba, Bridget... o quê?

— Primeiro prometa — disse ela. Uma criança repreendida. Menina perdida.

— O quê?

— Que não vai ficar zangado.

Perdi a paciência. Abri os braços, mãos espalmadas. *Olhe*, disse eu sem palavras. *Não há nada aqui. Absolutamente nada.*

— Mandei seu livro para uma pessoa — disse ela, a voz contida, não mais que sussurros.

Franzi a testa.

— Meu livro? Como assim, mandou meu livro para uma pessoa?

— Mandei para uma pessoa... uma pessoa numa empresa em Manhattan.

— Que empresa em Manhattan?

— Uma editora, Joseph, que tipo de empresa poderia ser?

Abaixei os braços, as mãos ao longo do corpo.

Bridget meteu a mão no bolso do casaco e sacou uma carta.

— Eles me escreveram — disse. — Aqui... — E mostrou a carta.

Peguei-a de sua mão, tirei uma única folha do envelope. *Morrison, Brennan & Young*, dizia o cabeçalho em letras cursivas.

Cara srta. McCormack,

Embora não tenhamos o hábito de responder a outra pessoa senão o autor de um manuscrito apresentado, obviamente não temos meios de entrar diretamente em contato com o sr. Joseph Vaughan, por isso respondemos à sua carta e ao respectivo anexo com grande interesse.

Após as devidas deliberações, nós da Morrison, Brennan & Young gostaríamos muito de discutir a possibilidade de publicar "A volta ao lar", e ficaríamos muito gratos se pudesse encaminhar os detalhes ao autor e solicitar que ele compareça a este escritório tão logo possível.

Agradecendo sua apresentação direta desse manuscrito, e aguardando encontrar o sr. Vaughan para discutir seu trabalho,

Atenciosamente,
Arthur J. Morrison,
Diretor editorial sênior

Li aquela carta duas vezes. Comecei a sorrir. Não conseguia ficar sério.

— Não está zangado? — perguntou Bridget.

Comecei a rir. Parece que passei uma semana rindo. Ri a viagem toda para Manhattan em 24 de janeiro.

E Manhattan estava lá. Manhattan, ali do outro lado do East River. Manhattan — uma cidade que poderia encerrar o Brooklyn.

Esquina da rua Onze Oeste com a Sexta — a avenida das Américas —, ali, ao lado da Biblioteca Jefferson Market, eu e Bridget McCormack sentados em cadeiras de couro de espaldar alto no escritório de Arthur Morrison, diretor editorial sênior.

Saudável e direto, rosto redondo e generoso; o rosto do vento, o esboço de um anjo, lábios contraídos que adornavam mapas arcaicos, sudoeste no cabo da Boa Esperança. Marinheiros, cuidado. Rochedos irrompendo da espuma e da maré como a mão áspera de Netuno.

Mas seu jeito era de tio endinheirado; tom encantador nas palavras, generoso em elogios ao meu estilo.

— Ingênuo — disse. — Simples, ingênuo, modesto, e no entanto de alguma forma complexo, e muito profundo. Um trabalho excelente, sr. Vaughan, de fato excelente.

Agradeci.

— E tão jovem! — disse Arthur Morrison, e sua fisionomia começou a rir antes que o som da risada se fizesse ouvir. Quando se fez, foi como um trem saindo de um túnel, tornando-se mais ruidoso à medida que se aproximava, e então ele se levantou de detrás de sua ampla mesa e foi até a lareira. Ficou ali um instante, braço dobrado e equilibrado na cornija, e balançava a cabeça para cima e para baixo como um aparelho de corda. Seus movimentos eram metronômicos, quase hipnóticos. Parecia estar em outro lugar, momentaneamente perdido. Depois, com delicadeza e sem esforço, voltou.

— É difícil acreditar que alguém tão jovem tenha sido capaz de escrever algo tão profundo emocionalmente.

Falou mais um pouco, e depois disse o que pensava em relação a custos e competição, algumas frases que pareciam decoradas e ensaiadas sobre a natureza desafiadora da indústria editorial, e chegou à conclusão com habilidade e segurança.

Eu lhe disse que sim, que assinaria o contrato, e sim, trezentos e cinqüenta dólares seria um adiantamento aceitável sobre os direitos autorais de *A volta ao lar*, e Arthur Morrison sorriu como o querubim esticado e cor-de-rosa que era, e nos apertamos as mãos na frente da lareira, e Bridget me beijou.

— Eu disse, eu disse, eu disse cem vezes, e continuaria dizendo se você tivesse me dado a mais leve impressão de estar ouvindo — anunciou Hennessy.

O dia seguinte. Manhattan era uma vaga e agradável lembrança. Estávamos sentados num bar na rua Van Buren — Hennessy, eu e Bridget — e ficamos horas bebendo cerveja e conversando muito sobre nada de importante.

— E ela também acreditou em você — acrescentou, e ergueu o copo para Bridget, e Bridget abriu um sorriso, e eu também, e parecia que o mundo tinha voltado ao normal no Brooklyn.

O burburinho, os rostos das pessoas na rua olhando para nós com inveja, embora não soubessem por que, e a fumaça e a trepidação e a euforia do álcool, e saber que em menos de seis meses eu entraria na mesma biblioteca onde conhecera Bridget McCormack e poderia pegar emprestado um exemplar de *A volta ao lar*, de Joseph Vaughan. Paul e Bridget eram as pessoas mais importantes do mundo. Um mundo pequeno, mas assim mesmo um mundo, e para variar parecia um mundo criado por mim, algo que eu construíra com o suor do meu rosto, com a força de minhas próprias mãos e do meu coração.

Dessa vez durou. Dessa vez não havia plumas brancas em portais, levadas por uma leve brisa da janela para o chão. Dessa vez parecia que todas as decisões haviam sido tomadas a sério, e o mundo respondera com a mesma determinação. Eu seria publicado, e durante o processo de edição, diagramação, revisão de provas, durante discussões unilaterais com relação a capas e tipos de letra, mantive meu sentimento de dignidade e reserva. Fiz de conta que eu era importante, que sob a aparência externa havia um homem culto e equilibrado, ao passo que — na verdade — eu me sentia um garoto de sete anos na véspera de Natal.

A primavera de 52 foi uma euforia de cor e inspiração. O Fórum dos Escritores tornou-se meu segundo lar, e algumas noites um grupinho vinha com Bridget e comigo à pensão de Aggie Boyle. Aggie parecia no seu ambiente, assim como Joyce Spragg, pois a casa retumbava com o movimento dos jovens passando, injetando vida, amor e frivolidade em tudo.

— Você é o novo Scott Fitzgerald! — gritava Joyce para mim do patamar superior da escada, e aí era agarrada por trás por algum sedutor. Havia alegria. Havia bebida. Havia magia.

Foi no fim de maio que conheci Ben Godfrey.

— Zona norte e Jackson Heights — disse ele. — Sou judeu de terceira geração. Moro perto dos cemitérios Mount Zion e New Calvary. — Riu, não só com o rosto, mas sim com o corpo inteiro. — Um pessoal de mentalidade literária aprecia a nobreza triste, a atuação austera e grandiosa da morte. Querem todos ser Shelley e Byron, mas não podem porque são judeus.

Riu de novo, um barulho meio irritante, como uma garrafa vazia rolando no chão do ônibus.

— Mas, mesmo assim, observamos tudo. Rosh Hashaná. Yom Kippur. Sucot. Chanucá. Purim. Pessach. Shavuot. — Riu mais, a risada ecoando, ecoando.

Hennessy estava ao lado. Revirou os olhos, a boca mole; fez cara de maluco.

— Você é escritor? — perguntei a Godfrey.

— Sou, sou, sou — declarou. — Tenho uma coisinha no prelo neste momento. Uma novela, na realidade, umas quarenta ou cinqüenta mil palavras talvez. Tem alguma coisa para beber por aí, alguma coisa para comer a não ser esse raio de pão ázimo?

Entreguei a Ben Godfrey um copo, uma garrafa de Calvert. Ele pegou os dois com uma das mãos e me deu tapinhas no ombro. Gostei do homem. Ele enchia a sala com algo mais que tamanho e volume. Tinha um charme tosco, e pela maneira como se vestia parecia que dinheiro não lhe faltava.

— E você? Pelo que vejo você é o chefe desta casa.

Fiz que não com a cabeça. Estendi a mão para Bridget e ela se aproximou de mim.

Godfrey ficou aceso como uma abóbora.

— Bem, bem, bem — disse ele. — E quem seria você, jovem?

Bridget riu dele. Godfrey talvez achasse que ela estivesse rindo com ele.

— Bridget — disse ela.

— Bem, olá, Bridget — disse ele lentamente. Insinuou-se mais um pouco e olhou para ela.

— Olá para você também — respondeu ela, e meteu a mão embaixo do meu braço. Puxou-me com força. Sua mensagem era clara.

— Então o que temos aqui? Uma reunião de beberrões literários com a mesma opinião, acho eu — disse Godfrey. — Parece um cenário perfeito para pessoas em sua pouco respeitável linha de trabalho, você não acha?

E Ben Godfrey tornou-se um de nós naquele dia. Eu e Bridget, Paul Hennessy e Benjamin Godfrey, judeu de terceira geração da zona norte de Jackson Heights. Ele tinha vinte e sete anos, mais três do que eu, e conquistou os encantos de Aggie Boyle e Joyce Spragg com facilidade. Até comprou chá e cestas de frutas para Letitia Brock, a inquilina idosa do final do corredor do andar de cima. Godfrey conhecia literatura, e uma vez que se penetrava no seu exterior despreocupado e agradável, uma vez que se desencavava o homem verdadeiro por baixo daquela aparência, ele demonstrava ser ótima companhia, extremamente generoso.

Quando seu livro foi publicado, pegamos um ônibus para Manhattan e compramos dois exemplares cada um. Era um livro fino intitulado *Dias de inverno*, e gostei da linguagem dele, de seu estilo seco e conciso. Julguei ter encontrado alguém do meu tempo, e conversamos sobre como nos tornaríamos modelos de uma nova *Zeitgast*, o sangue novo, o talento ousado de uma nova era literária.

Meu caso com Bridget ficava mais intenso. Eu a amava e era amado. Onde antes eu tinha os nervos tensos como uma catraca torcida, rígidos até zumbir com a promessa de se romper, e meu coração era uma fornalha fria — nada senão cinzas e brasas, os resquícios chamuscados de um calor ardente mais antigo —, onde antes eu me julgara vazio, incapaz de paixão, agora entendia que ficara totalmente curado, que a Geórgia não passava de uma nostalgia lúgubre em que eu pouco pensava e cujo esquecimento agradecia.

Em Bridget vivia a lembrança de Alexandra Webber, mas uma lembrança vivida sem dor, sem arrependimento, sem desejo.

Foi uma maré alta de euforia, e quando junho chegou, e ficávamos de mãos dadas entre as prateleiras estreitas da livraria Langton Brothers na rua Monroe, quando levamos um exemplar de *A volta ao lar* à caixa registradora e pagamos com o nosso dinheiro, parecia que minha história fora uma existência completamente outra.

— O começo do resto de nossas vidas — disse Bridget enquanto saíamos da loja, meu braço em volta dos seus ombros, o sol aquecendo o rosto ao deixarmos a sombra do toldo.

Paul Hennessy e Ben Godfrey estavam na pensão de Aggie Boyle quando voltamos. Haviam preparado uma mesa de frios e queijos, bolachas d'água e vinho. Comemoramos o dia, o momento, a promessa do futuro.

Naquela noite Bridget e eu fizemos amor, e eu senti que então cada um de nós consumia um pedacinho do outro. Éramos um só — Bridget McCormack e Joseph Vaughan — e achávamos que seria assim eternamente.

E foi nessa noite que vi a pluma. Nu junto à janela, Bridget dormindo na cama ao meu lado, um vento frio me enregelando. Eu vi a pluma então, observei-a quando enfeitava o ar com arabescos e volteios, quando flutuava cada vez para mais perto, quando pousou no parapeito ao alcance da minha mão.

Não a peguei. Senti o medo fechar minha garganta. Senti uma sombra do passado ir atravessando pouco a pouco a janela aberta e se fechando ao encostar em mim.

Fechei os olhos, a mente, o coração. Desejei que desaparecesse. Quando tornei a olhar, ela ainda estava lá, mas só por uma fração de segundo, pois suspirei com impaciência e observei-a desaparecer no escuro.

Andar para trás.

Se tivesse a oportunidade de andar de costas, eu andaria, mesmo agora.

Um por um, lenta e hesitantemente, eu voltaria sobre cada passo, e minhas decisões seriam diferentes. Eu perdoaria as indiscrições de minha mãe, as infidelidades de Gunther; teria mantido Bridget perto de mim, como minha própria sombra, e nunca a perderia de vista; eu estaria na rua com os Guardiões, e veria o assassino das crianças, e o xerife Dearing correria conosco até estar prestes a cair de exaustão, e aquilo teria terminado, assim como terminou agora, mas diferente.

Mais que tudo, eu não faria promessas que não pudessem ser cumpridas.

O tempo proporciona uma perspectiva perspicaz, às vezes cruel, às vezes mais honesta do que se é capaz de agüentar. Tudo é fácil retrospectivamente, e se eu soubesse, se tivesse vislumbrado uma fração da verdade definitiva disso, eu teria fugido de Nova York... fugido como o vento daquilo tudo, Bridget ao meu lado, como minha sombra, e nunca teria olhado para trás.

Mas eu não sabia, e ficaria sem saber ainda por muitos anos.

Aqueles anos agora se desenrolam atrás de mim. São como marcos da estrada que peguei, cada passo — seja corajoso ou temeroso, honesto ou enganador — refletindo em todas as suas facetas o homem que me tornei.

Eu sou quem eu sou. E quem sou nunca será tão importante quanto o que fiz.

Tudo retorna ao ponto de partida, girando sobre si mesmo e me levando de volta ao começo.

O sangue em minhas mãos já secou.

Tornei-me o que eu mais temia; e isso me assusta.

Vinte e seis

O outono chegou depressa. Os meses que o precederam pareciam vagos e tênues. Mais tarde, muito mais tarde, eu pensava nas semanas entre junho e novembro, e elas eram um tanto ralas e inconsistentes, como se nunca tivessem acontecido. Paul estava entre essas recordações, assim como Ben Godfrey — sempre rindo, brincando com Bridget, não fazendo mistério de que a amava também. Bridget lidava com ele de uma forma objetiva e política, apressando-se sempre em deixar claro que era sua amiga, mais nada. Durante algum tempo Ben levava com ele uma garota: Ruth Steinberg, uma judia alemã cujos pais a animaram a sair de Munique tão logo o nacional-socialismo aumentou seu controle violento sobre a nação. Seus pais, os avós, o irmão, não sobreviveram, e Ruth morava com uma tia por afinidade por parte de mãe, uma mulher amarga e ressentida que aturava a responsabilidade com algo que não era lealdade familiar. Eu gostava de Ruth, mas ela não servia para Ben. Eles se separaram no fim de agosto, e mais uma vez Ben ficou sobrando.

Chegou meados de novembro. Estávamos planejando uma grande festa de Ação de Graças na pensão de Aggie Boyle, e na quinta-feira, 20, fui a Manhattan falar com Arthur Morrison. *A volta ao lar* vendera um total modesto de mil e cem exemplares em cinco meses, mas Morrison não estava desanimado. Queria um segundo romance, algo com "espírito e paixão".

Bridget não fora, estava cuidando de assuntos familiares. Perdi o primeiro ônibus, o segundo atrasou por algum motivo. Eu poderia ter ido a pé, mas optei por não fazer isso. Fiquei algum tempo olhando algumas livrarias, depois sentei na rodoviária e li um jornal jogado fora até sermos chamados para embarcar. Quando parti, sabia que chegaria quase duas horas atrasado.

Morrison ignorou minha falta de pontualidade. Foi generoso e efusivo como sempre.

"Essas coisas são consolidadas", dissera-me ele. "Consolidamos essas coisas lentamente. Publicamos um livro, depois publicamos outro. Fazemos as pessoas repararem. Persistimos até termos sucesso."

Voltei à noitinha. O vento estava cortante. Peguei um ônibus para a rodoviária perto de Throop e Quincy e parei numa delicatessen para me esquentar antes de ir a pé para casa. Pedi um café, puxei uma conversa rápida com a garçonete, uma mulher de meia-idade sorridente, e depois caminhei os três ou quatro quarteirões. Meu encontro com Morrison me inspirara a escrever outro livro, a investir nele meu coração e minha alma, e eu estava ansioso para falar com Bridget, a fim de conseguir seu estímulo, seu apoio, suas idéias ousadas.

Meus pensamentos transbordavam. Vi-me falando sozinho enquanto caminhava, murmurando e batendo queixo, e sorri da minha tolice. Eu estava todo amassado por dentro, meus pensamentos torcidos como lençóis de amantes num quarto de motel. Acelerei o passo. Sabia que Bridget já teria chegado, estaria à minha espera para que eu lhe contasse de Manhattan, do local para onde nossas vidas agora se dirigiriam.

Dobrei a esquina no alto da rua. Cerca de trinta metros depois dava para avistar a casa. As luzes estavam acesas, todas, mas tudo ali, os beirais, as tábuas dos degraus, o metro de terra batida entre a calçada e a parede, tudo me sugeria que eu chegara atrasado.

Parei. Intrigado.

Ouvi o rádio tocando por uma janela no alto, atrás de mim, a voz quente da cantora:

... para cada coração arrasado havia uma promessa, e em cada promessa quebrada havia um suspiro, e a cada suspiro de seu rosto eu me lembrava, e a cada lembrança eu caía em prantos...

Recomecei a andar, agora mais devagar. Algo não ia bem. Algo desafiava meu sentimento de expectativa.

Foi então que vi o carro. Um carro policial preto e branco. Um homem lá dentro. Policial.

Meu coração bateu depressa. Comecei a correr. Pensei em Letitia Brock, em seus quadris problemáticos, na maneira como ela balançava ao andar, na força com que segurava o corrimão quando descia a escada estreita. Meu coração disparou. Atravessei a rua e passei correndo pelo portão. O policial reagiu tão rápido que não deu para ver, saltou, contornou o carro e postou-se à porta para barrar minha entrada.

— Fique onde está, droga! Aonde pensa que vai?

— Lá dentro! — arfei. Meu peito arquejava. Uma camada de suor cobria minha testa.

— Nem pensar — disse ele. — Ninguém entra... sem autorização. Sem motivo suficiente.

— Eu moro aqui! — falei, e fiz menção de empurrá-lo para passar.

Ele agarrou meu pulso quando estiquei o braço. Agarrou com força, me segurando.

— Nome? — perguntou.

— Vaughan — respondi. — Joseph Vaughan.

O policial arregalou os olhos. Ficou sério. Apertou mais meu pulso, e pareceu me puxar mais para perto. Inclinou a cabeça para trás e gritou a plenos pulmões.

— Sargento! Eu o peguei! Sargento... Eu o peguei aqui!

Naquele momento, era como se todas as coisas que levaram anos sendo construídas desmoronassem em segundos.

Duas décadas para construir uma catedral. Meia hora para implodir e sobravam só a poeira no peito e um punhado de lembranças.

Sargento Frank Lansford. Feições de chapa de aço, perfuradas por olhos como balas, tortos. A boca, um rasgão desbeiçado no tecido da face. Andava desajeitado dentro da roupa, calças muito curtas, mangas muito compridas, como se de uma modelagem única nunca vista por um alfaiate. Narinas extraordinariamente largas, talvez para sentir cheiro de sangue, cordite, outros indícios de caos. Orelhas chapadas no crânio, bem coladas. Estava sentado na cadeira da cozinha de Aggie Boyle, uma cadeira feita para pessoas de tamanho normal. Um homem que procurava conforto e raramente encontrava. Não usava aliança. Jeito solitário que falava de dias preenchidos com relações oficiais e necessárias; sem amigos, sem filhos, sem amante, sem humor. Como se a vida agora fosse vista pela lente côncava de um fundo de garrafa. Achei que um homem daqueles teria a sabedoria de escolher uma profissão que inspirasse respeito, admiração e outros sentimentos semelhantes. Alguém acabaria por amá-lo pelo que tivesse feito, por perdoá-lo pelo que tivesse sido. Mas, não, ele era um policial. Má escolha. Tinha perdido antes de ter tido chance de vencer.

— ... e você chegou aqui sem família, ou pelo menos é o que me diz seu amigo.

Tom de voz com um viés de suspeita. Tudo suspeito. Acusador, exaltado.

Fiz que não com a cabeça.

— Não...

Olhei para cima, através do teto para o chão do meu quarto. Eu queria ir lá. Eu queria vê-la.

— Nada para ver — dissera Lansford. Dissera isso antes. Quando saiu para me encontrar na escada do pórtico. Veio devagar, como se saísse rolando da casa, e ficou ali algum tempo me olhando.

— Você é o amante da garota, certo? — foi sua primeira pergunta.

Olhos arregalados. Querendo saber o que tinha acontecido.

— Garota? — disse eu. — Que garota?

Lansford sorriu.

— Não se faça de bobo.

— Bridget? — perguntei. — O que está havendo?

— Essa mesma — respondeu Lansford. — Bridget McCormack... Você é o amante dela, certo?

Fiz que sim. Aperto no peito. Suando apesar do frio. Coração retumbando, prestes a explodir. Meu pulso continuava sendo apertado.

— E onde andou o dia inteiro, caramba?

— Em Manhattan — disse eu. — Fui a Manhattan falar com uma pessoa.

— É mesmo? — Lansford pegou um bloco do bolso, uma caneta de dentro da jaqueta. Escreveu algo sucinto.

— O que diabo está acontecendo? — perguntei. — Por que não posso entrar?

Lansford balançou a cabeça.

— Ninguém entra até eu mandar. — Fez outra anotação, maior.

— Onde está Bridget?

Lansford parou de escrever e olhou para mim.

—Você não sabe?

Fiz que não.

— Não sei o quê? Não entendo o que está acontecendo. Era para ela estar aqui... era para ela estar aqui quando eu chegasse.

— E pode provar que esteve em Manhattan, sr.Vaughan?

— Provar? Por que eu teria que provar alguma coisa? Me diga que diabo está acontecendo aqui.

— Já basta — disse o policial. — Este aqui é o sargento Lansford. Departamento de Polícia do Brooklyn. Um pouco de respeito da sua parte, sim?

Olhei para o chão. Não conseguia respirar.

— Por favor — arfei. — Algum de vocês poderia fazer o favor de me dizer que diabo está acontecendo aqui? Onde está Bridget? Aconteceu alguma coisa com ela? Por favor... Pelo amor de Deus, me digam por favor!

— Aconteceu alguma coisa, sim — disse Lansford objetivamente. — Com certeza, aconteceu alguma coisa, sr. Vaughan... parece que tinha alguém lá em cima no seu quarto com ela...

— Meu quarto, sim. Ela devia estar no meu quarto. É onde ela devia estar.

— E é onde ainda está, sr.Vaughan.

Dei um suspiro. Senti uma onda de alívio. Quase perdi o equilíbrio. Comecei a sorrir, comecei a rir.

— Graças a Deus! — disse eu. — Ah, graças a Deus... posso subir para vê-la... por favor, o senhor quer me deixar entrar na minha própria casa para ir falar com ela?

— Não vai dar, infelizmente — disse Lansford.

— Não vai dar... por quê? Por que não daria?

— Porque ela está morta, sr.Vaughan... sua namorada está no seu quarto e está morta. Parece que alguém fez umas coisas com ela... que coisas só Deus sabe, mas alguém fez umas coisas ruins com ela e depois quase cortou ela ao meio...

Foi então que tudo desmoronou.

Eu não me lembrava de nada a não ser da mão do policial tentando me segurar.

A cozinha.

Na minha frente, uma xícara de chá forte, adoçado com colheradas de açúcar. Mãos tremendo demais para levantá-la, enjoado com o cheiro doce. Tentei acender um cigarro, não consegui. Lansford o acendeu e o passou para mim. Dei uma tragada funda, senti a náusea me encher o peito com a fumaça.

Olhos vermelhos de chorar. Durante algum tempo, sem conseguir falar, pensar, quase respirar.

Pluma branca. Foi o que vi. Pequenas plumas brancas. Na mesa, em volta dos meus pés, ali ao longo da bancada, saindo dos armários.

Todo mundo na sala dos fundos ao lado da cozinha. Aggie Boyle, Letitia Brock, Emil Janacek e John Franklin. Paul estava também, assim como Ben Godfrey. Dava para ouvir uns balbucios, pequenas pontuações entre os arquejos que me saíam da garganta enquanto eu tentava me controlar o bastante para falar.

— Então, a que horas saiu? — perguntou Lansford, aparentemente pela terceira ou quarta vez.

Ouvi passos lá em cima, as tábuas estalando nos assoalhos e nos corredores. Havia gente lá em cima. Outros policiais. Um legista.

— Saí daqui pouco antes das oito — disse eu.

— Para pegar um ônibus às oito e quinze, certo?

Fiz que sim com a cabeça.

— Que não pegou.

— Perdi — disse eu. — Perdi o ônibus e tive que esperar até pouco depois das dez.

— Dez em ponto?

— Dez e dez... O segundo ônibus saiu às dez e dez.

— E das oito e quinze às dez e dez... durante essas duas horas, onde você estava?

— Na rodoviária... li um pouco, dei uma volta no quarteirão, olhei umas livrarias.

— Podia ter ido a pé para o seu encontro. Ou poderia ter ido esperar em casa... por que não fez isso?

Encolhi os ombros. Tornei a olhar para cima. Um sonho. Um pesadelo. Nada que se enquadrasse em nenhuma referência. Mais tarde eu iria fechar os olhos, abri-los, ver que era tudo imaginação minha. Eu continuava dormindo no ônibus de Manhattan. Nem chegara ao Brooklyn. Eu estremeceria. Depois sorriria. Aí começaria a rir quando percebesse que meus piores temores não passavam de uma excrescência sinistra de uma imaginação cansada e explorada além dos limites.

— Não estava a fim de ir a lugar nenhum. Não me importei de esperar e parecia que não tinha cabimento ir para casa — disse eu. — Bridget passaria o resto do dia fora...

Lansford balançou a cabeça.

— Tudo leva a crer que não.

— O que quer dizer?

— Tudo leva a crer que não, é o que quero dizer. Segundo a srta. Spragg... Conhece a srta. Spragg, certo?

Fiz que sim.

— Segundo a srta. Spragg, Bridget McCormack chegou aqui pouco antes das nove da manhã.

Balancei a cabeça.

— Eu não entendo... ela disse que tinha que fazer alguma coisa com a família dela.

— O que também foi confirmado pela srta. Spragg. — Lansford meteu a mão no bolso e pegou seu bloco. Folheou pelo menos umas dez páginas. — Aqui — disse, consultando os próprios hieroglifos. — A srta. Spragg disse que estava saindo para o St. Joseph's por volta das dez para as nove. Quando chegou ao corredor, Bridget McCormack entrou e falou com ela, disse que estava planejando fazer alguma coisa com a família dela naquele dia mas que o programa tinha sido adiado e ela achava que iria passar o dia aqui. Disse que tinha umas coisas para ler, que ia fazer uma pequena faxina no quarto. A srta. Spragg acha que ela se referia ao seu quarto, sr. Vaughan. Disse que o senhor e Bridget McCormack passavam quase todas as noites juntos aqui, *morando* juntos, se o senhor prefere.

— Sim, pode-se dizer isso. Passávamos mais tempo juntos do que separados. — Parei. Olhei para Lansford, para o policial parado junto à pia. — Isso é uma loucura — disse eu. — O que está acontecendo aqui? — Comecei a levantar da cadeira. O policial se adiantou e me segurou os ombros.

— E aonde vai, sr. Vaughan? — perguntou Lansford num tom severo.

— Preciso vê-la — disse eu.

Senti novamente a onda de emoção, como uma multidão de punhos no meu peito. Coisas negras balançavam diante dos meus olhos. Plumas. Mais plumas. Agora estavam dentro da minha cabeça, bem na minha retina.

Pensei em anjos.

Pensei em meu pai. Como a Morte viera pela High Road e o levara. Pensei em Gunther Kruger pendurado no caibro de um celeiro, uma fitinha cor-de-rosa entrelaçada nos dedos da mão direita.

Pensei em minha mãe, ela própria uma assassina de crianças, e em como se tornara exatamente o que tentara evitar.

Comecei a soluçar. Um engulho no meio do meu corpo, e depois fiz um gesto largo, acertei a xícara, mandei-a girando para o outro lado da cozinha, seu conteúdo doce e morno salpicando o linóleo.

— Chame o médico — disse Lansford. — Chame o médico aqui imediatamente!

O policial deu um pulo, soltou-me, virou as costas de repente e saiu da cozinha. Ouvi-o subir a escada correndo. Ouviam-se vozes. Senti as mãos de Lansford em meus ombros, me segurando na cadeira. Ali na cozinha de Aggie Boyle.

Vi o rosto de minha mãe. A mãe de que eu me lembrava, não a que enterrei.

Vi as solas dos sapatos de Virginia Grace Perlman, eu vi quando apareceram no alto do morro.

Vozes novamente. Uma sensação de estar sendo tratado com brutalidade. E aí veio a picada. Uma fisgada no meu braço. Lutei contra aquele estado, violentamente. Mas ele chegou. Chegou como uma nuvem me atravessando, e não havia nada que eu pudesse fazer para aliviar a sensação que provocava. A sensação de estar me afogando no escuro, mas sustentado por plumas, um cobertor de pluminhas brancas que tentava me fazer flutuar mas não conseguia agüentar meu peso.

Dobrei-me em silêncio. Mergulhei na escuridão.

Custei muito a vir à tona, e quando vim lembrei-me de que meu mundo tinha acabado.

Acordei num hospital, mas não era nenhum hospital conhecido. As paredes eram brancas, assim como o teto, os lençóis e as camas. Era uma espécie de dormitório, uma única porta no fundo, com barras na janela estreita. Quando me mexi, vi que minhas mãos estavam algemadas na cama, e foi então que a realidade chegou. Como um punho. Como uma bala. Como um barulho retumbante.

Fechei os olhos, não suportava tornar a abri-los. Achei que fosse morrer. Ao relembrar, talvez tivesse sido melhor.

Horas depois — eu não tinha como determinar o tempo — Lansford foi me ver.

— O que está acontecendo? — perguntei-lhe. — Onde estou? Que diabo estou fazendo aqui?

Lansford puxou uma cadeira e sentou-se ao lado da cama. Trazia na mão uma pasta fina de papel manilha que abriu e equilibrou sobre os joelhos.

— Sedado... tivemos que sedar você — disse objetivamente. Seu tom era seco e profissional. Senti a pressão da ameaça. — Você, de alguma forma, se descontrolou — acrescentou. — Lá na casa. Tivemos que chamar o médico para sedá-lo.

— Onde estou?

— Na ala médica — disse Lansford. — Prisão de Brooklyn.

— Prisão? Que droga estou fazendo na prisão? — Tentei me sentar, mas as algemas em meus pulsos não me deixavam.

— Preciso fazer umas perguntas. Preciso de algumas respostas. Isso não é uma questão de negociação. Não é assunto para discussão. A hora da morte da garota McCormack demonstra que você teve tempo de sobra para voltar para casa quando perdeu o ônibus, violentá-la e matá-la, e ainda voltar à rodoviária a tempo de pegar o segundo ônibus para Manhattan.

— O quê? Do que está falando? Não está falando sério quando diz...

— Ainda não acabei. Eu agradeceria se não me interrompesse, sr. Vaughan. Como estava dizendo, levando em conta a hora da morte, você teve tempo de sobra para voltar para casa e fazer aquela coisa horrível, portanto tempo não está em questão. Método? Bem, isso parece bastante simples. A moça foi atacada, e há indícios de que foi estuprada. Parece, pelo menos de acordo com o relatório inicial do legista, que foi atacada com tal violência que quebrou o pescoço ao ser empurrada contra a parede. Em seguida, parece que tentaram de fato cortar seu corpo em dois. Portanto, o método foi esse, sr. Vaughan...

Minha cabeça se fechava. Imagens me bombardeavam. O barulho de gritos, a visão de sangue. A lembrança de Bridget...

— O senhor está louco...

— Sr. Vaughan! — rosnou Lansford com arrogância. — Já lhe pedi uma vez, acho que com educação, para não me interromper. Tornarei a pedir, e não vou gostar nada se o senhor não colaborar. Ora, como eu ia dizendo... se entendesse algo de procedimentos de investigação da polícia, saberia que os primeiros fatos que precisam ser estabelecidos são triplos. Método, motivo e oportunidade. O primeiro e o último são óbvios, mas o segundo, o *motivo* do ataque brutal, ainda não foi determinado, mas achamos que talvez tenhamos algo substancial a considerar.

Fiquei calado. Mil perguntas enchiam minha cabeça. A angústia me devastava o corpo inteiro, percorrido por uma dor que era mais que mental. Eu mal conseguia respirar. Percebi aonde aquilo ia dar. Percebi o que aquele sargento da polícia pensava.

Lansford parecia esperar que eu dissesse alguma coisa, mas eu não conseguia falar.

— O senhor entende, naturalmente, sr. Vaughan, que nesse nosso sistema democrático um homem é inocente até prova em contrário?

Fez mais uma pausa. Eu ainda não conseguia falar. As palavras estavam ali, aos milhares, mas nenhuma delas saía.

— Então, até podermos demonstrar com certeza que uma pessoa é culpada, trabalhamos com base no princípio de que ela tem todo direito de se defender, de procurar aconselhamento legal. No seu caso... bem, no seu caso, sr. Vaughan, sugiro que trate disso imediatamente. Arranje um advogado, e esteja preparado para um longo inquérito sobre a morte dessa pobre jovem. O senhor está, digamos, mais ou menos na linha de fogo no que se refere a essa questão.

Lansford ficou calado um instante, depois se levantou da cadeira e tornou a devolvê-la ao seu lugar encostada na parede.

— Eu... eu não entendo o que está acontecendo — resmunguei. Minha garganta estava apertada. Minha cabeça latejava sem piedade. — Não vejo que motivo eu poderia ter para cometer essa... essa atrocidade.

Lansford sorriu, com um pouco de compaixão, a princípio pareceu, depois fechou o rosto.

— A garota — disse. — Essa Bridget McCormack que foi tão brutalmente estuprada e morta... ela estava grávida, sr. Vaughan... bem no início da gravidez.

Senti toda a vida se esvair de dentro de mim

— E hoje em dia... bem, é triste quando um filho não desejado provoca um assassinato, mas a verdade é o que se vê, não?

Lansford recuou e se dirigiu à porta. Uma vez lá, voltou-se novamente para mim.

—Vou mandar um guarda tomar as providências para que o senhor chame um advogado. Como disse antes, recomendo que faça isso imediatamente.

Eu me lembrava de ter ouvido a porta se fechar com um barulho metálico. Recordava a chave arranhando a fechadura, depois se fez silêncio, salvo pelo barulho da minha respiração, e atrás disso a dor no meu peito enquanto sentia meu mundo inteiro ir abaixo.

Talvez eu tenha dormido. Talvez não. Acho que sonhei. Bridget vinha até mim. Estava em pé junto a minha cama, sem dizer nada. Estendi a mão para tocá-la e ela se dissipou como uma nuvem. Dissolveu-se completamente, com o ruído de uma brisa.

O guarda chegou muito tempo depois e me disse que era domingo. Só no dia seguinte eu poderia chamar alguém. Ele levou uma comida que não comi. Perguntou se eu queria alguma coisa.

— Minha vida de volta — disse eu. — Só quero minha vida de volta.

O guarda sorriu.

— Acho que isso é uma coisa que não posso fazer.

Observei-o desaparecer, e só então, quando ele fechou a porta de uma forma tão inapelável, comecei a enfrentar a verdade do que havia acontecido. Julguei entender o que acontecera na casa da esquina da rua Throop com a Quincy, porém, mais importante, comecei a entender por quê.

Vinte e sete

Segunda-feira à noite chegou um advogado. Thomas Billick, defensor público nomeado pelo estado. Minhas algemas foram retiradas para permitir que eu me sentasse na cama, e quando Billick chegou, fui autorizado a usar uma cadeira.

Billick era um homem deslocado. Olhos apertados, óculos de aro de metal, rosto constrangido se adaptando ao desconforto do ambiente à sua volta. Carregava uma pasta surrada, agarrava-a com ardor, como se fosse um objeto de defesa, e quando falava suas palavras eram tímidas e hesitantes.

— Eu... eu não estou muito familiarizado com essas coisas — explicou Billick. Balançou a cabeça, brincou com a haste dos óculos. Quando a largou, os óculos estavam meio tortos. — Foi feito o indiciamento...

— Indiciamento? — disse eu. — Que indiciamento?

— Indiciamento por homicídio, sr. Vaughan — disse Billick. — Não sabia que o senhor foi indiciado por isso?

— Como assim? Não pode estar falando sério...

— Ah, estou falando muito sério, sr. Vaughan, muito sério mesmo. O senhor foi indiciado no sábado...

— Deus, eles devem estar... não, não pode estar acontecendo isso. Eu nem estava consciente no sábado... está me dizendo que fui indiciado enquanto estava inconsciente?

Billick encolheu os ombros.

— Não tenho nada aqui que diga que o senhor estava inconsciente, sr. Vaughan. — Abriu a pasta desajeitadamente. Voaram papéis para o chão e ele demorou um pouco para catá-los. — Aqui — disse finalmente. Segurou uma folha de papel. — Aqui diz que às treze e dez de sábado, 22 de novembro, o senhor foi formalmente indiciado pela morte de Bridget McCormack, que lhe leram os seus direitos e o aconselharam a procurar um advogado imediatamente. Ao que tudo indica, o senhor optou por não fazer nada até hoje de manhã. — Billick olhou para mim e franziu a testa. — Por que, sr. Vaughan? Por que optou por não fazer nada em relação a procurar um advogado até hoje de manhã?

— Isso é uma loucura total! — disse eu. — Não posso acreditar que esteja acontecendo. Só ontem fui informado de que deveria contratar um advogado, e quanto a terem me indiciado ou lido os meus direitos... não posso acreditar que tenham feito isso! Me indiciaram e leram meus direitos enquanto eu estava inconsciente.

Billick balançava a cabeça.

— Não de acordo com este documento. — Mostrou-me a folha, e quando fui pegá-la, ele rapidamente tornou a guardá-la na pasta. — Preciso guardar este papel — disse. — Tem que ficar com o restante do seu processo.

— Então, e agora? Que diabo deve acontecer agora? — perguntei.

— Amanhã de manhã o senhor será citado, e, feita a citação, será transferido para a Prisão Estadual de Auburn no norte do estado de Nova York. Ali ficará até ser marcada a data do julgamento, e durante o tempo em que estiver preso, que esperamos não seja muito longo, a polícia preparará o processo para a promotoria distrital, e eu estarei trabalhando na sua defesa.

— Julgamento? Vou ser julgado?

— Sim, sr. Vaughan, não há dúvida. A data do julgamento, com certeza, será daqui a uns quatro ou seis meses... Enquanto isso, o senhor deve tentar se lembrar de tudo que aconteceu naquela manhã. Minha primeira idéia é que devemos tentar alegar homicídio simples, e se isso não se sustentar então devemos tentar um acordo com a promotoria alegando homicídio qualificado. — Ele sorriu com sinceridade. — Assim, como sabe, evitaremos a pena de morte.

Eu não conseguia falar. Olhei para Billick enquanto ele fechava a pasta e se levantava da cadeira.

— Então, até voltarmos a falar amanhã, cuide-se bem, sr.Vaughan.

Billick sorriu de novo, e depois atravessou o aposento e bateu duas vezes na porta. O guarda do outro lado a abriu e o deixou sair. Ele ficou parado um instante, olhando pelas grades que guarneciam a janela estreita, depois desapareceu.

Pouco depois o guarda entrou e perguntou se eu queria continuar sentado ou voltar para a cama.

Fiquei imóvel, calado, então ele me algemou à cadeira onde eu estava sentado.

Paul Hennessy estava presente, Ben Godfrey também, assim como estavam Joyce Spragg, Aggie Boyle e a irmã, outras pessoas cujos rostos reconheci vagamente do Fórum dos Escritores do St. Joseph. Estavam calados, inexpressivos, sentados ali na galeria do Tribunal de Justiça da cidade do Brooklyn terça-feira de manhã. Os procedimentos foram breves e superficiais. Thomas Billick quase não disse nada em resposta ao representante da promotoria distrital, Albert Oswald. Fui chamado perante o juiz, um homem que não parecia ter mais de quarenta anos e me olhava com um ar superior e desdenhoso. O representante da promotoria, de terno e sapatos de verniz, fez um gesto de desdém com a mão quando Billick insinuou que eu ainda não fora indiciado por homicídio culposo.

— A acusação já foi levantada e registrada — disse Oswald. — Enquanto o réu permanecer em prisão preventiva na Estadual de Auburn, haverá tempo de sobra para o defensor público apresentar quaisquer informações ao promotor distrital, Meritíssimo.

O juiz fez um gesto de cabeça indicando que a acusação estava concluída.

— Já ouvi o que preciso ouvir. O réu fica sob a custódia da Casa de Correção Estadual de Auburn até ser marcada uma data para o julgamento. — Sorriu com indiferença. — Sr. Billick?

Billick ergueu os olhos com nervosismo.

— Se houver alguma pergunta em relação à veracidade ou validade da acusação tal como exposta aqui, sugiro que se apresente para um acordo com a promotoria o quanto antes. A corte não será morosa no cumprimento do seu dever. Muito tempo e muito dinheiro serão gastos no processo de seleção do júri e na preparação do julgamento. Não ficarei muito satisfeito com surpresas inesperadas em relação a acusações ou defesa... entende?

Billick olhou para mim, depois assentiu para o juiz com um gesto de cabeça.

— Sr. Billick?

— Sim, Meritíssimo — disse Billick. — Claro... tudo será providenciado de forma rápida e ordenada.

— Bem, assim espero — retrucou o juiz. — Afinal de contas é a vida de um homem que está em jogo, não?

Dois guardas se adiantaram e me algemaram. Viraram as costas para me levar embora.

— Seja forte! — gritou uma voz da galeria, e, erguendo os olhos, vi Paul Hennessy ali em pé, chorando, as mãos segurando a barra à sua frente.

Inclinei a cabeça. Fui levado embora, Billick alguns passos atrás de mim. Não pude olhar para os meus amigos.

No dia de Natal de 1952, eu perdera meu nome.

No final de janeiro, abandonara minha identidade.

Um mês depois, deixara de ser um ser humano.

De algum recesso da minha mente lembrei-me de uma frase de *Democracia na América* de Tocqueville: "Tínhamos a sensação de estar atravessando catacumbas; havia mil seres vivos, e no entanto era uma solidão de deserto."

Ele escreveu estas palavras sobre a Prisão Estadual de Auburn, condado de Cayuga, em algum lugar desumano entre Buffalo e Syracuse.

Na chegada, naquela noite de fim de novembro, minha cabeça fora rapada. Tiraram minhas roupas, e ficamos nus — eu e mais doze homens —, enquanto um médico nos examinou grosseira e superficialmente. Fomos conduzidos por um pátio aberto cercado por muros altos, e no frio da madrugada fomos instruídos a ficar parados — pernas afastadas, braços abertos na altura dos ombros — e fomos pulverizados com um fino pó acre antipiolhos. Por mais trinta minutos permanecemos em pé, narinas e olhos ardendo, querendo gritar, chorar, desmaiar ali mesmo. Um homem desmaiou, um careca de ombros estreitos, e um guarda bateu nele com uma vara até ele tornar a se levantar.

Dali fomos conduzidos por um longo corredor revestido de pedra até as duchas. A água veio como agulhas de aço, pinicando-me a pele até eu ter a sensação de que me tiravam sangue. Cada um de nós recebeu um quarto de pé-direito baixo pintado de branco, coloquialmente conhecido como "os cubos", e num fino colchão de crina fiquei deitado tiritando e aturdido até o sono me pegar desprevenido e fazer meu pesadelo desaparecer por um tempo mínimo.

Meu primeiro dia: uma premonição de tudo que estava por vir. Ficamos dentro daquelas quatro paredes estreitas, sem nada para ver senão tinta branca e as tênues mudanças entre noite e dia por um olho-de-boi na parede externa. Três semanas. Nenhum movimento senão andar os dois metros e trinta de um lado para o outro. A comida vinha numa bandeja de metal por uma abertura na metade inferior da porta, e cada vez que a estreita grade da "caixa de correio" era aberta e depois fechada novamente eu sentia aquela batida metálica reverberar em cada osso, cada nervo, cada tendão do meu corpo. Espiritualmente, mentalmente, emocionalmente, eu estava em outro lugar. Passeava com Bridget, sentava à minha escrivaninha e escrevia um livro para Arthur Morrison, algo com espírito e paixão e dinâmica humana. Sentia Joseph Calvin Vaughan ir desaparecendo calado. Observava-o indo embora. Ele não olhou para trás, pois se o fizesse me veria, talvez sentisse tanta pena de mim que voltaria. Esse risco ele não poderia correr, portanto continuou seletivamente cego.

Três semanas depois fomos transferidos para celas de três homens. Fui alojado com dois irmãos, Jack e William Randall, assaltantes à mão armada de Odessa, no condado de Schuyler. Tinham uma diferença de idade de onze meses, uma semelhança assombrosa: feições brutas, de suíno, olhos apertados, andavam com os ombros curvados para a frente, como pistoleiros fora do tempo e do espaço.

Falei-lhes da minha inocência.

Jack Randall sorriu, colocou a mão com firmeza em meu ombro.

— Aqui — disse — só tem dois tipos de gente... os guardas e os inocentes.

William riu com entusiasmo, e continuou me socando o ombro.

— Já vimos esses lugares muitas vezes — disse. — Dá para a gente se acostumar. Têm as suas próprias regras, e desde que fique quieto e se cuide, a gente se dá bem — disse abrindo um sorriso caloroso. — Eu e o Jack aqui vamos ficar de olho em você... para garantir que um brutamontes deste corredor não venha fazer você de montaria, certo?

Tornaram a rir, se entreolhando, como se fossem o reflexo um do outro, e eu me fechei mais um pouco, trancando o pouco que restava de mim dentro do peito.

Thomas Billick chegou na terceira semana de fevereiro. Fui levado da minha cela e algemado, nos pulsos e nos tornozelos. Andei muito por corredores monótonos e idênticos, arrastando os pés desajeitadamente entre dois guardas mudos. A corrente entre meus tornozelos pesava e as argolas de metal me cortavam os calcanhares. Fui levado para uma sala estreita e mal iluminada, e ali — sentado em silêncio, encostado na parede — estava meu advogado de defesa. Pelo visto, não podia estar mais constrangido e mais nervoso.

— Você está bem? — perguntou, sem necessidade.

Fui empurrado para me sentar numa cadeira de frente para Billick, e então os dois guardas recuaram e saíram da sala. O rangido áspero de uma barra externa, o barulho das chaves na fechadura, a sensação de que, para onde quer que me virasse, havia outro meio de evitar que eu me movimentasse livremente.

— Então, temos boas notícias — disse Billick. — O promotor distrital ouviu nossa apresentação do caso, e concordou em aceitar uma confissão de culpa por homicídio qualificado. — Billick abriu a pasta e retirou um maço de papéis. — Homicídio qualificado é considerado intencional mas não premeditado nem planejado. — Olhou para ver se eu prestava atenção. — Diz aqui que tal crime não é cometido no calor da paixão, mas causado pela óbvia falta de preocupação do réu com a vida humana. — Billick sorriu como se estivesse dando um presente de aniversário a uma criança pequena. — Isso significa que não há pena de morte, Joseph... não é uma boa notícia?

Abaixei a cabeça, olhei para as algemas em meus pulsos.

— Então, tudo que você precisa fazer é se declarar culpado de homicídio qualificado, e não só evitaremos quaisquer riscos de um julgamento capital como também limitaremos drasticamente a duração dos procedimentos. Os juízes sempre têm mais boa vontade quando um caso assim é apresentado. É muito menos dispendioso para o Estado e o país quando o réu se declara culpado sem rodeios...

Olhei para Billick.

— Mas eu não sou culpado, sr. Billick... Não sou culpado de nenhum tipo de homicídio, e não vou me declarar culpado de algo que não cometi.

Billick primeiro pareceu chocado, depois, aflito e agitado.

— Acho que não entendeu toda a gravidade da sua situação, sr. Vaughan. Há uma acusação muito séria contra o senhor, e eu não estaria sendo negligente com minha promessa de sigilo se lhe dissesse que não há outras linhas de investigação ora em andamento. A polícia já esgotou todos os seus procedimentos para apurar o envolvimento ou não de terceiros....

— O que significa isso?

Billick pigarreou.

— Significa que a data do seu julgamento foi marcada para 30 de março, daqui a pouco mais de um mês... e o senhor *será* julgado por esse homicídio, sr. Vaughan, não haja nenhum equívoco quanto a isso.

Tentei levantar as mãos, mas as algemas me impediram.

— Não entendo o que está acontecendo aqui, sr. Billick... alguém matou Bridget, alguém entrou na casa onde eu morava e matou a mulher que eu amava...

Billick balançava a cabeça.

— Para todos os efeitos, sr. Vaughan, essa pessoa foi o senhor.

— Não — disse eu com veemência. Senti a onda de medo e raiva no peito. Mais uma vez tentei gesticular, para de alguma forma dar ênfase ao que eu dizia. — Não matei ninguém, pelo amor de Deus! — gritei. — Não matei ninguém, droga, sr. Billick... quanto tempo vai levar até alguém entender o que está acontecendo aqui? Isso é uma loucura! Essa justiça é uma farsa! Quero falar com alguém... qualquer pessoa. Encontre Paul Hennessy. Ben Godfrey! Vá falar com Ben Godfrey... ele vai lhe dizer que eu não poderia fazer uma coisa dessas. Eu tenho dinheiro, sr. Billick. Tenho três mil dólares...

Billick tornou a balançar a cabeça.

— *Tinha* três mil dólares, sr. Vaughan.

Parei de súbito. Franzi a testa.

— Como assim? Do que está falando? Tenho três mil dólares da venda da casa da minha mãe.

— Uma conta que está embargada pelo Estado, sr. Vaughan. O dinheiro está tanto à sua disposição quanto à minha.

— O senhor não pode fazer isso! Que diabo lhe dá o direito de fazer isso?

— Eu? — perguntou Billick. — *Eu* não estou fazendo nada, sr. Vaughan. Não fui eu quem o acusou de um crime gravíssimo... o crime de homicídio, e se esse homicídio foi planejado ou não, se foi simples ou qualificado, ainda assim foi homicídio. O homicídio de uma jovem indefesa e inocente. Uma jovem grávida, sr. Vaughan.

Senti o sangue se esvair do meu rosto. Vi o rosto delas. Todas. Virginia Perlman, Laverna Stowell... todas. Ouvi suas vozes em algum lugar. Olhei para trás, quase esperando ver uma delas ali, branca e beatífica, inocente como Bridget, como Alexandra... e achei que eu poderia ter sido o mensageiro da Morte.

Meu pai, minha mãe, Alex... dez meninas... Elena Gunther...

E agora Bridget... entregues à mesma sorte, e essa sorte entregue pela mesma mão.

Eu sabia, sabia com todas as forças, que a morte delas fora obra minha. Indiretamente, sim, mas todavia eu devia ser responsabilizado. Aquele era o meu castigo pelo que fizera em Augusta Falls. Eu sabia que Haynes Dearing seria o único a entender. Mas Haynes Dearing seria a última pessoa a ir me ajudar.

Comecei a chorar. Inclinei-me à frente e senti meu peito arfar. Estava com tanta dor, que mal conseguia respirar.

Billick levantou-se da cadeira e foi de costas para a porta. Bateu sem se virar, e logo escutei o ranger das grades, as chaves na fechadura, e os guardas o deixaram sair. Olhei enquanto as portas tornavam a se fechar, e vi Billick — o rosto branco me espiando pelo estreito olho-de-boi.

— Me tire daqui! — gritei para ele. — ME TIRE DAQUI, DROGA!

O rosto de Billick desapareceu.

O silêncio na sala era total a não ser por minha respiração difícil.

Não havia nada que eu pudesse fazer, ninguém com quem pudesse falar.

Então eu soube — sem dúvida ou hesitação — que o fim se aproximava rapidamente.

Meu julgamento começou no dia 13 de março de 1953, às oito e cinqüenta. A acusação era de homicídio simples, pela recusa em me declarar culpado de homicídio qualificado; eu estava à mercê da promotoria distrital. Era uma segunda-feira e o juiz era o mesmo homem que supervisionara minha acusação. Seu nome era Marvin Baxter. Parecia mais velho do que eu me lembrava, o cabelo cortado rente ao crânio, os olhos muito separados, a boca fina e descorada, uma linha de determinação e austeridade. O promotor

Oswald estava em pé calado e determinado, só me olhara uma vez quando entrei no tribunal. Tudo parecia pesado e opressivo, mas de alguma forma frágil, como se, com um aceno de mão, eu pudesse fazer aquilo sumir como uma cortina de névoa. Mas eu não podia mexer as mãos. Estavam algemadas aos braços da cadeira.

Billick pouco falou, fez poucas objeções, mesmo quando o que se dizia contra mim só poderia ter sido dito sobre uma pessoa totalmente diferente. Todo o meu passado parecia se desenrolar a partir da boca de pessoas que eu nunca vira, com quem nunca falara. Elas falavam de minha mãe, da morte do meu pai; falavam de como eu descobrira o corpo morto de uma menina no alto de um morro. Mencionavam isso de passagem, como se nada fosse, mas eu observava os jurados e eles pareciam atentos, sérios e muito alertas. Levaram para a sala caixas de papéis, coisas que eu havia escrito, e leram aquilo tudo em voz alta como se fossem referências do meu caráter. Perguntas eram deixadas no ar como fantasmas.

Não havia notícias de Haynes Dearing, e ele não foi me socorrer,

Os dias foram passando, um após o outro, e à noite eu era preso numa cela embaixo do tribunal, escura e úmida, as próprias paredes impregnadas de desespero e degradação.

Mais tarde eu pouco conseguia me lembrar dos procedimentos: o vaivém das perguntas, os interrogatórios esquisitos, a presença no banco das testemunhas de Aggie Boyle, sua irmã, Joyce Spragg e Letitia Brock. Os pais de Bridget também foram. O pai falou de seu fervor religioso, sua dedicação ao Senhor, sua adesão vigilante aos Dez Mandamentos, suas esperanças para sua filha, uma filha única, e atrás de mim, três filas atrás para a esquerda, a sala silenciosa escutava os soluços abafados da mãe de Bridget.

Quase seis semanas se passaram sem nenhum ponto de junção entre um dia e outro. Nos fins de semana eu era devolvido a Auburn e mantido na solitária. Um jurado ficou gripado, e entre 16 e 22 de abril o juiz Marvin Baxter suspendeu as sessões. Voltamos no dia 23, e foi então que comecei o primeiro dos quatro dias de interrogatório no banco dos réus.

Achei que minha alma fora arrancada para algum outro lugar. Eu não acreditava em nada senão num desejo puro de sobrevivência, e na certeza da minha própria inocência. Do banco eu via Paul Hennessy e Ben Godfrey, outros rostos que eu conhecia do Brooklyn, e, na última semana,

Reilly Hawkins apareceu. Foi então que finalmente cedi sob o peso do que acontecera. O passado fora me achar em Nova York. Um passado que eu vivera para sobreviver a ele, mas agora um passado que me veria ser engolido inteiro.

Chorei no banco. Abri meu coração ao juiz Marvin Baxter, a Albert Oswald, da promotoria distrital, mas eles não acreditaram em mim.

Terça-feira, 12 de maio de 1953, um júri composto por meus pares — oito homens e quatro mulheres que nada sabiam da verdade senão meu nome — voltaram de suas deliberações.

Meu coração, àquela altura nada mais que uma pequena pedra escura no meu peito, era uma bola de fogo vermelha de tensão.

— O réu queira se levantar.

Juntei o que sobrava de mim como pude, e com a ajuda dos guardas de algum modo me pus de pé.

— O júri chegou a um veredicto?

O sangue latejava nas veias das têmporas. O frio da sensação de vazio no peito foi substituído subitamente por um pavor abjeto e desesperado.

— Sim, Meritíssimo. — O representante dos jurados se levantou e ficou calado.

Havia palavras, tantas palavras que eu queria dizer. Aquelas palavras me subiam até a garganta mas, ao engolir, eu perdia todas elas. Os olhos arregalados, a face sugada e exangue, minhas mãos algemadas se agarravam à barra à minha frente como se fosse uma balsa salva-vidas.

— Muito bem. Em relação à acusação de homicídio simples, de que o réu, Joseph Calvin Vaughan, assassinou deliberadamente a pessoa de Bridget Sarah McCormack na quinta-feira, 20 de novembro de 1952, o júri considera o réu culpado ou inocente?

Coração como um martelo batendo numa bigorna.

O representante, rosto de abóbora de Halloween, incapaz de olhar para mim embora soubesse que eu estava ali, pigarreou. O oficial de justiça atravessou a estreita passagem entre o banco e os corredores e pegou das mãos dele um pedaço de papel dobrado.

Voltou lentamente, cada passo evocando uma marcha fúnebre.

Ele também não olhou para mim. Nenhum deles conseguia. Pensei em me virar e olhar para Hennessy, para Ben Godfrey, para Reilly Hawkins. Minha mente gritava por liberdade, por perdão pelo que quer que eu tivesse feito para merecer uma coisa daquelas, mas só se ouvia o farfalhar do papel enquanto o juiz o desdobrava e olhava o veredicto.

— Nós, o júri, consideramos o réu, Joseph Calvin Vaughan... culpado.

Parei de respirar.

Senti os joelhos desabarem embaixo de mim.

Comecei a gritar, a chorar, a soluçar, segurando na barra enquanto os guardas tentavam me arrancar dali. Lembro-me de gritar a plenos pulmões.

— Não fui eu... não fui eu! Foi ele! O mesmo que matou as meninas... ele matou Bridget! Ele matou Bridget!

— Oficial! — gritou o juiz Marvin Baxter em meio ao alvoroço. — Oficial... evacue a sala imediatamente.

Ouvi aquelas palavras. Além disso, pouco havia para ouvir senão uma correria, uma correria nos meus ouvidos, uma correria que enchia o meu corpo, a mente, a alma.

E aí apareceu uma pluma, uma única pluma branca que atravessou meu campo visual e desapareceu num raio de luz da janela.

Eu ia morrer. Isso eu sabia.

Rezei para que ela chegasse depressa, em silêncio, profissional, metódica...

Rezei para que a Morte chegasse logo, fria e insensível...

Vi-me em criança, parado ali no quintal no meio da terra solta e seca, cercado de molugos, cerástios e gaulthérias, mas dessa vez ela vinha me visitar.

Em pouco tempo, bem pouco... lá vai ela... nada de rastro de cavalo, nem de bicicleta...

A Morte viria para me buscar.

Em meus sonhos, posso ir a pé até a Geórgia.

Em meus sonhos, as paredes não me prendem mais que a névoa ou a fumaça, e as atravesso sem esforço ou restrição, e uma alameda se estende rumo ao horizonte, e meu rosto está envolvido na névoa cor de laranja de moscas minadoras da folha de bruxo, e meu espírito está inflexível, e meus pensamentos — lentos e tranqüilos — pertencem a uma época anterior a meu pai, anterior às dez meninas, anterior a Elena e Gunther Kruger, anterior a Alex, Bridget, Auburn e ao condado de Cayuga.

Em meus sonhos, sou um homem livre.

O céu aumenta. A perspectiva de fios telegráficos, pássaros como grupos de semibreves na pauta, piscando os olhos, grasnando sua música, e feixes de capim murcho e terra impregnada de chuva, e um cachorro ao longe ganindo para ir para casa.

Cabanas de madeira e casinhas caindo aos pedaços, e placas enferrujadas anunciando *Mobil* e *Chevron* e *Red Parrot Diesel*; homens curvados com cargas pesadas, terra amarela, cheiro de carne de porco salgada, e roupas secando na corda, tremulando ao vento como as cores de alguma legião fantasma, e o barulho de cavalos, de pés pisando em montículos de lama enquanto caminho, e marcas de picapes como as pegadas do tempo, e o movimento de um silêncio solitário que ecoa o passado e o espectro da bruma, o fantasma da chuva fina em meu rosto como verniz de pele, e estou quase em casa... lá em casa... lá em casa...

E aí acordo.

Lembro-me de Auburn.

Uma descida em câmera lenta para as trevas, os ruídos e os cheiros da humanidade despojados de todo valor e toda identidade. O fedor de suor e de terra, a interminável máquina rolante de homens, as filas algemadas de ombros caídos e costas curvadas, o clangor de enxadas e picaretas na terra, nas pedras e nas rochas inflexíveis; as noites insones, as tosses encatarradas, os peitos tuberculosos, os inchaços e as dores de entorses e distensões musculares; o ranger de catres e redes, a chuva escorrendo no telhado corrugado e nas paredes finas de madeira; o guincho de ratos, o chiado dos insetos, o canto hipnótico das cigarras. Preso no ventre da fera, e a fera era negra, faminta e insaciável.

Lembro-me de Auburn.

Os sussurros e os gemidos de homens em meio a pesadelos em que a culpa sepultada no fundo do peito nunca era aliviada; as lambadas do couro do chicote na carne exposta, na pele queimada de sol, em espíritos quebrados; o choque e a pressa da manhã, a impiedosa trovoada de verão, os pisos encharcados, o cheiro de podre, o fedor da macega impregnada de água estagnada; as roupas imundas, a ausência de alimento, a escuridão, a dor, o desejo, o desespero.

Lembro-me de Auburn.

A solitária: destacando-se no meio do pátio, muito baixa para um homem sentar empertigado lá dentro, muito apertada para ele se deitar de lado com as pernas encolhidas. Vinte e quatro horas. Encolhido, testa no joelho, a coluna doendo, o teto atrás da cabeça. Orifícios de ventilação na frente, num ângulo que permitia uma insolação implacável. Sem água. Sem palavras. Sem alívio.

Vinte e quatro horas e um homem chorava até o sal lhe riscar as pálpebras e pinicar como ácido. Trinta e seis horas e ele tinha engulhos e vomitava e gritava numa loucura estranha. Arrastado para fora dali, levava de três a quatro horas para endireitar o corpo. Tentativas de fuga. Críticas. Um guarda que antipatizava com alguém dizia "Para a solitária" e a pessoa desaparecia, e voltava outra.

Lembro-me de Auburn.

A Balança da Justiça, chamavam. O homem tinha talas de madeira amarradas às pernas para não se dobrar. Enterrado até as coxas no chão, a terra compactada, dura, inclemente, sem esperança de movimento. Braços abertos, em cada mão uma caçamba cheia até a metade com meio litro de água. Ficava assim, braços abertos por duas, três, quatro horas de cada vez. Se entornasse a água, começaria a contar o tempo do zero.

— Uma hora na Balança — dizia alguém, e ele estava lá cavando a própria cova antes que os curadores lhe amarrassem as pernas. Rezava a lenda que um homem ficara em pé setenta e duas horas ao todo. Desde então passou a dormir de braços abertos, ficou nove semanas sem falar, e quando falou disse "Caçamba, caçamba, caçamba", sem parar, até que isso virou seu nome. Caçamba do condado de Cayuba. Caçamba do Inferno.

Billick veio uma vez. Tinha um ar satisfeito consigo mesmo.

— Nada de pena de morte — disse. — O senhor é um homem de muita sorte, sr. Vaughan. Seu júri não votou pela pena de morte, mas sim pela prisão perpétua. Dê graças a Deus por isso, ahn?

"Perpétua quer dizer para toda a vida", eles ficavam dizendo.

"Perpétua quer dizer para toda a vida", diziam, até isso ecoar em meus ouvidos, reverberar na minha mente como a lembrança do homem que eu já havia sido.

Imagens de Bridget, de Alexandra, de Elena, de minha mãe.

Imagens de alguma outra pálida existência que se apagava até quando meus pensamentos a tocavam. Tinha que me impedir de pensar. Se pensasse nelas de novo, desapareceriam para sempre.

Lembro-me de Auburn.

Primeiro mês como um cobertor em volta de mim, eu dentro do casulo. Segundo mês como uma camisa-de-força, apertada, braços amarrados em volta da cintura, afivelados nas costas. Terceiro e quarto como uma mortalha tão pesada que eu mal conseguia respirar. Depois disso, os meses se misturavam, claustrofóbicos, intensos, impiedosos.

— Não se pode quebrar o espírito de um homem — disse-me Jack Randall. — Algo dentro de um homem você não pode quebrar nunca. Quebre todos os ossos do seu corpo e você ainda encontrará algo ali dentro, lutando.

Acreditei em Jack Randall até ele e seu irmão tentarem fugir.

Fim de novembro de 1959. Céu sem nuvens. Lua alta. Vento suave do sul, que se insinuava entre os catres e parecia de alguma forma refrescante. Lembrança de uma época diferente, um lugar diferente.

Barulho de cigarras no campo além do fio. Jack e William Randall. O rosto sujo de terra. Saíram por um buraco no chão e rastejaram na terra. Fizeram catorze metros ao longo da divisa do complexo e foram avistados.

Inferno total. Cães. Guardas. Comissários. Luzes. Caos e loucura estourando como uma trovoada.

Construíram outra solitária. Erguidas lado a lado. Uma semana lá dentro para cada homem.

O que quer que eles pudessem ter possuído, o que quer que Jack Randall tivesse dentro dele, foi partido ao meio e transformado em nada.

William cortou os pulsos em janeiro de 1960.

Jack morreu de solidão na primavera.

Lembro-me de Auburn... sobretudo do pensamento que me acompanhava todas as horas do dia: de que eu sabia quem matara Bridget, e que sabia por quê. Eu não tinha o nome, não conhecia a identidade dele, mas ele estava lá — em meus sonhos e quando eu acordava, colando a alma sinistra dele em mim como um lembrete da minha traição.

Vinte e oito

Estou aqui para toda a vida. Até meu corpo exalar o último suspiro.

Quatro paredes, um chão de pedra, uma cama de ferro, um dia invariável virando outro, de cor e ritmo iguais.

Aqui para o resto da minha vida natural.

Joseph Calvin Vaughan, o assassino.

Naqueles anos todos, nunca mais tornei a ouvir falar em Thomas Billick. Aguardei com paciência os meses de junho, julho, agosto e setembro. Segui as filas, as regras e as normas; esperei o momento oportuno, mas no Natal parece que esqueci o que eu estava esperando.

No Ano-novo de 1954 efetivamente tive notícias do mundo exterior, e foi Hennessy quem veio, Paul Hennessy, e sentou-se com o rosto comprido nas mãos na estreita sala de visitas, e por um bom tempo não conseguia olhar para mim sem conter as lágrimas.

Irônico, mas passei grande parte do tempo em que estivemos juntos consolando-o. Perguntei-lhe sobre o Brooklyn, sobre onde ele morava, sobre o trabalho que ele estava fazendo, sobre seus novos amigos, seus planos.

— Você precisa escrever — disse-me. — Precisa escrever tudo, Joseph... escrever tudo o que aconteceu e me dar. Vou garantir que alguém veja o relato. Vou retirar esse relato daqui e fazer as pessoas compreenderem o absurdo que aconteceu com você. Você precisa fazer isso, Joseph... se não por você mesmo, então que seja por mim. Não posso continuar sabendo que nada está sendo feito para ajudá-lo.

— Nada pode ser feito — disse-lhe. — O que acha que vai acontecer? Segundo todo mundo, foi um julgamento justo. Não pude me defender. Não pude provar onde estive naquelas duas horas daquela manhã. Viram o que quiseram ver, acreditaram no que foram induzidos a acreditar, e agora estou aqui para o resto da vida.

— Não — insistiu Hennessy. — Não posso deixar isso assim. Levei seis meses para arranjar coragem para vir visitá-lo. Falei com a polícia. Escrevi uma carta para o governador de Nova York... Já fiz tudo o que podia. Ninguém quer ouvir. Ninguém se importa com o que acontece com você, Joseph... ninguém senão eu. Eu *preciso* que você escreva sua experiência. Preciso que me dê algo que eu possa usar para ajudá-lo.

Tornei a lhe dizer que eu não podia fazer nada, disse-lhe a mesma coisa todos os meses até o fim do ano. Finalmente, cedi; comecei a escrever. Tarde da noite, eu escrevia no papel grosseiro que era usado para embrulhar frutas e hortaliças na cozinha. Todos os meses Hennessy ia me ver e saía levando algumas folhas dobradas e escondidas, que datilografava com dedicação.

Comecei do começo. Primeiro com a morte do meu pai, e detalhei os acontecimentos da minha vida.

Uma coisa escolhi não escrever. Um acontecimento, uma recordação. Uma coisa que ficará comigo até a hora da minha morte, e aí, quando ela chegar, talvez eu lhe conte, e ela poderá fazer seu julgamento.

Três ou quatro páginas por mês, ano após ano, Hennessy implorando para que eu escrevesse mais depressa, que só detalhasse o que dissesse respeito à morte de Bridget. Mas não consegui. Eu decidira contar ao mundo quem eu era, e a partir daí as pessoas poderiam escolher em quem desejavam acreditar.

Lembro-me das palavras da minha mãe, um dia em Augusta Falls, mil anos antes.

— Não pare — disse ela. — Nunca pare de escrever. É assim que o mundo descobrirá quem é você.

Três dias após o assassinato de John F. Kennedy, um novembro frio em 1963, escrevi minhas palavras finais. Os Randall estavam mortos. Julguei estar também.

Eu estava esgotado, vazio, exausto.

Achava que meu destino passaria para as mãos de outra pessoa que não eu.

Já estava em Auburn havia dez anos e meio. Tinha trinta e seis anos, só um ano a menos que meu pai quando a febre reumática parou seu coração.

Talvez eu fosse apenas um eco dele, e esse eco se dissiparia no silêncio, e no silêncio eu caminharia para encontrar meu fim.

Pareceria adequado; acima de tudo, pareceria adequado.

Condensada naquelas páginas estava uma vida.

Talvez o valor de uma vida daquela fosse medido pelo peso do papel, pela quantidade de tinta, a profundidade da impressão em cada página.

Talvez fosse representado pela importância daquelas palavras, pelas emoções que evocavam e criavam.

Talvez não houvesse valor nenhum senão aquele em que eu acreditava — e eu acreditava que não haveria outra forma de transmitir a perda e o desespero provocados por tais acontecimentos.

Minha vida começou, continuou, e então parecia decidida a se encerrar.

Se aquelas palavras eram tudo o que restava, então que fosse.

Talvez alguns de nós voltem... talvez alguns de nós tenham aprendido o bastante para fazer uma diferença, para influenciar as situações para melhor... para ficar observando... para esperar a hora certa e então agir.

E apesar das aparências, apesar de todas as indicações em contrário, apesar da reserva por medo do que os outros pudessem pensar, eu ainda sentia que todos nós tínhamos aquela crença silenciosa.

Uma crença silenciosa em anjos.

Mais tarde, muito mais tarde, Paul Hennessy me contou os acontecimentos que se seguiram.

Ele trabalhou furiosamente, muitas vezes sem descanso por horas a fio. Preencheu página após página, deixando de lado os amigos, vendo a própria vida se dissolver à sua volta, e aí, em janeiro de 1965, foi a Manhattan falar com Arthur Morrison.

Morrison, ao que parecia, recebeu o livro que sempre me pedira, um livro de espírito e paixão.

Hennessy escolheu o título, e em junho do mesmo ano *Uma crença silenciosa em anjos* foi publicado.

Ele veio me ver em maio de 66. O mundo para lá dos muros da Auburn era um mundo diferente. O homem chegara à Lua; uma guerra sangrenta era travada numa selva do Sudeste asiático, num país chamado Vietnã, e os Estados Unidos estavam enviando para lá dezenas de milhares de soldados para perder a vida; as marchas por direitos civis conduzidas por um homem chamado King, um homem de quem o próprio Hennessy falara havia mil anos, fizeram que esse mesmo homem fosse preso por falar a verdade; Kennedy estava morto, uma nação ainda estava de luto.

Hennessy e eu nos sentamos frente a frente, confinados numa cabine de visita. Pela grade de arame, ele parecia distante, quase inatingível, mas suas palavras chegaram claras e sucintas.

— Impetramos recurso junto à Suprema Corte dos Estados Unidos — disse ele. Enquanto falava, continha as lágrimas, mas eu não sabia se eram lágrimas de desculpas antecipadas ou lágrimas pela aparente inutilidade da sua tarefa. — Seu livro não pára de vender — prosseguiu. O rosto dele estava indistinto. Tudo era feito de sombras e reflexos, inconsistente, quase sem definição. — Não estão conseguindo rodar tiragens numa velocidade que dê para atender à demanda, Joseph. Morrison teve de suspender os serviços da gráfica e mandar os cilindros de impressão para uma empresa em Rochester. As pessoas estão revoltadas. Perguntam se o livro é ficção... Não conseguem acreditar que uma farsa dessas possa ter ocorrido nos Estados Unidos. Alguma coisa vai acontecer, Joseph, alguma coisa, sem dúvida, vai acontecer.

— Estou desaparecendo — disse eu. — Não sei que dia é... não me lembro há quanto tempo estou aqui. — Senti meu rosto se enrugar com um sorriso sem jeito; tensão nos músculos que me diziam tratar-se de uma expressão desconhecida.

— Você não pode abandonar a esperança — sussurrou Hennessy. Sua voz era urgente, insistente, e olhando seu rosto lembrei-me de Cecily Bryan, das noites que passávamos no Fórum dos Escritores do St. Joseph, noites em que caminhávamos por Manhattan cantando *Days of 49* e bebendo Calvert.

— Fiz uma coisa horrível — disse eu, e fechei os olhos timidamente.

— Você não fez nada — replicou ele. — Essa é a questão, Joseph... essa é a questão... todo o trabalho que fizemos para retirar a verdade daqui de dentro, e tivemos sucesso contra todas as probabilidades. As pessoas sabem, Joseph, elas sabem o que aconteceu. Elas vêem como isso foi um erro terrível...

Levantei-me lentamente da cadeira. Fiquei em pé olhando para o único amigo que eu tinha.

— Não tenho nada a dizer. Não sou capaz de sentir esperança. Não sou capaz de ver nada senão o que eu tenho aqui... — Minha voz falhou, e senti o peso dos últimos doze anos se abater sobre mim.

— Você não pode abrir mão da esperança! — insistiu Hennessy. — Não pode, Joseph, não pode...

Sua voz sumiu enquanto eu me afastava.

Um guarda me fez sair para o corredor. Tentei não olhar para ele. Se me vissem chorar, eu seria mandado para a solitária.

Hennessy voltou no dia seguinte. Foram me buscar, mas eu não fui. Mais tarde me disseram que ele havia deixado uma carta. Não li.

Fiquei deitado no meu catre observando a sombra das grades no teto. As semanas se transformaram em meses. Mais cartas, mais visitas de Paul. Eu não tinha condições de vê-lo. Perdi a noção do tempo. Reconhecia a diferença entre a noite e o dia, mas, além disso, pouco mais.

— Vaughan! Joseph Vaughan!

Meu nome estava sendo chamado na passarela suspensa. Virei de lado e fechei os olhos.

— Joseph Vaughan... saia para falar com o diretor. Joseph!

Levantei-me e sentei-me na beira do catre. Meu coração começou a bater mais depressa. Eu não conseguia me perguntar o que estava acontecendo. Estava com medo, apavorado.

Um guarda se postou diante do portão. Fez um sinal de cabeça da passarela.

— Abra a cela número oito!

Aberta a tranca, o portão tornou a ser fechado.

— De pé, Vaughan. Você vai falar com o diretor.

Catei meus sapatos. Calcei-os e fiquei em pé com cautela. Senti o suor brotando na testa.

— Ande, pelo amor de Deus!

Comecei a andar; tropecei e agarrei as grades para me apoiar. O guarda esticou a mão e me pegou pelo braço, puxou-me para a passarela e gritou mandando fechar a cela. Ela bateu com estrondo atrás de mim, e já me faziam ir correndo para a escada no final.

Minutos depois, esperei um tempo interminável em pé num corredor sem janela. Fiquei calado, imóvel. No final, dois comissários me observavam por uma grade na porta. Por fim, a porta atrás de mim foi aberta, e me mandaram entrar. Deparei com uma sala externa em frente ao gabinete do diretor. Meu coração disparou, ficou apertado, pareceu muito grande para o meu peito. Fechei os olhos e engoli em seco. Esperei algo horrível acontecer.

Uma jovem entrou. Sorriu timidamente, mas eu não conseguia retribuir nada.

— Por aqui, Vaughan — disse ela, e sua voz parecia estranha. Percebi que não ouvia uma mulher falar havia mais de dez anos.

O diretor Forrester. Imponente em tamanho e em fama. Um brutamontes. Olhos como faróis embaixo de sobrancelhas grossas, nariz torto como se fosse herança de um boxeador profissional. Levantou-se de detrás da mesa e encaminhou-se para mim.

— Joseph Vaughan — disse, e a voz que emergia dos seus lábios era completamente enganosa. Havia quase certa compaixão em seu tom.

— Sim, senhor — respondi.

— Você tem um anjo da guarda, ao que parece. — Sorriu, virou-se para a mulher e pediu-lhe que buscasse uma cadeira para mim.

— Sente-se, Vaughan, sente-se.

Forrester voltou para sua mesa. Equilibrou-se na beira do tampo.

Sentei-me também, olhei para ele.

— Consta que não andou querendo receber visitas nem abrir nenhuma correspondência encaminhada a você.

Fiz que sim com a cabeça.

— Sim, senhor.

— Talvez devesse ter aberto, Vaughan. — Forrester virou-se e pegou uma pilha de envelopes na escrivaninha.

— A maioria delas vem de um homem chamado Hennessy, outras de um tal Arthur Morrison. Conhece essas pessoas?

— Conheço, sim senhor.

— E eu posso perguntar, sr. Vaughan, por que anda tão avesso a receber qualquer contato que venha do mundo externo?

Pigarreei. Pisquei como se eliminasse o sono dos olhos.

— Não sei, senhor. Eu... achei melhor não saber o que estava acontecendo lá fora.

Forrester balançou a cabeça. Começou a folhear as cartas.

— Esta aqui — disse — lhe informaria que foi impetrado recurso junto à Suprema Corte dos Estados Unidos em maio de 1966. — Forrester botou a carta no fim do maço e escolheu outra. — Esta, de novembro do mesmo ano, lhe diria que a Suprema Corte acusou o recebimento das transcrições originais do seu caso e as estava estudando. E de janeiro de 1967 temos uma carta, novamente de Paul Hennessy, dizendo que a Suprema Corte concordou com uma sessão e estava pronta para interrogar um tal Thomas Billick, um certo juiz Marvin Baxter, algumas testemunhas-chave que foram chamadas para a acusação.

Forrester ergueu os olhos. Achei que esperava uma resposta minha. Eu não tinha nada a dizer.

— Esta vem da promotoria distrital do estado da Geórgia. O promotor tem coisas muito cáusticas a dizer sobre a forma como sua defesa foi feita... e aqui, de duas semanas atrás, temos outra carta do sr. Hennessy, para dizer que seu recurso estava sendo reexaminado e que deveriam ter uma resposta em uma semana.

Forrester deixou o maço de cartas cair na mesa. Juntou os dedos no colo e sorriu.

— Essa resposta chegou hoje de manhã, sr. Vaughan. Hoje, segunda-feira, 20 de fevereiro de 1967, a Suprema Corte dos Estados Unidos decretou que sua condenação se baseou apenas em provas circunstanciais. Marcaram a data para um novo julgamento, sr. Vaughan.

Parei de respirar. Senti o sangue subir à cabeça, e era tudo o que eu podia fazer para permanecer sentado.

— Entende o que isso significa, sr. Vaughan? — perguntou Forrester.

Olhei para ele — sem fala, sem compreender nada.

— Significa que sua condenação anterior foi rechaçada pelo mais alto tribunal dos Estados Unidos, e que haverá um novo julgamento.

Comecei a chorar.

Forrester fez um sinal de cabeça para a jovem e ela se adiantou com um lenço. Quando o peguei, ela pareceu tocar minha mão por um segundo a mais que o necessário. Olhei para ela, e através das minhas lágrimas ela parecia vaga e indistinta. Sorriu com tanta compaixão e sentimento, que não dava para responder.

Forrester inclinou-se à frente e pôs a mão no meu ombro.

Treze anos e nove meses.

Eu tinha trinta e nove anos.

Às dezesseis horas e dez minutos daquela tarde fui conduzido por corredores e gabinetes que eu nunca vira antes. Vi janelas sem grades. Vi mais céu do que algum dia eu poderia lembrar.

Mandaram que eu tomasse uma ducha, vestisse uma camisa limpa, calças de brim, uma jaqueta de algodão. Recebi sapatos com cadarço. Mandaram-me assinar papéis, e esses papéis foram colocados em pastas com meu nome na frente.

Fiquei esperando um quarto de hora numa salinha. Havia duas portas, uma, à minha esquerda, outra, à minha frente. Estavam abertas, nenhuma delas estava trancada. As pessoas passavam, algumas sorriam, outras apenas faziam um gesto de cabeça, e a cada rosto novo eu imaginava que a pessoa iria parar, olhar para mim, franzir a testa sem jeito e começar a explicar que tinha havido um erro terrível.

Eu achava que poderia acordar e entender que sonhara.

Às dezessete horas e oito minutos, chegou um homem pela porta à minha esquerda.

— Você é Vaughan, certo?

Fiz que sim com a cabeça, tentei sorrir.

— Estamos aqui para transportá-lo para uma prisão temporária. Você terá um novo julgamento, começa depois de amanhã.

Fiquei calado. Já não tinha mais palavras. Seguia as instruções conforme me eram dadas. Respondia às perguntas quando me eram feitas. Viajei calado no banco traseiro de um carro, ainda algemado, ainda descrente, e fui levado para outra cela, em outra ala, de outra prisão.

Os limites se confundiam. Eu não precisava vê-los pois sempre havia alguém para me guiar. Tornei a ver Billick, ali em pé no banco dos réus, respondendo a perguntas sobre meu julgamento original. Hennessy estava presente, Arthur Morrison, outros que eu não conhecia. Jornalistas, gente que queria me fotografar. Parecia que cada dia que eu saía do tribunal era obrigado a enfrentar uma barreira de flashes.

Tudo parecia acontecer muito rapidamente, e depois, quando percebi, já estavam de novo mandando que eu me levantasse, e uma pessoa estava olhando para mim, dizendo-me que o passado nada significava, que o que acontecera fora um erro, que havia erros judiciais e outras coisas assim. E aí a pessoa sorriu, balançou a cabeça, e por um momento pareceu fechar os olhos como se estivesse se deleitando com o que ia dizer, e o que disse foi:

"Joseph Calvin Vaughan, você foi considerado inocente da morte de Bridget McCormack. Está livre. Meirinho... providencie que o réu seja solto."

Uma hora depois, em pé em outro gabinete. Um homem me olha nos olhos.

— Este é o seu pagamento, Vaughan. — Entrega-me um envelope marrom. — Assine esta guia aqui... e aqui.

Assinei o papel.

— Um dólar e oitenta por semana — diz. — Não é muito, mas com isso você chega a casa, certo?

Vira as costas e sai pela mesma porta.

Abro o envelope. Notas de cinqüenta dólares, vinte e quatro delas, umas notas de cinco, umas de um. Pouco mais de mil e duzentos dólares.

— Não quero mostrar esse dinheiro, Vaughan.

Ergo os olhos. Outro homem na minha frente. Ele sorri.

— O lugar completamente errado para exibir um dinheiro desses, você não acha? — Começa a rir. — Enfim, está pronto?

— Pronto? — pergunto.

— Para sair — diz o homem, surpreso. — Tem uma pessoa aí fora que veio buscá-lo — diz ele, e então indica que devo acompanhá-lo.

Dobro o envelope com o dinheiro dentro e meto-o no bolso da jaqueta.

Acompanho o homem, e ele atravessa outro gabinete e segue por um corredor comprido. No final, destranca a porta, passa, e antes que eu passe, estende a mão.

— Faça o bem aí fora — diz, e aperta minha mão. — Você me entende?

Fico calado.

— Então vá — e olha para a esquerda.

Acompanho sua linha visual, e ali — levantando-se de uma cadeira de pinho encostada na parede — está Hennessy.

Vinte e nove

Manhattan era uma visão de outro mundo. Os carros, as pessoas, as roupas; parecia que o universo entrara em outro eixo não identificado e tudo mudara.

Eu também mudara, talvez de modo irreversível.

Fomos de carro naquele dia de Auburn até Manhattan. Rodovia 20, pegamos a Interestadual 81, atravessamos Binghamton e entramos em Scranton, Pensilvânia; pegamos a Interestadual 380 para Stroudsburg, atravessamos Morriston, Paterson, tornamos a cruzar a divisa do condado de Nova York e atravessamos o extremo norte de New Jersey.

Às vezes parávamos, só porque eu tinha que parar. Ficava em pé na beira da estrada olhando o horizonte, e mal conseguia respirar. Hennessy ficava ao meu lado. Não dizia nada, apenas segurava meu braço para o caso de eu cair. Ainda bem que ele não falava, como se entendesse que não dava para eu absorver o que via e falar também. Eu me sentia perdido, sem âncora, e cada vez que fechava os olhos e tornava a abri-los achava que veria paredes pardas, manchas de umidade; achava que sentiria o fedor de gente enclausurada — o suor, a frustração, a loucura. Saí das catacumbas para a claridade do dia, e a claridade gravava impressões em meus olhos que eu sabia que recordaria para o resto da vida. Campos, cabanas caindo aos pedaços, algumas agrupadas, outras espaçadas, como se espalhadas ao acaso por uma mão invisível; vacas e cavalos, silos erguendo-se altaneiros como templos da terra; lavouras de sorgo-branco, milho e sorgo; estradas de ferro que corriam em linha reta por centenas de quilômetros para todos os lados que eu olhasse; tudo vasto, assombroso e de tirar o fôlego.

Seguimos em frente, paramos uma vez num restaurante de beira de estrada, onde me sentei no canto mais afastado da porta, de costas para a parede. Cada vez que uma pessoa atravessava a sala e entrava no banheiro, eu observava, e quando ela saía eu tornava a observar, até ela estar bem instalada na mesa que escolhera.

"Está tudo bem", Hennessy me assegurava, e eu assentia, tentava sorrir, e observava mais um pouco as pessoas.

Hennessy pediu ovos, bacon, batata frita com cebola. Comi devagar, mas comi todo o meu prato e grande parte do dele. Quando saímos, senti náusea, e me virei para vomitar toda a refeição no estacionamento em frente ao restaurante. Eu estava habituado a batatas cozidas, tiras de carne cozida, farinha de aveia, bacon e couve tronchuda. Meu corpo não estava preparado para um banquete daqueles. Hennessy voltou para buscar uma xícara de café preto, e sentei-me no banco do carona, com a porta aberta e os pés no asfalto. Observava as pessoas indo e vindo, observava-as com atenção. Percebi que procurava alguém que eu nunca reconheceria.

Era tarde quando chegamos a Stuyvesant, no Brooklyn. As ruas estavam claras como o dia, lâmpadas amarelas de sódio, cartazes de néon, fachadas de lojas e vitrines iluminadíssimas.

Acompanhei Hennessy por calçadas desconhecidas até um prédio de arenito pardo de três andares sem elevador. Segundo andar, dando para o novo mundo, ele tinha um apartamento confortável. Mostrou-me seu quarto e um quarto em frente onde havia uma cama feita. Fiquei ali um instante, depois me virei para ele. Estendi os braços e o abracei, com tanta força que ele não conseguiu respirar, então entrei no quarto e me deitei. Dormi vestido, e quando acordei já era noite do dia seguinte, e Hennessy tirara meus sapatos. Ao lado da cama havia uma pequena caixa de papelão. Abri-a com cuidado, e o que vi lá dentro me fez prender a respiração. Meus recortes de jornal amarelados, com as pontas viradas, e ao folheá-los vi cada rosto, li cada palavra como se eu estivesse ali de novo. Embaixo dos recortes havia uma fotografia de Bridget, e quando a tirei da caixa achei que o mundo inteiro iria se fechar em volta de mim e eu sufocaria lá dentro. Não chorei ao vê-la. Não conseguia. Já chorara tudo o que podia chorar no primeiro mês em Auburn. No fundo, estava a carta da Comissão Julgadora dos Jovens Contistas de Atlanta. Era uma caixa de sonhos mortos e esperanças distantes. E de pesadelos. Tornei a guardar tudo lá dentro, fechei-a bem, e sentei-me no chão de pernas cruzadas com aquilo no colo.

— Sobre o quarto — disse-me depois Hennessy. — Sobre a pensão de Aggie Boyle. Fui lá depois, sabe? Depois... — Ele me olhou dolorosamente. — Depois que tudo foi...

Sorri para Paul Hennessy e ele ficou calado.

— Está tudo bem — murmurei. — E obrigado.

Passei duas semanas sem sair de casa. Não vi ninguém senão Hennessy. O pouco que eu falava era irrelevante. Hennessy tentou me fazer sair. Falava de pessoas que eu devia ver — Arthur Morrison, até Ben Godfrey. Disse que jornais haviam ligado, gente de revistas e periódicos. Pediam entrevistas. Queriam falar com o homem que escrevera *Uma crença silenciosa em anjos*.

Eu não conseguiria enfrentá-los, então não enfrentei.

Fevereiro virou março. As folhas começaram a aparecer nas árvores da rua. Muitas vezes Hennessy se ausentava por horas a fio, e eu ficava sentado junto à janela vendo os carros passarem, as pessoas na calçada. Um dia, vi um grupo de crianças, uma moça no início da fila, e o grupo se deu as mãos para atravessar a rua. Chorei ao ver as crianças, e aí me afastei da janela e passei dois dias sem me atrever a olhar para fora.

Eu me sentia sendo observado. Sentia que todos os meus movimentos eram pré-ordenados e determinados externamente. Não se passava uma hora sem que eu pensasse em Bridget, em meu filho não nascido, no homem que fizera aquilo. Achava que era o mesmo homem, achava que ele carregara sua loucura lá da Geórgia, e com sua loucura destruíra tudo o que eu possuía. Arrancara a inocência da minha infância, mostrara-me um mundo sinistro e depravado onde os pesadelos se tornavam realidade, onde crianças eram tiradas de suas famílias, eram espancadas e seviciadas, estupradas e mortas. Esse homem perseguira Haynes Dearing, ocupara seus pensamentos estivesse ele acordado ou dormindo, e Dearing fora compelido a fazer algo em que, não fora por isso, jamais teria pensado. Dearing tomara providências para que Gunther Kruger morresse na forca. Por sua própria mão, ou diretamente pela de Dearing. Eu não soube o que acontecera naquela manhã, nem precisava saber. Sabia que Gunther Kruger não matara aquelas crianças. Acreditava nisso piamente. Minha mãe estava errada. Ela considerara Gunther culpado, portanto tentara acabar com ele incendiando a casa. Eu achava que a culpa dela fora o fator predominante, que talvez ela já estivesse perturbada da cabeça bem antes do incêndio, que pensava que livrar Augusta Falls de Gunther Kruger era a única maneira de acabar com os lembretes diários de sua infidelidade.

Eu achava que o assassino de crianças continuava solto, que me seguira até Nova York e matara Bridget. Também sabia que, fosse qual fosse seu motivo, eu não entenderia até defrontar com ele. Eu me perguntava por quê. Por que eu? Por que aquela vida fora escolhida para mim? Mas não havia resposta, e eu sabia que uma pergunta dessas só seria respondida quando eu o achasse. Era com esse fantasma que eu existia, num território incerto entre a vida e a morte, temendo olhar para o mundo, com medo de que o mundo me encontrasse. Eu gostava muito de Paul Hennessy; entendia que ele me libertara de Auburn, mas sabia que ele nunca compreenderia tudo por que eu tinha passado. Quando nos tiram tudo, o que tememos perder? Nada, e assim me resignei a deixar o Brooklyn e voltar para a Geórgia. Eu estava à deriva, sem objetivo ou motivação real, e sabia que não poderia infligir uma coisa semelhante à pessoa que mais gostava de mim.

A Geórgia estava no centro das minhas lembranças como uma árvore escura e envenenada — bastante frondosa para encerrar o céu; a Geórgia era meu lar, minha vingança, de alguma forma a salvação que eu imaginava.

Na terceira semana de março de 1967 contei a Hennessy o que pretendia fazer.

Ele balançou a cabeça lentamente e olhou para a janela. Acompanhei seu olhar, e ali através do vidro estavam os milhares de luzes de uma cidade cuja importância eu esquecera. Nova York me chamara para sair da Geórgia, e ali estava eu desejando voltar. Nova York representava o futuro, representava tudo o que eu algum dia desejara vir a ser, mas, no entanto, ali estava eu rumando para o passado. O medo dentro de mim era um nó górdio. Para qualquer lado que me virasse, o que quer que fizesse para tentar me desvencilhar, o nó ficava mais apertado e mais entrançado. Estavam todas lá — as meninas, a lembrança de Elena, de Alex, até de Bridget —, e às vezes, deitado, sem conciliar o sono no frio do alvorecer, eu me lembrava do rosto delas, e aí suas vozes vinham, e eu entendia que o medo não passaria até aquilo ser feito.

— Você não pode voltar, Joseph — disse-me Hennessy.

Sua voz revelava preocupação e pesar. Talvez ele achasse que eu voltaria de uma vez, que a visão de Nova York me despertaria para quem eu havia sido. Talvez imaginasse que eu voltaria pé ante pé, com passos lentos e cautelosos, um homem com um equilíbrio estranho, mas não obstante avançando. O que ele não entendia, talvez nunca fosse entender, era que o Joseph Vaughan de que ele se lembrava desaparecera havia muito tempo. Tentei ao máximo permanecer implacável, mas o passado tinha um jeito de me envolver; Paul Hennessy era minha âncora, e eu estava pronto para partir.

— Preciso voltar — disse eu. — Não posso nem ter a pretensão de que você entenda...

— Eu entendo — interrompeu ele.

Estávamos sentados à mesa de sua cozinha estreita. A janela ao lado estava entreaberta e uma brisa entrava pela fresta. Estremeci.

— Não digo que entendo tudo por que você passou, Joseph, mas o conheço melhor do que ninguém. Se seguir essa coisa, ela vai acabar matando você. Deixe o passado ir...

Fiz que não com a cabeça, e já via na expressão dele o quanto se sentia inútil.

— Não posso deixar — disse eu. Peguei a mão dele. — Preciso de dinheiro.

Ele fez que sim com a cabeça.

— Você tem dinheiro que não acaba mais. O livro...

Interrompi.

— Só preciso de uma pequena quantia — disse eu. — Não quero muito. O restante é para você.

Hennessy riu nervosamente.

— Eu não posso...

— Pode, sim, Paul. O dinheiro é seu. Me arranje mil dólares, é tudo de que preciso. Me arranje mil dólares e o resto pode guardar.

— Mil dólares? — exclamou ele. — Tem idéia de quantos mil dólares esse livro fez?

Encolhi os ombros.

— Não quero saber, Paul. Não preciso saber. Me arranje mil dólares, é só o que peço, e o restante é seu para você fazer o que quiser. É isso que eu quero.

— Como seu amigo, Joseph... Deus, como seu amigo, não posso deixar você fazer isso.

Sorri.

— Como meu amigo, Paul, o único amigo de verdade que tenho, você *tem* que me deixar fazer isso. Não posso ficar aqui. Não posso me limitar a ficar sentado num apartamento em Nova York enquanto essa coisa me persegue. É minha vida, entende? É quem eu sou. — Olhei para a janela e fechei os olhos. — Às vezes acho que essa é a razão da minha existência.

— Então, para onde vai?

Abri os olhos e olhei para Hennessy.

— Geórgia — disse. — Para Augusta Falls. Tenho que encontrar Dearing... tenho que encontrá-lo e convencê-lo a fazer isso comigo.

— E acha que ele estará disposto a ajudá-lo?

— Não sei. Nem sei se ele ainda está vivo. Se estiver, hei de achá-lo, e quando o achar saberei se está disposto a me ajudar.

— E se você for morto? E então?

— Você entende aonde quero chegar? — perguntei. — Se eu morrer, pelo menos terei morrido tentando.

Hennessy não respondeu logo. Olhou para um espaço indistinto entre a parede e o chão, depois se virou para mim e balançou a cabeça.

— Vou arranjar o dinheiro — disse.

— Ótimo — respondi. — Eu sabia que podia contar com você.

Dois dias depois, quinta-feira, 24, eu estava parado no corredor do apartamento de Hennessy, aos meus pés uma sacola de couro com as poucas coisas de que precisava. No bolso eu tinha mil dólares, um punhado de passagens de trem que me levariam de volta para a Geórgia, e a fotografia de Bridget McCormack. Num envelope no fundo da sacola, estavam a carta de Atlanta e os recortes de jornal, todos em ordem cronológica de novembro de 39 a fevereiro de dez anos depois. Lucy Bradford morrera quase vinte anos antes. Se estivesse viva, teria 26 anos, talvez estivesse casada, com filhos, lembrando-se de um pesadelo distante da sua infância, quando meninas foram arrebatadas da sua cidade natal e brutalmente assassinadas.

Abracei Paul Hennessy, e me perguntei se algum dia tornaria a vê-lo.

— Acho que tenho... — começou ele, mas eu o soltei e balancei a cabeça.

— Joseph...

— Já vou indo — disse eu. — Ligo para você, se puder.

— Se precisar de dinheiro — disse ele — posso transferir mais para você se precisar.

Sorri, abaixei-me e peguei a mala.

— Até a próxima — disse eu, e então virei as costas, saí do apartamento e desci para a rua.

Quando cheguei ao cruzamento, virei-me e vi o rosto de Hennessy na janela. Ele levantou a mão uma vez, depois desapareceu.

Da Pensilvânia para Maryland, passando pela Virgínia e entrando nas Carolinas. Wilmington, Baltimore, Richmond, Raleigh e Colúmbia. Rostos novos a cada parada. Pela janela, a extensão do sudeste. O barulho do trem me envolvendo, chacoalhando, ribombando e estrondeando rumo ao horizonte, o dia virando noite e tornando a virar dia. Fazendo de tudo para dormir, não pensar, não ter medo. Encolhido em meu vagão-leito, cada sacolejo me despertando, cada apito rasgando meus sonhos e me lembrando de onde eu estava indo, e por quê.

Pensando em Haynes Dearing, e o que foi feito naquele dia horrível. Pensando em Reilly Hawkins e se eu o encontraria vivo, ou sepultado numa terra que ele nunca deixara. Não o via desde o julgamento, havia catorze anos. Ele devia estar velho, e não se refizera do desgosto amoroso causado pela menina bonitinha do condado de Berrien. O tempo não curava essas feridas. O tempo só fazia nos lembrar de que estava sempre se esgotando.

Domingo, 26, cruzamos a divisa da Geórgia. Lembro-me de ir até o fim do trem e ficar parado na janela vendo os trilhos se agitando como fitas atrás de nós. Olhei para o horizonte e senti a força da memória, e embora houvesse uma nostalgia nas imagens à minha frente havia também a imensa sensação de perda que a Geórgia representava. A terra mudara, mas não tanto que parecesse diferente do que era.

Era a minha infância, a morte de meu pai, minha mãe; era perder; era a cozinha dos Kruger, o cheiro de bratwurst *e de bolo; era um velório do Sul em que minha mãe expressava seu silêncio vigilante, os olhos sublinhados de* kohl *negros como antimônio. Eram os Guardiões e o assassino das crianças — os cartazes colocados em cercas e portões, os toques de recolher e os alertas, a visão de Gunther parado no escuro me deixando morto de medo; era Alex Webber, a escola, as carteiras com prancheta acoplada, as solas de sapatos brancos no topo de um morro; eram as dez meninas enfileiradas aguardando suas asas. Era Augusta Falls, meu lar do coração, por mais desgostoso que estivesse.*

Lembro-me dessas coisas todas no quarto de hotel do terceiro andar. Deslizo para o lado. Quase não sinto as pernas. O sangue está secando e coagulando. Sinto o cheiro — forte e túrgido, e me lembro desse cheiro do dia em que encontrei Virginia Grace Perlman, do dia em que fui a Fleming e encontrei Esther Keppler. O presente ecoa o passado, e olhando para mim mesmo me pergunto se afinal não me tornei aquilo que me persegue.

Fecho os olhos um instante, abro-os e olho para o homem à minha frente.

"Voltei por você", sussurro, e minha voz soa distante e fraca.

Torno a fechar os olhos.

Quero dormir agora, só isso.

Só quero dormir.

Trinta

Por dezessete anos eu estive fora. Augusta Falls tentara ser outra coisa, mas não mudara tanto assim. A cidade estava ali — tudo o que eu me lembrava —, mas havia novidades. Um motel em forma de crescente para lá da terra que pertencera ao irmão de Frank Turow; uma pequena loja de departamentos com ares de ter visto dias melhores; a loja de grãos de Gene Fricker tinha desaparecido completamente, e em seu lugar havia um posto de gasolina Mobil, bombas vermelhas a postos no pátio como sentinelas. Para onde quer que olhasse, eu via os fantasmas do passado, as pegadas indeléveis de prédios que já haviam estado em pé. Um visitante nunca teria visto essas coisas, mas eu conhecia Augusta Falls, a cidade fazia parte de mim, um elemento intrínseco a mim — tanto assim que uma nova pintura ou uma cerca diferente e placas alteradas não conseguiam mudar o que eu lembrava.

Fiquei no motel em forma de crescente. Paguei em espécie e peguei uma chave, e então me tranquei lá dentro e dormi quase vinte e quatro horas. Acordei na manhã de terça-feira, 28 de março, e o atendente do motel me olhou com perguntas nos olhos que ele nunca teria ousado fazer. Queria saber então se a pessoa que eu era, a razão de estar ali, o motivo da minha volta podiam ser captados ou percebidos. Será que as pessoas me olhavam e viam uma personificação dos boatos que tinham ouvido sobre aquela cidade assassina? Mesmo então, quase vinte anos depois, será que estavam sempre vigiando os filhos, sabendo que aquilo já acontecera uma vez, ali mesmo, e poderia muito bem tornar a acontecer?

Disse ao atendente que ficaria pelo menos por mais uma noite.

Ele me olhou de esguelha. Não teria mais de vinte e cinco anos, e seu jeito já era meio desconfiado.

— Mais uma noite? — perguntou.

— Talvez duas — disse eu. — Tem umas pessoas com quem preciso falar.

O atendente franziu a testa.

— Você é daqui então?

— Era — respondi. — Muitos anos atrás.

Ele fez um movimento de cabeça.

— Eu não sou — disse. — Sou da região de Race Pond.

Sorri, lembrei-me da história que Reilly Hawkins me contara sobre meu pai. Ele e Kempner Tzanck indo para lá de Race Pond para falar com um homem em Brantley. Como meu pai mandara a mão no rosto de um brutamontes e ele sangrara até morrer.

— Está procurando alguém em particular? — perguntou o atendente.

— Hawkins — disse eu. — Um homem chamado Reilly Hawkins.

O rapaz fez que não com a cabeça.

— Não sei se já ouvi falar. A melhor coisa a fazer é ir falar com o xerife. Chama-se Dennis Stroud. Já está aqui há uns bons quinze anos. Com certeza, vai ajudá-lo.

— Obrigado — disse eu. — Volto mais tarde.

Encontrei a delegacia sem dificuldade. Era um prédio novo, mas de onde estava, dava para ver a área da escola. Talvez sua casca ainda estivesse ali, eu não saberia dizer, pois a área fora ampliada com um anexo baixo de tijolos aparentes com mais janelas do que parecia ser necessário.

Cheguei até a porta da delegacia, abri-a e entrei.

Uma jovem ergueu os olhos de uma máquina de escrever. Bonitinha, cabeleira loura toda cacheada, sorriu com doçura e perguntou se poderia ajudar em alguma coisa.

— Gostaria de falar com o xerife Stroud — disse eu.

— E posso dizer a ele do que se trata, senhor?

— Estou procurando umas pessoas... pensei que ele talvez pudesse me ajudar.

Algum tempo depois eu estava sentado numa cadeira diante do xerife Dennis Stroud. Tinha um rosto infantil, de lua, olhos parecendo muito pequenos, mas com uma expressão sincera e um jeito que me garantia ser ele um homem decente. Depois do Brooklyn, depois de Auburn, depois de tudo por que passei, achava que tinha capacidade de identificar essas coisas.

— Vaughan? — perguntou, e aí franziu a testa e coçou a cabeça com o lápis que segurava. — Vaughan, você diz? Não *o* Joseph Vaughan?

Sorri.

— Depende de quem seria *o* Joseph Vaughan.

Stroud inclinou-se à frente e abriu a gaveta da mesa. Dali retirou um exemplar de *Uma crença silenciosa em anjos*. Mostrou-o.

— Este é *o* Joseph Vaughan — disse.

Ri com vontade, e então ele se levantou da cadeira. Deu a volta na mesa e estendeu a mão. Retribuí, e com as duas mãos ele apertou a minha.

— O filho famoso de Augusta Falls — disse o xerife Stroud. — Parece que você é a única pessoa que já saiu desse lugar e conseguiu ser alguém.

— Fui preso por homicídio, xerife Stroud — disse eu. — Passei quase catorze anos em Auburn...

— Por um homicídio que não cometeu, certo?

— Claro, por um homicídio que não cometi, mas...

— Que diabo, sr. Vaughan, não há nada que os americanos gostem mais do que um homem que sobreviva contra todos os prognósticos. Por aqui você é uma espécie de herói local. — Ficou parado um instante, e depois mais ou menos inclinou a cabeça para o lado, e disse: — Para minha mulher... — Estendeu o livro. — Quer autografar este livro para minha mulher? Ela já leu três vezes, acho eu, e ainda chora quando lê. Vai ficar felicíssima, sr. Vaughan, não faz idéia.

Peguei o livro da mão dele, e ele me deu uma caneta.

— Como é o nome dela? — perguntei.

— O nome é Elizabeth, mas eu a chamo de Betty. Se escrever para Betty, fica muito mais pessoal, certo?

Para Betty, escrevi. *Com meus melhores votos para você e sua família. Cordialmente, Joseph Vaughan.*

Devolvi o livro. Stroud leu e sorriu.

— Muito agradecido, sr. Vaughan, de verdade. Agora acho que não está aqui só de visita... não é?

— Por assim dizer — respondi. — Vim à procura de umas pessoas.

— Que pessoas? — O xerife Stroud deu a volta pelo outro lado da mesa e sentou-se.

— Reilly Hawkins...

Stroud balançou a cabeça.

— Já se foi, sr. Vaughan. Há uns anos. Coração, acho eu.

— Morreu?

Stroud fez que sim. Sua expressão era de solidariedade.

— Sinto muito, sr. Vaughan.

Por um momento, eu não conseguia pensar. Não conseguia me lembrar do rosto de Reilly, depois fui visualizando, lentamente, mas com segurança, e fechei os olhos. Assim como Hennessy representava tudo o que era Nova York, Reilly Hawkins representava tudo o que era a Geórgia.

— O xerife Dearing? — disse eu, aflito para mudar de assunto. Eu pensaria em Reilly depois, quem sabe visitaria seu túmulo, e só então me permitiria expressar o que sentia.

— Haynes Dearing? — perguntou Stroud. — E por que está tão interessado em Haynes Dearing?

— Ele era minha consciência — respondi. — Era o xerife na minha infância, e foi até eu sair da cidade. Voltei para cá em 1950 quando minha mãe morreu e soube que ele tinha ido embora.

— Caramba, sr. Vaughan, isso já é só uma história. Sim, ele foi embora. Já faz muitos anos. Você soube da mulher dele, não?

— Ela se suicidou, me parece.

— Com certeza. Foi mais ou menos por volta de 1950. Quando o senhor voltou?

— Em outubro de 50. Voltei para o enterro da minha mãe.

— Certo, certo. Então ela deve ter se suicidado talvez em janeiro ou fevereiro, e Haynes foi embora logo depois, em março. Transferido para Valdosta por alguns anos, talvez até 1954 ou 55, depois se aposentou da polícia. Não sei para onde foi dali. — Stroud fez uma pausa e olhou para mim. — Saiu da escola, sabe, mas ouvi dizer que teve um problema de bebida. Isso, e o fato de que parecia incapaz de trabalhar em qualquer outra coisa... — Stroud deixou a frase no ar. — Esse não é um assunto que eu deveria estar discutindo, sr. Vaughan, como sabe. É um assunto da polícia.

Recostei-me na cadeira. Olhei para a janela.

— Eu encontrei uma daquelas meninas — falei. — Aqueles assassinatos. Faz muitos anos. Encontrei uma daquelas meninas, xerife.

Stroud fez um gesto de cabeça.

— Li o seu livro, sr. Vaughan.

— E aí passei treze anos na prisão por um assassinato que não cometi. Perdi quase toda a minha vida, xerife, a melhor parte da minha vida já passou, e agora estou de volta tentando entender alguma coisa do que aconteceu, e por que tive que ser envolvido. Tem alguma idéia de como me sinto?

Stroud fez que não com a cabeça.

— Não, sr. Vaughan, não tenho.

— Acho que voltei aqui para procurar algo... algo que me ajude a entender tudo isso. Foi aqui que cresci, e acho que quase todo mundo que cresceu comigo foi embora ou já morreu, ou mudou tanto que não daria para eu reconhecer. Haynes Dearing era parte disso, uma parte muito importante. Ele conhecia meus pais, e depois que meu pai morreu foi muito bom conosco. Visitava minha mãe, mesmo depois do incêndio na casa dos Kruger, mesmo depois da morte de Elena, a filhinha dos Kruger.

— O que quer de mim, sr. Vaughan?

Balancei a cabeça.

— Não sei, xerife... acho que eu torcia para que houvesse algo... qualquer coisa... que me ajudasse a entender o que aconteceu depois que fui embora. Fui para Nova York. Conheci uma moça ali. Ela também foi assassinada, xerife, assassinada como as meninas em Augusta Falls, e...

— E acha que foi o mesmo homem, certo?

Olhei para Stroud, admirado por ele ter declarado o óbvio de forma tão clara.

— Acha que quem quer que tenha perpetrado esses homicídios em Augusta Falls também matou sua namorada em Nova York? Quero dizer, essa certamente é a impressão que se tem lendo o seu livro. É a versão em que o pessoal daqui começou a acreditar também, e eu diria que Haynes Dearing talvez fosse quem mais acreditava.

Franzi a testa.

— Se repetir uma palavra disso vão me arrancar o couro, sr. Vaughan, está me entendendo?

Fiz que sim com a cabeça.

— Nem uma palavra, xerife, nem uma palavra.

Stroud levantou-se da cadeira e foi para o fundo da sala. Abriu um arquivo e pegou uma pasta fina de papel manilha.

— Quando Dearing se aposentou, quando se mudou de Valdosta para onde quer que tenha ido, me mandaram uns arquivos, uma papelada relacionada com os assassinatos de Augusta Falls. Esta aqui contém algumas coisas que... Bem, dê uma olhada e veja se faz algum sentido para você.

Stroud me entregou o dossiê. Não pesava quase nada, e quando o abri uma coleção de recortes de jornal caiu no chão. Peguei-os rapidamente, puxei a cadeira para a frente e os arrumei na beira da mesa de Stroud. Estavam todos ali. Poderia ser a mesmíssima coleção de recortes que estava no fundo da minha mala no motel em forma de crescente. Folheei-os — li o nome delas, vi seus rostos: Alice Ruth van Horne, Ellen May Levine, Rebecca Leonard, Mary Tait... Passei os recortes um a um, e aí o ar me faltou. Havia um completamente diferente, de um jornal de Nova York.

Moça de 20 anos assassinada brutalmente no Brooklyn.

Desviei a vista. Não consegui ler a matéria, não suportei ver o nome de Bridget escrito com os mesmos caracteres de todas as outras.

Olhei para Stroud. Ele espiava os artigos de jornal por cima da mesa.

— Tem mais — disse baixinho.

Tornei a abrir o dossiê, e havia outros recortes que não tinham caído no chão.

Peguei-os um por um.

Alabama, o *Union Springs Courier,* 11 de outubro de 1950: **Menina de 10 anos raptada, encontrada morta.**

Mais uma vez no Alabama, numa cidade chamada Heflin, em 3 de fevereiro de 1951: **Criança assassinada, polícia perplexa.**

O último era de Calhoun, de novo na Geórgia, em 10 de janeiro de 1954: **Menina desaparecida encontrada morta.**

—Vê aonde ele estava indo? — perguntou Stroud.

Olhei para Stroud.

— Merda, sr. Vaughan, você está branco, quase como um lençol.

— O negócio continuou — disse eu, mal conseguindo falar. O coração parou no meu peito, uma sensação de claustrofobia, uma tensão que me segurava firme na cadeira.

— Com certeza, parece que o xerife Dearing era dessa opinião — disse Stroud.

— E continuava procurando o assassino... Depois desses anos todos Dearing sabia que ele continuava por aí e estava tentando encontrá-lo, não?

Stroud ficou algum tempo calado. O silêncio era tangível. Depois:

— Você estava aqui quando Kruger se enforcou, certo?

Fiz que sim.

— Em fevereiro de 49. Fui para o Brooklyn uns meses depois.

— Ouviu boatos?

— Sobre o quê? Sobre Gunther Kruger?

Stroud fez que sim:

— Sobre ele não ter sido responsável por aqueles assassinatos.

Balancei a cabeça.

— Gunther Kruger está morto, xerife, e não há nada que possamos fazer para mudar isso. Não sei se Haynes Dearing teve algo a ver com a morte de Gunther Kruger, pelo menos diretamente...

— Mas correram boatos, sr. Vaughan.

— Boato é boato, xerife Stroud. Vim aqui em busca de uma interpretação confiável.

Stroud balançou a cabeça.

— Nisso não posso ajudá-lo. Você está falando de coisas que aconteceram há mais de vinte ou trinta anos. Aqui não restam tantos conhecidos seus. As pessoas se mudaram, foram para lugares diferentes, como acontece. Outras morreram, como Reilly Hawkins, Frank Turow. Até Gene Fricker... o homem mais saudável que conheci... foi atropelado por um carro no condado de Camden. Morreu na hora. O filho continua aqui, mas tem a família dele. Trata da própria vida, sabe? Não sei se posso necessariamente falar por todos eles, mas acho que não haveriam de querer desenterrar o passado.

— Não estou aqui para perturbar as pessoas, xerife.

Stroud sorriu, mas foi num tom meio desconfiado que perguntou:

— Então exatamente por que está aqui, sr. Vaughan?

Pensei por um momento no que dizer a ele.

— Não sei, xerife. Acho que não tenho nenhuma razão específica para estar aqui.

— Esse pessoal é gente simples, sr. Vaughan. Esta cidade passou por uma experiência terrível, mas isso foi há muitos anos. As pessoas optaram por esquecer o que aconteceu, e embora eu possa entender sua situação, não posso incentivá-lo a continuar a mexer em coisas que não têm relevância para Augusta Falls como é atualmente. Não posso impedi-lo de estar aqui, nem desejo fazer isso, mas posso pedir que seja discreto, fale com quem quer que tenha vindo aqui para falar e depois vá em frente.

Juntei os recortes de jornal e os devolvi ao dossiê. Entreguei a pasta a Stroud e me pus de pé.

— Tem alguma idéia de onde posso começar a procurar Haynes Dearing? — perguntei.

Stroud também se levantou, e senti que ficou aliviado por eu estar indo embora.

— Haynes Dearing? Jesus, eu não saberia por onde começar. O último lugar onde soube que ele esteve foi Valdosta, como eu disse. Você pode ir à delegacia de lá e ver se alguém sabe o que aconteceu com ele. Nem sei se ainda está vivo, sr. Vaughan.

Estendi a mão, agradeci ao xerife Stroud pela ajuda, e virei as costas para sair. Foi aí que vi um pedaço de papel embaixo da cadeira na qual eu estava sentado. Abaixei-me para pegá-lo. Ali, com a letra inconfundível de Dearing, estava escrita uma única pergunta: *Aonde o garoto foi depois de Jesup?*

Mostrei-o a Stroud.

— Sabe o que isso significa? — perguntei.

Stroud pegou o pedaço de papel, leu a pergunta, fez que não com a cabeça.

— Não tenho a menor idéia, sr. Vaughan. — Guardou-o na pasta com os recortes de jornal. — A família Kruger não acabou em Jesup?

Não respondi. Uma imagem voltou a mim. Gunther Kruger em pé na estrada naquela noite, seu sobretudo, o medo sinistro que me invadiu quando o vi. E aí ele se virou e voltou depressa para casa. Será que eu poderia ter me enganado? Será que não era mesmo Gunther Kruger?

— Acho que sim — disse eu abruptamente. — Acho que acabaram lá, sim.

Despedi-me do xerife Stroud e saí de seu gabinete. Voltei depressa para o motel e para o meu quarto. Sentei na beirada da cama. Peguei um pedaço de papel e escrevi os nomes das cidades do dossiê de Stroud. Union Springs, Heflin, Pulaski e Calhoun. Minha mente girava. Tudo que eu pensara de repente estava de pernas para o ar. Será que não era mesmo Gunther Kruger? Será que era alguém vestido com o casaco de Gunther? E por que minha mãe estava tão convencida de que o assassino das crianças estava na casa naquela noite em que provocou o incêndio?

Fiquei ali por um tempo. Mal conseguia respirar. Deitei-me e tentei fechar os olhos, mas uma imagem atrás da outra invadia meu pensamento e me deixava nauseado. Acabei atravessando o quarto estreito e abrindo a porta. Fiquei ali respirando fundo, tentando manter a calma, fazendo o possível para continuar com os pés no chão. Mas o chão mudara e estava instável, e tive que recuar e tornar a sentar. Agarrei-me à beirada da cama e as paredes se envergavam e balançavam de um jeito estranho.

Passou-se uma hora, talvez mais. Abri os olhos e vi que me deitara no colchão e adormecera. A porta do quarto continuava entreaberta, e fui fechá-la. Lavei o rosto com muita água no banheiro minúsculo e sequei as mãos numa toalha que era encardida e puída em alguns pontos.

Eu queria ir embora de Augusta Falls. Tudo que eu imaginara estar ali já não estava mais. Não eram os prédios, não eram ruas ou marcos, era o espírito do lugar. Talvez pelo fato de eu não ser mais criança, e não ver aquelas coisas com os olhos de antes.

Pouco depois peguei os recortes de jornal da mala e guardei-os no bolso da jaqueta. Tranquei a porta do quarto, passei pela recepção e me encaminhei para o centro da cidade. Havia uma lavanderia na esquina, e ali perguntei a uma mulher se sabia onde era a casa dos Fricker.

— Maurice Fricker? Claro que sei onde ele mora. Saindo daqui, vire à direita, vá até o fim da rua da delegacia. No cruzamento, vire à esquerda, e mais ou menos uns quatrocentos metros adiante tem uma casa à sua esquerda. Não tem erro. Tem alizares azuis, e na frente tem uma caixa de correio com uma biruta em cima.

Agradeci à mulher, segui suas instruções, e em questão de minutos estava diante da casa de Fricker. Havia uma caixa de correio com uma biruta em cima, e sentada nos degraus do pórtico estava uma menina de uns oito ou nove anos no máximo, o cabelo preso para trás com uma tiara. Inclinou a cabeça, usou a mão para proteger os olhos do sol.

— Seu pai está em casa? — perguntei.

A menina me olhou, subiu correndo a escada, e foi entrando pela porta de tela.

Pouco depois, a porta interna se abriu, e pela tela deu para ver alguém ali parado.

— Você veio fazer alguma coisa aqui? — a pessoa gritou, e na mesma hora, sem a menor dúvida, reconheci a voz de Maurice Fricker.

— Maurice? — gritei em resposta. — É você, Maurice?

O homem hesitou, esticando a mão para abrir a tela, e fui me encaminhando para a casa.

— Puta que pariu — sibilou entre os dentes. — Caramba. É você, não é? Joseph Vaughan.

Maurice Fricker empurrou a porta e desceu a escada. Parei no jardim. Ele sempre foi parecido com o pai, Gene, mas então, aos quarenta anos, era igualzinho.

Maurice me abraçou até eu ficar sem ar, me deu tapinhas efusivos nas costas. Recuou, me segurou pelos ombros e me deu mais um abraço.

— Meu Deus, Joseph... Achei sinceramente que nunca mais o veria. Puxa, vamos entrar para tomar uma cerveja. Foi a maior sorte você me encontrar aqui. Trabalho em White Oak e estou de folga hoje. — Deu meia-volta, foi andando, e aí parou e tornou a se virar para mim. — Meu Deus, cara, é incrível. Pensei que nunca mais voltaria a vê-lo. Caramba, nem sei o que lhe dizer.

Acompanhei-o até o pórtico, e do outro lado, à esquerda, havia uma varanda com umas cadeiras de madeira de espaldar alto.

Maurice convidou-me a sentar, e então recuou, abriu a porta interna e gritou para dentro de casa.

— Ellie, seja boazinha... vá pegar umas cervejas para o papai lá na geladeira!

A menina com a tiara apareceu minutos depois.

— Ellie... este é o Joseph — disse Maurice.

— Oi, Ellie — disse eu, e sorri.

Ellie ficou encabulada, tentou retribuir o sorriso. Deixou as garrafas de cerveja no pórtico depois voltou correndo para dentro de casa.

— Ela é a tímida — disse Maurice. — Tenho outra menina, o nome dela é Lacey. Ela e a mãe estão na casa da avó, em Homeland. Lembra-se do Bob Gorman, o legista dos três condados?

— Lembro, claro.

— Casei com a caçula dele, a Annabel. Você a conheceu?

Balancei a cabeça.

— Não, acho que não.

— Uma garota incrível, Joseph, incrível mesmo. — Abriu uma garrafa de cerveja e me entregou.

Ficamos sentados em silêncio por alguns instantes, e eu sentia aquilo em volta de Maurice — a certeza do que me levara ali, e subjacente a essa certeza, o desejo de que eu não tivesse ido.

— Então foi uma cagada, não foi? — disse ele. — Lá em Nova York.

Sorri, olhei por cima da balaustrada da varanda para os campos ao longe. Minha infância estava ali, correndo por milharais e trigais altos, carregando os livros da aula da srta. Webber, ouvindo Reilly Hawkins contar histórias em sua cozinha.

— Pode-se dizer que sim — respondi.

— E aquilo... aquilo com a moça...

— Bridget — disse eu, e era muito esquisito falar com Maurice Fricker sobre um assunto sobre o qual ele nunca poderia saber nada.

— Você leu meu livro?

Maurice encolheu os ombros.

— Algumas passagens — disse. — Nunca fui de ler muito, sabe? — Sorriu, e pareceu cansado, desgastado nas beiradas. — Minha mulher leu... Mas, que diabo, ela não conheceu você, então, para ela, era como ler um romance. Acho que quem não era daqui nunca poderia entender como foi. — Bebeu a cerveja dele. — Soube de Reilly Hawkins?

Fiz que sim.

— Meu pai também... foi atropelado por um babaca que dirigia embriagado no condado de Camden. Tenho minha mulher, minhas duas filhas, sabe? — Riu. — Elas me mantêm alerta, vinte e quatro horas por dia, sete dias por semana. Às vezes acho que me ocupo tanto com o presente que não tenho tempo de pensar no passado.

— E os outros? — perguntei. — Você vê?

Maurice franziu a testa.

— Os outros?

— Daniel McRae, Ronnie Duggan, Michael Wiltsey... lembra, o Rei do Bicho-carpinteiro?

— Lembro, caramba, eu me lembro dele. Ele continua aqui, Joseph, mas Daniel foi embora há muito tempo. Entrou para o Exército em... quando foi? Deve ter sido há dez anos. Queria ver o mundo, achou melhor fazer isso por conta do Tio Sam.

— Os Guardiões — disse eu, e senti o ar esfriar de repente.

Maurice riu, pelo menos tentou rir, mas foi um riso ansioso.

— Isso foi... foi há milênios. Éramos crianças, Joseph, apenas crianças assustadas. Achávamos que podíamos fazer alguma coisa, mas...

Maurice Fricker olhou para mim e havia lágrimas em seus olhos.

— Não se passou um ano em que eu não pensasse naquelas meninas, Joseph. Agora tenho minhas filhas. Annabel diz que vivo preocupado, que fico exageradamente cheio de cuidados com elas. Ela me diz que as meninas têm de aprender a ser independentes, devem escolher o próprio caminho, mas ela não estava aqui, certo? Não estava aqui quando aquelas meninas foram assassinadas. O pai dela era o legista. Às vezes, me pergunto se ela não estava de alguma forma acostumada com aquilo, mas ela é o tipo de pessoa que vê o bem em tudo e em todo mundo. Faço questão que leve e busque nossas filhas na escola. Os outros pais não fazem isso. Deixam os filhos ir a pé os oitocentos metros e voltar, até no inverno quando escurece cedo. E às vezes vejo coisas que me lembram como estávamos todos assustados. Quando fizeram aquelas obras todas de ampliação na escola, ninguém ficou mais feliz do que eu. Antes, toda vez que eu passava por ali eu me lembrava... — Maurice se calou.

— Acho que ainda está acontecendo — disse eu.

Maurice fez que não com a cabeça.

— Não, não está, Joseph. Você está enganado. Descobriram quem foi e ele se enforcou. O alemão. Gunther Kruger. Ele era o assassino de crianças, certo? Todo mundo sabe que ele matou aquelas meninas, e isso é tudo. Já acabou. Terminou. É tudo o que tenho a dizer sobre isso, Joseph.

Dei outro gole na cerveja e botei a garrafa no chão. Levantei-me devagar da cadeira e olhei para Maurice Fricker.

— Tudo bem — disse eu, sabendo que qualquer tentativa de envolvê-lo naquilo só serviria para sentir-se culpado por não fazer nada. — Você deve ter razão, Maurice, sabe? Acabou. Acabou naquela época. — Sorri como pude. — Talvez isso tudo tenha sido um tanto demais para mim. Passei muitos anos na cadeia. Vai ver que isso me deixou meio maluco, hein?

Maurice não se levantou. Olhou para mim quando eu me encaminhava para a porta.

— Você tem uma filha linda — falei. — Fez a coisa certa, Maurice. Pode acreditar, você fez a coisa certa. Fez o que eu deveria ter feito. Deveria ter ficado aqui e me casado, tido filhos como você. Nunca deveria ter ido para Nova York.

Maurice balançou a cabeça lentamente.

— Você não era igual a todo mundo, Joseph. Nunca foi nem nunca vai ser. Conseguiu fazer a srta. Webber se apaixonar por você, certo?

Fiz que sim com a cabeça.

— Claro que consegui.

— Você sempre foi o diferente — disse Maurice. — Vivia fazendo perguntas sobre coisas a respeito das quais ninguém estava a fim de saber nada. Escrevendo contos. Escrevendo livros que eram publicados. Acho que você é mais vivido que todos nós juntos.

— Mas essa vivência toda não me trouxe muita coisa, trouxe? — disse eu, e abri a porta. — Já vou indo — falei. — Cuide-se bem, Maurice... e cuide bem da sua mulher e das suas filhas. E não se preocupe com o que ela diz... acho que cuidado com os filhos nunca é demais, mesmo hoje em dia.

Maurice levantou a mão.

— Quem sabe a gente não se vê outra vez, Joseph? Eu convidaria você para ficar para jantar, mas...

— Fantasma não vem jantar, Maurice — disse eu, e fui embora.

Olhei para trás quando cheguei ao fim do jardim, e ali, atrás da porta, vi Ellie me observando pela tela. Ela poderia ser qualquer uma delas — Laverna, Elena, Virginia, Grace... Prendi a respiração, e aí ela levantou a mão e acenou apenas uma vez antes de sumir no escuro.

Encontrei Ronnie Dugan em frente ao que tinha sido o Bar da Queda. A franja parecia finalmente ter admitido a derrota. Seu cabelo estava rareando, a nascente recuando num rosto ainda jovem, mas havia uma amargura em volta de seus olhos que o sorriso não conseguia disfarçar.

— Ouvi dizer que estava aqui — foi sua saudação, e ele mais ou menos se encostou na grade da frente do prédio. — Dennis Stroud me ligou dizendo que você tinha voltado.

— Olá, Ronnie — falei, e vi que não era bem-vindo.

— Olá, Joseph — disse ele. — Liguei para Michael, disse que ele devia vir aqui dar um alô, mas ele teve que levar a mulher a uma aula de bridge ou coisa assim.

— O Bar da Queda — disse eu, olhando para o prédio atrás dele.

— Não durou muito. Frank Turow morreu, sabe, e aí teve um cara chamado McGonagle. Agora pertence a uma empresa de Augusta e servem cerveja quente e vinho branco com soda. Não é mais o mesmo lugar... que diabo, Augusta Falls não é mais o mesmo lugar.

— Percebi isso.

— É bom ver você — disse. Enfiou os polegares no cinto do jeans.

— Acho que não é, Ronnie.

— Merda, ninguém me chama de Ronnie agora, Joseph. Esse era o meu apelido de criança. Todo mundo me chama de Ron. Só Ron, nada mais.

— Falei com Maurice...

— Maurice é um homem bom, Joseph. Tem mulher, duas filhas, um cachorro e um gato. Tem um bom emprego na Secretaria de Limpeza Urbana em White Oak. O cara arranjou uma colocação aqui, vai ficar aqui até morrer. Vai ver netos, quem sabe até mais, e acho que a última coisa que ele quer ver é você.

Olhei para o chão. Lembrei-me dos Guardiões. Parecia que eu era o único que lembrava.

— Não vou ficar aqui, Ron — disse eu. — Mas quero lhe perguntar umas coisas antes de ir embora.

Olhei para ele, olhei com atenção, e apesar do cabelo ralo, apesar da expressão cautelosa, eu ainda via Ronnie, a franja nos olhos, sempre mexendo em alguma coisa, uma pedra, uma bola de gude, um pedaço de pau.

— O que começou aqui, terminou aqui, Joseph. É o que eu acho, e penso que é assim que quase todo mundo aqui quer que fique. Sinto muito pelos seus problemas. Soube da Alex Webber com o bebê que morreu e tudo, e depois aquele problema que você teve no Brooklyn... sabe, o fato de que passou aqueles anos todos preso...

— Acha que foi Gunther Kruger? — interrompi.

Ron Duggan bufou.

— Gunther Kruger se enforcou. Acho que essa é a melhor admissão de culpa que alguém pode dar.

— Acha que ele fez isso, ou acha que estava escondendo alguém... acha que talvez ele soubesse quem era e estivesse protegendo a pessoa?

Duggan se adiantou. Seus polegares saíram do cinto e ele parou ali, abrindo e fechando os punhos.

— Parece que tem que ser um pacto bem firme alguém se matar por outra pessoa, Joseph.

— Uma pessoa da família?

— Família? Do que você está falando?

— Estou dizendo que talvez não tenha sido Gunther mesmo. Talvez...

Ronnie Dugan levantou a mão.

— Talvez nada, Joseph. Talvez não seja nada. É isso que estou dizendo. É o que estou tentando lhe dizer mas você parece ser seletivamente surdo. Isso terminou em 1949. Há quase vinte anos.

— Acho que não terminou, Ronnie... e acho que o xerife Dearing teve a mesma impressão.

— Já chega. Não quero saber dessa conversa, nem agora nem nunca. Já não somos mais crianças, Joseph. Temos uma vida para continuar vivendo. Tem gente aqui que decidiu deixar o passado para trás, e acho que seria muito inteligente se você fizesse o mesmo. Ninguém quer isso, ninguém quer essas lembranças todas sendo remexidas outra vez. Estamos em 1967. O mundo mudou. Augusta Falls não é mais sua cidade natal. Você deve voltar para Nova York... Volte e resolva o que tem que resolver, mas deixe esse caso em paz, Joseph. Pelo amor de Deus, deixe o assunto morrer.

— Nós éramos os Guardiões — disse eu. — Fizemos um juramento, uma promessa...

— Éramos crianças, porra! Não passávamos disso. Nunca iríamos impedir o que aconteceu, e sabíamos disso. Estávamos assustados e desesperados, e fizemos de conta que podíamos fazer algo a respeito, mas não podíamos. Não podíamos naquela época e não podemos agora.

— Agora? Como assim, agora? Você sabe que nunca parou de acontecer, não sabe?

Vi um lampejo de raiva nos olhos de Ronnie. Ele deu um passo na minha direção, e eu via os músculos do seu queixo tremendo.

— Olhe para mim, Ronnie... olhe para mim e me diga que sabe que foi Gunther Kruger.

Ronnie Duggan me encarou com um olhar feroz e firme.

— Eu *sei* que foi Gunther Kruger — disse. — Está feliz agora? É isso que quer que eu diga, então pronto. Eu *sei* que foi Gunther Kruger, e o filho-da-mãe perverso se enforcou no próprio celeiro, e encontraram uma fita na mão dele, o tipo da coisa que só podia ter vindo daquelas pobres meninas. Ele matou todas elas. Estuprou, seviciou, matou e esquartejou todas elas. Jogou pedaços delas pela porra da zona rural, e aí morreu e foi para o inferno, onde era o lugar dele. É o que estou dizendo, porque é disso que estou convencido.

— Está convencido ou quer se convencer?

Ele ficou um instante calado, e aí olhou para o horizonte e sorriu.

— Eu já vou indo, Joseph. Não posso dizer que foi um prazer tornar a vê-lo. Agradeceria se fizesse o que quer que tivesse que fazer e fosse embora assim que pudesse. Vou transmitir suas lembranças a Michael, a algumas das outras pessoas que você conhece, e vou lhe dar adeus. — Adiantou-se e estendeu a mão. Peguei-a, e ele apertou a minha mão com uma firmeza excessiva e me olhou nos olhos. — Então é adeus, Joseph, e acho que é a última vez que vamos nos falar.

Soltou minha mão, e deu meia-volta para ir embora.

— E se não tiver parado, Ronnie? E aí?

Duggan tornou a dar meia-volta.

— Então vão ser os filhos de outra pessoa, Joseph... não os meus, não os de Michael, nem de Maurice. O pesadelo visitou Augusta Falls, depois foi em frente. Não estou evocando os fantasmas só para ver se isso volta. — Sorriu de novo. — Cuide-se agora, Joseph Vaughan, sim?

Assenti, observei em silêncio Ronnie Duggan se afastar. Os Guardiões — o que quer que tivéssemos acreditado ser — haviam morrido com o assassinato de Elena Kruger, a que eu prometera proteger, a que provara aos Guardiões que, a despeito do que fizéssemos, não podíamos mudar nada.

Fiquei ali algum tempo, e voltei para o motel pelo mesmo caminho que fizera antes.

Pensando naquele momento, não posso deixar de sorrir internamente. O que eu esperara? A quem eu estava enganando?

Éramos os Guardiões. Eu e Michael Wiltsey, Ronnie Duggan, Daniel McRae e Maurice Fricker. Aqueles anos todos depois, o que me fez imaginar que ficariam felizes de me ver?

Tínhamos medo na época, todos nós, mas o tempo passara e o tipo de medo que sentiam mudara. Agora temiam estar errados. Temiam que o pesadelo do passado não tivesse acabado. Temiam que, se despertassem os fantasmas, tudo voltaria para os perseguir. Eles não haviam esquecido. Nunca esqueceriam. Sabiam disso, e isso — acima de tudo — talvez fosse o que mais temessem.

Eu fizera uma suposição, e fora uma suposição errada. Afastei-me do Bar da Queda, e sabia quem estava procurando. Pensei em Gabillard, em Lowell Shaner, em outros que haviam estado ali, e me perguntei se haveriam de querer saber o que acontecera. Fiquei sentado no quarto daquele motel barato, a porta escancarada, um ventinho brando entrando, e percebi que o fim daquilo não estava longe. Seríamos apenas nós dois. Joseph Vaughan contra o assassino de crianças. Como um filme B antigo de terror. E se morresse... bem, se morresse não haveria ninguém atrás de mim. Não haveria ninguém guardando posições, juntando forças, se preparando para um segundo ataque. Por alguma razão, eu não sentia medo. Claro, não havia dúvida de que eu estava assustado, mas parecia que a sensação de conclusão que eu captava era mais forte que as emoções que aquilo provocava. Eu compraria uma arma, isso pelo menos já resolvera. Encontraria uma loja numa ruela escondida que vendesse artigos excedentes do Exército e compraria um revólver. Sempre se encontravam lugares desse tipo — um cidadão indiferente e irresponsável que pegaria cinqüenta dólares e não faria perguntas.

Decidi rumar para Columbus, uma cidade de bom tamanho para encontrar uma loja dessas, e depois cruzaria a divisa do condado e entraria no Alabama. Visitaria Union Springs, o primeiro daqueles lugares sobre os quais Dearing guardara recortes de jornal. Em outubro de 1950, outra menina morrera. Talvez alguém lembrasse. Talvez alguém fosse capaz de dizer algo que me pusesse no rumo certo.

Fechei a porta do quarto. Deitei e dormi vestido. Não sonhei, e por essa pequena graça, fiquei grato.

O frio da madrugada me acordou. Juntei meus poucos pertences, paguei a conta e deixei o motel.

Peguei o ônibus para Tifton, e, ali, esperei na rodoviária por uma conexão para Columbus. Saí em direção à divisa estadual da Geórgia como o fantasma que eu era. Achei que ninguém se lembraria de mim, e, se alguém lembrasse, eu achava que esqueceria.

Trinta e um

Reilly Hawkins ocupava meus pensamentos enquanto rumávamos para Columbus. Eu pensara em ir ver seu túmulo, talvez ir ver a casa em que ele morara, descobrir se os Kuharczyk continuavam lá, mas não consegui. Achei que ver tais recordações só provocaria raiva, talvez dor, quase certamente desespero. Por duas vezes eu voltara, e por duas vezes perdera uma pessoa querida. Sabia que nunca poderia voltar.

E Michael? Ronnie, Maurice Fricker, Daniel McRae — que havia escapado, assim como eu, mas o fizera com inteligência, atravessara meio mundo —, e eles? Eles pertenciam ao passado que ficara para trás, e não desejavam me acompanhar. Eu era o tolo, não? Era aquele que deixara tudo aquilo virar um peso.

Columbus era uma cidade nova. Um lugar que eu não conhecia. Valorizei o anonimato que sentia, e quando me registrei num hotel na noite do dia 29 fiquei junto à janela e olhei as luzes que brilhavam na escuridão. O céu estava claro, azul-meia-noite, e a lua cheia ia alta e resplandecente. Fechei os olhos e pensei na casa da esquina das ruas Throop e Quincy, em Aggie Boyle, em Joyce Spragg e em Ben Godfrey. Pensei em Arthur Morrison e em *A volta ao lar* e recordei o dia em que Bridget e eu entramos na livraria e achamos que o mundo e tudo o que ele tinha a oferecer estavam ali na nossa frente, só esperando para serem agarrados. Perdemos a oportunidade que nos foi dada. Esta era a simplicidade da questão: foi-nos dada uma oportunidade e nós a desperdiçamos.

Dormi bem. Os ruídos da rua lá embaixo eram desconhecidos, e isso era um consolo. Acordei com o dia claro, a rua cheia de movimento; lembrei-me do meu primeiro dia no Brooklyn.

Caminhei até a fome me assaltar, e aí parei num restaurante e tomei o café-da-manhã. Caminhei mais um pouco, por becos, ruelas, atento para ver se encontrava uma loja de penhores. Encontrei uma na esquina da Young com a rua Nove, e ali — atrás de um balcão gradeado — estava exatamente o tipo de homem que eu procurava. Quinze minutos e setenta e cinco dólares depois eu saía da loja. Fui depressa para o hotel, peguei minha mala e me dirigi para a rodoviária, no centro.

Uma hora e meia depois cheguei ao Alabama. Chovia fino, e ao saltar do ônibus soube instintivamente que Union Springs vira o mesmo fantasma que andara em Augusta Falls. Senti isso. Algo sobrenatural e intuitivo. Achei que seria a mesma coisa em Heflin, em Pulaski e em Calhoun, e soube então que visitar tais cidades de nada serviria. O estrago fora feito. Mas eu sabia que haveria outras. Cidades recentes, assassinatos recentes. Dei meia-volta e rumei para a rodoviária. Peguei um ônibus para Montgomery, a cidade mais próxima onde haveria uma biblioteca de registros. Eu perseguia uma miragem, um fantasma, um espectro, e estava me perdendo no processo. Minha mente estava focada, pensando só naquilo, imperturbável. Eu não pensava em comer nem dormir. A necessidade me obrigava a essas coisas, e sem essa necessidade eu teria continuado andando até cair. Já passava da meia-noite quando cheguei a Montgomery e chamei um táxi. Pedi ao motorista que me levasse ao hotel mais próximo, e ali no banco traseiro me dei conta de como minha aparência estava horrível e de como eu cheirava a azedo. Ele me deixou na frente de um prédio imponente com portas giratórias de vidro. Esperei o táxi se afastar e então fui andando depressa pela rua até encontrar um lugar caindo aos pedaços com um letreiro luminoso quebrado. O primeiro hotel nunca teria me deixado entrar, mas ali eles não ligariam.

Uma vez lá dentro, despi-me e tomei um banho. Lavei o cabelo, barbeei-me com todo o cuidado possível e passei algum tempo tentando botar a cabeça no lugar.

Montgomery teria a informação de que eu precisava; em algum lugar naquela biblioteca municipal haveria jornais do estado e de muitos estados para além daquele, e haveria semelhanças. Sempre havia semelhanças.

Passei a noite acordado, e quando uma claridade acinzentada se infiltrou pelas cortinas, levantei-me e me vesti.

Eu já estava na porta quando a biblioteca abriu, e perguntei onde ficava a seção de registros públicos. Comecei com Alabama; encontrei a garota de Union Springs, uma menina de oito anos chamada Frances Resnick. Encontrada assassinada na quarta-feira, 11 de outubro de 1950. Frances Resnick fora estuprada e decapitada. Seu corpo sem cabeça fora jogado num barranco e coberto com pedras e terra. Heflin, sábado, 3 de fevereiro de 1951, uma menina de onze anos chamada Rita Yates foi encontrada morta depois de estar desaparecida por dois dias. Os braços foram amputados do tronco, um foi localizado, o outro, não. Ela também foi atacada sexualmente. Pulaski, Tennessee, sábado, 16 de agosto, 1952, um peão de fazenda da região encontrou os parcos restos mortais de Lilian Harmond, a filha de doze anos do chefe dos correios. Seu corpo fora cortado em dois na altura do diafragma, a metade superior encontrada numa cova rasa, a inferior largada embaixo de uma árvore. O peão, um jovem chamado Garth Trent, teria dito textualmente: "Eu não conseguia acreditar no que estava vendo... era como se ela estivesse ali sentada, mas só havia as pernas... só as pernas." Pensei em Virginia Perlman, e entendi — com muito mais clareza do que Garth Trent jamais entenderia — exatamente o que ele sentira. E então de novo na Geórgia. A pequena cidade de Calhoun. Domingo, 10 de janeiro de 1954, o corpo desmembrado de Hettie Webster, de sete anos, foi encontrado por um grupo de crianças. Primeiro, acharam o braço esquerdo, depois, o ombro direito e quase toda a cabeça. Então foram embora correndo. Hettie voltava a pé sozinha da aula de catecismo. Era o fim da manhã, um dia bonito, e ninguém vira nada. A polícia estava aturdida. Os cidadãos de Calhoun se sentiam mais ou menos como os de Augusta Falls.

Durante duas horas nada encontrei. Minha vista doía. Minha cabeça latejava nas têmporas de tanta dor, mas folheei os jornais encadernados — página após página, volume após volume. Examinei Alabama, Tennessee, Geórgia e Mississippi à procura do assassino de crianças. Encontrei-o em 1956 numa cidadezinha chamada Ridgeland, Carolina do Sul. A cidade ficava a apenas alguns quilômetros do rio Savannah, no máximo a duzentos quilômetros de

Augusta Falls. O nome da garota era Janice Waterson. Tinha nove anos; era filha única. Seus pais, Reanna e Milton, disseram a todo mundo que ela era uma menina "inteligente e curiosa, sempre prestativa, sempre educada, apesar de nunca termos tido que lhe ensinar a ter bons modos... era da natureza dela". Seus pés foram decepados nos tornozelos, assim como as mãos o foram nos punhos. Ela foi enterrada sem essas partes, que nunca foram encontradas. Os pais também providenciaram um caixão fechado, pois grande parte de seu rosto foi cortada com uma serra.

Pareceu então que eu estava sintonizado com os movimentos dele. Parecia que eu os encontrava com mais facilidade, e eu contava à medida que avançava, tomava notas de nomes e datas e lugares; detalhes sobre a forma da morte, a maneira como as meninas foram encontradas, quem as achara e o que disseram. Era como se estivesse seguindo sua pista — Moncks Corner, Sparta, Enterprise, Alexander City, pelos anos de 57, 58, 61, 63. Eu já via seu rosto. Enxergava seu padrão. Cidades pequenas, nunca longe da rodovia, meninas de, no mínimo, sete anos, no máximo, doze.

E continuei pensando no bilhete rabiscado no arquivo de Dearing: *Aonde o garoto foi depois de Jesup?*

Quando terminei, já era de tardinha. Eu não comera, nem saíra da mesa. A bibliotecária — uma mulher de meia-idade, cabelo grisalho preso num coque apertado de cada lado do crânio, batom cor de berinjela, saia de um estampado vivo e cardigã pesado de lã — reparara em mim pouco depois das catorze horas.

— Tudo bem aí? — perguntara, e eu lhe dera um sorriso simpático, dizendo que estava tudo bem, que estava fazendo uma pesquisa para um livro, que era meio obsessivo com meu trabalho.

— Se precisar de alguma coisa, não hesite em vir falar comigo — retrucara ela, e depois se afastara.

Deixei a Biblioteca Municipal de Montgomery com uma lista de dezenove nomes, o último menos de quatro meses antes, numa cidade chamada Stone Gap, poucos quilômetros ao sul de Macon. Vinte e nove assassinatos ao todo, num período de quase trinta anos. Um por ano ao que parecia, mas eu sabia que eram mais. As que foram dadas como desaparecidas e nunca encontradas. E, o que era mais trágico, as que desapareceram e seu desaparecimento não foi comunicado.

Voltei ao hotel do letreiro quebrado. Sabia que precisava encontrar Dearing. Ele estava por ali, em algum canto. Estava por ali, à procura da próxima. Estávamos correndo nos mesmos trilhos, paralelos e interligados.

O último assassinato fora na Geórgia, quinta-feira, 29 de novembro de 1966; uma menina de nove anos chamada Rachel Garrett. As memórias estariam recentes, as pessoas se lembrariam de um homem como Dearing. Ninguém assistira ao seqüestro da criança. Mas um homem chegando após o ocorrido, um estranho fazendo perguntas? Com certeza, alguém se lembraria de uma coisa daquelas...

Quando cheguei ao quarto do hotel, fiz a mala, depois sentei na beirada da cama e repassei mentalmente tudo o que acontecera. Era como se eu estivesse chegando ao fim de um capítulo da minha vida, um capítulo que começara com a morte de meu pai, a aliança de minha mãe com Gunther Kruger e o assassinato de Alice Ruth van Horne.

Elas estavam todas por ali, cada uma delas, e eu sabia que estavam esperando.

Esperando que eu encontrasse seu assassino e as libertasse.

À noite, os Guardiões chegaram, e chegaram como crianças.

Chegaram de braços abertos, como se para me dar as boas-vindas, e quando os alcancei eles viraram as costas. Ouviu-se uma gargalhada encobrindo um choro, que por sua vez encobria o barulho do trabalho do Diabo que um homem sério fazia.

Ossos sendo serrados, sangue correndo, a vergonha, a culpa, a fúria e a angústia.

E aí soprava um vento frio, e, nesse vento, ouvi o farfalhar de asas, com isso veio uma sensação de calma.

Adormeci de novo. Não sonhei.

De manhã, chovia.

Trinta e dois

Sábado, 1º de abril. Sentei no fundo do ônibus e fui embora do Alabama. Tornei a cruzar a divisa estadual da Geórgia e rumei para Stone Gap. Eu sabia qual seria o aspecto da cidade antes de chegar. Sabia como seria a voz das pessoas, a cor dos seus olhos, a profundidade de sua suspeita. Talvez elas me vissem como eu era, talvez me vissem como algo a temer. Não importava. Nada importava senão encontrar Haynes Dearing.

Stone Gap, como eu sabia muito bem, era uma pequena cidade sulina. O clima, a umidade variável, a trivialidade da vida. Nada jamais acontecia em lugares como Stone Gap; ninguém famoso procedia de suas escolas ou da pequena Faculdade Metodista. As ruas eram irregulares, os carros, antigos, os políticos, indefinidos. Stone Gap afirmava ter uma comunidade de mentalidade religiosa, dotada de tolerância e sobriedade, mas os bares viviam cheios, e nos arredores da cidade haveria uma casa de propriedade de uma mulher solteira, e morando nessa casa, haveria duas ou três garotas. Os homens visitariam essa casa, como faziam havia centenas de anos ou mais, mas ela não seria mencionada nos registros da cidade. Era como se não existisse e nunca tivesse existido, e tal omissão nunca seria questionada no censo da região. Para lá dos limites imediatos da cidade as casas ficavam menores e mais espaçadas, como se os moradores dali tivessem sido banidos. O povo de Stone Gap abominava violência, mas todos os homens possuíam uma arma e todas as mulheres já haviam sujado as mãos de sangue cortando o pescoço de um porco. Havia um jeito de fazer as coisas, e era um jeito antigo, mas Stone Gap sabia — sempre saberia — que os jeitos antigos eram os melhores. Cidades como Nova York e Las Vegas, mesmo lugares como Montgomery, representavam uma América de outro tipo, uma América que se esquecera da terra e de suas leis, da presença da natureza, da inexorabilidade do tempo.

Um lugar desses não desejaria se lembrar da morte de uma criança, mas não conseguiria esquecer o fato. Esse tipo de acontecimento ficava sepultado sob a superfície como um traumatismo indelével, mencionado apenas em olhares e trejeitos, cada pessoa sabendo sem palavras o que a outra dizia. E, como Augusta Falls, Stone Gap sabia que uma atrocidade daquelas não poderia ter sido perpetrada por um de seus filhos. Tinha que ser um estrangeiro, um forasteiro, e por muitos anos depois do ocorrido qualquer um que chegasse e não fosse natural dali encontrava pouco auxílio e não recebia muita atenção.

Parei em frente à rodoviária, nada mais que uma meia-água de tábuas com um telhado corrugado, e conheci Stone Gap tão bem como se fosse minha cidade natal. Aquele era o mundo que eu buscara deixar, mas minha partida apenas tentara o destino a me trazer de volta. O destino tivera êxito, mais vezes do que eu gostava de lembrar, e cada uma servira para sinalizar que aquilo que me fora dado poderia ser tirado com a mesma facilidade. Stone Gap perdera uma de suas filhas: eu podia sentir no ar, ver no rosto das pessoas que passavam por mim, e fiz o possível para evitar contato visual, para não ser notado, para não provocar perguntas.

A delegacia era uma construção baixa de tijolinhos no fim da rua principal. Erguia-se isolada, óbvia em seu propósito e sua importância, e quando subi no pórtico e abri a porta de tela, vi o próprio xerife pela porta aberta de um gabinete bem em frente.

— Meu nome é Joseph Vaughan — disse-lhe — e sou escritor.

O xerife Norman Vallelly tinha sessenta e poucos anos. Três quartos do seu rosto eram enrugados e o quarto restante era salpicado de pés-de-galinha, os olhos quase desaparecendo quando ele franzia a testa. E esses olhos brilhavam como moedas de um centavo; olhos que haviam visto tudo o que as pessoas podiam fazer, tudo o que elas pensavam. Mas havia uma tranqüilidade naquele olhar, algo que me dizia que o homem que ele interrogasse seria incapaz de dizer qualquer coisa senão a verdade.

— A menina assassinada? — perguntou-me. — E por que cargas-d'água você haveria de querer saber sobre uma coisa dessas?

Recostei-me na cadeira. Eu não percebera como estava exausto. Se o xerife Vallelly tivesse demorado a falar, eu poderia ter fechado os olhos e adormecido.

— Estou trabalhando num livro — disse eu. — Um livro...

— Como aquele tal de Capote, certo? —Vallelly balançou a cabeça como se agora tivesse entendido. — Aquele tal de Capote com aquele *A sangue-frio...* a história daquela família do Kansas. Minha mulher leu o raio daquele livro três ou quatro vezes.

— Sim. Como Capote.

— Bem, sr. Vaughan, acho que o senhor não vai tirar nenhum tipo de livro disso mas, se tirar, precisa mandar um exemplar para minha mulher.

— Claro — falei. — Claro que mandarei.

— Sabe que outro sujeito esteve aqui perguntando sobre esse assassinato?

— Um homem mais velho, de uns sessenta e dois, sessenta e três anos?

— Isso mesmo — disse Vallelly. — Xerife aposentado, chamado Geary ou algo assim.

— Dearing — disse eu. — Haynes Dearing.

— Esse mesmo! Você o conhece?

— Conheço, conheço, sim. Ele era o xerife de Augusta Falls, a cidade onde nasci.

— Ele veio aqui praticamente logo que aconteceu. A notícia não devia ter saído no jornal havia mais de um dia e ele já estava na porta fazendo todo tipo de perguntas.

— Disse que estava procurando alguém?

— Claro que sim.

Ergui as sobrancelhas, curioso.

Vallelly chegou a cadeira para a frente e pousou os braços na mesa.

— Quer que eu lhe diga quem ele estava procurando?

— O senhor poderia?

— Ele não sabia, filho. Não sabia quem procurava, salvo que poderia ser um alemão.

— Um alemão?

Vallelly fez que sim com a cabeça.

— Foi o que disse. Disse que procurava um alemão.

— Mencionou algum nome?

— Não, não me deu nome nenhum. Primeiro imaginei que o seu Haynes Dearing pudesse ter sido convocado para nos ajudar com essa coisa, mas ele não se demorou mais de uma ou duas horas e foi embora.

— Disse para onde?

— Nem se despediu. Entrou e saiu daqui afobado.

— E a investigação? — perguntei.

Vallelly recostou-se na cadeira e franziu a testa.

— Não posso lhe dizer qual é o rumo de uma investigação em curso, meu filho. Simplesmente não posso divulgar esse tipo de informação.

— Mas ninguém foi preso, certo?

Vallelly fez uma pausa, depois sorriu com sarcasmo.

— Digamos que não saiu nenhuma manchete sobre isso no *Stone Gap Herald* e vamos ficar nisso.

— E o senhor não teve mais notícias do xerife Dearing? — perguntei.

Vallelly fez que não.

— Não, nenhuma. Ele disse que me informaria se sua investigação desse em alguma coisa.Você disse que era de Augusta Falls?

Assenti.

— E ele era o xerife de lá?

— Era, sim, e foi por muitos anos.

— E tiveram o mesmo problema lá?

— Foram dez — disse eu. — Entre 39 e 49. Dez meninas foram assassinadas.

— Todas na mesma cidade?

Fiz que não.

— Não, algumas eram de condados vizinhos. No fim, havia uns cinco distritos policiais envolvidos.

Vallelly assobiou entre os dentes. Pegou o cachimbo na mesa e começou a abastecê-lo de fumo.

— E é a mesma pessoa?

— Nós acreditamos que sim.

— Nós?

— Eu e Haynes Dearing.

— Sim, claro. E está tentando encontrar esse tal de Dearing para poderem investigar isso juntos?

— Sim.

Vallelly olhou para mim por cima do fornilho do cachimbo.

— E você é escritor e ele é xerife aposentado.

— Sim.

— E vocês acham que vão se dar melhor do que eu e um bando de outros xerifes de meia dúzia de condados?

Sorri.

— Não, claro que não. Isso já vem acontecendo há trinta anos. Houve assassinatos no Mississippi, no Tennessee, no Alabama e na Carolina do Sul. Até onde sei, houve pelo menos uns trinta ao todo, talvez mais. Muitos dos agentes originais não estão mais na ativa. Imagino que alguns estejam aposentados, outros tenham morrido. Acho que não se compreendeu realmente a natureza do problema. São muitos anos e muitos lugares diferentes. Cada cidade tem seu próprio povo e sua própria investigação, mas nunca houve uma coordenação.

— E está planejando escrever um livro sobre isso?

— O primeiro passo é encontrar Haynes Dearing, ver o que ele sabe, então talvez tentar instigar uma espécie de operação de uma força-tarefa que reunirá todas as informações e ver se há um padrão, uma forma de fazer todo mundo trabalhar em conjunto.

Vallelly ficou calado. Acendeu o cachimbo, e a crepitação da combustão do tabaco era o único ruído que se ouvia na sala. Arabescos de fumaça subiam para o teto, e a luz que entrava pela janela os transformava em fantasmas.

— Não sei o que lhe dizer — disse por fim. — Tenho uma menina morta. Foi pega perto da casa dela, ao meio-dia. Ninguém viu nada de anormal, nada de que se lembrem. Ela foi encontrada horas depois...

— Como foi encontrada, xerife?

Ele franziu a testa.

— *Como* foi encontrada? Você quer dizer quem a encontrou?

— Não — disse eu. — Quero dizer: O que ele fez com ela?

Vallelly olhou de novo para mim.

— Não sei se isso é algo que eu queira comentar com alguém.

— Eu encontrei uma delas.

Vallelly ficou desconcertado.

— Quando eu tinha catorze anos. Encontrei uma delas no alto do morro perto da minha casa. — Senti a lembrança me invadindo, me angustiando. — Quando digo que a encontrei, é mais preciso dizer que encontrei a maior parte dela.

— Jesus — disse Vallelly, e a palavra foi contundente e súbita.

— Eu sei o que ele faz. Já vi de perto. Já li e já falei a respeito, carrego isso desde que me lembro...

— Ele a cortou ao meio, sr. Vaughan — disse Vallelly. — Cortou-a ao meio como se ela fosse um saco de nada. Deixou-a no meio de um bosque na beira da estrada, onde poderia ser encontrada por qualquer pessoa, inclusive por crianças. Nunca vi nada parecido, e espero em Deus nunca tornar a ver. Foi o que ele fez com ela, sr. Vaughan, cortou uma menina de nove anos ao meio e largou-a na beira da estrada.

Ficamos os dois calados algum tempo, depois Vallelly ergueu os olhos e disse:

— Então, o que vai fazer agora, meu filho? Tem algum plano sobre como encontrar esse seu amigo?

— Nada de específico — disse eu.

— Nada de específico não vai resolver, vai?

— Não, não vai.

— Quer que eu emita para você algum tipo de alerta para ele?

— O que quer dizer isso? — perguntei. — Um alerta.

— Posso enviar uma mensagem por teletipo para cada delegacia do estado. Posso dar o nome e a descrição do homem. Posso dizer que ele não está sendo procurado por qualquer tipo de investigação, mas que precisa ser localizado. Quer que eu avise aos delegados que digam a ele que você o está procurando?

— Claro que sim — falei. — Se alguém o vir, pode lhe avisar que quero falar com ele.

— E podem dar a ele seu nome?

— Sem dúvida, sim. Eu ficaria muito, muito grato, xerife.

— Considere isso feito, sr. Vaughan. Eu tenho um monte de gente que quer descobrir o que aconteceu com Rachel Garrett, e se houver algo que vá me ajudar a conseguir isso, então é simplesmente meu dever providenciar, você não acha?

Agradeci ao xerife Norman Vallelly tão efusivamente que achei que ele ficou sem jeito. Avisei-lhe que ficaria um ou dois dias em Stone Gap, talvez mais um pouco. Ele prometeu me manter a par de qualquer informação que recebesse, e pediu-me que o informasse do meu paradeiro se resolvesse ir embora. Recomendou-me o Hotel Excelsior na rua Fallow, três quarteirões à direita.

— Parece o Ritz ou coisa assim, mas com certeza não é nada disso. É bastante asseado, cobra um preço justo por um quarto, e saberei onde encontrá-lo.

Tornei a agradecer a Vallelly, apertei-lhe a mão e saí do seu gabinete.

Caminhei três quarteirões e encontrei o Excelsior, um prédio de três andares pintado de uma cor esbranquiçada, com janelas creme. Tive a sensação de que algo estava acontecendo. Pela primeira vez desde que me lembrava eu achava que poderia haver uma chance. Tênue e inconsistente, mas mesmo assim uma chance. Àquela altura, estava grato por qualquer coisa, e optei por não questionar minha esperança.

Na quarta-feira, 5, eu estava subindo pelas paredes do meu quartinho de hotel. Por duas vezes fora até o gabinete do xerife Vallelly, tendo, na primeira, encontrado a porta fechada, as luzes apagadas e o xerife ausente; na segunda, na noite de segunda-feira, ele apenas olhou para mim de detrás de sua mesa, aqueles mesmos olhos franzidos, e fez um gesto negativo com a cabeça. Não falou nada, eu também fiquei calado e fui embora.

Da janela do meu quarto eu via o cruzamento da rua Fallow com a outra rua. À minha direita, ligeiramente escondida, ficava a escola de Stone Gap, um conjunto de prédios de tijolos aparentes com um campo atrás. Certas horas, ouvia o riso e a algazarra das crianças — de manhã cedo, por volta do meio-dia e, depois, no meio da tarde, quando eram liberadas para ir para casa. Pouco depois das três, na quinta-feira, eu estava deitado na cama, e o barulho de risadas de meninas veio entrando pela janela. Era alguma brincadeira de pular, e, chegando mais perto, ouvi o que diziam. Ao ouvir suas vozes, súbita e inesperadamente, gelei.

— Um dois... feijão com arroz... três quatro... feijão no prato... cinco seis... falar francês... sete oito... comer biscoito... nove dez... comer pastéis...

— Palma... palma... palma...

Fiquei ali ajoelhado, os braços no parapeito, o queixo apoiado nas mãos. Olhos fechados. Cada vez que elas cantavam aquele refrão eu sentia um arrepio na nuca. Era como se soubessem que eu estava ali, e estivessem simplesmente me lembrando do motivo. Por fim, eu não poderia dizer quando, ouvi o silêncio. Voltei para a cama e me deitei. Meu rosto estava molhado de lágrimas, mas eu não me lembrava de ter chorado.

Quarta-feira às dezessete horas tornei a ir ao gabinete de Vallelly. Apareci na porta de tela e ele chamou meu nome e fez sinal para que eu entrasse.

— Não tenho nada para você — disse. — Sei que deve ser frustrante, mas no momento acho que não há muito mais que eu possa fazer. Seu amigo está por aí em algum canto, e a menos que já tenha saído do estado, com certeza alguém vai vê-lo. — Sorriu com boa vontade. — A única coisa que não podemos prever é quando será isso.

— Estou pensando em voltar para Nova York — disse eu, constatando que expressava algo em que nem sequer pensara seriamente. Foi uma idéia passageira, e, enquanto passava, eu me perguntava por que resolvera dizer aquilo.

— Parece uma idéia tão boa como outra qualquer — disse Vallelly. — Você pode me ligar assim que chegar lá e me dizer como encontrá-lo. Quando chegar lá, talvez eu já tenha notícias dele.

Adiantei-me e sentei-me de frente para o xerife.

— Eu poderia ficar esperando a vida inteira — disse eu com resignação. Dei-me conta de que não falava com ninguém havia mais de três dias, queria falar, queria ouvir o som da minha própria voz, ouvir alguém responder e retrucar. A solidão se instalara e eu não estava gostando. — É crucial que eu me encontre com ele, mas sinto que ficar aqui não está adiantando nada...

— A não ser me lembrar de que não consegui o que você queria — disse Vallelly.

E sorriu, sorriu como o Haynes Dearing de que eu me lembrava da minha infância, e me doeu pensar nele, em tudo por que passamos, e lá estávamos os dois — tantos anos depois, ainda perseguindo os mesmos fantasmas.

— Vou lhe dizer uma coisa — falou Vallelly. Tornou a pegar o cachimbo, repetiu o ritual de enchê-lo e apertar o fumo. — Quando se chega à minha idade, com esses anos todos de experiência nesse departamento, a gente começa a se perguntar se não existe uma porcentagem da população que não vamos entender nunca. Uma coisa como essa, o assassinato de crianças... e não só o assassinato, mas também a maneira como foram massacradas e atacadas... —Vallelly fechou os olhos por um momento e balançou a cabeça. — O senhor entende uma coisa dessas, sr. Vaughan?

— Não — disse eu. — Não entendo nem sei se quero entender. Uma pessoa como essa...

— É o tipo mais doente de indivíduo que se vai encontrar — interrompeu Vallelly. — É o que penso.

Sorri e olhei para o chão.

— Parece que essa situação existe desde que me entendo por gente. Começou quando eu era pequeno e... bem, droga, parece que contaminou tudo o que fiz desde então.

— E essa é a razão do livro?

Franzi a testa.

— O livro?

— Claro, o livro que está escrevendo. Acho que botar tudo no papel vai ser uma espécie de exorcismo para você, certo?

Encolhi os ombros.

— Talvez — disse eu. — Vamos ver, não?

— Então me diga uma coisa — disse Vallelly. Inclinou-se à frente, apertou os olhos. — O que o fato de ver uma coisa dessas faz com uma criança?

— Faz que pense na natureza transitória de tudo — respondi. — Nós éramos um grupo. Chamávamos a nós mesmos os Guardiões. Haynes Dearing pendurou uns cartazes por toda Augusta Falls. Eram avisos dirigidos a nós, lembravam-nos de que deveríamos estar todo tempo alertas, atentos a estranhos. No cartaz, botaram a silhueta de um homem. Só isso. Talvez tenha sido a coisa mais importante que já fiz. Reuni aqueles garotos, e fizemos um juramento. Até cortamos as mãos e fizemos aquele pacto todo de irmãos de sangue. Prometemos garantir a segurança das crianças, tomar conta delas, não deixar que nada de ruim lhes acontecesse.

— Mas o problema não parou, certo?

— Não, não parou. E voltei a Augusta Falls poucos dias atrás, e procurei alguns desses garotos...

— E deixe-me adivinhar... eles não tinham tempo para você.

— Isso mesmo.

Vallelly sorriu com compreensão.

— Eu imaginava. Já são adultos, já têm filhos. O que quer que tenha acontecido naquela época não está acontecendo agora, portanto não tem nada a ver com eles.

Assenti.

— É a natureza humana, sr. Vaughan. Acho que nunca foi assim, mas agora é. O mundo mudou. As pessoas mudaram mais. Não sei se necessariamente gosto do rumo que tudo está tomando, mas, com certeza, não vou impedir nada sozinho.

— Então a gente faz o que pode e torce para que isso faça alguma diferença, certo?

— Certo — disse Vallelly. — Como o senhor e seu amigo Haynes Dearing.

Comecei a me levantar da cadeira.

— Pode acreditar, sr. Vaughan, quero que o descubra — disse Vallelly. — Quero que se encontre com ele e veja se é possível fazer alguma coisa para impedir que isso vá adiante. Farei o que puder. Enviarei outro telex, e assim que chegar a Nova York me ligue e me informe onde posso encontrá-lo, sim?

— Vou ligar — disse eu.

Estendi a mão e o xerife Norman Vallelly e eu nos cumprimentamos. Então, virei as costas e saí do seu gabinete.

Voltei ao Excelsior e fiz minha mala. Na recepção, indaguei sobre os ônibus, fui orientado a pegar uma conexão para Atlanta, e ali encontraria um Greyhound que me levaria de volta a Nova York.

Eu não queria partir, mas achava que não poderia ficar. Entre a cruz e a espada. Partir parecia mais fácil, então fiz isso.

Saí de Atlanta para Nova York. À tardinha, quinta-feira, 6 de abril de 1967. Se eu soubesse então que tudo terminaria em alguns dias, me pergunto se teria atrasado a viagem. Estranho pensar nisso agora, mas a pergunta em minha mente era o que eu faria quando aquilo terminasse. Qualquer que fosse o resultado, em algum momento, aquilo acabaria, e aí, aonde eu iria?

Peguei o Greyhound, dormi como pude. Viajamos durante oito horas, depois paramos por alguns minutos. Saltei do ônibus e fiquei na beira da estrada. Meu corpo doía. Minha mente estava sepultada em um poço fundo de angústia. Olhei para meus companheiros de viagem; um homem acima do peso com um chapéu de feltro que recendia a loção pós-barba de loja popular e a cigarro de trinta centavos; uma jovem grávida, no máximo dezenove ou vinte anos, carregando tudo o que possuía numa sacola Samsonite surrada; um vendedor de sapatos, cinqüenta e três anos e morto de cansaço, na carteira uma foto da esposa que o largara, do filho que não lhe telefonava havia onze anos; ao lado dele, um zagueiro universitário louro de dentes grandes com um joelho problemático, finalmente resignado a viver sem animadoras de torcida, vestiários e fricções com álcool. Essas pessoas eram fantasmas, imagens daquelas que povoavam um outro mundo, um mundo do qual eu parecia ter saltado, talvez para nunca voltar. Tentei falar com elas, mas o que eu poderia dizer? "Venho da prisão por um crime que não cometi. Perdi mais gente do que jamais ganharei. Estou atravessando os Estados Unidos para encontrar um homem que me ajudará a identificar o matador das crianças. Pelos meus cálculos, há vinte e nove crianças mortas. Ouço-as, todas. O rosto de algumas está gravado de forma indelével em minha retina. Quando fecho os olhos, elas são tudo o que consigo ver. Agora, sobre o que você queria falar comigo?"

Entramos em Nova York domingo de manhã. Nova York mudara, mas, assim como acontecia com Augusta Falls, a Nova York de que eu me lembrava continuava ali, sob a superfície. Lembrei-me da primeira vez que eu vira a cidade, em abril de 1949. O impacto que me causara. Tudo brilhante, ousado e arrogante. Majestoso. Imponente. A casa sem pára-raios da humanidade.

Eu me lembrava de como Nova York me tirara o fôlego, e me deixara por mais dois dias sem ar.

Dezoito anos haviam se passado. Senti-me como um velho em comparação.

O Brooklyn me atraía, magnético e fascinante, e segui essa atração.

Fiquei ali parado na esquina da Throop com a Quincy. A casa de Aggie Boyle desaparecera. Não era mais a mesma rua, nem o mesmo cruzamento, mas eu sentia a lembrança de Bridget ali. Ela também era um fantasma que me perseguia.

Parecia adequado estar ali. Estar onde começara meu pesadelo pessoal. Para fazer uma catarse, talvez, ou apenas tentar o destino, peguei um quarto de hotel a menos de noventa metros de onde eu virara a esquina e saíra correndo naquele dia em que voltei de Manhattan, direto para o pior dia da minha vida. Ou talvez não — parecia ter havido tantos! Como eu merecera uma vida daquelas? Que crime cometera que me valera uma justiça daquelas?

Eu não sabia. Nem me atrevia a perguntar. Deixei minha mente se calar, e fiquei sentado junto à janela do meu quarto vendo o Brooklyn com outros olhos.

De manhã eu ligaria para o xerife Vallelly e lhe diria onde estava.

Trinta e três

— Temos notícias dele — disse Vallelly tão logo a ligação se completou.

— Dearing?

— Exatamente. Ele foi visto em Baxley.

— Baxley? — perguntei. Baxley ficava no máximo a uma hora de Augusta Falls.

— Um conhecido meu de lá. Trabalhávamos juntos quando eu estava em Macon.

— Cristo — disse eu entre os dentes. Estava na recepção do hotel. Atrás de mim, pela janela da frente, teria dado para eu ver o cruzamento da Quincy. Dei as costas para a recepcionista numa tentativa de manter um mínimo de privacidade.

— Sr. Vaughan? Está na linha?

— Sim... ahn, desculpe... Estou, sim. Tudo bem, então ele esteve em Baxley. Como falaram com ele?

— Ele parou no acostamento com um pneu furado... Meu amigo, que é o subxerife de lá, parou para dar uma ajuda, e os dois começaram a conversar. Meu amigo disse que ele devia entrar em contato comigo, que eu tinha notícias de um velho amigo que queria visitá-lo.

— Deram meu nome?

— Não, eu não dei seu nome. Estou torcendo para seu fulano me ligar, entrar em contato comigo, e aí posso dar a ele seu paradeiro.

— Ele não disse aonde estava indo?

— Disse que estava saindo da Geórgia, indo para o norte, acho que disse. Parece que não falou muito, mas disse que me ligaria.

Fiquei calado.

— Essa notícia o surpreendeu um pouco, sr. Vaughan.

Respirei fundo, prendi o ar um instante.

— Sim — disse eu. — A chance era, na melhor das hipóteses, mínima. Cristo, não sei o que dizer.

— Bem, não há muito o que dizer até Dearing entrar em contato comigo, e aí vamos ver o que vamos fazer. Certo?

— Certo. E obrigado. Fico muito grato por tudo o que está fazendo para ajudar.

— Que diabo, sr. Vaughan, como eu disse antes, se é para acabar mais depressa com esse problema, é mais do que um prazer ajudar. Então fique aí, sim? E se Haynes Dearing me ligar, vou me certificar de que ele entre logo em contato com você.

— Obrigado. Sim, tão logo saiba de alguma coisa, ligue.

— Agora cuide-se, sr. Vaughan, e tomara que eu tenha notícias para lhe dar.

Agradeci novamente ao xerife Vallelly e desliguei. Disse ao recepcionista que me chamasse tão logo recebesse alguma ligação.

O recepcionista — um baixinho com uma calva incipiente chamado Leonard, mechas de cabelo esquisitas se projetando na horizontal de detrás das orelhas, me olhou por cima dos óculos meia-lua.

— Problemas? — perguntou, desconfiado.

Sorri, fiz que não.

— Um pouco ansioso — disse eu. — Um amigo de longa data. Não nos falamos há muitos anos e há chance de eu tê-lo encontrado.

Leonard sorriu, aliviado.

— Boa sorte — disse. — Pode deixar que mando chamar o senhor se receber uma ligação.

Voltei para o quarto, sentei na beirada da cama. Tinha a sensação de que meus ombros não estavam agüentando o peso da minha cabeça e me deitei, puxei um travesseiro para me recostar e tentei pensar.

Augusta Falls. Xerife Haynes Dearing. Os Guardiões *versus* o assassino de crianças. Recapitulei tudo o que tinha acontecido, tudo de que eu conseguia me lembrar. Pensei na palestra de Dearing na escola, na forma como ele olhou para cada um de nós, sem mencionar nossos nomes, mas deixando claro a quem se referia. A violação do toque de recolher. Os avisos. Minha mãe. A maneira como ela deslizou irreversivelmente para algo apavorante. Elena Kruger. O fato de não tê-la protegido. Os juramentos que fizéramos quando crianças, e como os quebráramos.

E pensei no assassino, nas meninas que tinham sofrido nas mãos dele. Tentei entender o que levaria um homem a tais barbaridades. Raiva. Ódio. Ciúme. Uma loucura indescritível que vinha do fundo da alma e jamais poderia ser exorcizada. Uma loucura que Laurence Gabillard, a despeito da quantidade de letras após seu nome, jamais poderia esperar compreender.

E aí pensei na Geórgia, em tudo o que a Geórgia fora, em tudo o que representava. Em Reilly Hawkins, Frank Turow, no caolho Lowell Shaner, que integrou a fileira dos setenta homens e chorou por uma menina que não conhecia. Os aromas e os barulhos da cozinha dos Kruger, de Mathilde e das crianças.

Da pergunta no dossiê de Haynes Dearing: *Aonde o garoto foi depois de Jesup?*

Aonde o garoto *foi*?

As súbitas batidas na porta me sobressaltaram. Desequilibrei-me na beirada da cama. Levantei-me de repente, o sangue subindo à cabeça. Estava totalmente desorientado. Fui até a porta, abri-a, e Leonard estava ali parado — afogueado, agitado.

— Sua ligação — disse. — Sua ligação lá embaixo.

Passei por Leonard correndo e desci como um raio. Cheguei à mesa e peguei o telefone.

— Joseph — disse Haynes Dearing.

— Xerife Dearing?

Ele riu.

— Jesus, já nem me lembro da última vez que me chamaram assim. Puxa, filho, como vai você?

Comecei a rir. Senti uma enxurrada de emoções me percorrer. Fiquei tonto, quase enjoado, e custei um pouco a encontrar algo para dizer.

— Eu vou... eu vou bem. Vou bem, sim, xerife. Ando procurando o senhor.

— Foi isso que eu soube — disse Haynes Dearing, e ao ouvir sua voz todas as lembranças que eu tinha dele voltaram como se tivéssemos conversado ainda na véspera. Eu tinha tudo para lhe dizer, mas mal conseguia formar uma frase.

— Então, onde você está? — perguntou ele.

— Em Nova York — respondi. — No Brooklyn.

— Jesus, logo no Brooklyn. Imaginei que estivesse farto desse lugar... sabe, com tudo o que aconteceu naquela época.

— Tudo na minha vida, xerife — disse eu. — Eu esperava...

— Que pudéssemos nos encontrar?

— Sim, sim, que pudéssemos nos encontrar. Onde o senhor está?

— Nossa, por aí. Mas posso ir vê-lo — disse Dearing. — Posso ir a Nova York falar com você, Joseph... se é isso que você quer.

— Sim — falei. Eu estava uma pilha de nervos. Estava com medo, exausto e não agüentava mais de impaciência. Eu veria Haynes Dearing. Entre nós, entenderíamos e encerraríamos aquilo. Eu sabia. Eu acreditava nisso. Tinha que acreditar.

— Tudo bem, então, estamos combinados — disse Haynes Dearing. — Vou a Nova York. Me diga onde está.

Dei-lhe o endereço do hotel. Disse-lhe que não sairia dali, e que veria quando ele chegasse. Agradeci por ter ligado, por concordar em ir, pela possibilidade de finalmente podermos conversar e chegar mais perto da verdade.

Haynes Dearing me desejou boa sorte, e desligamos.

Fiquei ali com o fone queimando na mão até Leonard tomá-lo de mim e pousá-lo de novo no gancho.

— Está tudo bem? — perguntou.

Olhei para ele. Eu sorria como um tolo.

— Não podia estar melhor — disse eu. — Não podia estar melhor.

Uma hora depois, saí para comprar comida — pão, queijo, presunto, umas maçãs. Eu não queria precisar sair do hotel. Levei as compras para o quarto e coloquei-as na mesa perto da janela. Fiquei sentado em uma das duas cadeiras que havia encostadas na parede.

Não consegui ficar assim por muito tempo. Comecei a andar de um lado para o outro. Fui até a janela e fechei a cortina. Queria que fosse noite. Queria dormir, não pensar em nada, queria que já fosse o dia seguinte e eu estivesse vendo Hayes Dearing lá embaixo na rua se encaminhando para o hotel.

Desci e liguei para o xerife Vallelly para comunicar que Dearing havia ligado e lhe agradecer pela ajuda. O telefone tocou do outro lado da linha. Ninguém atendeu.

De volta ao quarto, fiquei andando entre a janela e a porta do pequeno banheiro. Eu tinha a sensação de estar de novo em Auburn, contando passos para não pensar em nada. Achei que iria explodir, que entraria em combustão espontânea ali naquele quarto. Os sentimentos que me assaltavam eram indefiníveis, mas próximos, muito mais próximos que qualquer outra coisa. Tentei pensar em textos que lera, em filmes que vira. Tentei pensar em Alex, em Bridget, tentei visualizar o rosto delas para me lembrar da razão pela qual estava fazendo aquilo. Elas não vieram, quase como se sentissem minha perturbação e não desejassem participar dela.

Acabei me deitando na cama. Fechei os olhos, e o sono me puxava; eu resistia, mas o sono era forte; meu corpo estava cansado, e minha mente achava que eu não ganharia nada lutando. E enquanto estava ali deitado imaginei meu encontro com Haynes Dearing, as coisas sobre as quais falaríamos, os anos que ele passara viajando por aquele país procurando se redimir. Ele matara Gunther Kruger, isso eu sabia ser verdade, e me perguntava até que ponto o remorso por esse ato o perseguira.

Estou perdido, diria ele. Passei vinte anos andando e continuo perdido, continuo na mesma, sem entender nada.

Tudo bem, eu lhe diria. Tudo bem, porque entre nós vamos acabar com isso de uma vez por todas. Você está aqui agora, e é só o que importa, e quero que me diga o que viu e ouviu, o que acha, por que pensa que isso tudo nunca terminou. Você pode fazer isso, não? Pode fazer isso por mim?

E Dearing se sentaria na cadeira ao lado da janela, e atrás dele, com o sol do poente, seu cabelo seria uma auréola, e eu pensaria em anjos, e essa idéia me faria lembrar do rosto delas, e nesse momento eu estremeceria ao reconhecer aquilo, e me daria conta do motivo pelo qual me deixara consumir.

Então fale, eu lhe diria. Conte-me tudo, que serei todo ouvidos.

E ele espalharia os recortes de jornal na cama, e olharíamos juntos para os rostos delas, e ele me diria por que achava que haviam morrido, e por que Bridget fora assassinada a menos de noventa metros de onde estávamos sentados então. E eu tentaria entender o que ele dizia, as conclusões que tirara naqueles anos todos em que estivemos separados, e ele falaria de como também era perseguido por fantasmas do passado, que também podia fechar os olhos, ver o rosto delas, ouvir suas risadas, seus assobios e suas brincadeiras infantis. E talvez chorasse, e ao chorar juntos talvez compartilhássemos um sentimento fraternal, uma camaradagem, e saberíamos que tínhamos vivido aquilo juntos embora separados. E aí ele falaria do que fazer, de onde iria, de como aquilo terminaria.

Falaríamos de medo, de frustração; falaríamos de raiva, de ódio; falaríamos das noites em que enfrentamos aquele homem em nossos sonhos, e de como o havíamos matado. Matado mil vezes. E de como acordaríamos, e nos daríamos conta de que a justiça que julgávamos ter feito não passava de ilusão, uma assombração, um fantasma... assim como o matador de crianças.

Essas coisas todas, e por baixo delas estaria a lembrança daquele tempo em Augusta Falls, do começo do pesadelo, e de como tudo deveria ter terminado lá.

Um círculo, eu diria.

E Haynes Dearing me olharia, e em seus olhos eu veria um homem mais jovem, um homem que de alguma forma gostava de mim, de minha mãe, que a visitara quantas vezes pudera, que falara com ela e a fizera se decidir. Quando todo mundo nos repudiava, o xerife Dearing nos dera apoio. Ele nunca desistira. Uma rocha. Um pilar de força. Um homem pouco transigente e reservado.

Foi difícil. Eu lhe diria. Sofrer tantas perdas. Minha mãe. Alex. Bridget. Elena e todas as outras. Não sei como alguém pode suportar perder tanta gente e ainda acreditar na bondade fundamental do ser humano.

É porque temos fé, diria ele. É porque acreditamos no que estamos fazendo, venha de que lado vier, acreditamos no que estamos fazendo.

Ao chegar mais perto de mim agora, sussurrando talvez, num tom quase conspiratório, como se só nós dois compreendêssemos a natureza do que acontecera.

E temos que fazer algo para impedir que isso continue, diria eu, e Haynes Dearing acenaria com a cabeça e concordaria, e aí me contaria a respeito dos anos que passara percorrendo os Estados Unidos à procura da próxima menina, talvez esperando contra todas as probabilidades que não houvesse outra, mas sabendo, *sabendo*, que haveria.

Lembra-se dos Guardiões?, perguntaria eu, e Dearing riria. Era assim que nos intitulávamos, os Guardiões. Eu, Hans Kruger, Maurice Fricker — lembra-se dele? Estive com ele recentemente...

Recentemente?

Sim, uns dias atrás. Sabe que o pai dele morreu?

Gene morreu?

Sim, morreu. Foi atropelado em algum lugar no condado e o motorista fugiu. Maurice é igualzinho ao pai. Sempre foi, mas agora que está mais velho é mais ainda. E Michael Wiltsey? O Rei do Bicho-carpinteiro, nós o chamávamos. Não conseguia parar quieto. E havia Daniel McRae... E ficávamos sempre de olho nele, sabe? Porque a irmã dele foi uma das que morreram. Ficávamos de olho como falcões, como se a qualquer momento ele pudesse desabar e fôssemos ficar com os destroços nas mãos. E Ronnie Duggan. Conhece Ronnie Duggan?

Sim, eu me lembro dele. Um miudinho, sempre com o cabelo nos olhos.

Esse mesmo. Ele também estava conosco. E o senhor espalhou aqueles cartazes pela cidade toda, aqueles da silhueta.

Eu me lembro disso... Jesus , há muitos anos que não penso nisso.

Sim... e eram os Guardiões contra o assassino de crianças, e embora soubéssemos que não podíamos fazer de fato nada para impedi-lo, pelo menos tentamos, certo? Tentamos fazer o que podíamos para impedir que esse horror acontecesse.

Sei que você tentou, Joseph, sei que tentou. E o que eles disseram quando o viram?

Eles não quiseram saber, xerife, simplesmente não quiseram saber. Tentaram fingir que era coisa do passado. Que tinha parado de acontecer em Augusta Falls, quando Gunther morreu.

Sim... quando Gunther morreu.

Sobre isso, eu sei, xerife. Sei o que aconteceu naquele dia.

Sei que sabe, Joseph. Sei que você imaginou o que aconteceu. E entendo por quê.

Entende?

Sim, acho que sim. Porque você queria que todo mundo voltasse para sua vida normal. Queria que tudo voltasse a ser o que era antes que aquilo tudo começasse, e achou que se soubessem quem era o culpado as pessoas parariam de se preocupar, parariam de ter medo, e Augusta Falls poderia ser a cidade que era antes de Alice ser assassinada.

Dearing ficaria calado, e olharia para mim com lágrimas nos olhos, e assim como minha mãe quando falava do que houvera entre ela e Gunther Kruger, eu veria que ele queria que eu o perdoasse.

Posso tentar entender... mas não posso perdoá-lo, xerife. Não posso absolvê-lo dos seus pecados. Isso é algo que o senhor tem que resolver quando procurar sua redenção.

Eu sei, Joseph, eu sei. Queria muito que tudo terminasse. Sei que você compreende. Queria que tudo voltasse a ser o que era antes. Devo ter achado que se tivessem alguém em quem pôr a culpa, seria uma espécie de libertação. Devo ter achado...

Tudo bem, xerife, tudo bem. Agora acabou, e podemos falar o quanto quisermos mas o que aconteceu não vai mudar.

E agora, Joseph? E agora?

Agora? Que diabo, não sei. Parece que foi há tanto tempo... há tanto tempo que eu às vezes me pergunto se não foi tudo um sonho, um sonho tão real que achei que tivesse acontecido.

Aconteceu, Joseph, aconteceu, sim.

Eu sei, xerife, eu sei.

Então, o que vamos fazer agora, Joseph?

Eu esperava que o senhor tivesse uma resposta.

Eu? Por que acha que eu teria respostas melhores que as suas sobre isso?

Porque o senhor estava lá. Esses anos todos... enquanto eu estava no Brooklyn, enquanto estava preso em Auburn, o senhor ainda estava lá, procurando.

Só porque estava procurando não quer dizer que tenha uma idéia melhor sobre o que fazer. A única diferença é que vi mais disso do que você, só isso. Nem mais nem menos que isso, Joseph... A única diferença é que vi mais.

E o fato de ter visto mais faz que entenda melhor o que aconteceu, xerife?

Silêncio por uma eternidade, e então, com os olhos marejados, ele olharia para mim e diria: porque matou a primeira menina, e a partir daí ficou com vergonha. Acho que ela falava com ele, zombava dele, seguia-o aonde quer que fosse, e cada menina que ele via o fazia lembrar da primeira, e depois da segunda, e depois da terceira. E ele tinha que calar a voz delas, Joseph. Acho que elas falavam com ele e o deixavam louco. Não o deixavam dormir. Não o deixavam ter vida de espécie alguma. Tinha que fazê-las ir embora... e, finalmente, todas elas passaram a ser a mesma, e olhavam para ele do mesmo jeito, e suas vozes eram como uma só voz, e o único jeito de silenciá-las era matá-las. Culpa, entende? A semente da culpa foi plantada, e a partir dali ele não poderia fazer nada senão tentar fazer a culpa desaparecer.

Acha que foi isso que aconteceu?

Não sei, Joseph. Não sei se alguém algum dia entenderá. Já tentei, pode acreditar, já tentei... mas, quanto mais penso, mais confuso fico.

Chega... já chega. Só temos que decidir o que fazer... só isso... só temos que decidir o que fazer.

Na manhã de quinta-feira, 11, acordei de repente. Minhas roupas estavam encharcadas de suor. A claridade tentava penetrar no quarto pelas cortinas cerradas, mas o barulho da rua me dizia que outro dia chegara. Olhei para o relógio. Passava das onze.

Levantei e tomei uma ducha. Fiz a barba, mudei de roupa. Fiquei diante do espelho e me perguntei se estava pronto para me encontrar com Haynes Dearing, se não naquele momento, então quando?, perguntei-me, tentando ser forte, tentando conservar a determinação em relação ao que estava fazendo.

Tentei comer um pouco de pão com queijo, mas não tinha fome.

O quarto nada mais era do que minha cela, e embora pudesse sair à vontade, embora não houvesse tranca na porta nem ninguém do outro lado para impedir minha saída, eu não poderia sair com mais facilidade do que quando estava em Auburn. Tudo no presente parecia mero eco do passado. Em algum lugar eu tomara uma decisão — talvez algo simples, até insignificante —, e por causa dessa decisão tudo dali para a frente ficara torto, em outro eixo. O verdadeiro Joseph Vaughan existia num mundo paralelo, um mundo sem crianças mortas, um mundo onde ele crescera com Alex Webber, onde sua mãe vivera até uma idade avançada, onde estava sempre presente, sempre bela, sempre satisfeita com a vida que criara para si mesma e para o filho. Ou talvez antes ainda. Uma outra vida, onde o coração de Earl Vaughan fosse forte e saudável, um coração de gigante, e ele não sofresse de nada mais grave que rinite. Ele estava em algum lugar mesmo agora com a mulher, e embora os dois só tivessem tido um filho, esse filho único era uma inspiração para eles. Era escritor, e as pessoas sabiam seu nome. Era o filho de Augusta Falls, e Augusta Falls seria lembrada por esse filho.

Um outro mundo. Uma outra vida.

Não esta.

Às duas horas, eu já abrira a janela, me sentara ali numa cadeira com os braços apoiados no parapeito. Observando e aguardando, torcendo para que Dearing não tivesse mudado de idéia. Ele estava vindo. Eu tinha que acreditar nisso. Desejava com todas as forças que ele viesse. Concentrei-me nisso, e transmiti meu pensamento. Queria vê-lo virar a esquina no cruzamento. Queria vê-lo vir andando pela calçada com aquele seu andar inesquecível. Queria que olhasse para cima e me visse, que levantasse a mão, sorrisse e começasse a falar comigo antes mesmo que eu pudesse ouvi-lo.

Observei os carros e os táxis descendo lentamente a rua, torcendo para que qualquer um deles parasse junto ao meio-fio, para que a porta traseira se abrisse e, após um momento de hesitação, Haynes Dearing aparecesse, e eu só veria a copa do seu chapéu quando ele saltasse, mas saberia que era ele. Na certa. Sem dúvida. Haynes Dearing no Brooklyn e no meu hotel.

Quando o sol começou a se pôr, eu não cabia em mim de nervosismo. Não conseguia falar. Tentei me olhar no espelho, fingir ser outra pessoa, puxar uma conversa só para ouvir uma voz. Qualquer uma. Nada senão um som estrangulado saindo da boca, e fechei os olhos e respirei fundo.

Sou um exilado, pensei, e me perguntei se ali eu ficaria. Para sempre preso numa armadilha que eu próprio criara, apanhado em algum hiato do tempo e do espaço, esperando alguém que nunca chegaria.

Sou um exilado, e ninguém sabe que estou aqui senão o homem que estou aguardando. E ele não virá nunca. Jamais teve intenção de vir. Fez uma promessa e a quebrou. Igual à promessa que fiz a Elena. Promessas quebradas. Pactos rompidos. Votos sem valor. Foi isso que me tornei, foi essa situação que criei para mim. Só eu sou responsável por isso. Só eu.

Trinta e quatro

Estava escuro. Por uma fresta na cortina vi a lua cheia, alta no céu. Entrou no meu quarto brilhando como um olho só e me achou ali, sentado no chão, encostado na parede ao lado da cama.

Ouvi o carro estacionar. Ouvi um diálogo abafado. Ouvi a porta fechar, o motor pegar, o carro se afastar.

Meu corpo lutou comigo, mas me levantei do chão e fui até a janela.

Abri a cortina, levantei a janela e olhei para baixo. Olhei para baixo e poderia ser o mesmo dia.

Quinta-feira, 17 de fevereiro de 1949.

Seu rosto era o mesmo daquele dia. Quando veio me levar para Jesup.

Quando o vi esperar um instante, olhar para a rua e depois olhar para a casa como se seu próprio anjo da morte estivesse planejando surgir lá de dentro, eu soube.

Eu *soube.*

Ele levantou a mão.

Estiquei o braço pela janela aberta.

— Joseph — disse ele, e a voz era quase um sussurro.

— Terceiro andar — falei. — O quarto no final do corredor.

Ele assentiu com um gesto, pôs o chapéu na cabeça como se fosse um sinal de pontuação, depois se encaminhou lentamente, num passo fúnebre, para a porta de entrada.

Procurei na sacola. Juntei os recortes de jornal e os coloquei em cima da cama. Meu coração retumbava no peito, minhas mãos suavam. Minhas têmporas latejavam e minha cabeça estava pronta para explodir. Tirei as cadeiras de perto da janela e as coloquei frente a frente no meio do quarto.

Encaminhei-me para a porta.

Ouvi seus passos na escada. Aguardei um pouco. Tentei respirar fundo. Tentei me controlar. Recuei, sentei na cadeira e fechei os olhos.

A porta diante de mim começou a ser aberta. Eu via a maçaneta girando. Quase morri, achando por um momento que estaria completamente perdido. Observei a porta se abrir centímetro a centímetro, e aí Haynes Dearing estava diante de mim sorrindo, alegre e bem-apessoado, e embora estivesse mais velho, embora eu já não o visse havia quase vinte anos, eu o via. Via-o talvez pela primeiríssima vez.

— Joseph — disse ele, e entrou no quarto, fechando a porta ao passar.

— Xerife Dearing — disse eu.

— É bom ver você.

— É mesmo?

Ele olhou para a cama, viu os recortes de jornal espalhados ali. Sorriu com compreensão, até mesmo com compaixão.

— Esses são os nossos fantasmas, não?

— Acho que sim, xerife — disse eu, e encontrei dentro de mim um poço de determinação e força interior. — Venha se sentar. Venha se sentar e me contar como anda passando.

Dearing não trazia mala nenhuma. Usava um casacão, e levou um minuto para tirá-lo. Dobrou-o com cuidado e o deixou na mesinha ao lado da cama.

— Está aqui há muito tempo, Joseph? — perguntou ao vir se sentar.

— Há uns dias.

Ele sorriu, deu uma risada.

— O quarto cheira a defunto, Joseph, cheira mesmo.

— Talvez haja algum por aí.

Não havia nada entre nós por um momento, e então Dearing pôs a mão no bolso da jaqueta e sacou sua pistola. Apontou-a com exatidão para o meu peito.

— Há quanto tempo — perguntou, e sua voz pareceu interessada e atenciosa.

— Há quanto tempo? — repeti. — Não sei, xerife. Tudo se confunde como uma coisa só. Olho para trás e vejo tudo como se tivesse acontecido ontem.

— Você entende alguma coisa do que aconteceu? — perguntou ele.

— Entendo que o senhor fez minha mãe se voltar contra os Kruger, que a levou a pensar que Gunther Kruger, talvez até Walter, fosse o responsável pela morte das meninas. Acho que foi o senhor que deu um tiro na janela de Kruger e ainda matou o cachorro dele. Acho que botou fogo na casa de Kruger e depois foi todas aquelas vezes visitar minha mãe em Waycross para convencê-la de que ela é quem tinha feito aquilo.

Dearing me fitou com um olhar implacável. Sua boca se contraiu um pouco, e foi só isso que me disse que ele continuava vivo. Seus olhos estavam sombrios, apagados e fundos. Eu me vi refletido ali, e me assustei.

— E foi lá e enforcou Gunther Kruger. O senhor me usou, não? Me usou como seu bode expiatório. Foi lá e o matou, e pôs aquela fita na mão dele, e aquelas coisas embaixo do piso... sua prova de que Gunther era o assassino das crianças.

Dearing fechou os olhos, e quando os abriu tinha um sorriso vago e distante nos lábios.

— Acho que botou aquele bilhete no dossiê que deixou em Valdosta. Queria encontrar os garotos Kruger, talvez temesse que se dessem conta de que tinha assassinado o pai deles. As pessoas viam aquele bilhete e achavam que o senhor desconfiava de um deles. Walter? Era ele quem o senhor temia?

Dearing não respondeu. Senti meu coração martelando sem trégua no peito.

— O senhor tinha medo dele e queria encontrá-lo também, não? E tinha medo de mim também... do que eu sabia, do que poderia dizer. Acho que veio matar a mim e a Bridget naquele dia, e como eu não estava, matou-a, apenas. Acho que falou com a polícia, que talvez os tenha feito pensar não só que eu era responsável pela morte de Bridget, mas também que, como as mortes de Augusta Falls além de não terem sido esclarecidas haviam continuado, Gunther Kruger não poderia ter sido o autor. Acho que botou essa dúvida na cabeça da polícia e os levou a me odiar a ponto de fazer qualquer coisa. Convenceu a polícia a não procurar mais, e não procuraram, e por causa disso perdi quase catorze anos da minha vida... uma vida que o senhor já tinha praticamente destruído.

Dearing levantou a arma e apontou-a para o meu rosto.

— Chega — disse. — Não quero ouvir mais...

— E as meninas — disse eu, a voz falhando enquanto eu olhava o cano da arma de Dearing. — Tantas! E o senhor pegou todas em plena luz do dia. Ficava de uniforme, não? Vestia o uniforme e ia de cidade em cidade, e as pessoas o viam e não prestavam atenção porque o senhor era um policial. Nem mesmo as meninas, nem mesmo elas desconfiavam de quem o senhor era. Estou certo, não, xerife Dearing? Foi isso que aconteceu, não?

Senti a mão dele apertar a arma, e peguei a minha embaixo da cadeira e puxei o gatilho.

Os tiros foram quase simultâneos. Quando vi o impacto da bala no peito de Haynes Dearing, senti a dor intensa do mesmo impacto no ombro, no peito e no coração.

Larguei a arma, como Dearing largou a dele, e por um momento ficamos ali nos olhando.

Dearing fez menção de falar, mas seus olhos já estavam se fechando. Resmungou algo ininteligível, e então sua cabeça tombou para a frente.

O quarto estava em silêncio a não ser pelo ruído da minha respiração, e era uma respiração débil, falha, e me senti deslizando para algo de onde achei que nunca voltaria.

A escuridão então chegou — ondas cinzentas de dor, lampejos rubros dentro de mim, e embaixo dos lampejos um poço de escuridão que parecia me engolir. Eu ia para a frente e para trás, consciente e inconsciente, e ouvia o meu coração, e um pouco mais baixo, o barulho trêmulo do ar passando por pulmões perfurados, e soube que não duraria muito tempo.

Forcei-me a permanecer acordado, a me concentrar, e olhei para Haynes Dearing e comecei a falar com ele.

"Sou um exilado", disse eu, e minha voz era débil, pouco mais que um sussurro. "Aproveito um instante... para examinar... minha vida do início ao fim... e... tento vê-la pelo que foi..."

Fiquei muito tempo falando com ele, e aí não consegui mais.

A certa altura, entrou uma brisa pela janela que pareceu encher o quarto, e então fechei os olhos e não senti absolutamente nada.

Minha mãe estava lá, meu pai também; Elena, Alex e Bridget. Estavam todos lá, e me observavam dar o primeiro passo em sua direção.

E aí eu vi luz, e ouvi vozes, e as pessoas estavam gritando, e por um momento julguei ter aberto os olhos e visto Reilly Hawkins em pé ao meu lado, rindo do tolo que eu era. E quando abriu a boca, começou a gritar a plenos pulmões, e o que disse não fazia nenhum sentido...

"Porra... chamem um médico, porra! Este aqui ainda tem pulso, caramba! Chamem um médico!"

Juro pela minha vida que não sabia do que estavam falando, e, por alguma razão, não importava.

Epílogo

Suplemento Literário do *New York Times*

Segunda-feira, 15 de agosto de 2005

Autor recluso encanta Nova York

Ontem à noite, diante de uma superlotada Academia do Brooklyn, Joseph Vaughan (77) — autor recluso e enigma literário — fez a leitura de sua última obra, um complemento de seu polêmico romance de 1965, *Uma crença silenciosa em anjos*. Intitulado *Os guardiões*, o livro conta a vida de Vaughan após sua libertação da Prisão Estadual de Auburn em fevereiro de 1967. Seu primeiro livro, um romance intitulado *A volta ao lar,* foi publicado em junho de 1952, e depois disso não se ouviu mais falar em Vaughan até ele ter sido preso injustamente em novembro desse mesmo ano. Vaughan foi julgado e condenado à prisão perpétua. Com a ajuda de um amigo, Paul Hennessy, a obra autobiográfica de Vaughan, *Uma crença silenciosa em anjos,* foi manuscrita na prisão, e levada clandestinamente para ser datilografada para publicação. O lançamento provocou um protesto que fez o caso de Vaughan ser levado à Suprema Corte dos Estados Unidos. Sua condenação foi rechaçada e ele foi solto após ter cumprido mais de treze anos da pena.

Ao ser solto, Vaughan comprometeu-se a identificar o autor de mais de trinta e dois assassinatos de crianças, em cinco estados e ao longo de mais de três décadas. A investigação de Vaughan resultou na descoberta e no disparo contra um xerife aposentado da Geórgia, Haynes Dearing, um ato cometido em legítima defesa enquanto o próprio Vaughan era baleado. Vaughan então sumiu mais uma vez, e não apareceu até o outono passado, quando correu a notícia que mais um livro fora escrito. A Academia do Brooklyn lotou na primeira leitura de sua obra. Antes de falar, Vaughan dedicou o livro "a Elena, a Alex e a Bridget... e também a minha mãe, que me diria que esperei muito para escrever isso".

Os guardiões deverá ser lançado na próxima segunda-feira, e já se diz que será o livro mais vendido do ano.

1ª edição	ABRIL DE 2009
impressão	BARTIRA
papel de miolo	PÓLEN SOFT 70G/M²
papel de capa	CARTÃO SUPREMO ALTA ALVURA 250G/M²
tipologia	BEMBO